新潮文

栄光の岩壁

上巻

新田次郎著

新潮社版

2358

栄光の岩壁

上巻

第一章　傷ついた戦後派

1

竹井岳彦《たけひこ》は六人の男ばかりの兄弟の中の五男である。兄弟達《たち》の名は一郎、次郎、三郎、四郎、そして弟は六郎と名づけられているのに、彼は五郎ではなく岳彦と命名された。岳彦が出生した日、彼の父竹井玄蔵は穂《ほ》高岳《たかだけ》の頂上にいたから、そういう名を彼につけたのである。岳彦は早生児だった。とても、こんな小さい子は育つまいと病院でも言っていたし、彼の両親も、なかばあきらめていたのだが、岳彦は哺《ほ》育《いく》器《き》の中で生きつづけていた。昭和六年の夏であった。

「驚いたね、あの子は。まるで猿《さる》の早生児のようだ」

と担当の医者が言った。実は、その医者は猿の早生児がどれほどの生命力があるものか、実験したことはなかった。哺育器の中ですやすや眠っている岳彦の顔が、あまりにも、猿に似ていたから猿の早生児と言ったまでのことである。それを聞いて、看護婦が笑った。それからは哺育器につけてある名札の竹井岳彦とは呼ばず、オサルサンと呼んだ。それが奇妙に人の心を牽《ひ》いた。オサルサンは医者達にも、看護婦達にも特別に待遇され、よく手の届いたもてなしを受けた。岳彦が無事病院を出て家へ帰ると、兄達が次々と彼の顔を覗《のぞ》きこんで、

「上野の動物園のオサルサンの赤ちゃん見たようだね」

と言った。やはり、岳彦が猿に似ていたことは否《いな》めない事実であった。だが、兄達は病院の医者や看護婦達のように、彼のことを、オサルサンとは言わず、岳彦のかわりにサルヒコと呼んだ。

「お母さん、サルヒコが泣いてるよ」

と兄達が母の菊子に知らせると、菊子は、

「どうしたのかしら、サルヒコには、さっきおっぱいをやったばかりなのに」

と、うっかりサルヒコという名を言ってしまう始末であった。

岳彦はよく泣き、よく眠り、そしてよく乳を飲んで成長していった。

幼稚園に行くようになってから、岳彦は岳彦という名が本当の名前でサルヒコは彼

の家での愛称であることを知ったが、そのころは近所でも岳彦と呼ばず、サルヒコちゃんと呼ぶようになっていたから、幼稚園の先生が岳彦ちゃんなどと呼ぶとむしろびっくりしたような顔をした。幼稚園の園児も先生も間もなく、彼のサルヒコという名の由来を知って、サルヒコちゃんと呼ぶようになった。

幼稚園に入った岳彦は、餓鬼大将になった。しょっちゅう喧嘩《けんか》をした。喧嘩の相手が、なんだサル、動物園のサル、といったような呼び方をすると岳彦はひどく怒った。ほんものの猿が怒ったときとそっくりな顔をして相手につかみかかった。おれはサルヒコだ、サルではないぞと言った。

小学校一年生のとき、彼は兄達に教えられた漢字を得意になって書いて見せた。竹井猿彦の四字であった。彼はその字をノートや教科書の裏にやたらに書いた。

小学校の三年生になって、受持ちの先生が変った。師範学校を出てきたばかりの先生は、岳彦に正しい名前を書くように命じた。彼の友達たちにも、サルヒコと呼ばずタケヒコと呼ぶように申しわたしたが、岳彦は、

「ぼくはサルヒコの方がいいんです」

と言い張った。

「なぜサルヒコの方がいいのかね。先生はタケヒコの方がずっといい名前だと思うが

ね」

先生は首をかしげながら言った。

「先生、サルタヒコノカミって知っているでしょう。サルタヒコノカミはとってもつよい神様だった。だからサルヒコの方がいいや」

先生は困ったような顔をして岳彦の顔を見ていたが、やがてゆっくりと、遠い遠い昔のお話を始めたのである。

「天孫、ニニギノミコトがタカマガハラから日向《ひゅうが》の国高千穂《たかちほ》に降りてこられるときに、道案内をした神様が猿田彦神《さるたひこのかみ》である。猿田彦神は身の丈七尋《ななひろ》というから四十二尺、鼻の長さ七咫《ななあた》（咫は古代の尺度の単位、親指と中指とを開いた長さで約六寸）というから四尺あまりもあって、眼《め》は鏡のように光っていた。とても人間とは思われないような神様だった。戦の神様ではなく、道案内の神様、つまり先導者ということになる。君達はまだ山へ行ったことはないから知らないけれど、山へ行くときに先頭に立つ人のことをリーダーという。猿田彦神はリーダーだったわけだな」

「先生、やっぱり猿田彦神はえらかったじゃないか」

岳彦は先生が話を終るのを待って言った。

「えらいといえば、えらいことになるかな」

「えらいさ、リーダーだもの。ぼくんちの一郎兄さんだってリーダーだ」

「ほう、リーダーか」

先生が首を長くして聞くと、

「リーダーだとも、大学の山岳部のリーダーだ」

「それはえらいな」

「えらいでしょう。先生。だからぼくはサルヒコでいいんだ」

そのあたりに子供らしい飛躍があった。先生は負けた。好きなようにさせて置くしかないと思った。

岳彦は、その日から猿彦の名を先生の公認を得たかのような大きな顔をして使った。宿題の紙にも試験の用紙にも竹井猿彦と書いた。

岳彦は生れたときはたしかに猿に似ていたが、小学校に入ったころには、もう猿には似ていなかった。彼の兄達と似てどちらかというと丸顔の子供らしい顔をした少年だったが、眼つきだけが、猿に似ていた。常に眼を光らせながら、あたりを睥睨《へいげい》している、ボスザルの眼にどこか似ていた。闘争心をそのまま眼に集めていて、その眼を見詰めるものには、誰彼《だれかれ》となく嚙《か》みついていこうとする喧嘩猿の眼であった。

岳彦は、学校を戦いの場と心得ているようであった。彼が大将でその下には中将も少将も大佐も中佐も少佐もいた。兵卒はひとりもいなかった。地雷というおかしな階級をつけられた家来がいた。軍人メンコの名をそのまま彼の家来につけたのである。軍人メンコには元帥《げんすい》があったが、岳彦も元帥と僭称《せんしょう》するのはいささか気が引けたようであった。

「おい少尉《しょうい》、おれのカバンを持っていけ」

岳彦は彼の家来のひとりにそんな役を命じることもあった。中尉を斥候《せっこう》に出すこともあった。敵——多くは上級生だったが、それを発見すると奇襲攻撃を掛けた。岳彦は、常に先頭に立った。彼のもっとも得意とする武器は爪《つめ》で引掻《ひっか》くことであった。爪を強くするために、赤土で磨《みが》いて、爪と肉の間にわざと泥《どろ》を入れておいた。そうすると爪が偉力を発揮すると思いこんでいた。

「それサルが来たぞ」

敵はサルの爪をおそれた。岳彦にとびつかれて眉間《みけん》から鼻筋にかけて、引掻き疵《きず》をこしらえた子が一人や二人ではなかった。岳彦の存在が学校の問題になった。岳彦に引掻かれた子の親が、ああいう危険な子は感化院に送ってくれと学校に文句を言って来たのである。

岳彦の母は学校に呼ばれて、もう少しなんとかならないものかという注意を受けた。

四年生になって間もなくのことであった。菊子は、ただ謝るしかなかった。肩身の狭い思いで校門を出ると、うなだれたまま学校の前の坂道を登っていった。

その母の姿を岳彦は学校を一望のもとに見おろせる松の木の枝にまたがって眺《なが》めていた。母がしょんぼりして学校から帰って来るのは、きっと自分のことで叱《しか》られたに違いないと思った。母が校門を出て、しばらくして、一つとし上の島村の父親が校門を出たから、多分、島村の父親が岳彦のことを校長先生に言いつけ、それで岳彦の母が呼ばれたのだろうと思った。

「島村がどこにいるか探して来い」

岳彦は松の木の上で、おごそかに家来に命令を下した。家来が八方に散った。島村は近くの諏訪《すわ》神社の境内で、彼の友人五人と遊んでいた。

「弾丸《たま》をこしらえて来い」

彼は第二の命令を発してから松の木を降りた。家来は近くの工事場へ入って、セメントの粉を袋に入れて持って来た。それに水と砂利を加えて、適当な大きさの弾丸を作ると、岳彦が先頭になって諏訪神社の森へ出かけていった。

突然、コンクリートの弾丸を投げつけられて、たじたじとなったところに、岳彦が真先にあばれこんで、ものの見事に島村の額を引掻いた。

岳彦の通っている小学校に、軍曹《ぐんそう》という渾名《あだな》の先生がいた。軍曹はかねてから岳彦に眼をつけていた。その軍曹が、やっつけられている島村を見てほって置くはずがなかった。

「こらっ！」

と軍曹の声がかかると、岳彦はぴょんと横とびに逃げて、すぐ近くの松の木に這《は》い登った。前に一度、この軍曹に追いまわされて、結局はひっつかまって、大きな拳骨《げんこつ》を貰《もら》ったことがあった。岳彦は、とても逃げられないと見て、木に登ったのである。

「猿め降りてこい」

と軍曹は木の下に来て怒鳴った。

「くやしかったらここまでおいでだ」

岳彦は木の上で赤んべえをやった。

「よし、降りて来なければ、この木を切ってやるぞ」

軍曹は彼のまわりに集まって来た少年に、誰か学校へ行って、小使さんから、鋸《のこぎり》をかりて来いと言った。切るつもりはない、おどかしだったが岳彦には、それが利《き》いた。

「降りればいいんだろう」

岳彦は木の上で言った。

「降りればいい、降りたら教員室へつれていってやる」

軍曹が言った。教員室につれていかれて、どんな目に会わされるか、だいたい想像はついていた。おそらく、こぶはひとつではすまないと思った。

岳彦はあきらめた。今日は運が悪いのだと思った。もう一メートルほどで軍曹の手のとどきそうなところまで降りて来ると、ぼきっ、ぼきっと、指のふしを抜く音がした。軍曹は柔道三段だった。岳彦には、その音がひどく物騒な音に聞えた。これはへたをすると殴り殺されるかもしれないと思った。

岳彦は松の幹をくるっと廻《まわ》って、軍曹の眼から姿をかくすと、すばやくズボンのボタンをはずした。

「どうした、早く降りて来ないか」

軍曹の顔が木の幹を廻ったとき、岳彦は、彼のかわいらしい小さな筒先を軍曹に向けて、水攻めを加えた。ぎゃっというような声がした。まさかと思っていた軍曹は、思わぬ奇襲を頭にかぶった。

岳彦はそのまますするすると木に登ると、手ごろの枝をつたわって、諏訪神社の屋根の方へ移動していった。枝が折れたら、そのまま庭に落ちそうな格好だったが、枝の先までいくと、足を木からはなして、ぶらりぶらりと反動をつけて、ぴょんと神社の屋根へとび移った。

「わあい」

とどこかで、彼の成功をはやす声がした。中尉だなと岳彦は思った。いいところで、声をかけて来たから、その功績によって、大尉に昇格させてもいいなと考えていた。

諏訪神社の屋根へ登ると、もう軍曹なんかこわくはなかった。彼はそこで、まず、彼の家の方へ眼をやった。彼の家は、一声呼べば聞えるほど近いところにあった。諏訪神社から南に向って細長い丘が続いていた。谷中《やなか》の墓地がはっきり見えた。そのずっと先の上野の森の方にちらほらと花が見えた。

彼はそこで、兄達が歌っているのを聞きおぼえた湖畔の宿という流行歌を大声を上げて歌った。胸のいたみにたえかねてというところが気に入っていたから、そこだけを繰りかえした。胸のいたみにたえかねてという意味はよく分ってはいなかったが、そこが調子がいいから歌ったのである。

歌をうたいながら視線を手もとの方にひきよせると、日暮里《にっぽり》の駅も見えるし、走っている省線電車（現在のJR）も見えた。

岳彦は屋根の上までもどした視線を諏訪神社の庭へやった。軍曹はもういなかった。岳彦の家来たちの姿も見えなかった。軍曹が大将のかわりにその家来たちを学校へつれていったのだと思った。人質に取られた家来を助けてやらねばならないと思ったが、いい思案は浮ばなかった。彼は眼を右側の崖下《がけした》にある小学校の方へやった。思ったとおり、彼の家来は軍曹の捕虜になって、坂道をぞろぞろ降りていくところだった。

「逃げろ、逃げてしまえ」

岳彦は屋根の上から力いっぱいの声で呼びかけたが、軍曹も家来もふりむかなかった。岳彦は家来たちに裏切られたように淋《さび》しかった。

屋根から降りなければならないと思った。いつまでも、こんなところにいて、神主《かんぬし》にどやされるのはいやだった。彼は屋根を伝わって、もと来たところに来た。だが、屋根から松の枝にとびつくことはできなかった。こころみて見る必要もないほど、松の枝は高いところにあった。

岳彦は、どこか他《ほか》に降りられるところはないかと、屋根のまわりを探した。下から梯子《はしご》を掛けて貰わないかぎり、降りることはできそうもなかった。

岳彦は屋根の一番高いところへ戻《もど》って、腰をおろした。おれは大将なんだ、大将がこのくらいのことでべそを掻いてはいけないぞと自分に言って聞かせて、眼を上げると、西の空に真白く雪をいただいた富士山《ふじさん》が見えた。

「富士山だ、富士山が見えるぞ」

岳彦は叫んだ。富士山が見えるのは、そこだけではなく、ここらあたり一帯の、高くて見透《みとお》しのいいところ、たとえば二階の窓とか、木の上とか屋根の上からよく見えた。もともと、ここは道灌山《どうかんやま》と呼ばれていたところで、東京新展望八景の一つに数えられていたほど見晴らしのいいところであった。

岳彦が富士山を見たのはこのときがはじめてではなかった。何回か見ていたが、このときほど、富士山を見たという実感が身に迫って来たことはなかった。屋根の上に、取りのこされてひとりぼっちの彼を富士山が見ていてくれたことが彼を勇気づけた。

岳彦は、眼を富士山から北の方に廻した。山がずっと続いていた。頂に白いものが見える山もあったが、あまりに遠いので、山容は確然としてはいなかった。岳彦は、ふたたび、眼を富士山に戻すと、そこでじっとしていた。見れば見るほど美しい山だと思った。どうしてこんなに、まとまった形の山がそこにひょこんとあるのだろうと考えているうちに眠くなった。

兄の一郎が彼の友人達と、富士山へ登る話をしていたのを、聞くともなしに聞いていたことがあった。

「厳冬期の富士山の氷はかたい、それに突風がある」

「アンザイレンしたまま、五人が一度に死んだ例もある」

などと話していた言葉が断片的に思い浮んで来た。アンザイレンということが、なんのことか分らなかったが、そういう特別な用語は、奇妙に岳彦の脳裏にきざみこまれていた。

屋根の上で居眠《いねむ》りなんかして、おっこちたら大変だと考えないわけではなかったが、富士山を見ながら、兄達が冬富士について話していたことを思い出していると、がまんできないほど眠くなった。富士山を見ているからだと思った。

富士山という山は眠りを誘う山だと思った。屋根の上に寝そべった。上には青空があった。春の微風が彼の頰《ほお》を撫《な》でた。彼は眼を閉じた。

夜になっても、岳彦が帰らないので、兄達が手分けして探した。岳彦が軍曹に追われて、松の木に登り、諏訪神社の屋根にとび移ったことまではすぐ分ったがその先が分らなかった。とにかく、神社の屋根を見てみようというわけで、近所の植木屋から長い梯子を借りて来て、神社の屋根に掛けて、兄達が屋根に上った。岳彦は屋根の上で眠っていた。

岳彦の父は商工省（通産省）に勤めていた。典型的に生《き》まじめな官吏であった。趣味といえば、年に一度か二度、彼の友人達と山へ行くことぐらいのものであった。子供にはやさしくめったなことで怒ったことはなかった。母の菊子は漢学者の家系に生れていた。

母もまた父に似て子供をきつく叱るということがなかった。六人の男の子をかかえて大変だろうと近所の人がいっても、いいえ、二人も六人も同じことでございますと言った。

兄弟喧嘩をはじめても、菊子が間に入るということはめったになかった。知らんふりをしていて自然におさまるのを待った。多くの場合は、弟達の喧嘩の仲裁には兄が当った。長男の一郎が断然いばっていて、一郎だけが二階の一室を専有して、弟達を入れなかった。その兄の一郎もこの年の春、大学を卒業して大阪の会社へ就職した。岳彦は、兄達とはあまり喧嘩をしなかった。弟の六郎もまた喧嘩の相手にはならなかった。

「へんねえ、外ではあんなに、暴れんぼうのくせに」

岳彦が家では意外とおとなしいのを見て近所の奥さんが言った。

神社の屋根の上で寝ていた岳彦が、兄達に連れられて家へ帰ったときだけは玄蔵はこわい顔をしていた。岳彦は父にてっきり叱られると思った。

「これから岳彦のことをサルヒコと呼んではならない。サルヒコなどと呼ぶから、サルのように木にばかり登りたがるのだ」

玄蔵は、岳彦を叱らずに力強い声で、岳彦の兄達を叱った。

「岳彦、お前のことをサルヒコなんて呼ぶ奴《やつ》があったら、ぶんなぐってしまえ。お前は岳彦なのだ。猿彦ではなく岳彦なのだぞ」

玄蔵は岳彦が軍曹に小便をかけたことが悪いとか、コンクリートの弾丸を使ったのはけしからんとかいうことはひとことも言わなかった。喧嘩をやるなではなく、サルヒコと呼んだ奴はぶんなぐってしまえなどと、かえって喧嘩を奨励するようなことを言った。玄蔵は、岳彦が乱暴者になった原因の最大なるものは、サルヒコという渾名にあると思いこんでいるようだった。

この日を境として、竹井家では、サルヒコと呼ぶ者は少なくなっていった。それでも、兄達はときどきサルヒコと岳彦を呼んだ。そんなとき母の菊子は、眼で兄達を叱った。菊子の困ったような顔を見ていると、兄達はすぐサルヒコと呼ぶのをやめた。

小学校五年生になると、岳彦は前ほど暴れんぼうではなくなった。爪で相手を引掻くような喧嘩もやらなくなったし、家来に軍隊の序列を真似《まね》たような名称をつけてやることもなくなった。同じ暴れ方でも知能的になって来たのである。だが、相変らず餓鬼大将であることにはかわりはなかった。そのころ、岳彦は五年生全部を平定していた。彼に歯向って来る者はなかった。六年生でさえも、岳彦の存在に一目置いていた。

昭和十八年、岳彦は六年生になった。新学期を迎えて間もなく、岳彦の学校の先生だった軍曹が戦死したという話を聞いた。その先生は岳彦を松の木の上に追い上げた二、三日後に召集令状を受け取ったのである。岳彦の受持ちの先生も出征していった。学校は若い男の先生が眼に見えて少なくなり、女の先生が増えた。

軍曹の遺骨が白木の箱におさめられて、ずっと奥の台の上にあり、その向うに、軍服姿の軍曹の写真が飾ってあった。軍曹の学校葬はおごそかに進められていった。各組の代表が数人並んで前に出て、焼香した。岳彦も六年三組の代表のひとりとして英霊の前に出ていった。大人たちの顔はどの顔を見てもあまりにも緊張していた。大人たちが、そろいもそろってこれほど緊張している顔を見たことはなかった。岳彦は、みんなのやるとおり、焼香して、軍曹の写真に手を合わせた。

軍曹はびっくりしたような顔で、黒い額ぶちの中から岳彦を見ていた。多分、軍曹は写真を意識するとそういう顔になるのだろう。そのびっくりしたような軍曹の顔を見たとき岳彦は、あの時のことを思い出した。

岳彦の不意の攻撃を受けて、とびのいたときの軍曹の顔がそういう顔であった。あのときは、少々なりとも、岳彦の小便を、あの軍曹は浴びたのだ。そう思うと岳彦は急におかしさがこみ上げて来た。こらえてもこらえても駄目《だめ》だった。岳彦は両手を口に当てて笑いをこらえた。だが、笑いは、やはり笑いの変形として彼の口から洩《も》れた。そこに居合せたすべての人の眼が岳彦をせめた。その大人達の滑稽《こっけい》なほど緊張した眼つきが、なおのことおかしくてならなかった。岳彦はとうとう笑い出した。笑い出すと止めようとしても止らなかった。岳彦は英霊の前で、くの字に身体《からだ》を前傾させながら笑った。笑いをこらえるために、そういう格好になったのだが、他人が見ると、腹をかかえて笑った格好になった。

ガンという渾名の先生がいた。頭は真白で、そろそろ停年と思われる年齢だが、校長でも教頭でもなく、ひらの先生だった。身体が並はずれて大きかった。

ガンは大股《おおまた》で岳彦のところへ近づくと、いきなり、首玉をおさえた。声が出ないほど痛かった。岳彦の笑いが止った。すると、そのかわりのように、ずっとうしろの六年生の中から、突然、新しい笑い声が起った。二人の声であった。こらえた笑い方ではなく、げらげらと大胆に笑う笑い声であった。

ガンは、岳彦の首根っ子をおさえつけていた手を放すと、そっちの方へ向って歩いていった。

岳彦は、その笑った二人を知っていた。新学期からこの学校へ転校して来た、津沼《つぬま》春雄《はるお》と田宮啓介《たみやけいすけ》であった。二人とも、岳彦の組ではなかったが新学期が始まって、ひと月と経《た》たないうちに、新しいボスとしてにわかに勢力をひろげて来ていた。岳彦はその二人とはまだやり合ったことはなかった。いずれ、その勢力と対決しなければならないと思っていた矢先に、その二人の方から声をかけて来られたように岳彦には思われた。

軍曹の英霊の前で笑ったことは、動機はどうあれ、大変悪いことであった。学校一の悪い奴だと認定されてもやむを得なかった。しかし、岳彦等、悪童どもに取っては、それは一種の英雄的行為に見えた。岳彦が、軍曹の前で笑った瞬間、岳彦がこの小学校を制覇《せいは》したのも同然であった。そのように岳彦も、彼の仲間たちも、考えていたときに新しい二人の勢力が突然現われたのである。

岳彦は、近いうちその新勢力をたたきのめしてやらねばならないと思った。

新聞にも、ラジオにも、勝ち戦のことしか載ってはいなかったが、戦は勝っているというのに物資はかなり窮屈になっていった。だが、岳彦には戦争の実感はまだ如実には湧《わ》いては来なかった。彼にとっては、未《いま》だに学校が戦いの場であった。

2

聯合艦隊《れんごうかんたい》司令長官山本五十《いそ》六《ろく》大将の戦死が公表されたのは五月の二十一日であった。

岳彦《たけひこ》の小学校の校長は全校生徒を集めて、山本五十六大将の話をしたあとで言った。

「これからは、いよいよ戦争はげきれつになるだろう。きみたちも、ただあんかんとして勉強していればいいというものではない。こどもにだってやろうと思えば、お国のためにつくすことがいくらでもある。家のお父さんやお母さんのお手伝いをすることもひっきょうは国のためになることだし、防空壕《ぼうくうごう》掘りの土運びをするのも、国のためになることだ。なにをすれば国のためになるかよく考えてみることだ」

校長は漢語癖があった。興奮するとやたらに漢語を使う。その朝も、激烈、安閑、畢竟《ひっきょう》などという言葉を連発して壇をおりた。

山本大将が戦死したということは、子供ごころにも、暗いニュースとして映った。このままではいけないなという気がしないではなかったが、さてなにをしていいか分らなかった。

竹井岳彦は、運動場の隅《すみ》に家来達《たち》を集めて言った。

「おい、校長の話、聞いたろう。おれたちの仲間でも、なにか国のためになることをやろうじゃないか」

喧嘩《けんか》ばかりしているのが能ではないと、岳彦を多少なりとも、銃後の子らしい気持にさせたのは、兄の一郎が出征して前線にいるからでもあった。

「そうだな、なにをしたらいいのかな」

家来の一人が言った。

四角い校庭の対角線の向う側に、津沼春雄のグループが、やはり竹井岳彦達のグループと同じように、丸い円を作って相談ごとをやっていた。岳彦は見るともなしにそっちを見て、津沼春雄をやっつけて置かないと、将来のことが心配だと思っていた。津沼春雄は転校して来たばかりなのに、既に六年一組のボスになっていた。

「おい、誰《だれ》か斥候《せっこう》になって、春雄たちがなにを話しているか聞いて来い」

岳彦は命令を下した。すぐ、家来の一人が春雄たちのグループの方へ向った。岳彦がその斥候の進む方向に延ばした視線をちょっと上げると、道灌山《どうかんやま》の緑にかこまれた諏訪《すわ》神社の屋根が見えた。

「おい、いいことに気がついたぞ。おれたちはみんなで、諏訪神社の庭の草取りをやろうじゃないか。草は今のうちに取って置かないと夏になるとこんなになるからな」

岳彦は、草の丈の高さを、手の平を上げて示してから、さて、諏訪神社の庭の草を取ることが、国のためになるかならないかを理屈づけようとした。諏訪神社は、もともと軍神をまつった神様だから、近所から出征する人達や、出征した遺族の人達がさかんにお参りに来ていた。だから、その庭の草を取れという校長先生の言葉を借用すれば、畢竟国のためになるような気がした。

岳彦はその着想をすばらしいものだと思った。

「おい、見ろ。あいつがやられているぞ」

その声で視線をもとに戻《もど》すと、岳彦が出した斥候が津沼春雄のグループに取りかこまれてこづかれているところであった。

「ようし、行け」

岳彦はそう叫ぶと、勇躍してそっちへ向った。いままで、何度となく、春雄の組をやっつけようと企《くわだ》てたが、そのたびにうまいことかわされていた。今度こそは、という期待が岳彦にあった。この機会を逃《のが》したら、津沼春雄を家来にすることは永久にないような気がした。

岳彦が拳骨《げんこつ》をかためて、なにか喚《わめ》きながらつき進むと、校庭に遊んでいた子供達は道を開いた。

だが、岳彦が人の波をかきわけて、春雄たちのグループに近づいたときには、そこには喧嘩とは全然別なものがあった。

春雄は、斥候と肩を組んで、にこにこ笑いながら岳彦の方へ歩いて来るのである。

岳彦は、ふりあげていた拳骨のやり場にこまった。

「竹井君、きみたちも、国のためになにかするつもりだろう。ぼくたちもなにかしようと考えているところだ。よかったら、一緒にやらせてくれないかな。ぼくたちは竹井君のいうとおりに動くよ。畢竟みんなが力を合わせた方が国のためになるからな」

春雄はペコンと一つ頭を下げた。これでは降参であった。てんから、降参すると言っている者をぶんなぐるのは武門の恥のように心得ていた岳彦は、

「おれの家来になるっていうことか」

と春雄を睨《にら》みつけると、

「そうだよ、この学校では畢竟竹井岳彦より強い者はないからね」

とお世辞を言った。

岳彦は悪い気持はしなかったが、春雄が、畢竟という言葉を連発するのが少々癪《しゃく》にさわっていた。

「おれは、神社の庭の草を取ろうと思っているのだ」

岳彦は諏訪神社の方をゆびさして言った。

「いつだ、それは」

「まだ決めてない。今度の日曜日にでもやろうかと思っているところだ」

岳彦は、どうだ、うまいことを考えついただろうというふうな顔をした。岳彦が得意そうな顔をするときには、左肩をそびやかす癖があった。左肩をそびやかすと、首が右に傾き、そこで彼はちょっと唇《くちびる》をゆがめた。

翌日の朝、岳彦はいつもの時刻に母に起された。

「岳彦、六年生がぞろぞろ神社の方へ行ったぞ」

食事のとき兄の四郎が言った。

「なに、神社の方?」

岳彦はもしやと思った。

「手に鎌《かま》を持ったり、スコップを持ったり、箒《ほうき》を持っている者もいたぞ」

岳彦はいそいで飯をかきこむと、諏訪神社へ走った。神社の境内の草取りは終ってみんな帰ったあとだった。

「六年一組の津沼春雄君のほか有志二十八名は、早朝に起きて、諏訪神社境内の草取り及び清掃を行なった。こういう行為こそ、畢竟勝利につながる精神である」

朝礼のとき、校長が言った。

岳彦は、ちきしょうめ、やりやがったなと、舌なめずりをしながら、その話を聞いていた。春雄は、うまいこと岳彦の計画を盗んだのである。ようし、こうなったら、許しては置けないと、春雄を追い廻《まわ》すのだが、同じ学校にいながら、どうも、うまいこととらえることができなかった。春雄は危険だと見ると、姿をかくすのが実に上手であった。そうしているうちに五日、十日、ひと月と経《た》って、岳彦の怒りがおさまったころになると、春雄は、ひょっこり岳彦の前に姿を現わした。

「竹井君、国体明徴って知っているか」

「知っているさ、日本は天皇が治めている国だということを証拠立てようっていうことだ」

岳彦は、喧嘩ばかりしていて、いっこう勉強はしなかったが、成績はいつも首位にいた。先生の言うことをよく聞いていて、その場で覚えこんでしまうからであった。国体明徴という言葉はそのころはんらんしていた。その意味について、校長が朝礼のときに話したのを岳彦は覚えていたのである。

「それでは、国体明徴を実行するにはなにをすればよいか知っているか」

春雄は、岳彦が考えこんでしまったのを見て、更につづけた。

「国体明徴のためには山へ登ることだ。まず第一におれは富士山へ登る」

「なんだと」

「富士山へ登ると言っているのだ。二組の田宮啓介も一緒に登るといっている」

「いつ登るんだ」

「暑中休暇に入ってすぐさ」

春雄はどうだというように、岳彦の顔を見た。小さな、よく動く眼《め》であった。

国体明徴と富士山とがどういう関係にあるか岳彦は知らなかったが、春雄ばかりでなく田宮啓介も登ると言われて、黙っているわけにはいかなかった。そのとき岳彦は、四年生のとき、諏訪神社の屋根から見た富士山の姿を思い出していた。

「登るなら一緒に連れていってやってもいいぞ」

春雄が言った。

「生意気をいうな、登ったこともないくせに」

すると春雄は、ふんというように鼻で笑って、

「いやならいいんだぜ。ぼくはな、去年の夏、兄さんと一緒に富士山に登ったことがあるんだから」

春雄は胸を張った。春雄がそういう格好をすると、いかにも富士山に登ったことが

ありそうに見えた。

「富士山は寒いだろう。それに弁当だって大変だな」

岳彦の頭の中には雪をいただいた富士山が常にあった。弁当のことを口にしたのは、このころは配給生活だから、あまりたくさん握り飯を作って貰《もら》うと、母に悪いと思ったのである。

「それは富士山だから寒いさ。だが歩いていれば、そう寒くはない。弁当はたくさん持っていった方がいいな」

「富士山へ登るには何日かかる？」

「なんだって？　ばかだな、きみは。一日だよ。夜登って、その次の日の朝、御来光を拝むということが国体明徴ってことなのだ」

春雄は最後の方で妙なことを言ったが、岳彦は、別に、その言葉にかみつくこともなく、なんとかして、彼等《かれら》の一行に加わろうということだけを考えていた。岳彦は、この登山行にはまず父が反対するだろうと思った。

「子供達だけで行くというのだな」

その話を聞いたとき、竹井玄蔵はちょっと心配そうな顔をしたが、

「まあ、まあ夏富士のことだし、小屋もたくさんあることだから大丈夫だろう。それ

に春雄君は二度目だしな」

父は許してくれたが、母の菊子はなかなか承知しなかった。菊子は岳彦の顔をじっと見ながら、ときどき、

「大丈夫かしら」

とつぶやいた。兄の四郎は中学生だから、夏休みになると、学校の先生が引率して農家の手伝いに行くことになっていた。

母が心配していたことは、東京駅で御殿場《ごてんば》行きの切符を買おうとしていたときからはじまった。

「おい、竹井君、切符一緒に買って置いてくれよな。あとでお金かえすから」

春雄は岳彦にそういって、ぽんと肩をたたいて、にやりと笑った。岳彦は言われるとおりに切符を買った。

田宮啓介は二組のボスであったが、どちらかというと口数の少ないボスであった。そのかわり、いざとなると、あっと思うようなことをやらかす少年だった。六年生なのに、中学二年生ほどの背丈があった。岳彦も田宮啓介には一目置いていた。喧嘩しても、とても勝てる自信はなかったからである。田宮啓介も竹井岳彦もルックザックを背負っていたが、春雄は、小さな風呂敷《ふろしき》包みを一つ持っているだけだった。三人は

学校で配給になった揃《そろ》いの運動靴《うんどうぐつ》を履いていた。

東京駅で汽車に乗って、国府津《こうづ》で御殿場線の汽車に乗りかえた。汽車はがらあきだった。汽車の中で三人は昼食を食べた。春雄は、風呂敷包みの中から、握り飯を一つ出して食べた。風呂敷包みの中には、あと握り飯は一個しか入っていないのを見て、岳彦は変だなと思った。御殿場駅からバスで滝原《たきはら》まで来ると、バスが故障で動かなくなった。次のバスは満員で乗れなかったから、三人は砂の道を太郎坊までぼつぼつ歩いた。

「おい、富士登山っていうものはこういうふうに歩くもんだ」

春雄は、二人の先に立ってぐんぐん歩いていった。

「とにかくでっけえ山だからな。このくらいの速さで登らないと、頂上へ着くのに、二日も三日もかかるぞ」

経験者がそういうのだから、岳彦も啓介も黙ってついていった。太郎坊に着いたときはもう夕方だった。三人はそこで夕食を食べた。

「ああ、食ってしまった」

と春雄が、空を仰いで言った。空はなかった。富士山を取りかこんでいる霧のためになにも見えなかった。

「弁当それだけしか持って来なかったのか」

と岳彦が聞くと、春雄は、

「ルックザックいっぱい入れて貰ったのを、そのまま忘れて来ちゃってね」

と白々しい嘘《うそ》をついたばかりでなく、

「だから、これからは二人の弁当を分けて貰うよ。国体明徴ってことはみんなで助け合えということだからねえ」

と言う春雄の顔を、岳彦と啓介は、驚いた顔をして眺《なが》めていた。

登山者は御殿場口太郎坊から頂上までずっと続いていた。霧が出て視界が消えたが、道に迷う心配はなかった。

三人は、十人ほどの海軍の下士官達と一緒になった。

「ぼくの兄さんも海軍にいたよ」

春雄が、下士官の一人をつかまえて言った。

「そうか、海軍にいたのか、どこにいたのだ。横須賀《よこすか》か呉《くれ》か」

「軍艦赤城《あかぎ》に乗っていて、戦死したよ」

「ああ、あのミッドウェイの海戦でやられた赤城に乗っていたのか」

下士官達は春雄に同情の眼を向けた。

「ぼくも大きくなったら、海軍に入るんだ」

春雄はすかさずそう言った。下士官の一人が、春雄にキャラメルを一箱くれて、お兄さんに負けないような立派な軍人になれと言った。

「おい、お前の兄さん、ほんとうにミッドウェイの海戦で戦死したのか」

海軍の下士官達と別れてから啓介が聞くと、春雄は、

「うんそうだ」

と答えて、キャラメルを一つずつ啓介と岳彦に分けてくれた。しばらく歩いていくと、こんどは、陸軍の一団がやって来た。滝原に演習に来たついでに富士登山をするのだと言っていた。

「ぼくの兄さん陸軍の兵隊だった」

と春雄は兵隊の一人に話しかけた。

「去年、南方のスマトラで戦死した」

と言ったが、その兵隊は黙って春雄の顔を見ただけだった。ひとことも声をかけずに、さっさと行き過ぎて行った。

「陸軍はけちだ。やはり海軍の方がいいな」

と春雄が言った。岳彦は、春雄が嘘を言っているのだと思った。なにか貰うために

あんなことをわざと言っているとすれば、許すことができないと思った。夜になった。懐中電灯を持っているのは、岳彦一人であった。岳彦が先に立った。

夜が更《ふ》けるにつれて霧が晴れて来たが、下界は靄《もや》につつまれていてよく見えなかった。時折霧がやって来て、三人の頭を濡《ぬ》らした。月はなく空にはいっぱいの星があった。

五合目の小屋を出たころから春雄が遅れ勝ちになった。はじめはなんだかんだと理屈を言っていたが、そのうちに、黙って砂の上に坐《すわ》りこむ始末だった。麓《ふもと》をいそぎ過ぎて疲れてしまったのである。どうやら富士山へ登ったというのも嘘のことのように思われてならなかった。

岳彦と啓介は相談した上で、春雄を七合目の小屋にあずけて置くことにした。七合目につくと、春雄はもう口が利《き》けないほどになっていた。岳彦は、握り飯二つを春雄の朝食のために残した。寒いというので、啓介はセーターを貸してやった。

「春雄って変なやつだなあ」

と岳彦が言うと、啓介も、

「おかしなやつだな」

と相づちを打った。岳彦と啓介は頂上を目ざしてゆっくりゆっくり登っていった。

八合目の小屋に着いたときには、そのまま横になってしまいたいほど眠かった。ここでひと眠りして出発すると、丁度、頂上で御来光を仰げるのだと小屋の主人が言うので、二人は、湿《しめ》っぽい布団を一枚着て、横になった。つぎからつぎと登山者が来るので眠ってはおられなかった。うとうととしていると小屋の番頭に起された。

岳彦は、銭を払った。夢の中で銭を払って、そのまま外へ出たような気持だった。とにかく人のあとをついて頂上へ頂上へと歩けばよかった。ほかになにも考えることはなかった。岳彦はときどきふりかえって、啓介がいることをたしかめると、また歩いた。

頂上に着いたが、まだ御来光には間があった。寒いから小屋に入りたかったが、小屋は人でいっぱいだし、銭をたくさん取られそうだから岩のかげに身を寄せ合って、朝を待った。二人とも、ひとことも口を利かなかった。

空の星が一つ一つ消えていって、やがて、東のずっと遠くの雲海の上に、明るさが見えはじめると、小屋にいた人達は御来光だ、御来光だと口々に叫びながら外へ出て来た。

岳彦は、そこではじめて御来光に接した。彼は夜から朝に移り変る大自然の仕組みをそこで生れて初めて見たということに、新鮮なものを感じた。その御来光が美しいとも、神秘的だとも、思えなかった。御来光に向って手を合わせる人があったが、その気持はいよいよ分らなかった。

二人は登山者の流れと共に御鉢廻《おはちまわ》りをした。頭の芯《しん》が痛かったが耐えられないというほどではなかった。

剣峰の頂上で岳彦は遠く白銀の山々を見た。

「あれが北アルプスで、手前の山が八ヶ岳だ。こっちに見えるのは南アルプスの連峰だ」

と大きな声で説明している男がいた。

岳彦は、御来光よりも、遠くに連なる白銀の山々に痛いほど感動を覚えた。日本一高い富士山でも、噴火口の底に、僅《わず》かばかりの残雪をとどめるに過ぎないのに、遠くに見える北アルプスの連山は、はっきりと雪の白さをいただきに残していた。それが岳彦には神秘的に見えたのである。

七合目の小屋では春雄が二人を待っていて、

「遅いじゃないか。おれは、一時間も前に頂上で御来光を拝んで、ここにおりて来たのだぞ」

と言った。嘘を言っていることは明らかだった。岳彦も啓介も、そんな春雄を相手にしなかった。

新学期が始まって二週間ほど経ったころから、毎朝、朝礼の時間に校長が生徒たちの綴《つづ》り方（作文）を読んだ。夏休み中に、田舎の親戚《しんせき》のところへ行って、農事の手伝いをしたとか、近所の工場へ行って錆《さび》落しをしたとか、みんなで力を合わせて、道路をきれいにした、などという話ばかりであった。

春雄の富士登山という綴り方が校長によって読み上げられたのは、一番最後であった。

「今年の夏休みをもっとも有意義に過した六年一組の津沼春雄君の綴り方を読んでみよう」

校長はそう前置きして春雄の綴り方を読みはじめた。

「ぼくたち三人が富士登山を計画したのは五月の終りころからだった……」

という書き出しから始まっていた。春雄がリーダー格で、岳彦や啓介などに、富士山についての知識をあたえ、用意万端ととのえて御殿場へ出かける。富士山は考えていたより意外にきびしい山で、六合目あたりで、まず岳彦が参ってしまい、七合目に来ると啓介が動けなくなるのを、春雄が介抱したり、力づけたりしながら、とうとう頂上までたどり着いて、御来光を見るのである。

「私は御来光に手を合わせて、前線にいる兵隊さんたちの武運長久を祈りました。銃後の産業戦士たちの健康をお祈りいたしました。じっと手を合わせていると、私自身の心まで澄み切って来るように感じました……」

というような、六年生としては大変出来のいい文句であった。春雄の綴り方は尚《なお》、続いた。御鉢廻りをして剣峰の頂上から、北アルプスを見たときの情況を、

「私は、日本にこれほど美しい神秘的な山があるとは知りませんでした。私は自分の眼《め》を疑い、そして、その次に、こういう美しい国土は、ぜったいにわれわれの手で守らねばならないと思いました」

と書いていた。

一時間目の授業が終ったあと、二組の啓介が、岳彦のところにやって来た。

「おい、どうする」

「やっつけるさ」

二人は一組の春雄を探しに行ったが、どこへかくれたのか見つからなかった。二人は、二時間目は教室にはもどらなかった。物置のかげにかくれていて、二時間目の授業が終りそうになってから、岳彦は一組の廊下に、啓介は外に出て一組の窓の下で待っていた。

春雄は授業が終ると、真先に廊下へ出たが、そこに岳彦がいるのを見て、窓から外へとび出した。そのあとを啓介と岳彦が追った。春雄の足は速かった。春雄は、啓介と岳彦をあとに従えて、坂をかけ上り、谷中の墓地の方へ走った。三人ともはだしだった。

谷中の墓地へ入って間もなく岳彦が春雄をつかまえた。つかまえたうえ、まずぶんなぐってやろうと思ったが、呼吸《いき》が切れて、言葉がでなかった。そうしているところへ啓介が駈《か》けつけた。啓介は岳彦の手に捕えられて、動けなくなっている春雄を見ると、墓場にあった線香立の石を両手で持ち上げて、それで春雄の頭をなぐろうとした。

「おい、啓介やめろ。そんなことをしたら死んでしまうぞ」

岳彦が、そういって止めると、

「こういう嘘つきは殺してしまった方がいいのだ」

と言った。啓介の顔はほんとうに、その石を春雄の頭にぶっつけそうに見えた。岳彦はつかまえていた春雄をはなして、啓介をとめた。その間に春雄は逃げた。

ちきしょうめ、と啓介はその石を春雄の逃げて行った方に投げつけると、

「なぜ、止めたのだ」

と、こんどは岳彦に向ってつめよってくるのである。

岳彦は逃げた。とてもかないそうもなかったからである。

それからしばらく春雄は学校を休んだ。谷中の墓地で一人で遊んでいるのを見かけた者がいた。それも数日の間で、一週間ほども経って、岳彦と顔を合わせると、

「やあ、いつかは面倒をかけたなあ」

と大人のような口を利《き》いた。

昭和十八年十二月、岳彦の兄次郎は学徒兵として入営した。戦争はいよいよ苛烈をきわめていた。

3

昭和十九年、岳彦は中学一年生となった。

入学式の日はよく晴れていて、中学の校庭から、遠く代官山の桜が見えた。この庭で、その翌日、つまり中学生となって、第一日目の授業の日に、彼等《かれら》はゲートルの巻き方を教わった。教官は准尉《じゅんい》の肩章をつけたいかめしい髭《ひげ》を生やした背の高い男であった。

「ようし、いま一度やって見ろ。巻き終った者から先にここに来て一列横隊に並ぶの

だ」

髭は、一列横隊がいかなるものであるかを示すかのように、手を横に振った。

巻き終った者から先に並べというからには、競争だなと岳彦は思った。競争なら、負けるものかと彼は懸命にゲートルを足に巻きつけた。右足を巻いてしまったとき、両脇を見ると、彼等はまだ右足の折り返しのところでもたついていた。

ゲートルを巻き終った岳彦は髭の前へ走って行って、指定されたところに立った。一番だった。ひといきついたとき、右足のゲートルが、ゆるんだような気がしたので、見ると折り返しのあたりがぱくっと口を開いていた。

岳彦がそれを直そうと手を出すと、髭のでっかい声がした。

「そのままっ！」

つぎつぎと彼の隣にゲートルをつけた同級生が並んだ。二百五十人の一年生全員が並び終ったところで、髭は、

「気をつけっ！」

とばかでかい号令を掛けて、

「ただいまから、巻脚絆《まききゃはん》の点検をする」

髭はまず岳彦の前に来て、じろりと一眼《ひとめ》見てから、

「三歩前へっ！」

と号令を掛けた。髭は生徒のゲートルのつけ方を点検しながら、出来の悪い者だけを三歩前へ出したのである。二百五十人中、三歩前へ出された者は三十六人あった。

「前列、右へならえ、廻《まわ》れ右、駈足《かけあし》前へ進め」

髭の号令どおり岳彦はやった。なぜ前列三十六名だけに駈足をさせるかよく分らなかった。

校庭の隅《すみ》まで駈けて行くと、左に向きを変えと号令が出た。それからは校庭の隅をただぐるぐるとわけもなく駈け廻っていた。駈足の速度が落ちると、髭から、遠慮のない叱声《しっせい》がとんで来た。校庭を三周したころから、岳彦は右足のゲートルが解けて来たことをはっきり知った。五周すると、ゲートルは靴《くつ》のところまで落ちた。八周目にはゲートルは解けてひきずるようになった。直そうとすると、

「こらっ！　そのまま走れ！」

と怒鳴られた。そのころから落伍者《らくごしゃ》がつぎつぎと出た。それでも髭は駈足をやめさせなかった。左足のゲートルがゆるんで来て、やはり右足と同じように、たるんで解けたが、彼の足からはずれようとしなかった。ゲートルが足にからんで走りにくかった。そのころになると、走っているのは岳彦ひとりになっていた。

（あの髭は、おれがへたばるまで走らせるつもりだな）

と岳彦は思った。相手がそういうつもりなら、こっちにだって考えがある。おれが走っている限りにおいては、あいつはあそこに立って見ていなければならないのだと校庭の中央に立って、ふんぞり返っている髭を見ると、その顔つきが小学校のときの軍曹《ぐんそう》の顔にどことなく似ているように思われた。諏訪《すわ》神社の境内で、軍曹の頭上に一雨降らせてやったことがすぐ思い浮んで来て、おかしくなったが、その笑いをかみ殺すように下を向いて、彼はマラソンを続けた。

「分ったか、巻脚絆というものは、速く巻くばかりが能ではない。しっかりと上手に巻かねばならない。いい加減な巻き方をすれば、ああいうみっともない格好になるのだ」

髭は、走り続けている岳彦の方を指さしながら、生徒に訓示を垂れた。

「巻脚絆を解けないように巻くこつは、折り返しの部分を特に丁寧に巻くことだ。そのところをやって見るからよく見ておれ」

髭はそう言って、身をかがめた。岳彦は、その折を見て、引きずっている巻脚絆を取って、ポケットに入れた。全身汗でびっしょりになっていた。髭が岳彦ひとりを走らせて、他《ほか》の生徒に、ゲートルの巻き方のこつを教えているのは、不公平であると思った。少々気負って、いい加減な巻き方をしたからといって、自分ひとりにこれだけの罪科を負わせるのは不当の処置に思われた。だが岳彦は走るのをやめて、こっそり列に帰るようなことはしなかった。岳彦は走り続けた。

　この日から岳彦は髭を目のかたきにした。その敵は、その中学のどの先生よりも威張っていた。校長よりも威張っていた。校庭の隅の防空壕《ぼうくうごう》掘りにも、花壇をつぶして野菜畑にするときにも、この髭が出て来て世話を焼いた。それだけならいいが、この髭は演説が好きで、

「今や、わが大日本帝国は……」

　というような、嵩《かさ》にかかった演説をやたらにやった。彼が演説をぶたなくとも、岳彦には、日本がいまどのような状態にあるか分っていた。中学生ともなればまんざら子供ではなかった。いつも空腹をかかえていなければならないことから想像しても、戦局がどうなっているか予想できた。欲しがりません勝つまでは、という標語を見ても聞いても、食べ盛りの彼の腹は、常に不平を鳴らし続けていた。

　二月に、米軍がマーシャル群島に上陸して以来、日本の空におおいかぶさって来た黒い雲は、時と共にその密度を増していった。

　六月十五日に米軍はサイパンに上陸した。七月上旬には、守備隊全員の玉砕が伝え

られ、グアム、テニヤンも引き続いて陥落した。

サイパンの陥落と同時に、日本本土は敵の爆撃下にさらされる可能性ができた。学童疎《そ》開《かい》が始まった。学校ぐるみで東京を離れていく学童を、泣きながら送っていく母親達の姿を見掛けるのも珍しいことではなかった。

「日本は戦争に負けるかも知れねえぞ」

津沼春雄が岳彦に囁《ささや》いたのは、彼等の母校の学童疎開を見送りに行った帰りだった。

「なに、日本が負ける。もう一度言ってみろ」

岳彦は春雄の顔を睨《にら》みつけて、拳骨《げんこつ》を握った。日本が負けるなどと言うことは禁句であった。国民の誰《だれ》しも、心にしみこんで来る不安があっても、勝つために苦労しているのだと思いこもうとしていた。その大人達の気持は、そっくり岳彦にも伝わっていた。

「春雄、もう一度言ってみろ」

そう言われると春雄は、照れくさそうに頭を掻《か》いて、

「そう言っている人もいるっていうことだ」

と逃げた。

その中学校には津沼春雄も、田宮啓介もいた。自宅から歩いて通学できるという理

由で、岳彦のいた小学校からは三十人ほどの同級生がこの中学校へ入学していた。

「タイヤキを売っている店があるぞ」

まだ怒っている岳彦に春雄が言った。いまごろ、そんな店があるものか、あればヤミに決っているぞ、と言っても、春雄はほんとうにあるのだ、おれはその店を知っていると言った。

「どこにあるのだ。その店は」

「上野なんだ。上野の広小路の裏にある。もし、買いたいならつれていってやってもいい」

　銭がなければ、物を持っていけば、焼き立てのタイヤキと交換してくれると言った。岳彦は銭を持ってはいなかった。家へ帰って母にねだろうかと考えていると、春雄は岳彦の心の中を見すかしたように、

「銭がなければ、そのゲートルでもいいぞ、なにこの次銭を持って行って貰《もら》い下《さ》げてくればいいのだ。そのタイヤキ屋は義理がたい男だからな」

　と、ませた口を利《き》いた。

「このゲートルで、タイヤキを幾つくれるのだ」

岳彦はポケットのゲートルを出して言った。

「そうだな、このくらいの奴《やつ》を三つはくれるよ。一つはおれにくれるだろうな」

春雄は、タイヤキの大きさを手つきで示して言った。岳彦は、その手つきにだまされた。上野広小路の裏まで歩いて行って、うすぎたない小路で一時間ほど待たされたが、ついに春雄は姿を見せなかった。ゲートルを詐取《さしゅ》されたのだと気がついたときには、後の祭りだった。

そのとき、髭はいつもより機嫌《きげん》が悪いようだった。彼が教官室に入って行ったとき、既に彼は上級生の二人を前に立たせて、教官室全体に聞えるような声で怒鳴っていた。彼等がなんで叱《しか》られているか分らなかった。岳彦が入って行くと、

「よし、以後気をつけろ」

と言って二人を帰すと、いままで、その二人に向けていたいきどおりを岳彦に転換したようなすさまじさで怒鳴り出した。

「きさまはなぜ、学校から配給を受けた巻脚絆を持って来ないのだ。失《な》くしたのか、それとも、あの巻脚絆が嫌《きら》いなのか」

「嫌いではないんです。失くしてしまったのです」

春雄に詐取されたとは言えなかったから、そう答えたのである。

「それでは、いまきさまが使っている巻脚絆は、どこから手に入れたのだ」

「父から貰いました」

「ほんとうか？」

髭は疑うような眼を彼に向けてから、

「きさまは、小学生のとき、英霊の前で笑ったことがあるそうだな、それはほんとうか」

なぜ髭がそんな古いことを持ち出したのか岳彦には分らなかった。同級生の誰かが、髭に告げ口をしたのだろう。そんなことをするとすれば春雄だ。

〈髭に眼をつけられるとひどい目に会うぞ〉

と上級生が言っていたが、いま自分は、その髭に眼をつけられたのだ。

「ようし、今日の放課後、剣道場に来い」

髭は軍事教練の教官の他に剣道の教官を兼ねていた。剣道場に来いというのは、防具をつけさせて、しこたまぶんなぐってやるぞ、ということだった。

「剣道は曲った根性を直すのにもっともよいのだ」

髭は、一方的に岳彦を、根性の悪い生徒にしていたようであった。

教員室を出るとすぐ岳彦は、春雄をつかまえてぶんなぐってやろうと思った。もと

もと、あいつが悪いのだ。タイヤキ事件の翌日は春雄の方から彼のところへやって来て、

「おい岳彦、昨日はきさまのためにひどい目に会ったぞ」

と大きな声で言った。彼等のまわりに人が集まって来ると、春雄は大きな声で、岳彦の命令でタイヤキ買いに行って、出て来たところを待ち伏せていた刑事にヤミ行為の現行犯としてつかまって、警察へ引張っていかれて、タイヤキは取り上げられた上、さんざん油をしぼられたと言うのである。

「おれは二時間も上野警察署にいたのだぞ。やっと許されて、上野広小路の裏へ行って見ると、きみはもういないしね。とにかくひどい目に会った」

警察の内部の模様などくわしく知っているところを見ると、それがまんざら嘘《うそ》には思われなかった。しかし、後でよく考えてみると、タイヤキを買うより売る方が悪いのに、そっちをつかまえずに、春雄だけを警察に引張って行ったというところがへんだった。

岳彦は、そのときになって、春雄の天才的な嘘にひっかかったのだと思ったが、もう遅かった。

春雄はB組にいた。

休み時間に、春雄を外へ引張り出して、

「てめえ、髭におれのこと話したな」

春雄が答えるより先に一発ぶんなぐってやろうとすると、春雄はちゃんとそれを予期していて岳彦の拳骨をするりとよけて、

「やい、サル、きさまはこれから、毎日あの髭に竹刀《しない》でぶんなぐられるのだぞ」

そう言って逃げ去った。

この年になって神風特攻隊が出撃した。十月には米軍がレイテ島に上陸した。十月に入って間もなく、大学に在学中の兄、三郎は、学徒出陣の列に加わって戦線に出て行った。一郎、次郎、三郎と三人の兄が引き続いて戦地へ行くのを見て岳彦は、身近に硝煙がただよって来るのを感じた。

十一月二十四日は、サイパンの基地から飛来して来たB29が東京を空襲した。それが本格的空襲の前触れであった。

そのころ岳彦は、近くの道場に剣術を習いに通っていた。大先生といわれる老人は六十歳をとっくに越えていて、長いあご鬚《ひげ》をたくわえて、いつも道場の奥に坐《すわ》って子供達の剣術の稽古《けいこ》を見ていた。その老人のほか大人というと徴兵検査前の青年が二人ばかりいた。徴兵前の青年といっても、この年の秋徴兵年齢が満十七歳に引き下げら

れたので、少年のにおいのまだ抜けきらない顔をした青年であった。

岳彦が、この道場に通い出したのは、強くなりたいためであった。ほとんど毎日のように放課後、残されて一方的にぽかぽか叩《たた》かれている髭の竹刀に、一日もはやく敵対できるようになるためだった。

髭の剣術は岳彦を、叩きのめすことによって根性をたたき直そうというものであった。岳彦はそのやり方になんとしても我慢ができなかった。

この道場の岳彦の兄弟子にあたる巻田吾市《まきたごいち》という少年は、岳彦より年齢は一つ上だったが、ぴょんぴょん道場をとび廻《まわ》るような剣術をやった。竹刀が細かくよく動いて、五本のうち一本を取るのも、岳彦に取ってはむずかしいことであった。

岳彦は巻田吾市を相手に練習をやっているうちに、相討《あいう》ちを狙《ねら》って竹刀をふると、不思議に成功することを知った。巻田の竹刀をよけることはいっさいせず、彼が打ちこんで来たら、こっちも打ちこもうということだけ考えていると、巻田のように、ぴょんぴょん道場をとび廻らないでよかった。

岳彦のもう一人の相手はやはり一つ年上の香村稔という少年だった。この少年は、小柄《こがら》なくせに大上段に構えることが得意だった。香村の竹刀にぶんなぐられると、ふらふらっとすることがあった。

岳彦は香村に、頭の芯《しん》にこたえるようなお面を取られてから、なんとかして香村と対等に勝負できるようになりたいと思って、その機会を狙っていた。岳彦は香村に対しても相討ちを狙った。それも、突きであった。相手が大上段にふりかぶれば、こっちは正眼にかまえて、敵の咽喉《のど》を狙った。ふりおろす速さと、突き込む速さでは、岳彦の方が不利な場合が多かったが、徹底的に相討ちを狙う岳彦の突きは、ときどき香村の面の咽喉当てを突くことがあった。一度などは、香村はものの見事にうしろ向きにひっくり返ったほどであった。

「竹井、お前は突きが好きなようだな。突きが邪剣だというわけではないが、下手な突きをやると、竹刀が面の下にもぐりこんで相手に大怪我をさせることがあるから気をつけるように」

大先生は木刀を持って道場におりて来て、岳彦に正しい突きの型を教えた。

このときから、岳彦はこの道場ではもっぱら突きの稽古ばかりやった。

岳彦がこの道場に来てから二カ月ほど経《た》ってからであった。大先生が少年達を集めて講話をやった。

「剣道は技術より心だ。諸君の稽古を見ていると、どうも遊びに見えてならない。もっと本気になってやれ。真剣をふるってアメリカ兵と戦うつもりでやらねばならない。

このアメリカめ、このアメリカめと思って斬りこんでいくのだ」

このことがあってから少年達は稽古中に、さあ来いアメリカ野郎とか、そのころ婦人雑誌などでよく使うようになった米鬼などという言葉をやたらに使った。岳彦は、かかって来やあがれアメリカ野郎、と敵を誘いこむ前によく怒鳴った。

岳彦が、大先生の道場で剣術の稽古をしていることを髭は知らなかった。岳彦がこのごろ上達したのは、放課後に髭が仕込んでやった効果だと思いこんでいた。

岳彦は、髭に叩かれても叩かれても、がむしゃらに向っていた。今に見ていろと彼は心の中に期していた。岳彦は、髭には突きの手を絶対に使わなかった。岳彦はこの秘剣を大事にしまって置いて、時が来たら、その秘剣を使って、髭を道場に這《は》わしてやろうと思っていた。

アメリカ野郎という掛け声も使わなかった。これも、とって置きだと考えていた。ただ、大先生が相手をアメリカだと思えと言ったことだけは守った。面をかぶった髭の顔をアメリカ人だと思えばアメリカ人に見えた。いまおれはアメリカ人にぶんなぐられているのだが、そのうち、あのアメリカ人を倒してやることができるのだと思っていた。

放課後、道場に来る上級生が、岳彦に対する髭の仕込み方が激しいので気の毒に思って、わざと上級生相手に練習をやるようにしむけたが、岳彦はそのような見えすいたことは嫌いだから、そういう上級生には、例の相討ちの構えで逆襲した。上級生は岳彦から去った。

昭和二十年になって間もない寒い日の放課後であった。一時間あまりの剣道の練習が終って、上級生が道場の隅《すみ》にしりぞいて坐って、防具を取って汗を拭《ぬぐ》っているときに、

「竹井、一本つけてやるから来い」

と髭が道場の中央に立って言った。その日、髭は、なにか用があって遅れて来たのである。髭に睨《にら》まれて、放課後道場にやって来る生徒は五人ほどいたが、その日残っていたのは岳彦ひとりだった。多くは髭の竹刀をこわがっていたから、これ幸いと逃げ帰ってしまったのである。

髭は、いくら殴られても叩かれても、彼に向って来ようとする竹井岳彦が憎らしかった。少年らしく見えなかった。叩けば叩くほど歯をむいて来る野獣のように思われた。

「来い、竹井岳彦！」

髭が怒鳴ると、岳彦は、それに応えるように、

「今日は真剣勝負のつもりでやりましょう」

と岳彦が言った。この言葉が髭を更に怒らせた。そんなことはいままで、一度も言ったことがない岳彦だった。

髭は、防具をつけて道場の真中に進んで来る岳彦を憎々しげに見おろしながら今日こそ身動きができないほど痛めつけてやろうと思っていた。

二人は道場の中央に向き合って、剣道の作法どおりの礼をつくして左右に分れた。

「かかって来やがれ、このアメリカ野郎め」

岳彦が怒鳴った。髭も、道場の周囲で見ている上級生達も、この奇妙な掛け声でびっくりした。最初は自分の耳を疑ったが、再度岳彦が髭に向って、アメリカ野郎めと言ったのを聞いて、しいんとなった。その言葉の結果が、容易ならぬ事態となって現われそうに思えたからであった。上級生達はあらためて岳彦の構え方を見た。髭に較べると、小柄な彼が、ひどく短い竹刀を持っていることに気がついた。竹刀の寸法が決っているから、一年生は重そうに竹刀を振った。上級生と試合をする場合、竹刀を打ち落されるのは、たいがい下級生であった。ところが、いま眼の前で、髭に奇妙な掛け声をかけた岳彦の竹刀は普通より短めにこしらえてあった。それが、道場に集まっている中学生に取っては異様に見えた。彼等《かれら》は、岳彦が大先生の道場に通っていて、あの突きの秘剣を使うときには、小学生の使う竹刀を持って、相手のふところ深くとびこむのが一番いいということを、岳彦なりの策略として案出したことを知らなかった。いざその日のために、岳彦が短い竹刀を持って来ていたことも知ってはいなかった。

アメリカ野郎めと言われた髭は、初めは面喰《めんくら》った。二度目に聞いたときは、かぎりなき侮辱だと思った。どうしてくれようかと思った。岳彦を、痛めつけることはわけのないことだが、教官としての体面もあった。上級生の見ているところで、猫《ねこ》が鼠《ねずみ》をいためつけるようなことは、したくなかった。誰《だれ》が見ても、妥当な方法で、上手にこらしめてやらねばならないと思った。岳彦の方が悪いから、教官に痛めつけられてもやむを得ないと思わせるような、仕置きをするにはどうしたらいいだろうか。

髭は竹刀の先をぴくぴく動かした。この憎らしい小僧をこらしめるには、やはり時間をかけるしかないだろうと思った。

「かかって来ねえのか、このアメリカ野郎の弱虫め」

岳彦はまた怒鳴った。怒鳴って置いて、二歩ばかりうしろに退《さが》った。当然、髭の竹刀が頭上に来ることを期待しての足運びであった。

髭はその誘いに乗った。上段にふりかぶった竹刀で岳彦のお面を取ろうとした。岳彦はこのときを長い間狙っていたのだ。髭の剣がぴくりと動いたとき、岳彦は、髭の胸元深くとびこんで行った。髭はいささかあわてて、大上段にふりかぶった竹刀をとびこんで来る岳彦の頭上に下ろそうとした。だが、髭が彼の体重を前にかけて、竹刀をふりおろそうとした瞬間、岳彦の秘剣の突きの一撃が彼の咽喉を狙って突き出されていた。しかも、岳彦がとびこみ、髭が踏みこもうとしたので、二人の間隔は接近しすぎていた。しかも、髭と岳彦との背丈の差がありすぎたため、岳彦の突きの秘剣は運悪く、髭の面の咽喉当ての下をくぐった。手応えが岳彦の両肩に来た。

髭は竹刀を抛《ほう》り出して、うしろ向きに道場の真中にひっくり返った。

しばらくは、そこに起きたことを、誰も信じようとしないようだった。そしてすぐ、上級生達が道場の中央に集まって、髭の防具を取りうしろから抱き起して、一人がうしろに廻って活《かつ》を入れると、それまで白眼を出していた髭が突然眼を開いて、竹刀でも探すような格好をした。

岳彦は、ざまを見やあがれと心の中で会心の勝関《かちどき》を上げた。彼は怒ったような顔で防具をまとめると、道場の隅で、上級生達に介抱されて水を飲んでいる髭のところへつかつかと進んで行って、

「竹井岳彦、帰ります」

と怒鳴るように言うと、悠々《ゆうゆう》と道場をあとにして外へ出て行った。

4

昭和二十年と年が変って二月に入ると、B29爆撃機による空襲は次第に激しくなった。予想されていたことであった。人家の強制疎開《そかい》の取りこわしがあちこちで行われた。岳彦達《たち》中学生は、半日は勤労奉仕の名目で、引き倒された建物のあと片づけに駆りだされていた。地方へ疎開していく生徒も日ごとに増していった。それを見てなんだ、小学生見たようじゃあないか、と言っていた中学生も、身近で、家を焼かれたのを見、死んだ話を聞くと気持が落ちつかなくなった。会社も官庁も疎開を始めた。どの駅にも、疎開用の荷物が山と積まれた。毎夜のように空襲警報が鳴った。そのたびに防空壕《ぼうくうごう》へ逃げこまねばならなかった。

運命の日がひしひしとせまって来るようで無気味であった。その運命の日が、彼自身の終焉《しゅうえん》を意味するものか、彼の家が焼かれるのを意味するのか彼にはよく分らなかったが、とにかく、運命の日がなんらかのかたちで彼を訪れつつあることだけは確かなように思われてならなかった。それが恐怖による一種の神経衰弱であって、岳彦だけでなく、誰《だれ》でも多かれ少なかれ同じようなことを考えているのだということを彼は知らなかった。

岳彦は、そのころ比較的おとなしかった。いたずらをやるにしてもその種はないし、そういう雰囲気《ふんいき》ではなかった。彼は死を考えつづけていた。だが、岳彦は、おれは死ぬかもしれないなどと人には語らなかった。表面上、彼は向う気の強い中学生らしくふるまっていた。

「死ぬって、どうなることだ」

と、岳彦は、兄の四郎に訊《き》いた。

「死ぬってことは、なくなることさ、なくなるから、どうにもならない」

兄の四郎は岳彦と同じ中学校の四年生だった。岳彦より一段と高いところから、やがて、徴兵という形でせまって来る死を見詰めているようであった。死ぬってなくなることさという四郎のひとことは岳彦の心に強く響いた。四郎は、死を虚無的に解釈して、そう言ったのではなかったが、岳彦にはなくなるということが、悲壮感を越えて、なにかすばらしいことのように思われてならなかった。

三月十日の大空襲はその岳彦の気持を根底から揺すぶった。

空襲警報が鳴りひびくと、母は弟の六郎をつれて、近くの防空壕に退避した。その防空壕はコの字に掘ったもので、いざというときには、十数軒の家族がそこへ逃げこむことになっていた。

四郎と岳彦は、家を守るために残った。火叩《ひたた》きや、筵《むしろ》や砂や水槽《すいそう》の水が充分かどうかを見て廻《まわ》った。いつものことだから、そういうことには馴《な》れていた。まもなく敵機が去り、空襲警報が解除されるだろうと思っていたが、その夜の空襲はそれまでと類をことにしていた。

重い敵機の爆音が暗い空を揺すぶった。高射砲の音が夜の空気を震わせた。

兄弟は運動靴《うんどうぐつ》を履き、火叩きを手にして、玄関にしゃがみこんでいた。すべての灯火は消されているから、山奥の洞窟《どうくつ》にでも潜《ひそ》んでいるように暗かった。玄関の磨硝子《すりガラス》をとおして、赤いものが見えたが、それはすぐ消えた。

「敵が照明弾を落したのだ」

兄が言った。その声が慄《ふる》えていた。父がいてくれたら、と岳彦はふと思った。父は出張に出たままであった。官庁疎開の下準備のためであった。

爆弾でも落ちたような大きな音がした。距離は遠かった。地響きがした。引きつづいて爆裂音が幾つか聞え、やがて、その音に呼応するように、外が明るくなっていった。焼夷弾《しょういだん》が落されて火事になったのだ。

兄の四郎は玄関を細めに開けてみた。そこから、燃え上る炎が見えた。

「本所深川の方だ」

兄はそう言って、玄関を閉めた。劫火《ごうか》に見えた。それが、こっちにやって来るのが怖かった。

重い爆音がまた頭上にせまって来た。何百機もの敵機が一度にやって来たように思われた。岳彦は祈るような気持でいた。この家にだけは焼夷弾が落ちてくれないように、そんなことを懸命に念じている眼《め》の前に、真赤な火柱が立った。岳彦はもうだめだと思った。爆弾が落ちたのだ。これで、おれも死ぬのだ。兄が言ったように、死ぬってことはなくなることなのだと一瞬頭の中で考えた。考えながらも、彼は、学校で教わったように玄関に身を伏せた。

「焼夷弾だ」

兄の四郎が言った。兄の四郎がそう言って玄関を開けると、すぐそこで音を立てて炎が燃え上っていた。兄は、水槽へ走って、濡《ぬ》れた筵を持って来ると、炎の上に掛けた。炎は一時押えられたが筵の隅からはみ出した炎が、すぐ前よりも威勢よく炎を噴き出した。シューシューという音が敵の威嚇《いかく》に聞えた。

「岳彦、砂だ」

兄の呼ぶ声が聞えた。岳彦は、砂の袋を持って火に近づいた。兄が第二の筵を掛けた。その上に岳彦が砂を掛けた。火が消えた。彼の家に落ちた焼夷弾はそれだけではなかった。物置の前でも一つ火を噴き出していた。庭でも燃えていた。屋根に当って、はねかえって落ちて来た焼夷弾は、庭の桜の木の下で火炎を噴き出していた。

岳彦は、自分がなにをやっているのか分らなかった。彼の中には火だけがあった。火を消すことだけしかなかった。砂を投げつけたり、水槽の水をバケツに汲《く》んで来てかけたり、濡れ筵をかぶせたりした。火叩きをふり廻している兄の顔が見えた。

焼夷弾は、彼等の家の近くに合計五個落ちたが、ことごとく兄弟によって消し止められた。だが、二人が焼夷弾との戦いに勝ったころには焼夷弾以上におそろしい敵が迫っていた。彼の家は高台にあった。その高台の下の人家が焼夷弾にやられていっせいに燃え出したのである。熱気は風を呼んだ。風は渦《うず》を巻きながら、丘の上に吹き上ろうとしていた。隣家が燃え出したならば、岳彦の家もまずのがれることはできないだろう。

「水槽に水をいっぱいにして置こう」

兄の四郎は、丘の下から吹き上げて来る炎を見ながらそう言った。二人は、水道の栓《せん》にホースを結んで水槽に導いた。

水槽に水がたまるころには、もう隣家は燃え始めていた。風呂敷《ふろしき》包みを小脇にかかえた隣家の主人が、岳彦の前を走って通った。炎の明るさで、隣家の主人の顔が見えた。彼は半ば泣いていた。

「逃げろ、子供がこんなところにいたら焼け死ぬぞ」

隣家の主人はそう言ったが、強《し》いて、二人に逃げろとは言わなかった。

「火の粉が来たら、叩いて消せ」

四郎は、火叩きをふりかざして言った。そのぐらいのことで、延焼を防げるとは思えなかった。隣家と、彼の家との間にはサワラの木の垣根《かきね》があった。垣根から隣家まで二間、岳彦の家まで三間ほどあった。五間（約九メートル）の空間が火を防いでくれるかどうかは疑わしかった。

風は丘の傾斜に沿って吹き上っていたから、隣家を焼く炎は、その上昇気流に炎の先端が煽《あお》られて、岳彦の家の二階を舐《な》める可能性があった。二階の屋根は瓦《かわら》ぶきであった。

岳彦と四郎は、そろって、炎の行方《ゆくえ》に眼をやった。そして二人は、物置の軒先にかけてある梯子《はしご》を取りに走った。

二人は、その梯子を二階にかけると、バケツに水を汲んで運び上げた。二人が二階に運び上げた水は、二階の雨戸や、板壁などに掛けられた。そんなことが火を防ぐ役に立つのかどうか二人は知らなかった。ただ、ふと、そんな知恵が二人の頭に浮んだに過ぎなかった。

隣家の火炎は屋根に抜けた。噴き上った炎は、二人の頭上から火の粉を降らせた。身体《からだ》が焼けるように熱かった。二人は水槽の中に防空頭巾《ずきん》を被《かぶ》ったままでとびこんだ。頭巾の綿が水を吸うと、鉄兜《てつかぶと》のように重かった。二人は火叩きをふり廻して、火の粉を消した。屋根の上を歩くと、運動靴を通して焼けるように熱かった。炎に顔は向けられなかった。背を向けると、いま水に入ったばかりの上衣《うわぎ》が焦《こ》げ出したように熱かった。

隣家との境のサワラの木の垣根が、音を立てて燃え出し、やがていっせいに炎の塀《へい》を作った。

二人は、これでもうおしまいかと思った。垣根の次には、彼の家が焼ける番であった。だが彼等はあきらめなかった。水槽にとびこんでは水を浴び、火叩きをふり廻していた。

隣家の炎が高いところで渦を巻いていた。その頭がぐらりとこっちへ傾けば、それで終りのように思われた。二人は絶望的な眼を炎に投げた。どこかでつむじ風でも起ったような音がした。隣家の屋根を吹き抜いていた炎が、その旋風にとらえられて、彼等の家とは反対の方向に吹きなびいた。ひどい風だった。なぜ突然、そんなに強い風が吹くのかふたりには分らなかったが、隣家の炎が向う側になびいたので、彼等はほっと一息ついた。

風の吹いて来る方向を見ると火の海だったし、その逆の方向も火の海だった。彼等の家は、火の海にかこまれた孤島の上にあった。

なぜ、彼の家だけが焼けないのかなどと考えている余裕はなかった。ただ、同じ火の海でも、火の勢いの強いところと、弱いところがあって、そこに、旋風が起ったのだろうということは、直観的に知ることができた。火勢と火勢のバランスが崩れてつむじ風を起し、彼の家を救ってくれたのだと思った。

その風は、同じ方向にしばらく吹きつづいていた。隣家が大きな音を立てて焼け落ちた。火の粉が岳彦の眼の前で立上った。火の粉が彼等の家に降りそそいだ。ふたりは夢中で走り廻った。だがそれが、二人の奮闘の最後であった。焼け落ちた隣家はもうおそろしいことはなかった。通りをへだてて向うの隣家も焼け崩れ落ちていた。諏訪神社も燃えていた。

「東京中が焼けてしまったのだ」

四郎が言った。岳彦は水槽の中に犬のように首を突込んでがぶがぶ水を飲んだ。

夜が白々と明けるころには、周囲はすっかり変っていた。なにもかも焼けていた。丘の下の小学校も消えていた。

六郎をつれて防空壕から帰って来た菊子は、二人の息子の元気な姿を見ると、大地に膝《ひざ》をついて声を上げて泣いた。母が泣くので、六郎もまた泣いた。四郎と岳彦は、怒ったような顔で、泣く母と弟の顔を見ていた。

「おい、顔を洗えよ。黒ん坊みたいだぞ」

四郎が岳彦に言った。その四郎の顔も、真黒だった。すすけた顔の中で眼だけが、ぎらぎらと輝いていた。

岳彦は兄の四郎の顔を見ているうちに、四郎が、死ぬってことはなくなることだといったことが思い出された。なにか四郎に嘘《うそ》を言われたような気がした。見わたすかぎり死に絶えたが彼の家も、彼もまたなくなってはいなかった。

岳彦の頭から死に対する恐怖が去った。

「学校へ行って見よう兄さん」

岳彦は兄に言った。家の次に学校のことを心配するだけの余裕が出て来たのである。

彼の中学校は焼けてはいなかったが、その朝、学校へ来た者は三分の二ほどであった。学校へ出て来ない者の家は、昨夜の爆撃に焼け出された者であった。数学の先生が五人登校しなかった。二人は深川、三人は本所に住んでいた。数学の先生のそのうちの一人であった。彼は本所に親子五人で住んでいた。登校しない先生のところに見舞いに行くように手配された。生徒の有志がこれに加わった。

岳彦は数学の先生の家へ見舞いに行くことを申し出た。その先生が好きだったからである。その他に五人の上級生がいた。引率の教官は絵の先生だった。

焼け野原となっていて、数学の先生の家を発見することはできなかった。登校しない五人の先生のうち四人はその後になって学校へやって来た。いずれも罹災者《りさいしゃ》であった。

数学の先生は二日経《た》っても、三日経っても姿を現わさなかった。岳彦たちはやっとのことで、彼の家の焼け跡を尋ね当てた。焼け跡の瓦礫《がれき》の中からは遺体らしいものはなに一つとして発見されなかった。

「とうとう死んだか」

岳彦は涙を拭《ぬぐ》った。

焼け出された近所の人達がしばらく置いてくれといって岳彦の家へ上りこんだ。近所の人ばかりではなかった。大空襲のあった翌々日、岳彦が学校から帰宅すると、津沼春雄の家族が上りこんでいた。

「お宅の岳彦さんが、春雄にうちへ来いと言って下さいましたので、お言葉に甘えて参りました」

春雄の両親はそういって、上りこんだのである。

「そんなことをぼくが言う筈《はず》はないじゃあないか」

と岳彦が言っても、もう遅かった。春雄の一家三人は、二階の一室を占領してなんとしても動かなかった。彼等は、鍋《なべ》ひとつ持ってはいなかった。

「古い家でしたが建て坪百坪ほどの家でした。調度品もいっぱいあったし、寝具も二十人分ほどはありました」

などと春雄の母は言った。どう見ても、その一家はそういう大きな家に住んでいた人には思われなかった。春雄の父は、本所の工場に勤めていたが、そこが焼けたので、岳彦の家から蒲田《かまた》の工場へ通勤した。招かざる客が、三家族、岳彦の家の二階に住むようになると、なにやかやで、騒々しくなった。出てくれと言っても、出て行くあてもないし、出て行くような相手でもなかった。二階の三家族の間でしばしばもめごとが起きた。原因は、ほとんど津沼一家にあった。物が失くなったと騒ぎ出して、いかにも誰々《だれだれ》さんが臭いように言いふらすのは、津沼のおかみさんに決っていた。だいたい、鍋ひとつ、着物一枚持たずに逃げこんで来た彼等に盗《と》られる物があろう筈がなかった。

岳彦の父は、大空襲のあと、一週間後に帰って来た。役所の疎開先が決り、疎開の段取りが決った。職員たちの疎開先も決めて来たのに、彼自身の疎開先は決めてはなかった。彼はそのように人が善《よ》くできた男だったから、招かざる同居者たちに対しても、強いて出て行けとは言わなかった。

「これだけ周囲が焼けたのだから、もう、火の心配はない。なんぼアメリカだって焼け跡に焼夷弾は落さないだろう。こうなったら、疎開するより此処《ここ》にいた方が、安全だろう」

岳彦の父は、野菜の種を土産に持って来ていた。それを焼け跡に播《ま》いたらいいと言った。近くの焼け跡を整理して、播いた種が芽を出したころまた大空襲があった。

五月二十四日午後十時半より始まったB29爆撃機の攻撃は三時間にわたって執拗《しつよう》に繰り返された。

岳彦はこの爆撃を防空頭巾を被り、火叩きを持って見詰めていた。岳彦は、三月十日の爆撃で家を守った。焼夷弾には負けないという自信があったが、彼の家から見える火災は余りにもその範囲が広すぎた。東京のすべては焼きつくされてなくなるだろうと思った。

火は一夜燃えつづけて朝となった。

岳彦は学校のことが心配だったから、朝食を摂《と》ると、すぐかけつけた。彼の中学校はコンクリートの校舎を一棟《ひとむね》残して、他はすべて焼けてしまっていた。

その日、登校した者は、各学年を総合しても百名たらずであった。先生の顔も少なかった。

先生の指導で焼け跡の取り片づけをしていると軍人がやって来て、校長になにか話した。校長はただ頭を下げるだけであった。間もなく軍隊のトラックが来て、生徒たちはそれに乗せられて、焼け跡へつれて行かれた。

彼等に与えられた仕事は焼死体の取り片づけであった。二人が一組にさせられた。焼死体を見つけると、それを焼け残りのブリキ板に乗せて、トラックのところまで引張って行って積みこむと、トラックの上にいる兵隊がべったりと大きな印をおした紙片をくれた。その紙片を三枚貰《もら》って、近くで炊《た》き出しをやっている天幕場へ行くと、三枚につき一個の握り飯をくれるのである。

焼死体は性別も年齢も分らなかった。ただ一個の焼けただれた物体でしかなかった。同じところに、数人が折り重なって焼け死んでいるような場合が多かった。臭気は、もう気にならなかった。岳彦とたまたま、その仕事をやらねばならなくなったのは、同級の岐浦信治であった。岐浦は初めからその仕事におびえているようであった。焼死体の前に立つと、そっぽを向くばかりでなく、それに触れようとはしなかった。

「おれは嫌《いや》だ」

「嫌だって、命令だからやらねばならないじゃあないか」

岳彦は、そのころやたらに使われている命令という言葉を使った。

「命令だって、いやだ、死体に触れるのは絶対にいやだ」

相手が悪かったと思った。こういう相手と組んでは、とても握り飯は貰えないと思った。しようがないから岳彦は焼け跡から掘り出した針金を焼死体に巻きつけて、それをトタンの上に引きずり上げた。針金はまだ熱かった。トタンには、隅《すみ》に釘《くぎ》で穴をあけて、そこに針金を通した。そこまで準備してやってから岐浦にさあ引張れというと、彼は背を焼死体に向けて、その焼死体に追われるように一生懸命に引張った。焼け跡にはまだところどころに煙が立上っていた。

トラックまでの距離はかなりあって、そこに行きつくのは容易なことではなかった。それでも日暮れまでに、四体の焼死体を運んで、四枚の切符を持って、天幕場の兵隊のところへ行くと、

「二人で、たった四つか、さぼっていたな」

と言われた。

「一生懸命やりましたが、これしかできませんでした」

岳彦は、身ぶりで、その困難さを示した。

「何年生だ？」

軍曹《ぐんそう》の階級章をつけた下士官が出て来て岳彦に言った。

「二年生です」

「二年坊主か、それなら握り飯を一つずつつくれてやれ」

軍曹は負けてくれた。

「そこで食べろ、水もある」

焼け跡に水道が出っぱなしになっていた。岐浦は気持が悪いと言って食べずに、その握り飯を手拭《てぬぐい》につつんで家へ持って帰った。岳彦はその場でむさぼるように食べた。固いにぎり飯を食べたなどということは久しぶりだった。

この五月二十四日の大爆撃を境として学校は有名無実な日を送るようになった。生徒数も少なく、授業よりも勤労奉仕ばかりが多かった。配給米が減って、母を苦しめた。弁当がわりに、炒《い》った大豆《だいず》をひとにぎり持って学校へ行くことがあった。岳彦ばかりではなく、他にもそういう者がいたが、なかには、ちゃんと固い飯を弁当箱にいっぱいつめて来る者もいた。

岳彦の家の二階に同居している春雄の母のまつは、そのころから、しきりに出歩くようになった。どこからどうして汽車の切符を手に入れるのか、田舎の親戚《しんせき》へ行くといって出かけて行って、二、三日後には、食糧品を持って帰って来た。まつが、闇《やみ》をやっていることは明らかだったが、食べ盛りの子供をかかえて困っている者は、なけなしの衣料品と食糧とを交換した。

「お宅にはいつも厄介《やっかい》を掛けているから特別ですよ」

まつは、いかにももっともらしい顔つきで岳彦の母の菊子の前に米一升を出すと、菊子が出した男物の毛糸のセーターを、ほころびでも確かめるような目つきでひねくり廻《まわ》した。

暑くなった。空地に播いた野菜はよく育ったが一夜のうちに半分ほど盗まれてしまった。

七月の初めごろ、学校から帰る途中、岳彦は敵機からの機銃掃射を受けた。このごろは連日のように敵機が上空を飛び廻っていた。迎え撃つ日本の飛行機はないようであった。岳彦は崩れ残ったコンクリートの建物を巡って逃げた。弾がコンクリートの壁に当って発するすさまじい音が聞えた。怖かったが、岳彦は死ぬとは思っていなかった。おれは死なないのだというひとつの自信が出来ていた。

学校へは休まずに通った。ろくろく勉強しないのだが、学校へ通うことが岳彦の務めであった。

八月十四日、彼は登校すると、すぐ軍事教練用の小銃を赤坂の連隊まで担いで行けと命ぜられた。それまでにも、教練用の小銃は何度かにわたって献納させられて、その日の二十丁が中学校にある小銃の最後のものであった。二十丁の銃に四十人の生徒がついて、焼け野原を歩いていった。焼け跡には草も生えていなかった。

軍隊に小銃を納めての帰り道に、彼等は敵機の姿を見た。それっ逃げろと、各自、勝手に物かげに身をひそめると、敵機は機銃を射たず、なにか白い紙片を投げていった。

日本がポツダム宣言を受諾したと書いてあった。ポツダム宣言の内容がこまかく印刷されていたが、岳彦にはよその国のことのように思われた。日本は戦争に負けたとは思えなかった。彼はその紙片をポケットにおさめた。敵がこういうデマのビラを撒《さん》布《ぷ》したということをみんなに知らせてやろうと思っていた。だが、学校に帰って、直ぐ岳彦等四十人は校庭に整列させられた。

「ビラを拾った者は一歩前に出ろ」

岳彦はおそれずに一歩前に出た。そして、ポケットからさっき拾ったビラを出して、教頭に渡した。教頭は一読して真青な顔をした。

「お前たちはどこへも行ってはならない」

教頭はつめたい声で言い残すと、そのビラを持ってあたふたと駈《か》け出していった。二時間ほど経《た》ってから教頭が帰って来て言った。

「あのデマを書いたビラを読んだ者は、始末書を書いて明日、持って来い」

始末書とはどういうものか、どう書くものか岳彦に分らなかった。母に相談すると、どこでどのようにして拾って、読んだかを書き、読んだけれど敵のいうことなんか信用していないと書けばいいのだと教えられた。始末書という字は母に教わった。

翌日、その始末書を学校へ持って行った岳彦は学校のラジオで天皇の放送を聞いた。雑音が入ってよく聞き取れなかったが、どうやら日本が降伏したらしかった。しいんとしていた。みんな頭を垂れていた。泣いている者もないし、怒っている者もなかった。なにか茫然《ぼうぜん》とした顔で突立っている者が多かった。

岳彦には終戦という実感は湧《わ》いて来なかった。とにかく、その日は大変静かな日だと思った。

家へ帰って丘の上に立って眺《なが》めると雲の切れ目から遠くの山がよく見えた。真夏にそんな遠くの山が見えることはなかった。上越国境の山々だろうと思ったが、山の名は知らなかった。

岳彦は長い間、山を忘れていたような気がした。あんなところに山があったのかと思うと、むしょうに、それが嬉《うれ》しくてたまらなかった。

5

飢えの中で国民はうごめいていた。

敗戦という現実を見せつけられると、それまでのルールもモラルも音を立てて崩れて、その下から、想像もしなかったような新しい芽がつぎつぎと顔を出し、驚くべきほどの短日月に、それは自由という名を名乗る化け物になった。自由を提唱する者は、復員軍服を着ていた。或《あ》るいは戦争中に流行した国民服を着ていた。つぎだらけのぼろを着ている者もいたし、ばりっとした洋服を着ている者もいた。自由はいたるところで幅をきかせて、傲慢《ごうまん》で押しが強かった。そして、自由の名のもとに集まった頽廃《たいはい》と背中合せに、闇屋《やみや》の横行が目立った。

焼け跡に掘立《ほった》て小屋ができて、そこでありとあらゆる食品が売られるようになり、それらの食べ物の匂《にお》いを嗅《か》ぎながら、急には、自由になれない多くの人たちはルックザックを担いで買出しに行かねばならなかった。

岳彦もまた兄の四郎と共に買出しの汽車に乗った。

中学二年生の身には芋《いも》の入ったルックザックは肩に食い入るように痛かった。兄の四郎は中学四年だったし、戦争に行ったまま、消息の分らない兄たちの身替りとして働かねばならないという責任感があったから、びっくりするほどふくらんだルックザックを背負った。

父の竹井玄蔵は戦争が終ると同時に、生きる目標を見失ったように元気がなくなり、ほとんど無表情な顔で役所へ通勤していた。潔白な玄蔵は、おれは闇はやらないと言って、けっして買出しには行かなかった。

長兄の一郎は十一月になって復員した。彼は出征前に結婚していたから、彼の妻の故郷へ行って落ち着いた。

中学校は授業を始めたが、食糧状態が悪いために休む生徒が多かった。教官もそれを大目に見ていたし、教官たちも、授業をやり繰りして買出しにでかけて行った。

都会に近い農民ほど欲が深かった。金では売らずに、物を出せとはっきり要求する者が多かった。岳彦の家は、焼け残ったが、あり余るほどの物があるわけではなかった。菊子の持ち物が米にかわり芋にかわった。

「君達は要領が悪い、今度おれが一度買出しにつれてってやろう」

終戦後も二階に頑張《がんば》っている春雄が言った。たしかに春雄と一緒に行くと、同じ金を出しても、多量の芋が買えた。

昭和二十一年になっても食糧事情はいっこうよくならなかった。

そしてその春、兄の次郎が復員して来たのである。ひどい栄養失調であった。家にたどりつくと、そのまま倒れてすぐには起き上れないほどであった。

米が要った。次郎の身体《からだ》を元どおりにするには、米の粥《かゆ》を与えねばならなかった。

米を買うために、菊子は、取って置きの帯を処分することにした。綴《つづ》れ織の極上物であった。

「帯を欲しがっている農家があったから、その帯でどのくらいお米が貰《もら》えるか聞いて来て上げましょうか」

春雄の母のまつが菊子に言った。まつに頼めば、鞘《さや》を取られることが分り切っているけれど、菊子自身その帯を持って買出しにはいけないし、そうかと言って、息子たちに、帯と米との交換は無理であった。

「どこなの、その家」

「千葉県なんです。千葉まで電車に乗っていって、そこから汽車に乗り替えて……」

そしてまつは、そこへどうして行くのか、その列車がどんなに混雑するかを菊子に話した。菊子はとても行けそうもないので、まつに、帯のことを頼んだ。

「米、三升となら交換してもいいと言っていますが」
二、三日経ってまつが言った。
「たったの三升？」

菊子は眼《め》を見張った。この綴れ織の帯が米にすれば三升にしかならないかと思うと涙が出た。しかし、引き揚げて来て、寝たっきりの次郎を救うには、その米が必要だった。

「いいわ、お願いします」

菊子は、その帯をまつに依託して、米三升を貰い、その中から五合をまつにお礼としてやった。

五月の初めのころであった。岳彦と春雄はつれだって、芋の粉の買出しに千葉県の田舎へ出かけて行った。

「いまはなんでも顔を利《き》かさなけりゃあだめなんだ。百姓だって、知らない人にゃあ、なかなか売ろうとはしないが、いざ顔をおぼえてしまえばもう大丈夫さ。そういう家に根をすえて、次々と新しい相手を見つけるのだ」

津沼春雄はいっぱしの闇屋のような口をききながら一軒の農家へ入っていった。

庭に五月の鯉《こい》のぼりが高々と建てられ、幾つかの鯉が風に揺れ動いていた。庭に廻《まわ》って、春雄が交渉を始めた。家人がもう売るほど芋の粉はないというのに、いままでのこともあるし、折角ここまで来たのだから売ってくれ、ついでに米も五、六升融通してくれと頼みこんだ。

「米はうちで食うのもなかっぺ」

とその家のおかみさんが言って、ひょいと顔を出して、春雄を見ると、

「なんだ、帯を売りに来た奥さんの息子さんじゃあないか、それなら、少しばかり譲ってやんべえよ」

と言って立上った。

岳彦は家の中を見た。座敷の中に、三人ほどの農家のおかみさんが集まっていて、そこに岳彦の母がついこの間手放したばかりの綴れ織の帯があった。

「てえした帯だよこの帯は。なんでも、華族の奥さんの持ち物だそうだ」

「これが米七升とは安いもんだ」

「ここのおっかあは、なかなか商売がうめえからな」

などと言っている声が聞えた。ほかのことはどうでもよかった。岳彦には、その帯が七升の米と交換されたということが重大だった。

岳彦は春雄の顔のおかげで、その家から芋の粉三升と米二升を買った。金を払ってから、岳彦はその家のおかみさんに聞いた。

「あの帯はほんとうに米七升と交換したのですか」

奥を指して言った。

「そうだが、なんで、そんなことを聞くだかよう」

「あれはうちの母の帯だ。うちの母はあの帯を、ある女に米二升五合で手放したのだ」

「二升五合だと……」

女はびっくりして眼を白黒させた。

岳彦は帰途、ひとことも春雄とは口をきかなかった。母の大事にしていた帯を詐取《さしゅ》同様にした津沼一家をどうしても家に置くことはできないと思った。

岳彦は家へ帰ると、農家で聞いた話を家中の者にした。母は涙を流して、二階のまつさんはひどいと言った。兄の四郎は、いますぐ出て行って貰おうと言って怒った。

それまで黙って聞いていた、父の竹井玄蔵が言った。

「おれがこの家の主人だ。おれが言う」

玄蔵はその足で二階へ登って、津沼一家に、五月末日までにこの家を出てくれと言った。余計のことは言わずにそれだけ言った。いままで家のことに口を出さなかった玄蔵が、はじめて言ったのだから、津沼一家は一瞬びっくりしたようであった。だが、彼等《かれら》は、そう言われることを予《あらかじ》め知っていたかのように、

「行けと言われたって、行くとこなんかありゃしねえ」

津沼三吉はせせら笑っているし、津沼まつは、

「どうしても出て行けというなら、行く先を見つけて貰いましょうか。わし等は誰がなんと言ったって、此処《ここ》は動かないからね」

と言った。ただで出ていく相手でないことは分り切っていた。

五月の末日が来た。竹井玄蔵が内容証明付の立退《たちの》き状を出しても、津沼一家は知らんふりをしていた。

六月に入って三日目であった。寝ていた次郎が起き上って布団《ふとん》を担いでごそごそと二階へ登って行った。物音がするので菊子が行って見ると、津沼一家のがらくたを全部廊下に出して次郎は部屋の中に布団を敷いて寝ていた。

津沼一家が帰って来てなんと言っても次郎は動かなかった。津沼まつが怒って次郎の布団に手を掛けると、次郎はどこにそんな力があるかと思うような勢いでまつを突き飛ばした。まつは交番へ走って巡査を引張って来た。竹井一家が理不尽に追い立てるのだと、泣き叫んだ。だが、竹井家の二階には、津沼一家の他《ほか》に、二家族住んでいた。その家族から津沼一家が、戦前戦後を通じてどんなことをしていたかを聞かされると、巡査も困り切って、そのまま帰ってしまった。竹井玄蔵が帰宅した。

竹井玄蔵もいつになく強硬であった。出て行けと言って聞かなかった。四郎と岳彦も、いざとなったら何時《いつ》でも喧嘩《けんか》をしてやるぞという顔で津沼一家を睨《にら》みつけた。

津沼三吉は竹井家の本当の腹を見て取るとこんどは下手《したて》に出た。行くところがないから取り敢《あ》えず物置にでも置いてくれと言った。泣き落しにかかったのである。まつもそら涙を流した。

「よし、一週間、物置に入れてやろう。そのかわり、一週間経《た》ったら必ず出ていくという証文を書け」

竹井玄蔵は津沼三吉から一札を取って、物置を半分明けてやった。三人がやっと身を横たえることのできる広さであった。

「闇でしこたま儲《もう》けた金で、家を建てるなり買ったらいいでしょう」

近所に掘立て小屋を建てて住んでいる人たちが津沼一家を見てそう言った。津沼一家は数日後に物置を出た。竹井一家が気がついたときには、物置にはいなかった。夜のうちに引越したのか、朝方引越したのか分らなかったが、少なくとも、リヤカーに二台ぐらいのがらくたが運ばれて行ったばかりでなく、物置に入れてあった木箱類の他、眼ぼしい物は一切ひっさらって行った。

何処《どこ》へ行ったのか行く先は分らなかった。津沼春雄はそのころ中学へはもう出て来てはいなかった。

津沼一家が居《い》なくなってから、竹井家では、あれこれと失せ物があることが分った。買出し用のルックザックまで行きがけの駄賃《だちん》にさらわれていた。

「あの泥棒《どろぼう》一家め」

岳彦は眼を吊《つ》り上げて怒ったが、竹井家に取っては津沼一家が居なくなったおかげで光がさしこんだようであった。

次郎は津沼一家がいた二階の部屋で寝起きするようになって、日増しに健康を恢復《かいふく》して行った。終戦後ソ聯《れん》領につれて行かれた兄三郎の消息は依然として不明であった。

昭和二十一年の秋、岳彦は丹沢山麓《たんざわさんろく》に買出しに行った。丹沢山を意識したのではなく、人から聞いてふと足をそっちに向けたに過ぎなかった。

そのころ彼はまだ、丹沢山という名前さえ聞いてはいなかったし、ましてやその山が、登山家が歩む道筋に横たわる山であって、たいていの登山家が一度はこの山に踏みこむものであるということを知らなかった。

彼は小田急線の渋沢駅で降りて、踏切を渡って、県道を越えて向うの堀西村まで歩いて行って芋を買った。

正面に山々が見えた。そう高い山ではないが、秋色に彩《いろど》られている山並を見ていると、もっと近くに寄って見たかった。そのまま芋を背負って東京へ帰るのが惜《お》しいような気がした。

「ちょっと、あの山の近くまで行って来ますから、ルックザックをここに置かして下さい」

岳彦は農家のおかみさんにそうことわって外に出た。から身になって、山に向って歩いていると、いつか山に引きつけられるような気持になる。山を見るだけでなく、山の中へ入って見たくなった。荒廃した東京に住んでいる身に取っては、自然の美しい景色に牽《ひ》かれるのは当然なことであった。

「山が好きかね」

うしろから来た男が呼びかけた。ふりむくと、復員姿にルックザックを背負った男が立っていた。ゲートルをつけた男だった。山が好きかと岳彦に訊《き》いたのは、岳彦が、山ばっかり見ていたからであろう。

「はあ――」

岳彦は曖昧《あいまい》な返事をした。山が好きかどうか自分でも分らなかったが、嫌《きら》いでないことだけは確かだった。

「そこまで一緒に行こうか」

男は先に立った。けっして速いという足取りではなかったが、一歩一歩が確実だった。岳彦はなんとなく男の後について行った。彼はけっしてうしろを向かなかったが、あとから従《つ》いてゆく岳彦を意識の中に入れている歩き方であった。ひとことも口をきかないのも変っていた。

大倉部落まで来ると男はふりかえって岳彦に言った。

「大倉だ、覚えておくんだな」

なぜ覚えて置かねばならないのか分らなかったが、岳彦は、そのいかにも大きな山を背にした村といった風景をいそいで頭の中に覚えこもうとした。葉を落した柿《かき》の木の枝が彼の前で揺れていた。

部落を過ぎて林の中の道に入ってからも男は口をきかなかった。そこまで一緒に行こうかと男は言ったけれど、そこまでがどこだかさっぱり分らなかった。男は時々立ち止った。指導標や岐路や大きな木などのところに来るときっと立ち止って腕時計を見た。平坦《へいたん》な道が終って、いよいよジグザグコースの登り道にかかったときは、男は立ち止って、懐中ノートを出してなにか書きこんだ。男がなんでそんなことをするのか岳彦には分らなかったが、男がただ歩いているのではないことだけははっきり呑みこむことができた。

道はずっと登り道であったが、岳彦はつらいとも息苦しいとも思わなかった。ただ岳彦は、このまま従いて行っていったいどういうことになるのだろうか、といささか心配だった。今日中には家へ帰らねばならないという責任感が、しばしば彼を引き止めようとした。

前方が明るくなったと思ったら、萱戸《かやと》の尾根道に出た。その萱戸という言葉も、岳彦はまだ知らなかった。

「休もうか」

男はそう言って、ルックザックをおろして、道端に坐《すわ》りこんだ。眼下に水無川《みずなしがわ》の白い河原が見えた。川の向うに相模《さがみ》の平野が霞《かす》んでいた。

「生きて帰ったら、真直ぐに山へ登ろうと思っていたよ」

男はひとりごとのように言った。戦場から生きて帰って来たことをしみじみと味わっているような顔だった。男はルックザックの中から、パンを出した。電熱器で焼いた自家製のパンであった。男は大きなのを一つ岳彦に渡して言った。

「どうする？」

これからどうするつもりだという意味に聞えたから、岳彦は、遅くなっても、今日中には東京へ帰りたいと言った。男は太陽をちょっとふり仰いで頷《うなず》くと、

「水を飲んだらすぐ出発だ」

と言った。そして、水筒の水を先に飲むと、それを岳彦に渡して、男は出発の用意を始めた。もう少し登れば頂上に着くのだとも、区切りのいいところまで登ったところで引き返せば今日中には東京へ帰れるのだとも言わなかった。彼はすべてを承知していて、間違いなくそれを実行しようとしているように見えた。

尾根は急な登り坂になり、雑木林に入り、そこを出て、堀山《ほりやま》の萱戸の頂についたが男は休まずに歩きつづけた。吉沢の平、小草の平と小さなこぶを越えながら、岳彦は男の足の速さが山に入ってからほとんど変っていないのに気がついていた。着実な歩き方であった。

花立《はなだて》の頂についた。ここも萱戸でおおわれていた。男はそこでしばらく立ち止った。

すばらしい眺望《ちょうぼう》が開けていた。眼下には水無川が見え、眼を西に転ずると富士山の偉容が見えた。沈む太陽を背に負った富士山は巨大な影絵のように立っていた。富士山から眼を左に転ずると箱根の山々が見えた。

富士山が見えたとき、岳彦は、小学生のとき富士山に登ったときのことを思い出した。あのときが山らしい山に登った最初の登山だったが、岳彦の心の中のその体験は、山に登ったという感じよりも、富士山という特別な山に登ったという事実として残っていた。

富士山も山であり、この丹沢も山であったが、いま、彼が踏んでいる山は、富士山とは違ったごく一般的な山であった。気楽に話しかけることのできる身近なものに思われた。木もあり草もあり、眺望もいい、とにかく山としての要素をすべて持っている山に思われた。

男はまた歩き出した。岳彦に、道草は食わせたくはないようであった。道はまた雑木林になり、急坂になった。

塔ヶ岳山頂に立ったとき岳彦は山に登った実感をつくづく味わった。彼は、山頂にある古い石祠《いしほこら》の前に立って、手を合わせた。彼は別に信心深いのではなかった。戦時中、神社仏閣の前で、やたらに、頭を下げさせられたのが習性になったのでもなかった。彼はそこにぽつんとある石祠に彼の登頂を報告するつもりで手を合わせたのである。その岳彦の姿を一緒に登って来た男は黙って見ていた。

「もう、帰らねばならない」

男が言った。

男はそう言いながら、はなれたところに立っている小屋の方へ眼《め》をやった。これ以上時間を空費すれば、あの小屋に泊らねばならないと言っているようであった。人が居るのかいないのか、ずいぶん古びた小屋だった。

「ここはなんというところですか」

岳彦はそのとき初めて質問をした。それまで口をきかなかったのは、男が黙っていたからであった。男が帰れと言ったから、岳彦はそれに答えるためにこの所を訊いたのであった。

「塔ヶ岳山頂だ」

「そうですか、それではあの山は」

岳彦は前にぐんと肩をいからせるようにひかえている山を指して言った。

「あれか、あれは檜洞丸《ひのきぼらまる》っていう山だ」

それから男は見えるかぎりの丹沢の山を、あれはなに、これはなにといちいち岳彦

に教えたあとで、

「山は好きかね」

と堀西の部落で訊《たず》ねたと同じ調子でもう一度訊ねた。

「好きです、山は大好きです」

岳彦は、なんの心の迷いもなく、山は好きだと答えられた。

「君は足が達者だな、心臓も強いらしい、呼吸に乱れもないし、たいして汗もかかない。そのうち立派なアルピニストになるだろう」

「立派なアルピニスト？」

「君の心掛け次第だが、ぼくには君が立派なアルピニストになるような気がしてならない」

「小父《おじ》さんの言うことはぼくにはよく分らない」

「それは多分、アルピニストという定義が分らないからだろう。ほんとうのアルピニストには不可欠な条件が四つある。第一は健康な肉体だ、第二は意志の鞏固《きょうこ》であること、そして第三の条件は謙虚であるということだ」

「ケンキョ？」

「そうだ謙虚だ。へりくだって、心にわだかまりのない姿がアルピニストには必要なんだ。君にはどこかにその謙虚さが覗《のぞ》いている」

「そして第四の条件は」

「情緒だ。アルピニストが情緒を持つことは邪道という人がある。だがぼくはほんとうのアルピニストは情緒がなければならないと思っている。そして君は確かにその情緒さえも兼ね備えているのだ」

「どうしてそれが？」

「眼を見れば分る。花立の見はらし台で君がどんな眼をして景色を見たかぼくは見ていた。そして、いま塔ヶ岳の頂上で、君が、その石祠に祈る姿も見た」

男は、そういうと黙って沈み行く太陽の方を指して言った。

「もう帰らねばならない」

「小父さんは？」

「小父さんっていう名は嫌《いや》だな、そうかと言って、ぼくはこれこれこういう者だなどと、いまさら名乗るのもおかしいではないか、君。これから今来た道をまっしぐらに走りおりるのだ、おそらく大倉に着くころには暗くなるだろう。さあ行け、君の姿が見えなくなるまで見送ってやろう。そして、いつか、どこかの山で君に会うことがあったら、そのとき改めて名乗り合おうではないか」

岳彦は男に向ってぺこりと頭をさげた。それまでその男の顔はよく見ては置かなかったけれど、別れるに当って改めて見ると、その男の顔は、終戦の年の三月十日の爆撃で死んだ数学の教師に似ていた。その数学の教師にはセンチというあだながついていた。センチメンタルのセンチを取ってつけたのであろう。その教師は、どこか憂鬱《ゆううつ》そうで、常に物思いに沈んでいるような男だった。

その男は、数学の教師ほど憂鬱な顔はしていなかったが、額の広いところや、髯《ひげ》そり後の濃いところや、人の眼をじっと見るところなどよく似ていた。

岳彦は尾根道を走った。山の中で暗くなったら大変だと思った。登るときは三時間ほどしかかからなかったように思ったが、帰りはひどく遠い道に思われた。なにか、道を間違えたような気がした。間違えたのではないかと思うと、不安になった。だが、彼は道を間違えていなかった。彼は暗くなり際《ぎわ》にまさしく大倉についた。堀西の農家へたどりついたときには、もう暗くなっていた。

「どこまで行って来たんですか」

農家のおかみさんが、やぶじらみがいっぱいついている岳彦の姿を見ながら言った。

「塔ヶ岳まで行って来ました」

「まあ――」

眼を見張っているおかみさんを後にして、岳彦は、駅へ歩いていった。背負っている芋の重さよりも、彼がその日に得たものの方がはるかに重かった。遅くなって家に帰ると、母が心配してあれこれと遅くなったわけを訊《き》いたが、丹沢山へ登ったことは話さなかった。余計なことを言って母に心配を掛けたくないということよりも、あの男が言ったアルピニストの四つの条件を、胸の中にそっとして置きたかったからであった。

眼を閉じると、大倉部落の赤い柿の実の向うの丹沢山塊の山々が見えた。彼の前をぺたり、ぺたりと歩いていく、あの男の足音が聞えた。萱戸の穂が風に鳴る音が聞えて来る。

岳彦は眠れなかった。疲労が刺戟《しげき》となって眠れないということも考えられたが、それだけではなく、なにかが、いま岳彦の前に立ちはだかって見おろしているような気がしてならなかった。

そのなにかは、あの自由というものだろうか、敗戦の代償として貰った自由という名で呼ばれる空虚な存在であろうか。そうではない。それは自由などという、焼け野原をさまよう亡霊ではない。たしかに実体を備えたものなのだ。血もあり、肉もあり、情感をも備えたものなのである。だがそれは人間ではない。彼の前に立ちはだかって、彼に話しかけようとしている者は、山なのである。

6

岳彦の山への憧憬《どうけい》が日を追うて、熾烈《しれつ》化していったのは、頽廃《たいはい》した戦後の日本には、もはや岳彦の青春をぶっつけていくものが、山以外にはなかったという理由ばかりではなく、岳彦そのものの中に、本質的に潜んでいた山への執着が、この時期に行動化したと見るべきであろう。

戦後の中学生、特に感じ易い中学三、四年生の中には、戦後、想像も及ばぬような変り方をした者があった。岳彦の中学の同級生の中にも、そういう者が幾人かいた。闇屋《やみや》に走った津沼春雄もそうだし、学校を辞《や》めて、進駐軍相手のあやしげな飲食店に勤めるようになった者もいたし、町のよたものの中に入りこんだ者もいた。真面目《まじめ》に中学校へ通学していても、戦争に負けたという自意識のみが強く頭にしみこんでいる彼等《かれら》にとっては、これから日本はどうなるか、自分たちはなにをなすべきかについて、いろいろと読んだり、聞いたりしても、すべてそれらのものが空虚に聞え、大人たちの嘘言《きょげん》に思われた。進学というごく身近な目標をいち早くつかんだ者は、いい方だった。よそ見をせず、それだけのことに没頭できる生活環境に恵まれていた者の中にそういう者が少数いたが、多くの者は食べるだけに精いっぱいの家族の一員として、せっせと買出しに出掛けていた。中学生は食べ盛りであると同時に、働き者でなければならなかった。

中学四年生になると、岳彦は、買出しのベテランになっていた。どこへ行けば、なにが買えるか、おおよその見当はつくようになっていた。買出しに自信がつくと、岳彦は場所を選ぶようになった。彼はなるべく、山の見えるところへ買出しに行った。丹沢方面は、買出しに出掛けた足で山を楽しんで帰るのには好都合であった。丹沢の次に、彼が足を向けたのは、中央線沿線だった。新宿から汽車に乗れば、いたるところに山があった。この沿線は買出し地帯としては、決して適当ではなかったが、山があるからなぐさめられた。

岳彦の同級生の河本峯吉と中央線の汽車の中で会ったのは、昭和二十三年になって間もなくであった。

この年の春から、新制高等学校ができて、中学五年生は高等学校の二年生に編入されるのだという話が流布されていた。

「高等学校っていうとかっこうはいいじゃあないか」

岳彦が言うと、河本峯吉もそれにあいづちを打って、

「いくらかっこうがよくなっても、こう腹が減っていたのではしょうがないな」

このとき以来、岳彦は河本峯吉と近づきになった。

河本峯吉は、明るい少年だった。ひねくれたところはどこにもなく、いつもにこにこ笑っているような少年だった。どこかに楽観的なところがあって、困ったような顔を見せたことのない少年だった。この河本峯吉も山が好きだった。

「山はいいなあ、戦争のにおいは全然しないし、とにかく山へ行くと気がせいせいする」

河本峯吉はそんなことを言った。いつか山へ一緒に行こうと岳彦と峯吉は話し合った。

その二人が山行を共にする機会は案外早く訪れた。昭和二十三年、四月も半ば過ぎてから、汽車賃の大幅値上げが発表された。

「おい、汽車賃値上げの前に山へ行って来ようではないか」

二人はどちらからともなく声を掛け合った。二人は土曜日曜を利用して、奥秩父《おくちちぶ》の登山に出掛けることにした。

土曜日の朝早く新宿駅に行ってみたが長蛇《ちょうだ》の列で、とても切符は買えそうもないか

ら、二人は中央線の汽車に乗ることを断念して、立川まで電車で行った。立川から奥《おく》多摩《たま》に入るつもりだった。その電車を待っているうちに、新宿発長野行きの列車が入って来た。

「おい、乗れるか、乗れないか行ってみようじゃあないか」

二人はそう言いながら汽車の着いたプラットフォームへ走って、デッキにぶら下った。

「トンネルだけ我慢すりゃあなんとかなるさ」

二人はトンネルに入ると、息をこらして煙に耐えたが、煙を吸わないわけにはいかなかった。中央線はトンネルが多い。何度か、降りよう降りようとしているうちに、大月に着くと、どうやら、デッキに立つことができ、甲府を過ぎて、やっと一息つけた。

「さあ、つぎだぞ」

岳彦は峯吉に言った。ふたりは、韮崎《にらさき》の駅で下車するつもりでいたが、切符は持っていなかった。

「いいか、おれが飛び降りたら、お前もすぐ飛び降りろ」

岳彦は峯吉にそう言った。韮崎駅はスイッチバックをする駅であった。汽車は一時停車して方向を変える。その停車したときにデッキから飛び降りるのだ。

二人はなんなく汽車から飛び降りた。汽笛《きてき》が鳴って汽車が走り出した。怖い眼《め》で見おろしている後部車掌に、二人は挙手の礼をしてから、線路を越えて、桑畑に入った。桑が芽を出したばかりだった。桑畑の土手にタンポポが咲き乱れていた。

「うまくいったな」

二人は顔を見合せた。空腹をおぼえたから、しばらく歩いて、小川のほとりで、弁当を出して食べた。

増富《ますとみ》ラジューム鉱泉行きのバス賃を出すのはもったいないが、二十キロ近い道を歩くのもたいへんだからバスに乗った。

増富ラジューム鉱泉で金峰山《きんぷさん》への道を訊いて金山部落まで行くと、スモモの白い花が咲いていた。

部落の北側に鉾《ほこ》を立て並べたような奇峰が見えた。部落の人に訊くと、それは瑞牆《みずがき》山《やま》であった。瑞牆山のずっと右側に金峰山のいただきが見えていた。

「何か食べる物を売ってくれませんか」

岳彦は部落の人にたのんだ。

「米かね、米はねえよ、こういう山の中だからな」

「腹の足しになるものならなんでもいいんです。ぼくらはこれから金峰山へ登るんです」

「それじゃあ麦のこがし粉でも持っていくか」

こがし粉というのは大麦を焙烙《ほうろく》で煎《い》ったもので、古来、携帯食糧として使われていたものであった。

二人は金を出し合って、五合買った。帰りの汽車賃をさし引くと、それだけしか余裕はなかった。

金山部落には一軒旅館があった。戦後、ぼつぼつ現われる登山者を相手にしてはじめたものらしいが、二人にはそこへ泊る金はなかった。二人は部落で教えられた道を山の中へ踏みこんでいった。

大日小屋は針葉樹林の中にあった。荒れ果てた小屋で、人が泊った形跡はなかった。

大日小屋についたとき日は暮れかかっていた。

「ここまで来れば金峰山まではひと息だ」

二人は、金山部落の人に訊いた、大日小屋から金峰山まで二時間という時間をひと息と言ったのである。

夜は寒かった。二人は、東京から持って来た二食目のにぎり飯を食べると、セーターを着て、レインコートを頭からひっかぶって寝た。

朝起きると岳彦の腕時計が止っていた。河本峯吉は時計を持っていなかった。岳彦は、七時ごろだろうということにして、ネジを巻いた。

二人は東京から持って来た最後の食事を摂った。残った食糧は金山部落で買ったこがし粉だけになったが、二時間で金峰山に行けるのだから、これだけあればよいだろうと思った。彼等は足に自信があった。十二時までには里へ降りて、どんなに遅くとも、今日中には東京へ帰るつもりでいた。

二人は水筒に水をつめて出発した。こがし粉を舐《な》めるには水が必要だった。

彼等はそれぞれルックザックを背負っていたが中はからっぽだった。天気はいいし、金峰山へ登ればあとは帰るだけだと思うと気が楽だった。

金峰山の頂上付近には残雪があった。

河本峯吉は、その雪の存在がよほど気に入ったらしく、コップに雪を取って来て、それに、麦こがし粉をふりかけてかきまわして飲んだ。咽喉《のど》に痒《かゆ》みが残るどろどろとした飲み物だった。

金峰山のいただきで登頂の喜びを充分味わった二人が帰途につこうとしたとき、河本峯吉が、水晶峠を経て黒平《くろべら》甲府方面への指導標に眼をつけた。

「どうせ帰るなら、韮崎より甲府の方が東京に近い」

河本が言った。岳彦も同感だった。天気はいいし時間はある。なにも同じ道を引き返すこともあるまいと思った。その道は這松《はいまつ》とダケカンバの中を急降していくひどい道だった。たしかに道らしきものはあったが、道がないのと同じようなものだった。ガレ場がいたるところにあって、そういうところに来ると必ず道はなくなっていた。あまり人が通ってはいないらしく、消えた道の行方を探すのにひと苦労した。

突然、岩場に行き当った。岩場を這《は》いずるようにして横断するか、それとも、沢へ下るのか判断に迷うところだった。見た感じでは沢へ降りるのが順当の道のように思われたが、二十歩ばかり降りて、岩場を眺《なが》めると錆《さ》びた針金が岩壁にぶらさがっていたから、岩場をへずって渡るのが正しい道だと分って引きかえした。

岩場を越えたところで、二人はひと息入れた。奥山へ入った感じだった。こんな道を歩いて行って甲府へ出られるかどうか、二人は不安に思ったが、お互いに、口には出さなかった。いまさら金峰山に引き返す気はなかった。

二人が御室《おむろ》小屋を見つけたのは、それから間もなくだった。無人小屋で荒れ果てていた。登山者が小屋のはめ板をはがして焚火《たきび》をしたので、柱と屋根があるだけの小屋であった。その柱に落書がしてあった。

銃弾に死するも、吹雪に死するも同じこと。昭和二十二年一月一日K

「気取っていやがる」

河本がその落書を見て言った。

「こういうセリフはもうはやらないな」

岳彦が言った。

小屋を出てしばらく行くと、また道がなくなった。あっちこっち探し廻《まわ》っているうちに、水晶峠への指導標に行き当った。そこからはかなり急な登り坂であった。道はところどころ途絶えていて、一度道を失うと、探すのにたいへんだった。

雨が降り出した。朝はよい天気だったが、その後天気がどう変化したか、沢の中に入っている二人には分らなかった。つめたい雨だった。

午後三時、彼等は完全に道を失った。彼等は、麦こがしの粉を舐めながら、どうすべきかを相談した。

「とにかく、尾根に出よう。多分尾根のつづきが水晶峠だろう。そこまで行けば黒平《くろべら》に降りる道があるに相違ない」

道を迷ったが、沢には降りず尾根へ向ったのは賢明だった。しかし道のない原生林の中の彷徨《ほうこう》は、彼等に非常な消費を強《し》いた。

薄暗くなってから、二人はどうやら尾根に出たが、その辺には道はなかった。

その夜、二人は木の下で抱き合うようにして寝た。

「遭難ってこういうものかな」

河本峯吉が言った。

「そうだな、おれたちは遭難しかけたのかもしれないな」

だが岳彦には遭難が実感としてはまだ迫っては来なかった。寒さと、だるさで眠れなかった。うとうとしていて、はっと眼を覚まして体位を変えた。

岳彦が燃える火を見つけたのは夜半を過ぎたころだった。赤い火はゆらめいて見えた。雨は止んでいた。

「おい河本起きろ」

岳彦は峯吉を揺り起して、その火を見せた。

「御室小屋に誰《だれ》か泊っているのだろう」

峯吉はたいして驚いたふうではなかった。

「御室小屋だって、ばかなことをいうな。御室小屋があんなに近くに見える筈《はず》はないじゃないか」

それでは声を掛けて見ようかと峯吉が言ったが、岳彦はおしとどめて言った。

「よせ、よせ、ひょっとすると山賊かもしれないからな」

「なに山賊だ？」

峯吉はそう言うと、突然げらげらと笑い出したのである。火が消えた。まるで峯吉の笑いを聞きとがめたように火が消えると、轟然《ごうぜん》と雨が降り出した。峯吉はもう笑わなかった。どうもへんな火だから、明日の朝、あっちへ行ってみようと二人は相談した。

夜が明けた。雨は止んでいたが、深い霧であった。二人は、最後の麦こがし粉を分けて舐めてから、水晶峠への道を探しにかかった。

「まず、昨夕《ゆうべ》火が見えたところへ行こう。火が見えたから人がいる。人がいれば道がある。少なくとも帰路は教えて貰《もら》えるわけだ」

岳彦はそう言った。峯吉もそれに賛成したが、一つだけ条件をつけた。

「気をつけろよ、もしかすると、ほんとうに山賊かもしれないからな」

昨夕岳彦が山賊かも知れないと言ったとき笑った峯吉が、一夜明けると、その火のもとにいる者は山賊ではないかという説に早がわりしたのがおかしかった。

二人は足音をしのばせて、昨夕火が見えた方向に探しに行った。掘立て小屋があった。しんとしていて人のいる気配はなかった。

岳彦が表に廻って、今日は、と声を掛けたが返事がなかった。中を覗《のぞ》いて見ると、小屋の中央に炉があって、鍋《なべ》がかけてあった。小屋の隅《すみ》に、水晶の原石が積み上げられていたが、人が住んでいる気配はどこにも見当らなかった。岳彦が小屋の中に入って、鍋の蓋《ふた》を取った。中は空っぽで、乾いていた。だが鍋の下の灰はまだ温かく、数時間前に、そこに人がいたことは確かであった。

二人は顔を見合せた。どこかで、誰かに挙動をじっと監視されているようでおそろしかった。

小屋から細い道がついていた。人が歩いている道だった。二人は、その道をたどって行った。水晶峠へ出るに違いないと思った。だが、その道は、一見して、坑道の入口と思われるような穴の前で終っていた。

「金山かも知れない」

峯吉が言った。金峰山と名がついているように、この付近には金が出た。金山部落も、武田信玄時代に金を掘った鉱山であった。あるいはその坑道も、金に関係があるかもしれないと二人は思った。二人は顔を見合せてから坑道に入った。かびくさいにおいがした。岳彦が懐中電灯をつけた。まわりの岩壁にきらきらと光るものを見た。水晶であった。それは金山とは関係なく、水晶を採掘した坑道の跡であった。

二人は坑道の奥に向って声を掛けたが、誰も出ては来なかった。水晶の塊《かたまり》が、あちこちに落ちていた。どれ一つを取って見ても、たいへん価値のあるものに見えた。

岳彦と峯吉は、それらの水晶の塊を拾ってルックザックに入れた。入口でなにか音がした。岩のくずれるような音だった。二人はいそいで坑道から這い出して、あたりを見廻したが、誰もいなかった。

「呼んでみようか」

二人は声を揃《そろ》えてオーイ、オーイと呼んだ。どこからも返事はなかった。

二人は同じ道を引き返して、さっきの小屋のところへ来て、小屋を覗いて見た。炉の上に、皮を剝《は》いだばかりの蛇《へび》が吊《つ》り下げられていた。蛇はまだ生きていて、赤裸の身をくねらしていた。

人はいなかった。二人は声も出ないほど驚いて、小屋の前を走った。道はやぶの間をくぐり、森林の中を抜け、急坂をよじ登ると、ぱっと見はらしのいいところに出た。そこまで、二時間か三時間はかかった感じだった。そこが水晶峠であった。黒平《くろべら》への指導標があった。

そこからは道がはっきりしていたが、里までは遠い道であった。そのころ二人は空腹に悩まされていた。身体《からだ》に力が出なかった。水場に出ると、水ばかりがぶがぶ飲んだ。背中に背負っているルックザックの中の水晶が重かった。彼等は道々水晶を捨てて歩いた。上黒平《かみくろべら》の部落に着いたとき、二人は疲れ果てていた。上黒平で甲府までの道程《みちのり》を聞くと、五里（約二十キロ）と聞かされて、そのままへたへたと坐《すわ》りこんだ。

だが、二人はその二十キロを歩かねばならなかった。彼等にはバスに乗る金がなかった。なにか食べたいが、食べ物を買う金を持ってはいなかった。猫坂《ねこざか》のだらだら坂を降りて神社の前まで来たときには、腹が減って口をきくのも面倒だった。道端に寝ころがって青空を見た。水はいたるところにあったが、水腹は歩くのにかえって疲れた。

「どうかしたかね」

老人が通りかかって二人に訊《き》いた。人の好さそうな老人だった。

「どうもしないが、腹が減って動けないのです」

河本峯吉が言った。

「どこから来たのだ」

「きのう金峰山に登ったが、道を迷って、ゆうべは山の中で寝たんです」

「ほう、山の中でなあ」

老人は、気の毒そうな顔で二人を見た。

「おじいさん、いくらでもいいから、この水晶を買ってくれませんか」

河本はルックザックを開けて水晶の塊を出して見せた。

「なんだ、水晶の屑《くず》じゃあねえか」

老人は水晶の塊を一目見てそう言った。老人の態度ががらりと変った。老人は、胡《う》散《さん》臭そうな眼で二人をじろじろ見ながら、

「その水晶はどこから取って来たのだ」

と言った。河本は、廃鉱に入って拾って来たことを正直に答えると、老人は、

「そんなもの持って歩くもんじゃあねえぞ」

と言って、二人の前を去って行った。二人はまた歩き出した。ルックザックの中の水晶の塊が価値のないものだと分ったが、そこまで持って来て捨てる気にはなれなかった。昇仙峡《しょうせんきょう》の道に入ると、人の往来はずっと多くなった。疲れて、道端に休んでいても誰も声は掛けてくれなかった。人里に入ると、食物のにおいがやたらと鼻についた。

岳彦は、頭の中でありとあらゆる算段をした。どこか人の好さそうな家へころがり

こんで、食べ物を乞《こ》う。食堂に入ってなにか食ったあとで実はお金は帰りの汽車賃しかない、東京へ帰ったら必ずお金を送るから貸してくれとたのむ。ルックザックを質に置いてなにか食べる、――そんなことがつぎつぎと頭に浮んだが、どの一つも実行してみる勇気は出なかった。河本峯吉も、やはり岳彦と同じように食べることを考えているようだった。結局二人は歩くしかなかった。水を飲んで歩く以外に方法はなかった。甲府の町に入ってから、岳彦は鼻血を出した。なんで鼻血が出たのか分らなかった。もう一歩も歩く元気はなかった。どうにでもなれと、道端に坐りこんでいる岳彦のルックザックを峯吉が引き取って言った。

「汽車に乗ってしまえば、眠っているうちに東京へつく」

その言葉にはげまされて、岳彦はまた歩き出した。来るときはあんなに混んだ汽車だったが、東京へいく時間が遅いのと、甲府始発のせいで、二人は並んで席を取ることができた。

「山へは地図を持って行かないと駄目《だめ》なんだな」

峯吉が岳彦の耳元で、思い出したように言った。

「うん、そうだ。地図があったら、迷わないできのうのうちに東京へ帰れたかもしれないな」

岳彦はそう言った。実際には、彼等が迷ったところは、地図があっても迷うようなところであったが、地図も磁石も、予備の食糧も持たずに山へ入ったことを、彼等は、地図を持たなかったという表現で代弁していたのであった。

岳彦は彼等の山行が無謀だったことを身をもって体験した。今回の山行で、彼等の持っていた知識は韮崎からバスで増富のラジューム鉱泉まで行けば、そこから金峰山へ日帰りで行って来ることができる、という程度のものでしかなかった。地図を見ようともしなかったし、奥秩父の山がどんな山であるか他人に訊いてもみなかったのである。

岳彦の兄の四郎は、大学に進学して山岳部に入っていたから、四郎に山のことを訊けば教えて貰えることは間違いなかったが、岳彦はそれをしなかった。なんとなく体裁が悪いということもあったが、兄になんか教わるものかという意地であった。

岳彦は眼をつぶった。汽車の震動が空腹にこたえた。水晶峠の下の小屋で、からの鍋の蓋を取ったときのことを思い出した。もしあのとき、あの鍋の中に、なにか食べ物があったら、食べたのではなかろうか。そんなことをしたら、結果はどうなったか分らない。乾いた鍋の底にこげつきらしい物が残っていたのがいまでも見えるようであった。その炉の上に、つりさげられた皮を剝いだ蛇の動きを思い出すと、全身に戦《せん》慄《りつ》が走った。

（あの小屋には水晶採りがいたのだ。おそらく、その水晶採りは、合法的に水晶を取っているのではなく、盗掘していたのではなかろうか）

だが、あの夜水晶採りの小屋の火が見えなかったならば、あるいは今になっても水晶峠の道が発見されなかったかもしれない。もしそうだとしたら、それこそ遭難ということになる。なにも食べずにあの寒い山の中に二日も三日も生きていることは無理のように思われた。

「とにかく命拾いをしたようなものさ」

河本峯吉がぽつんと言った。

「命拾い？」

生命が失われようとしていたのかなと岳彦はあらためて考え直した。いつまでたっても帰路は発見できず、しかも、嵐《あらし》になったというような悪条件が重なれば、たしかに命を落すことにもなりかねない、と岳彦は考えた。山というものが如何《いか》に危険であるかが痛感された。

「もう、山はやらないかい」

岳彦は河本峯吉に訊いた。

「いや、これからだ。やはり山は本格的にやらないといけない」

河本峯吉は、本格的というところに力をこめて言った。

「まず装具だ。装具をちゃんと揃《そろ》えないで山へ行くなんて無茶だ。おれはそのうちピッケルを買うぞ。登山靴《とざんぐつ》も買うぞ」

「おれもピッケルが欲しい。うちの近くの古道具屋の店先に、すばらしいピッケルが置いてあるのをおれは知っている」

岳彦はそう言った。

二人は、それからはあまり話さなかった。二人は眠ったり起きたりしながら、夜おそくなって新宿駅についた。

岳彦が玄関の戸を叩くと、すぐ母が開けてくれた。寝ずに待っていてくれたのである。

母の姿を見ると岳彦は張りつめている力がぬけた。彼はルックザックを肩からおろすと玄関に坐りこんで、

「お母さん、なにか食べる物を下さい」

と言った。

なにをどのように食べたのかよく覚えていなかった。味もなかった。ただ、彼の胃

がこちこちに固くなっているのを感じて食べるのをやめた。

「いったい、どうしたのだえ岳彦」

母は、岳彦が茶飲み茶碗《ぢゃわん》に手をかけたときになって、はじめて口をきいた。

「ただ歩いたんです。遠い道をどんどん、どんどん歩いたんです。だって、帰りの汽車賃しかないでしょう」

そういう岳彦の顔を母は困ったような顔をして見詰めていた。

「お母さん、ぼくはお母さんにお土産を持って来たよ」

岳彦はルックザックの中から水晶の塊を取り出して母の前に置いた。水晶の塊は電灯の光の下で、生き返ったような輝きを発した。

7

そのピッケルは岳彦には手が出ないほど高価なものであったが彼はそのピッケルが欲しかった。使い古されてはいたが手入れはよく行き届いていた。ところどころに浮いている錆《さび》も、錆というよりは、そのピッケルの年代の古さを示す染みのようなものであった。石突の先端はピッケルの年齢にふさわしいほどの丸みを持っていた。丸みを帯びて白く光っているその鋼鉄《はがね》の色は、そのピッケルの山の履歴を物語っていた。

岳彦は彼の小遣銭《こづかいせん》ではどうにもならないほど高価なものを手に入れるためには、彼の友人が誰《だれ》でもやっているように、アルバイトをやるしかしようがないと思った。

彼は古道具屋のおやじにそのピッケルを一カ月間だけ売らないで取って置いて欲しいと頼んだ。

「いくらか置いてくれますか」

古道具屋のおやじは言った。手金《てきん》のことであった。岳彦が、その意味が了解できずに黙っていると、おやじはつけ加えた。

「少なくとも二割は貰《もら》わないと、取って置くわけにはいかないね」

二割というと六十円だった。鉄の鎖の中に閉じこめた日本を、マッカーサー元帥《げんすい》が監視している図案だと言われている、青っぽい十円紙幣六枚をいますぐ置いていけと言われてもそんな金があるわけがなかった。

岳彦はやむなくその店を引き揚げるより、しようがなかった。

戦後の日本は、どこへ行っても落ちつきがなかった。あまりにも急激な変化についていくことができず、ひとまず、自分だけが食べることを考えるのがせいいっぱいだった。

その混乱の中に生れた新制高校も、その高校生も、今後どう進むべきかについて迷っていた。

岳彦たちは、中学五年生になるところを高校二年生になったのだから、旧制の高等学校の生徒にでもなったように、いささか得意でもあり、同時に大変不安であった。そして、新制高校になると中学校と違って学科目の単位制がしかれ、学校に出ても出なくても単位だけ落さねば高校を卒業できるのだと聞いて、もう高校は卒業できたように考えた。時世に便乗したずるい考え方であったが、アルバイトをしなければやっていけない時代だったからやむを得なかった。生徒たちはよく学校を休んでアルバイトにでかけて行った。

岳彦の同級生の馬場武男は、このアルバイト探しの名人で、次から次とアルバイトを探して来て友人たちに紹介した。このアルバイトの中に進駐軍の仕事があった。

「おい一日みっちり働くと三十円になるぞ、十円紙幣が三枚貰えるのだぞ」

馬場に誘われて岳彦は、芝浦《しばうら》の米軍のモータープールへ行くことにした。此処《ここ》は、常勤の他《ほか》に日雇いを採用するから、彼等のアルバイトには好都合であった。

仕事は洗車であった。学生服を着たまま、衛兵が立っているゲートをくぐると、だぶだぶの作業服を貸してくれた。ひとたび作業服を着たとなると遠慮なくこきつかわれた。さぼっていると米兵に尻《しり》を靴《くつ》で蹴《け》とばされた。

馬場はほとんど学校へは行かず、こういうところばかり歩いているから、ここでは相当な顔で、米兵と片ことの英語など話していた。

岳彦はジョーという黒人兵の監督下に置かれて洗車をさせられた。ジョーは人の好い大男で、日本人には親切だった。岳彦は数日通っている間に、このジョーと親しくなった。ジョーの組の十人の日本人労働者の中で、岳彦だけが学生であり、片ことの英語を話すから、近づきになったのである。ジョーは岳彦に比較的楽な仕事を与えた。だが、労働はきつかった。帰宅するときは、口をきくのもいやなほど疲労していた。それだけ働かないと一日三十円の金は貰えなかったのである。

五百円生活の封鎖の後の反動で物価は急激に暴騰していた。贅沢《ぜいたく》品は想像も及ばぬほどの高価で取引きされていた。品物がなく金がだぶついている証拠であった。

三百円のピッケルが一週間後に行って見たら三百五十円の正札につけかえられていた。岳彦は手金として百円払ってそのピッケルを店頭から引っこめて貰った。

一日三十円だから十日アルバイトすれば三百円貰える。それでピッケルを買うつもりだったのが、ピッケルが手に入ったのは一カ月後であった。学校のことが心配で毎日は行けないし、夕刻、十円紙幣三枚を貰って外に出ると、そこに屋台店が並んでいて、食欲旺盛《おうせい》な彼等を素通りさせなかった。

岳彦は金の有難みを味わった。自分で働いた金でピッケルが自分の物になった夜は嬉《うれ》しくて眠れなかった。

「ピッケルを買ったそうじゃあないか、君も山をやるのか」

馬場が岳彦に訊《き》いた。岳彦と馬場武男は同学年だがクラスが違っていたから、お互いに山に興味を持っていることを知らなかったのである。

馬場と岳彦と、そして、岳彦とともに水晶峠へ行った河本峯吉の三人が、肩を並べて、米軍のモータープールのアルバイトに出掛けるようになった。

「おれは山をやりたいからアルバイトをやっているのだ」

馬場は岳彦と河本峯吉に言った。馬場は、既に山岳会に入っていたし、装具もひとそろい持っていた。

「おれたちの山岳会に紹介してやろう。そこでみっちりしこんで貰うさ。登山は基礎が大切だからな」

馬場は、五月の中ごろ、彼が所属している東京山遊会という会の会合へ二人を連れて行った。会場は会長の小森佐太郎の自宅の応接間であった。山行報告からはじまって、次の山行計画の打合せまで、岳彦は黙って聞いていた。別の世界に入った気持だった。

「きみたちも同行するかね」

会長の小森佐太郎が岳彦と河本に言った。その山行計画は、六月の甲斐駒《かいこま》ヶ岳《たけ》登山であった。二人は膝《ひざ》を揃《そろ》えて坐《すわ》り直して、小森の前に手をついて、お願いしますと言った。二人とも戦中派の少年であった。目上の者に対する礼儀は、そのようにしなければならないと教えられたのである。

甲府からバスで一時間半、白須でバスを降りて一時間歩くと、甲府盆地の行きづまりに達したかのように眼《め》の前に山がせまって来る。そこに駒ヶ岳神社があった。

それまで最後尾を歩いていた小森佐太郎は神社の前で一行七名を止めて荷物の再配分をやった。一行七名の二日間の食糧や燃料などが一カ所に集められ、小森が、隊員の一人一人に荷物を割当てた。岳彦には、炊事道具が割当てられた。彼はその荷物を、母にねだって、フトン袋をこわして作って貰ったルックザックの上にくくりつけた。格好は悪かったが、会長が岳彦の力を認めてくれたことに満足していた。白須村から駒ヶ岳神社までの平坦《へいたん》な道を歩いている間に、小森は新入会員の二人の歩きっぷりを見ていたように思われた。

一行七人のうち女性が二人いた。一人は二十七、八の磯崎文子《いそざきふみこ》、もう一人は、岳彦等とそう年齢の違っていない、久村とみ子である。小森は歩く順番を指定した。トップが島田という三十歳ぐらいの男で、二番が岳彦、三番が河本峯吉、四番が久村とみ子、五番が磯崎文子、六番が馬場で七番が会長の小森であった。

島田は無口な男か、歩き出したらほとんど口をきかなかったし、うしろも振り向かないのに、それでいてうしろからついて行く人達の歩調をちゃんと心得ているような歩き方であった。

岳彦は新緑の森の中の道を小鳥の声を聞きながら、一歩一歩を踏みかためていく足ごたえの中に、パーティーの一員としての自分を認めていた。

笹《ささ》ノ平《だいら》の熊笹《くまざさ》地帯を通り過ぎて、また急な登りになり、ツガの木が生い繁《しげ》っている樹林帯に入り、俗にいう八丁登りを過ぎて、やせ尾根に出ると、甲府盆地が眼下に拡《ひろ》がった。

小森が適当なところで、おおい一服だと声を掛けると、一行は荷物をおろして景色に眼を投げる。馬場が久村とみ子のところに来て、地形を説明してやっていた。

そこからはまたしばらく登りで、突然、眼の下の鞍部《あんぶ》をへだてて、花崗岩《かこうがん》に白く輝く駒ヶ岳の頂が見えた。五合の小屋までは下りで、その無人小屋からは鉄線や鎖のかかった岩場の登りがしばらくつづく。

七丈小屋についたのは午後の五時であった。七丈小屋までは針葉樹林帯であるがそこから先は這松《はいまつ》や石楠花《しゃくなげ》などの植物が山頂に向ってつづいていた。

七丈小屋付近にはまだ雪があった。そこが彼等のその夜のねぐらであった。雪があるから薪《たきぎ》を集めることはできず、用意して来た二つの石油コンロで飯を炊《た》き、汁《しる》を作った。

岳彦は、此処《ここ》で生れてはじめて石油コンロを使うのを見た。彼には、その青い火がなんとしても心細くて、大丈夫ですか、こんな弱い火で飯が炊けるのですかと咽喉《のど》まででかかるのを我慢した。

雪を溶かして水を作るのも、岳彦にとっては初めての経験であった。食事が済んで歌の合唱が始まった。石油コンロの火を囲んでのしばらくの団欒《だんらん》であった。

「さあ、明日は早いから寝よう」

と小森が言った。寝ようと言っても、寝袋を持って来ている者は小森一人だけで、他《ほか》の者は、持って来たものを全部身につけて、レインコートかウィンドヤッケを頭からかぶって寝るのである。久村とみ子と磯崎文子は一枚の毛布を使って二人で抱き合うようにして寝た。

岳彦は、毛糸のシャツ一枚だけが頼りで、寝袋も外套《がいとう》も毛布も持っていなかった。ウィンドヤッケさえ持ち合せてはいなかった。

岳彦は父親が戦時中に着ていた国民服のおさがりに軍靴《ぐんか》を履きゲートルをつけていた。岳彦はその上によれよれのレインコートを頭からかぶって寝た。

ひどく寒かった。こんなに寒いんじゃあ眠れないだろうと思ったがけっこう眠れて、眼を覚ましたときには、みんなはもう起き上っていた。化粧をすませたばかりらしい久村とみ子の赤い唇《くちびる》が異様にまぶしく見えた。朝食はパンであった。

七丈小屋から、駒ヶ岳頂上までの二時間半は岳彦を有頂天にさせた。残雪の中の登山であったが、彼には冬山を思わせた。きのうより更によく晴れた青空の下に立って、北アルプスの連山を眺《なが》め、八ヶ岳の美しさを讃《ほ》め、そして、南アルプスの雄大さを称《たた》えているうちに、この駒ヶ岳の頂上こそ日本一の山嶺《さんれい》であるかのように思われて来るのである。

岳彦は軍靴で、その辺の雪をやたらに踏みつけながら、登ったぞ、登ったぞと大きな声で叫びたい気持でいた。

頂上から七丈小屋までの下山の途中で、小森はグリセードのやり方を岳彦等に教えた。

岳彦は働いて買ったピッケルが、これほどすばらしい道具になるとは思わなかった。彼は雪にまみれながら滑った。

岳彦が山に対して、本格的な眼を向け出したのは、甲斐駒ヶ岳山行が終ってからであった。

岳彦はピッケルの次に登山靴を買いたいと思った。駒ヶ岳山行でも、軍靴を履いて行ったのは岳彦一人だった。河本峯吉さえ、いよいよ登山の前日になって、彼の母親に泣きついて買い求めた登山靴を履いて行った。

岳彦のアルバイトがまた始まった。今度は以前より真剣だった。貰《もら》った金は、屋台店で使わずにしっかり抱いて家へ帰った。

中古登山靴を古道具屋で手に入れると、早速それを使ってみたくなった。岳彦は、登山靴を履き、ピッケルを持ち、ルックザックをかついで東京近在の山にちょくちょく出かけて行った。地図をひねくり廻《まわ》すようにもなった。

東京山遊会の仲間と丹沢の沢登りをやるようになったのもこのころであった。ぼろぼろのチョッキを着て、草鞋《わらじ》ばきの軽快なスタイルが此処ではばをきかせていた。ぼろ見よう見まねでザイルの結び方も覚えたし、岩の登り方の要領も次第に会得していった。三ツ峠の岩場は一通り登った。

夏休みに入ると、岳彦の山への情熱はほとんど狂的と言ってもいいほどに燃え上った。

北アルプスに出掛けて行って、主な山は、片端から登った。足にまかせて登りまくるといったふうな毎日だった。金がなくなり、食糧が尽きると東京へ帰って、アルバイトをしてまた山へ出掛けるという日がつづいた。

「岳彦、けっして無理はしてはいけませんよ」

母の菊子は、山に憑《つ》かれた息子にやさしい声を掛けるだけで、けっして山を止めろとは言わなかった。父の玄蔵もまた、言っても聞こうとしない岳彦には半ばあきらめていたようであったが、学校を犠牲にしてまで山へ行くことには強く反対していた。もし、山に夢中になって、落第するようなことになれば、高等学校は止めさせるとはっきり言った。岳彦にも父のいうことはよく分るのだが、彼には、いまのところ山だけがすべてであった。なぜ山に心を奪われるのか、山のどこにそれほどの魅力があるのか考えたことはなかった。敗戦によって目標を失った若者が、そこに、自分たちの進むべき青春をはっきり見出《みいだ》したと解釈したのでもなかった。

岳彦は山のことを考えるだけで生き甲斐《がい》を感じた。山の冷やかな空気にふれ、山特有のあの匂《にお》いを嗅《か》いだだけで胸が躍った。

八月に谷川岳マチガ沢行きの山行があった。東京山遊会の会長の小森佐太郎は、岳彦をテントキーパーの資格でこの山行に参加させたが、彼はその役に止まることを承知しなかった。彼は小森にたのんで、一ノ沢の登攀《とうはん》に加わった。小柄《こがら》で身軽な岳彦は、他の隊員たちと混って、いささかの遜色《そんしょく》がない行動をした。

岳彦は、岩を恐れなかった。見栄《みえ》を張っているのではなく、岩そのものとは長いつきあいがあったように、初心者が必ずやるような、岩にへばりつくことはせず、靴先を岩のでっぱりに掛けて、両手で、岩を突き放すようにして立った。そうすることが安定した形であることを本能的に知っているようであった。

マチガ沢での登攀計画の最終日は、本谷東南稜《とうなんりょう》登攀であった。本谷東南稜はマチガ沢の一番奥にあって、ここまで行くのには、数え切れないほどの滝があったり、オーバーハングがあったり、落石の場所があったりした。最後の東南稜自体はそれほど時間がかかるものではなかった。

この東南稜の登攀には、三人でパーティーを組んだ。岳彦は中間に入れられた。彼は、トップが、なぜあんなにべたべたハーケンを打たねばならないのだろうかと思ったり、一人が行動している間は他の二人がじっと待っているような隔時登攀が、なんだかばかばかしく思えてならなかった。

岳彦はふと、このくらいの岩なら、自分一人でも、なんとかして登れそうに思われた。

谷川岳東南稜登攀は彼に岩壁登攀の自信を与えたが、六月の駒ヶ岳登山のような感激は湧《わ》かなかった。

谷川岳山行が終って東京へ帰る列車の中で、小森佐太郎が言った。

「君は山を恐れない。なぜならば、怖いようなことに逢《あ》っていないからなんだ。そういう形で急激に山に深入りしていくことは危険なことなんだ」

岳彦はその言葉を黙って聞いていた。

九月は試験があったから山へは行けなかったが、試験がすむと、しばらくはアルバイトに精を出して、そして十一月の中旬、初雪の白馬岳山行に、東京山遊会の会員四人とでかけていった。

六月の駒ヶ岳は残雪があったが、今度は初雪であった。雪の性質も違っていた。彼等はキックステップで頂上まで登った。岳彦は既に北西の季節風の吹き出した稜線に立って、冬山のきびしさらしいものを初めて味わった。寝袋《シュラーフザック》がどうしても必要だったが、まだ買ってなかったので、この山行には軍隊が使った防寒用外套を利用した。重かったが、これにくるまって寝るとどうやら眠れた。

白馬岳から帰って学校へ出ると、河本峯吉が岳彦を待っていた。

「馬場と決闘をするから立会人になってくれないか」

馬場武男と河本峯吉は同じ東京山遊会の会員の久村とみ子に好意を寄せていた。馬場と河本は交互に久村とみ子を誘って近くの山を歩いていた。三人が一緒のこともあった。

久村とみ子は喫茶店に勤めていた。決闘の原因となったのは馬場が久村とみ子に河本峯吉の悪口を言ったということである。

馬場に訊《き》くと馬場も、河本と決闘をやる気でいた。

「おれは河本が、決闘がいやだと言っても、許すつもりはないぞ。あいつは、とみ子さんの前で、おれを嘘《うそ》つきだと言ったのだ」

喧嘩《けんか》の直接原因になった、悪口と嘘について聞き糺《ただ》したが、馬場も河本もそれは言わなかった。そんなことはどうでもいい、相手が憎いという顔であった。

岳彦は面倒《めんどう》臭くなった。決闘をすると言ったところで、同級生同士のことだから、殴り合えばそれで気がすむだろうと思った。戦後の荒《すさ》んだ空気を反映して、高等学校の中ではこの種の喧嘩が珍しくはなかった。

「そんなに決闘がしたいなら、今度の土曜日の午後二時に谷中《やなか》の墓地でやったらいい。

おれが立会人になってやる」

岳彦が言った。たいしたことはないとたかをくっていたが、その土曜日になると、馬場と河本の決闘のことが同級生の間に知れて、その立会人となる岳彦に、大丈夫か、怪我《けが》でもしたらどうなるのだと言いに来る者がいた。岳彦は少々心配になった。

河本と馬場に別々に会って、決闘の噂《うわさ》が流れているから今日はやめろと言ったが、二人は首を振っているばかりでなく、河本も馬場も、ポケットに忍ばせている登山用ナイフを外から叩《たた》いて、

「こうなったら、あいつを殺すか、こっちが殺されるかだ」

などと、よた者のような口をたたいていた。

同級生の多くはその日の決闘の血を期待して勉強が手につかないようであった。

彼等は午前中で授業が終ると、すぐ岳彦のまわりに集まった。立会人が谷中の墓地へ行かずに、どこかに逃げたら、今日の見せ物がふいになるからだった。

（勝手にしろ）

という気に岳彦はなった。彼は同級生たちの先に立って谷中の墓地へ行った。これた塀《へい》を乗り越えて中に入って、どうやら決闘のできそうな場所を選ぶと、岳彦は途中で拾って来た棒を振りながら、馬場と河本に言った。

「いいか卑怯《ひきょう》な真似《まね》をするんじゃあないぞ。もし卑怯な真似をしたら、そいつをおれがぶんなぐってやるぞ。それから、おれはこの決闘の立会人だから、おれが止めろっと言ったら、止めるんだぞ、いいか絶対に止めるんだぞ。止めなかったら、二人を敵にして戦ってやる」

岳彦は同級生の見ている前で大きな口をきいて見せた。

馬場も河本も蒼白《そうはく》な顔をして立っていたが、岳彦が何度も同じことを言うと、その決闘の条件にやっと承知した。

「じゃあ、二人とも刃物を見せろ」

岳彦は二人のナイフを調べた。決闘する両者の武器を立会人が調べるのは、岳彦が外国映画を見て覚えたものであった。

「いいか、おれがやれっと言ったら始めろ。そして、止めろと怒鳴ったら止めるんだぞ」

岳彦は何度もことわってから、二人の間隔を一間ほど離して、二人を見た。馬場も河本もナイフを持つ手がふるえていた。馬場はナイフを逆手に持っていた。河本は、ナイフの刃先を馬場に向けて、そのまま突込んでいこうかとするようであった。

岳彦は、両者の顔があまり真剣なのでいささか心配になった。どちらかが死ぬようなことになったらどうしようと思った。

馬場が、すり足で前に出ようとした。河本もそれを受けるようにじりじりと前に出る。しようがないなと岳彦は思った。

「やれっ！」

と岳彦は叫ぶと同時に、棒をふりかぶった。卑怯な真似をする奴《やつ》を叩くのではなく、止めろと怒鳴るときに、その棒を二人のもつれている間にふりおろそうと思ったのである。

「トツゲキィーッ」

というばかでかい声が、河本の口から起った。と同時に、河本は登山ナイフを両手に握りしめて、馬場の胸元めがけて飛びこんで行ったのである。

トツゲキィーッという声は叫んだ河本の咽喉《のど》が破れたかと思われるほどの大声であり悲愴《ひそう》感があった。馬場はその声に圧倒され、登山ナイフを両手で握り持って突込んで来る河本に面喰《めんくら》った。馬場は斬《き》ったり斬られたりの決闘を予想していた。河本がこれほど殺意をむき出しにして、突きかかって来るとは思っていなかったようであった。

馬場は本能的によけようとした。逆手に持っていたナイフで、突いて来た河本のナイフを一度は払ったが、払いきれないと見ると馬場は持っていたナイフを捨てて、突っこんで来た河本のナイフを両手で握ったのである。夢中でやったことであった。

鮮血がナイフを握った両手から溢《あふ》れ出した。

「止めろ、止めないか、ばかやろう」

岳彦は叫びながら棒をふり廻した。河本の頭を殴ったり、腕を叩いたりした。棒が折れると、河本に足払いを掛けた。河本が倒れて決闘は終った。

岳彦は両手のゆびを切った馬場をつれて、近所の医者に走った。手当が早かったから、馬場の手のゆびはどうやら助かった。

馬場と河本と岳彦は、教官室に呼ばれて調べられた。三人の親が校長に呼びつけられて、再度このようなことをすれば、退学させると申し渡された。

馬場と河本の決闘は誰《だれ》が見ても河本の勝利であった。馬場はこのことがあってから久村とみ子のいる喫茶店には出入りしないようになった。

「いったい、なにがもとであんな喧嘩になったのだ。もう済んだんだからほんとのことを言えよ」

十二月になってから、岳彦は河本に訊いた。

「馬場の奴が冬の八ヶ岳縦走をやったと、とみ子さんに吹いたのだ」

「いつだねその縦走は」

「それが会の人に訊いたら縦走じゃあないんだ。去年の暮から今年の正月にかけての休みを利用して、行者小屋から、赤岳まで往復しただけのことなんだ」

「それでも冬山はやったんだね」

「冬山には違いないが、縦走なんかじゃあない。だから、嘘つきだと言ってやったんだ」

決闘の原因は久村とみ子の存在にあるのだが、喧嘩の動機となったのは山であった。

「おれたちも、冬の八ヶ岳をやろうじゃあないか。きみと二人なら大丈夫やれる。なあ竹井、今年の暮から正月にかけての休みを利用して、八ヶ岳縦走をやろうじゃあないか。おれは、馬場なんかに負けたくないんだ」

河本は岳彦の肩に手を掛けて、揺さぶりながら言った。

8

昭和二十三年の暮をひかえても、戦後の混乱は、尚《なお》続いていた。新宿駅は、この年の瀬に小舟《こぶね》を浮べて、なんとか、生への彼岸《ひがん》へ渡ろうとする人々で、ごったがえしていた。かつぎ屋と闇屋《やみや》が、わが物顔にプラットフォームを行ったり来たりしている中を、かつぎ屋によく似ているが、かつぎ屋でない証拠としてのピッケルを持った、竹井岳彦と河本峯吉の二人は、長野行きの汽車に乗った。

汽車が入って来ると、列が乱れ、腕ぷしの強いかつぎ屋が先に乗りこんで、窓から、同類がほうりこむ、帽子だの新聞紙だのを、ぽんぽんとあっちこっちに置いて席を取り、後から乗りこんで来る乗客が、そこへ坐《すわ》るのを拒否した。文句を言うと、すごい剣幕で怒鳴るので、結局は善良な乗客たちは泣寝入りの形で、立たねばならなかった。岳彦も河本峯吉も被害者となった。

「ひどい奴等《やつら》だ」

と岳彦が言った。河本は、一時間も待っていて席を取れなかったのだから鬱憤《うっぷん》のやり場に困ったように、登山靴《とざんぐつ》で、床を蹴《け》とばしていた。

二人は小淵沢《こぶちざわ》で小海線に乗り替えた。席はとれたが、席の暖まる暇もなく松原湖で下車した。二人は、その駅で夜が明けるのを待った。

二人の荷物は重かった。四日分の食糧、固形燃料、それに外套《がいとう》と毛布がかさばった。二人はまだ寝袋を買う余裕がなかったのである。

二人が雪を見たのは稲子《いなこ》湯を過ぎてからであった。広々とした高原は三十センチほどの雪におおわれていた。その中に踏み跡があった。馬の足跡もあった。歩くのに邪魔になる雪ではなかったが、雪原に出ると、顔に当る風が急に冷たくなった。二人はその西風に向って黙々と歩いた。今日は、どっちみち、本沢《ほんざわ》鉱泉まで行けばいいのだと考えていた。

雪原を越えると、道は針葉樹林に入り、急傾斜になる。雪も深くなった。二人はそこで小休止した。

「風が止んだようだな」

と岳彦が言った。止んだのではなく、森が風を支えているに過ぎないのだと分っていながらも、そう言ってみたかった。ほっと息ができるような瞬間だった。冬の季節風に向って歩くのはつらいことだった。

「あいつ、送りにも来なかった」

河本峯吉が言った。

なにを言っているのかよく聞きとれなかったから岳彦が訊《き》き返すと、

「新宿駅までさし入れに来ると言って置きながら、とうとう来なかった」

と言った。久村とみ子のことを言っているのだなと、岳彦は思った。河本には、久村とみ子が彼を送って来るかどうかということはかなり重要な意味があった。馬場武男と決闘までして、久村とみ子を争った河本は、もし彼女が新宿まで送りに来て、たとえ、飴玉《あめだま》一つでもいいからさし入れてくれたら、それでこの山行の意味が充分に達せられたような顔をしたに違いない。その久村とみ子が約束を破って来なかったのだ。岳彦は、河本峯吉が、汽車が出るまで、プラットフォームの方を気にしていた、昨夕《ゆうべ》のことを思い出しながら、

「新宿駅はひどい混みようだったからな」

と言った。なぐさめてやったのだ。そうでもしないと、河本が可哀《かわい》そうでならなかった。

「そんなの理由になるものか」

河本は、岳彦に突っかかるように言ったが、すぐにあきらめたように、

「あんな女、ほんとうはどうだっていいのだ」

そう言うと河本はいきなり立上った。

踏み跡はあったが、雪が深くなるにつれて、靴が雪に喰《く》われた。急坂になると、昨夜ほとんど寝ていないのが、そのころになって身体《からだ》にこたえて来て、休む回数が多くなった。

森を出たところの台地から、びっくりするほど近くに、八ヶ岳の連峰が見えた。硫黄岳《いおうだけ》、横岳、赤岳のいただきが光っていたが、山全体は光の陰の部分となって、た

だ大きく見えるだけであった。冬の陽《ひ》は八ヶ岳の向う側に沈んだのである。

それからはまた急な登りで、しかもかなり深雪であった。飛雪のために、ところどころ踏み跡が消えているところもあったが、針葉樹林の切り通しの中だから道を誤ることはなかった。

本沢鉱泉は雪に埋もれていたが、屋根から煙が上っていた。すっかり畳を上げてしまったがらんどうの小屋の中に、垂氷《つらら》が下っていた。奥に赤い灯が燃えていて、囲炉《いろ》裏《り》のまわりに、映画で見た山賊とそっくりの姿をした男が、二人坐っていた。

「入ったらいいずらに」

と男の一人が言った。赤い榾火《ほたび》に照らされて赤鬼のように見えてはいるが、言葉使いは意外にやさしかったので、岳彦と河本は、お願いしますと挨拶《あいさつ》して、炉の近くによった。

壁にべたと生の毛皮が張り付けてあった。獲《と》って来たばかりの狐《きつね》が、天井《てんじょう》から吊《つ》り下げた針金に長々とぶらさがっていた。壁に立て掛けられた鉄砲の筒が、無気味に光っていた。

「あたれや、おめえさまたち、八《や》ヶ岳《つ》へ登るつもりけえ、そりゃあ、えれえことだぞ」

猟師の一人が言った。

猟師に聞くと、いまごろ八ヶ岳へ登る者など、見たことがないということであった。

二人は囲炉裏の火のそばに飯盒《はんごう》を置いた。飯はすぐ炊《た》けた。

「このさぶいのに、なぜ山へなんか登るでえ、げえもねえ」

げえもねえというのは芸もねえと書くのだろうかと、岳彦は思った。ほんとうに芸もねえことかもしれない。冬の八ヶ岳へなぜやって来たのだろうかと考えながら、河本峯吉の方を見ると、河本は、灯を見詰めていた。

外は寒かったが炉の傍《そば》は暖かかった。猟師たちが、ひとかかえもあるような、丸太を抱えこんで来て炉にくべた。それが燃えているかぎり寒いことはなかった。

岳彦は時折眼《め》を覚ました。眼を開けると、壁に張ったカモシカの皮が眼についた。動物の最期《さいご》を、そのような形で見るのは、けっしていい気持のものではなかった。炉にくべた榾の燃え加減で、吊り下げられた狐の眼が光ったように見えたりした。

翌朝は曇っていた。

「上は風が強いから、硫黄岳の頂上までが、せいいっぱいちゅうところずら、それから先へ行っちゃあいけねえぜ」

猟師が言った。猟師たちに別れて小屋を出たところで河本が言った。

「それから先へ行っちゃあいけねえぜ、だと、……ばかにしていやあがる」

河本峯吉は、そのときはっきりと、南八ヶ岳縦走の決意を岳彦に示した。

夏沢峠までの、雪崩《なだれ》でも起きそうな、雪の急斜面を重いルックザックを背負って登りながら、岳彦は、もしなにかが、途中で起ったとき、河本を無事、引き戻《もど》すことができるだろうかと思った。河本は、南八ヶ岳完全縦走という目的にとらわれ過ぎているようであった。

夏沢峠から硫黄岳までの道で、二人は、冬山の風がいかに冷たいものかを知った。樹林帯を出て、吹きさらしの岩ごろ道にかかってから、二人は、あまりの寒さに、しばしば、岩の蔭《かげ》に隠れこまねばならなかった。風は強かったが、吹雪ではなかった。雲はずっと高いところに天井を作ったまま動かなかった。

硫黄岳の石室《いしむろ》で二人は昼食を摂《と》った。飯盒につめて来た飯はかちかちに凍っていた。固形燃料の缶《かん》を切って、火をつけて、その上に飯盒を置いた。火気が弱いのと、寒いのとで、飯盒の中の飯が食べられるようになるまでには、しばらくの時間がかかった。風はいっこうに、おとろえようとする気配はなく、正午を過ぎると益々《ますます》強くなった。

「とても、歩けたものじゃあないぞ、この風の中を、赤岳小屋までは無理だ」

岳彦が言った。

岳彦は、地図を出して、河本に示しながら、稜線《りょうせん》を指で追った。二人にとってはその稜線は未知であった。地図上では、その道は絶壁の上を這《は》うようにして歩かねばならぬ危険な道に思えてならなかった。

「風が怖いのか」

河本が言った。岳彦を軽蔑《けいべつ》したような眼で見ていた。河本が飽くまで縦走をする気でいることは明らかだった。

「二時だぜ——」

岳彦が言った。

「五時までには、赤岳小屋まで行けるさ、われわれは懐中電灯を持っている」

しかし、横岳にかかると、風はいよいよ激しくなるし、ところどころに、鏡のように光っている氷があった。そういうようなところばかりではなかったが、全体的には、氷雪でぴっしりと舗装をされたような瘠《や》せ尾根を、風に吹きとばされそうな危ない格好で歩くのだから、時間がかかってしようがなかった。

十二月の八ヶ岳を縦走しようというのに、アイゼンを持って来ないなどと話したら、みんなに笑われるだろうと、岳彦は思った。彼等《かれら》はアイゼンの必要性を知っていた。だが、それを買う金がなかったから、持って来なかったまでのことである。彼等は、冬山を甘く見ていたのである。

岳彦は、これ以上進むと、どうにもならないような深淵《しんえん》に落ちこんでしまうのではないかと思った。そうなる前に引き返さないといけない。それにはなんとかして河本の気持を変えさせねばならないと思った。

三叉峰《さんさほう》の近くで河本が佐久側にスリップしたときには、岳彦は、これで河本はもうおしまいかと思ったが、二十メートルほど滑って河本は停止した。河本は、畜生、畜生といいながら、登って来た。見掛けよりも雪の層がやわらかだったから助かったのである。

「おい河本、無理だ、本沢鉱泉に引き返そう」

岳彦が雪にまみれた河本に言ったが、河本は首をふった。

「帰るなら、きさま一人で帰れ、おれは縦走をつづけるぞ、完全縦走して見せるのだ」

河本の眼つきが変だなと、岳彦は思った。滑落で河本は昂奮《こうふん》しているに違いない。こういう状態で、この瘠せ尾根を進むことは危険だった。ザイルがあればと思った。それも、アイゼンがあればと考えたのも、同じように、むなしい願いであった。

二人は、また歩き出した。一時は昂奮していた河本も、歩き出すと、前よりも慎重になった。今度滑ったら助からないかも知れないという恐怖が、時間と共に、彼の行動にブレーキをかけて来たようであった。速度は更に遅くなった。

夏道は、大体はっきりしていたが、日蔭に廻《まわ》ると氷雪におおわれていて分らなくなり、そのあたりで、立往生することがあった。

二人は荒沢不動のピークを前にして行き暮れた。進むことも、引くこともできなくなったのである。二人は岩蔭に身を寄せて、外套を着た上に、毛布をかぶって寝ることにした。そういう経験はなかったが、そうせざるを得なかったのである。

彼等は飢えていた。毛布をテントがわりにして、風を除《よ》けながら、固形燃料で、飯を炊こうとしたが、どうしてもうまくいかなかった。風は、どっちからでも入って来て、火を消そうとした。二人は用意して来た菓子を食べて夕食のかわりにした。腹のたしになるというほどのものではなかった。

寒い夜であった。そんな状態で眠れるわけがなかった。凍え死をしないで夜を明かせるかどうかが心配だった。二人は、こういう場合、眠れば死ぬものと思いこんでいたから、互いに、身体をたたき合いながら睡魔と戦った。だが、その二人は、いつの間にか眠っていた。眼を覚ますと、風が弱くなり、夜が明けていた。

二人は、寒さに慄《ふる》えながら、赤岳の石室小屋に急いだ。そこも、けっして暖かいところではなかった。小屋のなかばは吹きこんだ雪に埋もれていた。だが、ここは風がなかった。彼等は固形燃料で湯をわかし、芯《しん》のある飯を炊いた。熱い飯を食べたことによって彼等はやや元気を恢復《かいふく》した。

「どうする、ここから行者小屋へ降りて、諏訪《すわ》へ出ようか」

岳彦が言った。

「いや、ここまで来たのだから、完全縦走をしようじゃあないか、赤岳はすぐ眼の前だ。赤岳を越え、権現岳《ごんげんだけ》を越えれば、すぐ小淵沢だ」

河本が言った。

赤岳の頂上はすぐ眼の前にあるが、その次の権現岳を越えるのはたいへんだし、すぐ下が小淵沢だという言い方も乱暴だと岳彦は思った。だが、河本が先に立って歩き出してしまうと、力ずくで引き止めるわけにもいかなかった。赤岳の頂上まで行って権現岳から小淵沢の方を見れば、その道程《みちのり》がどれほど遠いかが分るだろう。そのときに、河本の直進を思い止まらせようと思った。河本の足どりは軽快であって、疲れている様子はなかった。河本の足よりも心配なのは天候であった。一時止んでいた風が吹き出し、盛んに雪を吹き飛ばしていたが、二人が赤岳の頂上に着くころには、はっきりと吹雪になっていた。

二人は吹雪の赤岳山頂に立った。話し合うにしても、声は聞えないから、動作で自分の意志を示すことしかできなかった。岳彦は、河本の手を引張って、もと来た方を指した。下山しよう、諏訪側の行者小屋へ降りようと、さっき石室を出るときに言ったとおりのことを身振りで示すのだが、河本は頑《がん》として応じなかった。河本のウィンドヤッケの頭巾《ずきん》の中に吹きこんだ雪が眉毛《まゆげ》にからんだ。河本は、その眉毛の雪を二重手袋の右手でこすると、今度こそ、岳彦を捨てて、単独行動に出るかのような勢いで指導標の傍を通って権現岳への縦走路に入っていったのである。

その河本峯吉の姿は、彼が馬場武男と決闘したときに、ナイフを持って突撃っと叫んでとびこんでいったときと全く同じであった。どうにも止めようがなかった。岳彦にできることは、そこで河本と別れて単独行動を取るより仕方がなかった。岳彦には、それができなかった。そのときほど岳彦は二人で山へ来たことを悔いたことはなかった。二人で山へ来て、意見が正反対になった場合でも、行動を共にしなければならないのはつらいことであった。たとえ二人の間にも、パーティーというものが存在し、どちらかがリーダーでなければならないとすると、……岳彦は、この場合、自分の方がリーダーだと考えていいのではないかと思った。なぜならば、岳彦の方が河本より、山を歩いた回数が多いし、今度の八ヶ岳山行を言い出したのは河本だったが、山行計画を具体化したのは岳彦だった。岳彦は、その一つの手段、おれはこのパーティーのリーダーなんだ。おれの言うことを聞けと、河本に向っていうべきだと思った。岳彦は何度か、手を延ばして、前を行く、河本のルックザックをつかまえようとした。声をかけても声がとどかぬことは分りきっていた。

吹雪がひどくなった。彼等が歩いていく方向と風の方向とが正対した。湿った大きな雪片が唇《くちびる》のあたりにべったりとくっつくと、ひと雫《しずく》の露になった。

（これはたいへんな吹雪になった、逃げねばならない）

と思った。逃げねばならないという気持は、河本も同じらしく、彼の歩き方はいよいよ、速くなった。風は下へ降りれば降りるほど、弱くなることを知っての上のようだった。

吹雪は、赤岳からの急斜面を降りて、平らな広い尾根に出ても止まなかった。吹雪ははげしくなるばかりではなく、深さを増して行動の自由を奪った。

「われわれは尾根を歩いているのだ。尾根を南へ南へ向って歩いているのだ。間もなく権現岳へ出て、それからは、一気に小淵沢へ向って駈《か》け降りればいい」

河本が、またへんなことを言った。権現から、小淵沢までの距離は、松原から本沢鉱泉までの距離と、どっこいどっこいである。しかも、権現から小淵沢までの途中には小屋は一つもないのである。そういうところを一気に駈け降りるなどと河本がいうのは、彼の頭の中だけで、もう一人の河本が駈け降りているのではないかと岳彦には思えてならなかった。

広い尾根の深雪の中を歩いているとシラビソの森に入った。岳彦は、河本のルックザックに抱きつくようにして引き止めて、地図を開いた。雪が地図の上にばらばら落ちた。赤岳から一気に三〇〇メートル近く降りて、しばらくは幅広い尾根道を歩いて、そして、また二〇〇メートル近く登らないと権現岳の頂上には達しないのである。その権現岳への登りの道に、彼等は未《いま》だ踏みこんではいなかった。ひょっとすると、尾根筋を違えて、西側の枝尾根へ踏みこんでしまったのではないだろうか。かなり大きなシラビソがあるところを見ると、その公算が多いように思われた。

「こういうときにはあせってはいけない。とにかく腹ごしらえでもして、行く先をはっきり、きめようではないか」

岳彦が言った。

「この吹雪の中で飯を炊くというのか、ばかな、そんな時間はわれわれにはないのだ。飯ならば、小淵沢へ着いてからでもいいではないか。こんなところで、愚図愚図《ぐずぐず》しているより歩こう。もう少し歩けば、権現の頂に出る」

河本は飽くまでも前進を主張して譲らなかった。岳彦は時計を見た。十二時を過ぎていた。昼食を摂《と》らねばならない時間であったが、河本にそう言われると、どうしても飯を炊かねばならないという気は起らないのである。それが過度の疲労によるもので危険な信号であるということが、岳彦にも河本にもよく分らなかった。ただ岳彦には、危険が自分たちの身にせまりつつあることだけを認める余裕があった。道を迷ったという確信は、雪が深くなるにつれて、彼等の気持を固めた。こんな深い雪の中をわかんも履《は》かずに歩いていたら、間もなく精も根も尽き果ててしまうだろうと思った。

吹雪と共にガスがやって来た。視界はいよいよ閉ざされて、たとえ磁石があり、地図があったとしても、現在位置が確認できないかぎり、正しい路線に、自らを戻すことは不可能であった。

「おれは引き返すぞ、石室小屋へ引き返す。いまなら、引き返すことができる」

岳彦は、河本の肩を両手でゆすぶりながら言った。

「なにをいうか、もうすぐそこが権現岳じゃあないか、さっき霧の霽《は》れ間に見なかったか、歩いて三十分かそこそこのところに権現岳がある。そこからは、日当りのいい山道が小淵沢まで続いているのだ」

河本が言った。へんなことを言うじゃあないかと、岳彦は思った。この霧と吹雪では先が見える筈《はず》がない。

河本は、モミか、シラビソか、ごく近くの地形のでっぱりを見て、権現岳と思ったのだろう。岳彦もそういうものを見て、もしやと思うことがあったが、すぐ頭の中で、違う、あれは霧が作り出した影絵であって山ではないと、否定するのだが、それができずに、権現岳を見たと思いこんだのは、河本が、非常に疲れている証拠だった。これ以上無駄《むだ》歩きをさせてはならないと思った。

「河本、なにを言っているのだ。この吹雪の中に、きさまは幻視でも見たのか」

河本の耳に幻視という言葉が、かなり強く響いたようだった。山を始めたばかりの二人は多くの本を濫読《らんどく》した。遭難の話も聞いた。その中には、きっと幻視とか幻聴とかいう言葉があった。遭難の前兆として現われる現象であった。

「なに、幻視だと」

河本がきっとなったときに、岳彦はすかさず言った。

「確かにおれたちは道に迷った。そうでなければもうとっくに権現岳の登りにかかっていなければならない筈だ。引き返そう、いまなら、まだおれたちの足跡は消えていない。足跡の消えないうちに、赤岳の登り口まで、たどりつかねばならぬ、赤岳の登りはつらいが、おりて来た道だから迷うことはない。赤岳の頂上から、石室小屋まではすぐだ」

河本の顔に動揺が起った。岳彦は更につづけた。

「二人でも、われわれはパーティーだ。そして、このパーティーのリーダーはおれだ。おれのいうことを聞いてくれ」

「どうしても引き返すのか」

「引き返さないと、おれたちは死んじまうかもしれないのだぞ」

岳彦の言葉は激し過ぎたようだったが、河本には、それが、決定的なものに聞えたらしく、河本は、はっきりと向きを変えて、

「そうか、どうしても縦走はできないのか」

ひどく弱々しい響きをもって、聞えたので、岳彦は、

「なあに、またという日があるさ」

というと、それまで、顔と顔とをくっつけるようにして話し合っていた河本が、突然、岳彦を突きのけるようにした。岳彦がよけると、河本は赤岳に向って、ふらふらと、二、三歩行ったところで、雪の中に坐りこんだ。

「どうしたのだ河本」

「ちょっと休ませてくれ」

河本は、そのまま首をたれた。こんなところで眠りこまれたらしようがないから、岳彦が、おいしっかりしろと声をかけると、立上って、またふらふらと歩く、考えられないような妙な動作が眼の前で始められたので、岳彦はひどくあわてた。

「河本、赤岳の石室小屋へ引き返せばゆっくり休むことができるのだ。そこまでは、しっかり歩いてくれ」

うん、と河本は答えた。答えるが、歩けないのである。

南八ヶ岳の完全縦走を期していた河本が、縦走を断念した瞬間、突然、歩く力を失ったことは、なんとしても岳彦には理解できないことだった。人間の力の限界がこのように、突如としてやって来るとは、想像もしていないことだった。どうしても、河本が、岳彦の前で、芝居《しばい》でもやっているように思えてならなかった。

歩く力を失いかけた河本は、言葉をも失いかけた。話しかけても返事をしなくなった。それればかりか、河本は、とうとう、ルックザックを彼の背からはずして、雪の中にひっくり返ったのである。

吹雪はいよいよ激しくなった。

岳彦は、足跡の消えるのをおそれた。もしそうなれば、死を待つよりしかたがなかった。吹雪に足跡が消されない前に、なんとかして、赤岳の登り口まで、行かねばならなかった。

岳彦は、河本のルックザックを、自分のルックザックの上に乗せた。眼が廻りそうな重さになったが、そうしてやらねば、河本は動けないのである。

「河本、さあ、しっかりしろ、頑張《がんば》ってくれ、この深雪地帯を出れば、歩きよくなるのだ。そこまでの我慢だ」

河本は岳彦の前をふらふらと歩いた。歩いていることさえ、意識の底から消えたようだった。だが彼は歩いた。歩こうとしていた。

踏み跡を消そうとする吹雪と、消されないうちに赤岳の登り口へ取りつこうとする二人の男たち。まわりを取り巻くガスが濃くなると、まだまだ日の暮れる時間でもないのに、夜のように暗くなった。

「もうだめだ。たのむ、三十分でいい、二十分でもいいからここに寝かせてくれ」

河本が、雪の中に倒れて、岳彦に手を合わせた。その河本の顔がひきつれて見えた。どうにもならない事態になっていた。それ以上河本を歩かせるわけにはいかなかった。岳彦は、雪の中で、死んだように眠りこんでしまった河本に、彼のルックザックの中の外套をかけてやった。三十分で起き上れるとは思えなかった。もしそういうことになれば、どうしたらいいだろう。雪洞《せつどう》を掘るほど雪は深くはなかった。

9

河本峯吉は眠りこんでいた。その吹雪の中で、吹雪など意識の中にないようであった。

「こんなところで眠ったら、死んでしまうぞ」

岳彦が、河本の身体を揺すぶって叫んでも、彼の背中を叩いても、河本は眼《め》を開けなかった。岳彦は、あきらめた。こういう状態では、たとえ河本を叩《たた》き起しても歩くことはできないだろう。それならば、この地点で、ビバークすることを考えねばならない。

そこは雪洞を掘るほど雪は深くなかった。岩蔭《いわかげ》に身をかくすようなところもなかった。できることと言ったら、風下に身を移すことぐらいであったが、それとても、そこにぶっ倒れた河本を引き摺《ず》って行きでもしないかぎり不可能であった。

岳彦は、河本のルックザックから、河本の外套《がいとう》と毛布を出した。外套を着せてやり、頭から、すっぽり毛布をかぶせ、靴《くつ》を履いたままの足をルックザックの中に突っこんで、そこに寝かせた。身体《からだ》の下に敷いてやれるものはたった一枚のシートでしかなかった。

岳彦もまた、河本峯吉が、動けないときまったからには、同じような休養の態勢を取るより仕方がなかった。

夏ならば、そこから赤岳の頂上まで、四十分もあれば行ける。そこから石室小屋までは下りだから二十分もあれば充分である。だが、いまはそうはいかない。岳彦もかなり疲労しているから、石室小屋までは、二、三時間はかかるかもしれない。行ける自信はあったが、河本をそのままにして行くことはできなかった。河本が、そこにいるかぎり、たとえ、石室小屋に赤い灯が燃え、熱い食べ物が待っていても、そこを離れることはできなかった。それはパーティーを組んで来た以上やむを得ないことであった。

（一時間、或《あ》るいは二時間、もしくは三時間も眠ったら、河本は元気を恢復《かいふく》して、また歩き出すだろう）

岳彦はそう考えた。

岳彦は、外套を着て、毛布を頭からかぶり、ルックザックに足を突っこんで、吹雪の中に、石の地蔵のように動かなくなった。彼の上に雪が積っても、すぐ風が掃《は》きさらって行った。

岳彦は、寒さで眼を覚ました。時計を見ると、午後の四時であった。夜がそこまで来ていた。吹雪は前よりも激しくなっていた。

(たとえ夜になっても、赤岳への登り道は分っているのだから、懐中電灯をたよりに、登るべきである。ここで野宿する危険に比べたら、吹雪の中を歩く危険の方がはるかに少ない)

岳彦はそう判断した。岳彦は河本峯吉を起しにかかった。しかし、考え得るありとあらゆる方法をもってしても、河本の眼を覚ますことはできなかった。河本は昏々《こんこん》と眠りつづけていた。

岳彦はビバークを決意した。吹雪の中でこうしていると、翌朝までに、二人とも凍え死んでしまうだろうと思った。だが、河本が動かないのだからいたし方のないことだった。

岳彦は、河本と密着した。二人の身体が接している部分にはいかなることがあっても、吹雪の介在を許すまいと思った。二人の毛布を一つに縫い合せてその中に入りこんで寝たら、もう少し寒さが防げるかも知れないと考えたり、もし、二人が寝袋《シュラーフザック》を持っていたらと考えたりした。すべてどうにもならないことだが、そんなようなばかばかしいことが取りとめもなく岳彦の頭の中を過ぎ去って行った。

ビバークと決心すると、その悪条件の中でも、明日は明日でどうにかなるだろうという、ふてぶてしい希望のようなものが出て来るのも不思議なことだった。問題は、明日の朝まで凍傷も起さずにこのままでおられるかどうかということであった。そのころから岳彦は、足の先に痛みを感じていた。靴を脱いで、指先を手でもんでやりたかったが、かちかちに凍った靴を脱ぐことはできないし、脱いだらさいご、容易なことではそれを履くことはできないと考えられた。彼は、その苦痛をがまんするより仕方がなかった。

岳彦は夜半を過ぎて眼を覚ました。とても眠っておられる寒さではなかった。寒さが、彼にそこで眠ることの危険を知らせたように思われた。身体中の血液が凍結してしまいそうに寒かったが、その寒さからのがれる術《すべ》はなかった。岳彦は立って、足踏みをした。身体を動かしつづけた。そうしたところで身体が暖まるわけではなし、背を高くすれば、それだけ風当りが強くなって、身体から熱を奪われると分っていても、そうせずにはいられなかった。

河本峯吉が、なぜじっとして眠っておられるのか分らなかった。河本の方が、特に装備がいいとは考えられなかった。もしや死んだのではないかと思って、河本の顔に懐中電灯の光を当てると、彼の吐く白い息が見えた。

河本は半ば雪に埋もれたような格好になっていた。防寒頭巾《ずきん》につららが下っていた。岳彦は河本の顔の雪を払いのけてやると、また彼の傍《そば》に腰をおろすよりほかになにもすることがなかった。

夜明け方、岳彦は眠った。うつらうつらとしていると、河本の声に起された。

「腹が減った。なにか食べる物はないか」

河本が眼を覚まして口にした最初の言葉がそれであった。言葉は比較的明瞭《めいりょう》であった。岳彦はびっくりした。一晩眠ったので河本は疲労を恢復したのだと思った。

「おい、竹井、どうした。はやくルックから、パンを出せ、菓子があるじゃあないか」

「なにを言っているんだ河本、食べる物は、米しかないぞ、パンや菓子は食べてしまったじゃあないか」

「じゃあ、すぐ飯を炊《た》いて食べよう、とにかく腹が減ってしようがないのだ」

明けかかっていた。昨夜の悪夢のつづきのように、うすぼんやりとあたりの地形が見えはじめていた。吹雪はおとろえたようであった。

岳彦は、その明るさの中で河本峯吉の顔を見た。寒いと言わずに、腹が減ったと繰り返す河本の様子をへんに感じたからである。

「竹井、さあ飯を炊こう、米はきみのルックの中だな」

こんな吹雪の中の吹きさらしで飯が炊けるはずがなかった。それに燃料はすでに使い果していた。

河本はふらふらと立上って、岳彦のルックザックに手を掛けた。

「河本、飯を炊きたくても、燃料がないのだ」

だが、河本はそんなことは耳に入らないようだった。河本はルックザックの中から、米の袋を出した。米の袋は、コンクリートの塊《かたまり》のように凍っていた。濡《ぬ》れて凍ったのだ。河本は凍った米袋を見て、びっくりしたようだった。彼は、なにかきたないものでも捨てるように米袋をルックザックに投げこむと、突然、雪の中に膝《ひざ》を屈して、腹をかかえた。

「どうした河本、腹でも痛いのか」

それには答えず、河本は唸《うな》り出した。はじめは、痛みをこらえようとしているようだったが、苦痛の声を外に出すようになると、雪の中に倒れて、痛い、痛いと叫びながら雪の中をころげ廻《まわ》るのである。

どうにもしようがなかった。岳彦にできることと言ったら、河本の背中をなでてやるくらいのものであった。薬品の持ち合せもなかった。苦しみながら、時々、水、水と言うのだが、一杯の水を飲ませてやることもできなかった。

時々、河本は雪を掻《か》きむしるようにして、口に入れた。腹が痛いのに、雪はよくないと分っていても止めることができなかった。河本の苦しみは一時間ほど続いた末、すべての力を出し切ったようにぐったりと雪の上に延びた。

明るくなると、吹雪が止んで、太陽が顔を出した。

「おい、おれたちは助かったぞ」

岳彦は河本に言った。まもなく暖かくなる。そうしたら、赤岳の頂上に向ってゆっくり、ゆっくり歩いて行けばいい、どんなに時間がかかったにしても、今日中には赤岳下の石室小屋に着ける。石室小屋で救助を待つより仕方がない。或《ある》いは正月だから、誰《だれ》か登山者が通りかかるかも知れない。

岳彦は、太陽が上るのを待った。河本は眼を閉じたまま動かなかった。

「さあ、河本頑張《がんば》ろう、石室小屋まで行こう、あそこまで行けばなんとかなる」

「石室小屋まで行けばどうなるのだ」

「吹雪を防ぐことができるし、這松《はいまつ》を取って来て小屋の中で火を焚《た》くこともできる、湯も沸《わ》かせるし、飯も炊ける」

「そうか、そうだな竹井、石室小屋まで行かないといけないのだな、ここにこうしていたら死んでしまうんだな」

河本はそう言って起き上ると、岳彦に向って笑いかけた。岳彦はその河本の笑いを死の笑いのように感じた。そんな薄気味の悪い笑いは見たことはなかった。生きた笑いではなく死んだ笑いに見えた。

「ゆっくり歩けばいい、一日がかりで石室小屋まで行き着けばいいのだぞ、河本」

岳彦は、二人の荷物の全部を持って歩き出した。

河本は立上った。歩こうとして、二、三歩はふらふらと動いたが、そのまま彼は、雪の中に倒れた。立上って歩こうとしたが、また倒れた。河本は足をやられたのだ。昨夜の寒さで、凍傷を受けたのだ。

「よし、河本、おれが背負って行ってやる」

岳彦は、河本を背負ってみた。駄目《だめ》だった。数歩行ったところで、岳彦は河本を背負ったまま雪の中に倒れこんだ。

岳彦は、青い空に眼をやった。こんなに青い空を見たことはなかった。そのまま彼の身体《からだ》が吸いこまれて行きそうに青い空だった。

岳彦は、どうしたらいいかを考えた。救助を求めに下山するとしても、その間中、河本を雪の中に放り出して置くことになる。無事それができるかどうか自信がなかった。岳彦の両足の指先は、既に感覚を失《な》くしていた。歩いても足に力が入らなかった。昨日の昼からなにも食べていなかった。空腹は耐えがたいものになっていた。岳彦は絶望的な眼を空に投げて、死を考えていた。

（南八ヶ岳縦走を試みる者があれば、必ずこの道を通るであろう）

その当てにならないことを、今となっては当てにするより仕方がない状態に至ったのだと思った。

岳彦は、二時間ほど眠ったが、風の音で眼を覚ました。雪の降ったあとに、猛烈な西風が吹き出したのである。吹雪ではなく飛雪の中に八ヶ岳は封鎖された。地吹雪は吹雪より始末が悪かった。降り積った雪を吹き散らし、太陽をかくすばかりでなく、その強風のために急速に体温が奪われて行った。

太陽は出ているはずだったが見えなかった。飛雪の幕を通して見る太陽は、すこぶるたよりなさそうに見えた。

「竹井、きみには迷惑を掛けたな。もともと、冬の八ヶ岳縦走などと、身のほど知らずのことを言い出したおれが悪かったのだ」

河本が言った。

「いまさらそんなことを言ってもどうにもならないことだ。それより河本歩け、死ぬつもりで歩けば、歩けるはずだ」

しかし、河本は首を振った。

「駄目だ、おれの足はもう駄目になった。なあ竹井、もしおれが死んだら、おれにかわって、とみ子さんに言ってくれないか、愛していたとひとこと言ってくれればいいのだ」

「ばかやろう、そんなことが言えるうちは絶対死にっこない。元気を出して、歩いて見ろ、おれが歩けるのだからきみも歩けるはずだ。さあ歩こう」

岳彦は河本を雪の中から助け起した。

「さあ、歩こう、赤岳小屋は、すぐそこだ」

河本はひとつ大きく頷《うなず》いて妙なことをはじめた。雪の中に坐《すわ》ったままで、両手をしきりに振っているのである。

「どうした河本、さあ立って歩け」

河本の腕を引張ろうとする岳彦の手を、河本は邪険に振り払って言った。

「竹井、なにをするのだ、おれはこうしてちゃんと歩いているではないか、見ろ歩けるだろう」

河本はさかんに両手で雪を掻《か》いた。

岳彦はぞっとした。背筋を冷たいものが走った。河本は正常な状態ではなかった。

「河本しっかりしろ」

と背中をどやしつけると、河本は正気になって、うらめしそうな眼で岳彦を見ていたが、すぐまた、手で雪を掻き出すのである。こうなったら、河本をなるべく動かさないようにして、救助を待つより方法がなかった。岳彦は、河本に外套を着せ、毛布をかぶせてやった。地吹雪から彼の身を守るためだった。

岳彦は十八歳であった。神仏の加護を願う年齢ではなかった。神仏の加護によって、日本は戦争に勝つと言われて、なにかと言えば、神仏の前で、合掌させられ、敬礼させられた彼等《かれら》中学生は、その神仏に見事に裏切られた。その岳彦はいま、その神仏に祈りたい気持でいた。

（神様、どうか登山者をこちらへさし向けて下さい）

だが、登山者は来なかった。祈れば祈るほど地吹雪はひどくなったようだった。太陽の姿が見えないほどの荒れようであった。

その風も、日暮れどきになると風速が弱まって、青い空が出て、そして星空に変った。きびしい寒さがやって来た。

「暑い、暑い……」

と河本が言い出したのは、夜の九時を過ぎたころであった。それまで、じっとしていた河本は毛布をはねのけ、外套を脱いだ。あらぬことを口走った。学友の名前が出たり、アルバイトに行っていた、米軍のモータープールの黒人兵の名前が出て来たりした。なにをしゃべっているのか意味が分らなかった。舌がもつれているようだった。

「突撃っ！　突撃っ！」

と怒鳴る言葉だけははっきりしていた。軍事教練でもしているつもりなのかもしれない。

岳彦は、河本がはねのけた、外套や毛布を拾って彼にかけてやろうとした。暑いはずはない。夜とともに、昨夜にまさる寒波がおしよせたのである。だが河本はどこに、そんな力があるかと思うようなくそ力を出して、岳彦をはねのけた。河本の中には岳彦の存在はないようであった。

なぜ、そのような狂乱状態になったのか、そのことがなにを意味するのか、岳彦には分らなかった。彼がそれまでに読んだ本の中にも、そのようなことは書いてなかった。どうしていいか分らなかったから岳彦は、懸命に河本を押えつけようとしていた。

がくっと河本の身体から力が抜けた。河本は雪の中へうつ伏せに倒れた。

夜が明けた。岳彦は河本峯吉の死に顔をはっきり見た。苦悶《くもん》の表情はなかった。両手を胸のあたりに組んでいた。クリスチャンでもない河本が、クリスチャンが神に祈るような姿勢で永遠の眠りに入っていた。蠟《ろう》のように冷たい皮膚の色だった。涙は出なかった。河本峯吉がいまここで死んだのだと言う実感が岳彦を衝《つ》いては来なかった。そこにはなにか大きな嘘《うそ》があるように思えた。昨日まで河本は岳彦とともにあった。その河本が死んで岳彦が生きていると言うことは考えられなかった。河本は息を止めたままで眠っているのだ。やがて彼はがばっと起き上って岳彦に声を掛けて来そうにさえ思われた。

岳彦は河本の傍で日が高く上るまで待った。その日もまた朝から風が強かった。地吹雪になると、見る見るうちに、河本の遺体は、雪の下にかくされて行った。ずっと下の方から山の傾斜にそって雪煙が吹き上げて来て、河本を埋めてしまおうとした。いくら戦っても岳彦の手には負えない相手であった。

岳彦は地吹雪との戦いをあきらめた。これ以上待ったところで、河本は生き返るものではなかった。岳彦は河本の枕元《まくらもと》に、ピッケルを立ててやった。こうして置けば、あとで遺体を探しに来ても、すぐ分るだろうと思った。

その場を去るにのぞんで岳彦は、河本に声を掛けなかった。不思議に悲しみは湧《わ》いて来なかった。いくら河本が死んだと思いこもうとしても、そうは思えなかった。その癖、岳彦の心の中では、はやくこの場を去って、石室小屋へ行かないと、自分自身の身が危ないぞと言う声があった。

岳彦はその場を離れた。外套を着て、毛布をかぶった河本の身体は雪の上にそのまま横たわっていた。

岳彦は赤岳頂上を眼指《めざ》して歩き出した。西風の強風は岳彦の左側面から彼を襲い、しばしば彼は雪の中に転倒しようとした。粉雪が渦《うず》を巻き、彼をめくらにしようとした。二十歩ほど歩いて彼は振り返った。河本の遺体はもう雪にかくされていた。こんもりと堆《うずたか》く雪に埋もれた河本を見ると、河本はほんとうに死んだのだと思った。もう永遠に河本に会えないと思うと悲しみがこみ上げて来た。

「あんなところに河本を置いてはいけない」

河本の遺体の置き場所は、飛雪の吹きだまりになっているではないか、もっと別なところへ移さなければと思ったが、すぐ岳彦は思い返した。河本の遺体が吹きさらしになった場合を考えるとぞっとした。

岳彦は、なすべきことをすべてしたのだ。これからは自分が生きることを考えねばならないと、自分に言って聞かせた。

急坂にかかると、三歩行っては休み、五歩行っては雪の中に坐りこむと言ったような歩き方をした。腰から下の感覚がたわいなかった。第二夜の寒さで、凍傷はずっと、深いところへ浸透して行ったようであった。踏みしめているという反応がはっきりしなかった。雲の上を歩くようなふわふわした気持でありながら、さっぱり身体は動かず、べらぼうに息が切れた。

歩いている時間より、休んでいる時間の方が長かった。それでも、彼の身体は少しずつ赤岳の頂上へ向って動いて行った。

飛雪の中に、ときおり太陽の姿を見ると、彼は救われたような気になった。太陽の次に人を想像した。誰かが現われるような予感がしたが、それは単なる期待に過ぎないことが分ると岳彦は、どうでも勝手になれという気で、雪の中に坐りこんだ。

頂上に近づくと、飛雪の中に何回か人の姿を見掛けた。声を掛けようかと思うほど、はっきりしていることがあった。風の音ではなく人の声も聞えた。

(頂上へ着けば人がいる)

彼はそう思った。頂上に着くことが救助されることだと思った。

彼はもう歩く力がなかった。四つん這《ば》いになって這った。頂上に着けば救われる。それだけが望みだった。

「遅かったじゃないか、どうしていたのだ」

岳彦が頂上に着いたとき、飛雪の幕の中で河本峯吉の声がした。河本がそこに立っていた。

「なあんだ河本、生きていたのか」

岳彦は、河本のところへ近づいて行った。それは河本ではなく誰かが積んだケルンであった。

はっと気がつくと、人の声は聞えなくなるが、しばらくすると、また人の声が聞えたり、姿が見えたりした。幻覚は岳彦の先廻《さきまわ》りばかりした。岳彦は幻覚と現実の境界線を歩きつづけていた。

石室小屋を見たとき岳彦は真赤な幻覚を見た。火は赤々と燃えて、大きな鍋《なべ》をかこんで登山者が談笑していた。だが、石室小屋の中に一歩入ると、赤い火は消えた。そこは、岳彦と河本が出たときのままになっていた。半分は雪で埋まっているなんにもない小屋であった。

岳彦は小屋の中にぶっ倒れた。しばらくは、そのままでじっとしていた。暗さに眼が馴《な》れてから、彼は起き上って、外套を着、毛布をかぶって寝た。外套も毛布もばりばりに凍っていた。氷の皮を着て寝るのにひとしかった。

夜が来ていた。

翌朝も、彼は生きていた。生きていたことが不思議に思えた。猛烈な飢えが彼を襲った。彼は、米袋を出して、そのコンクリートの塊のように凍った物にピッケルを当てた。凍った米を口に入れて噛《か》んでみたが、米の味はしなかった。マッチはあったが燃料はなかった。這松《はいまつ》を取りに行く元気はなかった。

岳彦は、その凍った生米を根気よく噛んだ。それ以外に生きる道はなかった。足の凍傷は確実だった。その足をそのままにして置くと、更に凍傷がひどくなって行く危険性があった。

岳彦は凍った靴《くつ》の紐《ひも》を切断して、彼の足を出して、もんでみたが、感覚は帰らなかった。彼はその足を風呂敷《ふろしき》に包んでルックザックの中に入れた。

岳彦は救助を待った。彼が所属している東京山遊会の会長の小森佐太郎には、南八ヶ岳へ行くとだけ言ってあった。縦走をするとは言ってなかったが、おそらく、彼はこの赤岳に見当をつけて助けに来てくれるだろうと思った。救助隊が来るまで生きられるか、待てずに死ぬかその二つに一つが残された道であった。

飢えよりも、渇きの方が彼には苦しかった。たまらなくなると、体温を低下させることが分っていながら雪を食べた。

石室小屋に入って三日目に静かな暖かい日があった。彼は、外に這い出して、石室小屋を背にして日向《ひなた》ぼっこをした。ごく短い時間だったが、その間に飯盒《はんごう》の中の雪がとけて水ができた。彼は奇蹟《きせき》のようなその水を飲んだ。彼はその太陽の光を逃がしてはならないと思った。風のない、このしばらくの間に彼の生死が分れるときのような気がした。彼は、外套や毛布を日に乾かそうとした。凍った生米を乾かそうとした。天気はそう長くはつづかなかった。ものの二時間も経《た》つと、また風が出て飛雪が舞った。

河本峯吉は、一日に二度か三度は、この小屋を訪れた。河本の声がするので出て見ると、誰《だれ》もいなかった。夜中に岳彦の名を呼ぶこともあった。

登山者も何人となく石室小屋の前を通った。やり過してはならないと這い出して見ると、誰もいなかった。だがそのまぼろしの登山者の通過は、岳彦に生きる希望を与えた。まぼろしの登山者の声を聞いては這い出して、そのたびに彼はエネルギーの消耗を強《し》いられた。

中にはつかつかと石室小屋まで入りこんで来るまぼろしの登山者もあった。話をして、彼等がさし出す救助の手にすがろうとしたとき、ぱっと消え失せる場合が多かった。

だから、岳彦は、石室小屋の外に、数人の人の声を聞いたときは、またあのまぼろしの登山者だなと思った。

「おい誰かいるようだぞ」

登山者は小屋の近くでそう言った。二人三人と人が増えた。突然、懐中電灯が岳彦に向けられた。

「どうしたんです」

リーダーらしい男が言った。

岳彦は黙っていた。やがて消えるに違いない、まぼろしの登山者と話をするのは損だと思った。

「生きているぞ、眼が動いた」

ともう一人の登山者が言った。どやどやと登山者が入って来た。

「おい、しっかりするんだ」

一人の登山者が、魔法瓶《まほうびん》から湯気の立つ湯をコップについで岳彦にさし出した。

(これを手に取るとまぼろしの登山者は消えるのだ)

岳彦は手を出さなかった。相手は、そのコップを岳彦の口元に当てた。コップも湯も消えなかった。岳彦は湯を飲んだ。

「あなた方はまぼろしの登山者ではないのですね」

岳彦の頭が濁った。助かったと思ったとたん、頭がぐらぐらした。しっかりしろという声が連続的に聞えた。遭難以来、七日目だったか八日目だったか……岳彦はそんなことを意識の底で考えていた。

10

竹井岳彦は茅野《ちの》町の病院の第八号病室で、父の竹井玄蔵に会った。玄蔵は布団《ふとん》の上に横たわっている岳彦を黙って見おろしていた。電灯がひどく暗く、玄蔵の姿は、一度に十歳もふけたように見えた。玄蔵はときどき壁の方を向いて、ハンカチを出した。父が泣いているのだなと岳彦は思った。

鐘が遠くで鳴った。一方向ではなくあっちからも、こっちからも聞えた。鐘は一定の時間間隔を置いていつまでも、鳴り続いていた。

「除夜の鐘が鳴る」

父の玄蔵がそう言った。

その言葉を、岳彦は心の中で、

「河本峯吉を送る鐘が鳴る」

と聞いた。

岳彦は眼をつぶった。じっと耳をすませて聴くと、寺の鐘は八つ聞えた。なぜこんなにたくさんお寺があるのだろう。そしてどうしてこんなに澄んで聞えるのだろうか、岳彦には分らなかった。外は凍《い》てついて寒い。叩《たた》けばかんかんと響くような大地の上に、星が輝いているに違いない。

第八号病室は六畳の個室だった。部屋の真中に炬燵《こたつ》があった。いかにも信濃《しなの》の病院らしかった。看護婦はずらを盛んに使うし、廊下を歩く見舞いの客や付添いが、

「なんちゅう寒いずら」

「ええ寒いじゃあねえかね」

などと話しているのも、信濃の町の病院らしかった。夜明けに眼を覚ました。父は炬燵の向うで眠っていた。溲瓶《しびん》が新聞紙に包んで足もとに置いてあったが、岳彦はそれを使うのがいやだった。立上ろうとしたが、両足が痛くて立てないので、半ば這い、半ば壁を伝わって便所に行った。体重が足にかかると腰から下が痛い。

昭和二十四年一月一日が明けた。

「お正月だで……」

と言って隣室に入院している老人の付添いの老婆《ろうば》が、お雑煮《ぞうに》を鍋に入れて持って来た。

岳彦は起き上ってお雑煮を食べた。お雑煮のなめらかな感触が咽喉《のど》を通るときに、彼は未《いま》だに氷雪の中で眠りつづけているだろう河本峯吉を思った。

熱が出て来て、身体《からだ》中が痛かった。

十時を過ぎたころ若い医師が岳彦の病室を訪れた。彼は油を塗って繃帯《ほうたい》してある両足と、油だけ塗ってある両手の指先と、耳とそして鼻の先を診察してから、岳彦の前にどっこいしょと坐《すわ》って、持って来た医学書の頁《ページ》を繰った。

「どうも分らないな……」

若い医師は、その日本語の本を、そこに置いてどこかへ行ったが、すぐドイツ語の医書を持って引き返して来て、熱心に読み始めた。なんとなくたよりない感じだったが、その若い医師の学究的な態度が岳彦に好感を与えた。

「ペニシリンを打たねばいけないね」

ペニシリンは闇《やみ》でないと買えなかった。茅野にはなかった。なんとかして東京から取り寄せないと、たいへんなことになるだろうと言った。岳彦には、医師の言う、たいへんなことというのが、どういうことだか、ほぼ想像できた。岳彦はいざりのように這って歩く自分の姿を想像した。

父は、東京の自宅へ電話を掛けてから、岳彦のことを、隣室の老婆に頼んで、次の汽車で東京へ帰って行った。

岳彦は食べて眠った。眼が覚めるたびに痛みは激しくなり、それが上へ上へ登って行くように感じられた。

眠っている間は吹雪と戦っていた。必ず河本峯吉がそこにいた。大きな叫び声を上げて、隣室の老婆を驚かすことがあった。

その夕刻、岳彦の母が来た。

母は岳彦の顔を見ると激しく泣いた。岳彦にすがりついてしばらくは離れなかった。岳彦は、その母の前で、心配かけてすみませんと手をついて謝りたかった。岳彦は涙をためた眼で母を見つめていた。

「お父さんが、きっとペニシリンを見つけて来るから心配しないでいなさいね」

母の菊子はそう言った。ペニシリンは闇で売っていた。見つけるも、見つけないもない、問題はその金をどうして工面するかと言うことであった。岳彦は、アメリカ軍のモータープールでアルバイトをしていたから、そのことをよく知っていた。

父の玄蔵は商工省の役人であった。子供が多かったから、戦中戦後を通じて、ほとんど売れるものは売ってしまっていた。父の一カ月の俸給をそっくり出しても三本ぐらいしか買えないペニシリンを買い求めるとして、その金はいったいどこから捻出《ねんしゅつ》するつもりだろうか。岳彦は、それを考えて、絶望の溜息《ためいき》を洩《も》らした。本当にいざりになるかもしれないと思った。

一月三日になって、兄の四郎が、ペニシリンを宝石でも抱くようにして持って、東京からやって来た。母を廊下に引張り出して、小さい声でなにか話しこんでいた。金策が容易でなかったことを母に告げているようだった。だが、部屋に入って来た母は意外に明るい顔をしていた。

「岳彦、なにも心配することはないのだよ」

母はそう言った。

ペニシリンを打っても、痛みは止らないし、腫《は》れも引かなかった。両足は樽《たる》のようにふくれ上り、腰がずきんずきんと痛んだ。

若い医師は、ときどき、白髪の医師をつれてやって来ては、専門語を使って話していた。どうやら手術の時期についての打合せのようであった。

岳彦には医者の言うことは分らないが、病院では、この重凍傷患者に対して非常に稀《まれ》なケースだから、慎重を期しているふうに見えた。岳彦の病室に頻繁《ひんぱん》にやって来て、

こまかい指示を看護婦に与えている若い医師が、

「できたら切らずに直したい」

と岳彦の母にふと洩らした言葉の中に、岳彦は病院の誠意を窺知《きち》した。

茅野町の病院に入院して一週間目に、岳彦の足の手術が行われた。

岳彦は担架で手術室に運ばれた。白髪の医師と若い医師、それに看護婦が三人いた。

岳彦は手術台に寝かされて、麻酔の注射を打たれた。

手術は右の足から始められた。

医師の鋸《のこぎり》が右足の甲の丁度なかほどあたりの骨に触れているのがはっきり分った。切られているその部分が痛いという感じよりも、なにかの機械を彼の足に当てて、そこから、彼の右足の骨と、それにつながっている背骨を引きずり出そうとしているような痛みを感じた。

足を切っていることがはっきりしているのにそこに痛みを感ぜず、なぜ背骨がぎしぎし痛むのか分らなかった。彼は天井を見つめていた。天井は白い壁土で塗りこまれてあったが、どこから雨がしみこんだのか、時代がかった紋様が天井の約半分を覆《おお》っていた。その紋様は、最初雲のように見えたが、すぐそれは山のいただきに見え、そしてそれがまぎれもなく、河本峯吉が死んだ八ヶ岳を象徴化した模様に見えた。

ごりごりと音がした。音はしないのだが、彼の感覚では、ごりごりと骨を切ってい
く鋸の音がした。
やがて音は消えて、背骨の痛みは止った。後の処置をしている様子が、急に忙しく
なった。看護婦たちの動きで分った。
「見るかね、君の右足を」
若い医師が岳彦に言った。
「見せて下さい」
切り取られた足はどこかに捨てられるだろう。その足とのお別れだと思った。
若い医師がなにか黒いものをつまんで、彼の眼の前に出した。それはちゃんと五本
の指がついた足の木乃伊《みいら》であった。それも完全の足ではなく、右足の約三分の一を切
り取ったグロテスクなものであった。
それまでも、彼はその足を繃帯の巻き替えのたびに眺《なが》めていた。そのときは色は変
っていても彼の身体の一部分であった。だが、いま、切り取られたものは、もう彼の
一部分ではなく、一部分の死骸《しがい》であった。
彼は自分の右足の死骸と対面したとき、自分自身の死を見つめたように驚いた。
「片足を失った」

そう思ったとき気が遠くなった。身体が急に軽くなり、どこかに、強引につれ去られて行くような気持だった。

どのくらい経ったか分らなかった。岳彦は母の呼ぶ声で眼をあいた。激痛が襲って来た。若い医師も看護婦もいた。

「脈搏《みゃくはく》が弱くなり、身体が冷たくなっていくでしょう……心配したわ」

と看護婦が言った。出血多量だったのと、見てはいけないものを見たときの衝撃が大きかったのである。

発熱は連日続いた。注射は、ひっきりなしに打たれた。右足の手術後一週間目に、今度は左足の手術をやった。左足は、踵《かかと》の部分と、五本の指を切り落した。手の指の凍傷と耳の凍傷と鼻先の凍傷はそのまま放って置かれた。指先は爪《つめ》がぬけかわり、耳も、鼻も、凍傷にかかった部分が黒化して落ちて、新しい肉が出た。

日が経つにつれて竹井岳彦は、彼の足がどうなったかを知ることができた。

右足は踵が残ったが、それは足ではなかった。脚《あし》の先に踵が二つついたような格好のものだった。彼の体重を支える足の裏の平面部はいちじるしくその面積を縮小した。左足にしてもおかしなものであった。踵のない、指のない足は、これもまた足としての用はなさなかった。だが、左足には足の裏が半分あった。その奇蹟《きせき》的に残った左足の奇妙な足の裏を、彼は鏡にうつして見た。

長い入院生活であった。手術したあとが治ってもう出血の心配はなくなってから、彼は東京の自宅へ帰ることになった。病院を出たところから雪に覆われた八ヶ岳全山が見えた。

岳彦は、ちらっと八ヶ岳に眼をやった。河本峯吉を殺し彼の足を奪った無慈悲な山がなぜあんなに美しく見えるのだろうかと思った。

「自宅へ帰ったら、松葉杖《まつばづえ》で歩く練習をするようにな」

若い医師は岳彦に言った。

彼の生涯《しょうがい》は、そのとき松葉杖と共に生きるように約束されたのである。

岳彦は黙って頷《うなず》いた。足がないのだからあきらめるよりしかたがなかった。

だが、その松葉杖もいつ使えるようになるのかその見透《みとお》しは暗かった。それは東京に帰り、近所の病院で診《み》て貰《もら》ってからはっきりした。

「当分は寝ているよりしようがない、足に体重をかければ、出血する。出血すれば折角いままで治療したことが無駄《むだ》になる」

病院の医師はそう言った。当分は寝ていろと言うが、その当分が、一年なのか二年なのか十年なのか或《ある》いは一生なのかもしれない。岳彦は、あのとき河本峯吉と一緒になぜ死ななかったかと思った。岳彦は家の中を這い廻《まわ》っていた。少しでも立とうとすると、激痛が身体中を走り、そして出血した。

岳彦の友人たちが、見舞いに来た。

「ひどい目に会ったな」

「でも助かってよかった」

言うことは決っていた。そして、彼等《かれら》は例外なく、凍傷で切り落した患部を見たがった。岳彦は言われるままに、右足の繃帯を取って見せた。そこには足はなく、脚の先に一塊の肉しかついていなかった。彼の友人たちは、一様に眼を見張り、顔色を変えた。それからは、あまり話そうとはせず、さっさと帰って行った。彼等は岳彦の家を二度と訪問しようとしなかった。

馬場武男と久村とみ子が見舞いに来たのは、七月になってからであった。

(こいつらも、おれの足を見に来たのだろう)

岳彦はそう思った。

もともと八ヶ岳山行に岳彦を追い立てたのは、久村とみ子を間に挟《はさ》んでの河本峯吉と馬場武男の張り合いからであった。あんなことがなければ、河本峯吉はあれほど強く岳彦を八ヶ岳に誘いはしなかったのだ。

河本峯吉はおれが死んだら、とみ子さんによろしく言ってくれと、寒風の吹きさらしている中で言った。そのときのことを岳彦はよく覚えていた。だが、彼が死んで七カ月も経《た》ってから訪ねて来て、河本峯吉のことなど、ひとことも訊《き》こうとはしないとみ子に、いまさら、河本の言葉を伝えてやる気持は起らなかった。

「足を見せてやろうか」

と馬場に言った。どうせこの二人は、こわいもの見たさで来たのだろうと思った。

「いや、いいんだ、右足に踵が二つできたそうだな」

馬場が言った。踵が二つできたという表現は面白《おもしろ》いと思った。不思議に腹は立たなかった。

「今日、来たのはな……」

馬場は久村とみ子の方を見て、

「久村さんの家の近くに、満洲《まんしゅう》から引き揚げて来ている軍医さんが開業している。その元軍医さんは満洲にいたころ、凍傷にかかった兵隊の治療に当った経験があるそうだ」

「その医者に診て貰えっていうのか」

岳彦は久村とみ子の方を見て言った。

「ふと、そんなふうに思ったのです」

「ふとそんなふうにか……」

岳彦は、久村とみ子を睨《にら》みつけた。この女は、河本峯吉にも、馬場武男にも、ふと甘い言葉を掛けたのだろう、信用できるものか。

岳彦は、馬場ととみ子が帰ってから母の菊子に、

「あいつらも、おそらく、二度とは来ないだろう」

と言った。

「でも親切な人たちですよ。お母さんはね、明日にでもその元軍医さんのところに相談に行くつもりですよ。ちゃんと住所を聞いて置きましたから」

それから三日目の午後おそくなって、小林医師が岳彦の自宅にやって来た。軍医上りというから髭《ひげ》をたくわえた怖い顔を想像していた岳彦は、およそ医者らしくないその顔を見て驚いた。小林は満面に笑いをただよわせて、ええ、一席お笑いをと言いそうな顔をしていた。岳彦の期待が裏切られたと同時に、この医者もまた、彼の患部を見て小首を傾《かし》げ、まあまあ、気長に治療することだなと言うだろうと思っていた。

東京へ来てから、母の菊子は、一つの病院では心もとないと言って、あっちこっちの病院へ岳彦をつれて行った。開業医にも何人か見せた。その自動車賃だけでも容易

なことではなかった。そして、その結果は、研究の材料にされようとしたり、あっさりと突き放されたりするだけで、あとに残ったものは、ただ絶望だけだった。

小林医師は顔色ひとつ変えずに、岳彦の足を診ると、

「君、これだけついていたら立派に歩けるぞ。競技の選手になりたいというのは、少々無理だが、ほかのことならなんでもできるようになれる。おれは満洲で、もっとひどい足をした兵隊を、ちゃんと歩けるようにしてやったことがある」

「歩けるんですか、先生。岳彦が歩けるようになれますか」

菊子が、長い梅雨空のあとで青空を見たような声で言った。

「歩けるようになれる、絶対になれる。まずそう信じなければならない」

そして小林医師は、歩けるようになれる方法を教えた。

「寝ていたのでは一生かかってもそのままだ。まず立つことの練習を始めねばならない。靴下《くつした》を幾枚も重ねて穿《は》き、大きな靴を履いて、天井から吊《つ》りおろしたロープにすがって立つ練習から始めるのだ。足に重みがかかると足が痛む。出血する。出血してもなんでも、それをやるのだ、そのうち出血も少なくなり、重心の取り方も自然に覚えて来る。新しい足が、君のその足の中から出て来るのだ」

そう言う小林医師の顔からは、微笑は消えていた。

岳彦の人生は、その日を境として開かれた。

岳彦は、庭に面した廊下の天井に吊り下げたザイルにすがって、立つ練習を始めた。立とうとしても、とても足が痛くて立てないから、体重はすべて、両腕で支えるような格好になった。

（これじゃあ、腕の訓練じゃあないか）

岳彦はそう思った。だが、二日、三日、一週間と、そればかりやっていると、知らず知らずの間に足を使うようになり、時には、頭の芯《しん》にまで痛みが走るほど、足に力が入ることがあった。そういうときは患部が破れて出血した。

「いいのかな、そんなことをして」

玄蔵は心配したが、岳彦も菊子も小林医師の言うことを信じていた。

「大丈夫です。半年もやったら岳彦はきっと歩けるようになります」

菊子は、確信していた。誰《だれ》が反対しても、その練習を止めさせなかった。血で靴下がぐしょぐしょに濡《ぬ》れることがあった。血が、岳彦の履いている、父の古靴から、にじみ出ることもあった。

出血したところは消毒して、繃帯を巻いて、また立つ練習をつづけた。

小林医師は、三日に一度ぐらいの割合でやって来て指導した。

涼しくなったころ、岳彦は伝い歩きができるようになった。出血の量も減った。

「あとは、君の努力次第だ」

小林医師はその日から来なくなった。

十月の三日、岳彦は遂に、なにものにもつかまらずに歩けるようになった。

「お母さん、なにもつかまらずに便所に行けた」

岳彦は菊子に報告した。

「岳彦、あなたは勝ったのよ」

菊子は岳彦の足もとに坐りこんで、いつまでも泣きつづけていた。

岳彦は、家から外へ出た。まず、庭歩きから始めて、そのうち、近くの店まで買物に行けるようになった。

左足は、指と踵がないけれど、足の裏があった。だから、どちらかと言うと左足を余計に使うことになり、右足も引きずって歩く格好になった。だが、左足そのものが完全ではない上に、右足の半ばは無いようなものだから、一般に言うびっこよりも、ひどい格好で歩いた。

岳彦は小学生に会うのが一番苦手だった。子供たちは立ち止って、その奇妙な歩き方をじっと見ていた。大人でも、立ち止って振り返る者があった。恥ずかしかったが岳彦は一生懸命だった。歩き方を研究した。ゆっくりゆっくりと歩けばいい。急ぐと格好がおかしくなる。外を出歩いて見て、岳彦が気がついたことは、凸凹道《でこぼこ》になると、安定を失って倒れてしまいそうになることがあった。

岳彦は、近くの諏訪神社の石段で歩く練習を始めた。そう高い石段ではなかったが、三往復もやると足腰が痛くなった。一休みしてはまた登った。

だが、このころはまだ、彼の身体では二時間の歩行が精いっぱいであった。それだけ歩くと、へとへとになった。疲労し過ぎて、寝こんでしまうこともあった。少し歩き過ぎると、きっと出血した。

十二月十九日になった。

岳彦と河本峯吉がパーティーを組んで八ヶ岳に出かけた日であった。

年が明けて昭和二十五年になってから、岳彦は満一年ぶりで登校した。彼は高校二年生のまま原級に止まっていたから、まわりは、一年下の者ばかりだった。

岳彦が山で遭難して足を失《な》くしたことを、彼の高校で知らないものはなかった。だから、岳彦はいちいちこまかに説明する必要はなかった。彼は比較的余裕のある態度で彼の机に坐《すわ》った。

勉強の方はたいしたことはなかったが、通学がたいへんだった。去年までは歩いたが、足を失くしてからは電車で通わねばならなかった。都電に飛び乗ったり、飛び降りたり、ぶら下ったりと言う、はなれ技は、彼の身体には非常にむずかしかった。友人の中で、岳彦のために手を貸してくれる者がいた。登校下校に付添ってやろうという者がいたが、岳彦はそれをことわった。彼は、なにか素直な気持で友人の好意を受ける気持にはなれなかった。他人の力を借りずになんとか自分の力でやってみようと思った。

ある朝、岳彦は都電に乗ろうとして、片手を昇降口の把手《とって》にかけたとき、都電が動き出した。普通の身体なら、ぴょんと飛び乗れたのだが、足が完全でない彼には、そううまくはいかなかった。彼は片手で電車につかまったまま、しばらく引きずられた。電車は二十メートルほど走って急停車した。怪我《けが》はなかった。彼は右手だけでぶら下っていたのである。

足が完全ではないから、手を使おうとして、天井から吊り下げたザイルで練習しているうちに、岳彦の握力と腕の力は驚くほど強くなっていたのであった。

岳彦は四月になって、高校三年生になれた。

「これでどうやら岳彦も高校を卒業できる」

母が父に話しているのを陰で聞きながら岳彦は、本当に両親に迷惑をかけて悪かったと思った。

「もう岳彦は山を見るのもいやだというだろう。もっとも山へ行こうとしても、あの足では行けないが……」

岳彦は、父のその言葉を聞いたとき、山へもう一度でいいから行ってみたいと思った。歩けはしない。だが、山を見ることはできる。山を見たい。そう思うと、居《い》ても立ってもおられないほど山を見たくなった。

「山を見に行きたい」

五月の連休の前々日に、岳彦は父に言った。叱《しか》られることは分っていたし、とても、山へ行く小遣《こづかい》はくれないだろうと思った。

「もう一度だけ山へ行ってみたい」

そのとき岳彦は半ばあきらめていた。とても駄目だと思った。あれほど両親に迷惑をかけておいて、いまさら山へ行きたいなどと言える義理ではないと思った。岳彦はうなだれて、自分の足をじっと見つめていた。

「どこの山を見に行きたいのだ」

父の玄蔵が、おだやかな声で言った。菊子がほっとしたような顔で、玄蔵と岳彦を見くらべた。

「谷川岳の土合《どあい》へ行きたいな、あそこは駅そのものが山の中にある。このぼくの足だって、土合山の家から一時間も歩けば、一ノ倉の岩壁の下まで行くことができる」

その岳彦の言葉は必ずしも正確ではなかったが、玄蔵には、だいたい土合とはどう言うところか分ったようであった。

「では行って来い。だが、無理をするなよ。歩き過ぎると出血するからな。せいぜい一時間か二時間歩いたら山の家へ引き返すのだぞ」

岳彦は思わぬ儲《もう》けものをしたような気がした。それにしても、こんな甘え方をしていいものかと思った。

兄の次郎は北海道にいた。復員が遅れていた三郎は無事帰って来るとすぐ就職がきまって福岡へ去った。家には、彼と兄の四郎と弟の六郎の三人がいた。その三人のうちで自分だけが、両親に苦労をかけ、甘えているような気がしてならなかった。

岳彦は彼の部屋へ行ってなつかしいルックザックを出した。ルックザックは黴臭《かびくさ》かった。黴の臭《にお》いの中で、河本峯吉のむせび泣きが聞えるような気がした。

11

岳彦は土合に降りた。すぐ冷気が彼を取り巻いた。懐かしい山のにおいが彼の鼻をくすぐり、遠くの山の音が聞えた。

土合に降りたのは彼一人であった。彼はプラットフォームから遠からぬところにある土合山の家へ眼《め》をやった。人がいる様子もないほど静かであった。岳彦はプラットフォームに立っている駅員に切符を渡すと、プラットフォームの先まで歩いて、そこから線路の上に降りようとした。山の家へ行くためには、その方が近道なので、たいていの登山者は、そうしていた。此処《ここ》だけの特殊な取り扱いだった。

岳彦は、飛び降りることができないので、うしろ向きになって降りた。へんな顔をして見ている駅員に手を上げて挨拶《あいさつ》してから、土合山の家への道を登って行った。雪どけ水が、道をぬかるみにしていて、岳彦の登山靴《とざんぐつ》をとらえるとなかなか離さなかった。

土合山の家の中島喜代志と岳彦は顔見知りであった。中島は新聞を見て岳彦の遭難を知っていたが、その時の傷痕《しょうこん》が、このような形になって現われたのだとは知らなかった。中島は一昨年の夏、その辺の岩場を登っていた元気な竹井岳彦の印象と、プラットフォームから山の家までの道を二十分もかかってやって来る岳彦の今の姿とがどうしても一致しないようであった。

「でもまあ、また山へ来られるようになってよかったですね」

中島は言葉短かに言った。足のことをあれこれと訊《き》かないでくれたことが岳彦にとっては嬉しかった。

岳彦はルックザックをそこに置いて山の家を出た。二十歩ほど歩いたところに、杖《つえ》に手ごろな棒が落ちていた。岳彦はそれに手を出そうとしたが止めた。杖にたよってはいけない、あくまでも自力で歩く練習をしなければならないと思った。

日かげに残雪が残っているのに春はもう始まっていた。びっくりするほど白いコブシの花が疎林《そりん》を飾っていた。

岳彦には特に目的がなかった。土合へ来て山を眼の前に見たのだから、半ば彼の目的は終っていた。あとは気がむくままに歩くだけでよかった。彼の足は一ノ倉沢へ向っていた。一ノ倉沢の出合まで行って、そこから一ノ倉を覗《のぞ》いて帰ろうと思った。目的がはっきりすると、彼の歩き方は前よりもしっかりした。

自分でもいやになるほど遅かった。足がそんなふうになってからの初めての山だったから、石や木の根や、ぬかるみの多い山道には苦労した。安定を保てないで、何回か転んだ。なさけないほどのたわいのない転び方であった。

マチガ沢の出合で彼は汗を拭《ぬぐ》った。重い荷物を背負っているでもなし、急いだのでもなく、他人の三倍ほどの時間をかけて登って来たのに汗が出るのがおかしかった。マチガ沢には雪がつまっていた。その中に踏みこみたい誘惑にかられたが思い止まって、その先の一ノ倉沢へ道をたどって行った。

大きな山の出っぱりのかげを廻《まわ》りこむと、突然、眼の前に一ノ倉沢が見えた。どきっとした。一ノ倉沢を初めて見たときも、なにか胸を打つものがあったが、今度もまた、一ノ倉沢の姿は岳彦の胸を打った。美しさではなかった。偉大さでもなかった。強《し》いていえば、非情なほど荒々しい岩壁の集合体に対する反応だった。

岩にはところどころにしか雪は見えなかったが、沢はぎっしり雪がつまっていた。ずっと奥の稜線《りょうせん》の上に青空があった。

岳彦は、そこを動かずにいた。一日中此処に立って眺《なが》めていても、おそらく飽きないだろうと思っていたが、ものの十分か十五分も眺めていると、更に岩壁に近づいて見たくなった。岳彦は残雪を踏んだ。

うしろの方で人の声が聞えたのでふり返ると三人のパーティーが登って来た。先頭に立っている四十歳ぐらいの男が岳彦の足を見て、どうかしたのかと訊いた。

「凍傷で、やられたんです」

「両方の足を？」

男は眼をぎょろつかせて言った。

「なにも、そんな足になってまで山へ来ないでもいいじゃあないか。君自身もつらいだろうし、こちとらにしてもだ、あまりいい気持はしないからな」

男はそう言うと岳彦を追い抜いて先へ行った。

岳彦は思いっきり顔を張り倒されたような気持でそこに立っていた。すぐには怒りは湧《わ》いて来なかった。せつないという気持だった。そのまま雪の中に頭を突込んで泣きたかった。だが、その男たちの姿が見えなくなり、沢に沿って吹いて来る風に頰《ほお》を撫《な》でられると、せつない気持が、じわじわと怒りの気持に変って行った。自分の顔がほてっていくのがはっきり分るほどであった。

岳彦は来た道を山の家へ引き返した。山へは登らなかったが、一ノ倉沢を見ただけでかなり満足した。行きよりも帰りの方が、登りより、下りの方が、はるかに歩くのがむずかしいことも、普通の足なら一時間余で往復できるところを四時間近くかかったことも、彼に取っては貴重な経験だった。

岳彦は山の家が見えるところまで来たとき、彼の両足が出血でどうにもならなくなっていることに気がついていた。靴の中が血でぐしゃぐしゃになっていることも分っていた。だが彼はから身だった。繃帯《ほうたい》の入っているルックザックは小屋の中にあったから、そこで彼の足を処理することはできなかった。

彼は山の家に帰った。ストーブが音を立てて燃えているだけで、誰《だれ》もいなかった。昭和二十五年には、まだ山のブームは始まってはいなかった。連休だというのに山の家に泊る人はたった十一人だった。その人たちは山へ出掛けていて留守だった。

岳彦はそこに置いてある彼のルックザックを手に携《さ》げて、小屋を出ようとした。こんなところで、血だらけな足を出せなかった。部屋で処理するにしても靴を脱がねばならなかった。

「竹井さん、どこへ行くのだね」

出ようとする岳彦に、奥から出て来た中島が声をかけた。

「足の手当をしたいので」

岳彦はうつむき加減になって言った。それだけでは中島に岳彦の足がどのようになっているか分る筈《はず》がないから、彼の足についてざっと説明した。

「誰も来ませんよ、このストーブのところで、ちゃんと繃帯を巻きかえたらいいでしょう」

中島はそう言って奥へ引っこんだ。中島の好意は嬉しかったが、岳彦は、そのストーブのまわりに血の一滴でも落すことが気が引けた。彼はルックザックを引きずるように持って外に出て、池の傍に腰をおろした。山の家の方に背を向けて坐ると、もう気がねする者はなかった。たとえ登山者が通りかかったとしても、ルックザックで前をかくしてしまえば、いいことであった。

彼は血でぐしょぐしょになった繃帯を取った。なぜこんなに血が出るのだろう。彼は、いつまでたっても、ほんものの足の裏のように強靱《きょうじん》な皮膚《ひふ》にならない、彼の足を眺めた。前後に二つのかかとをつけたような右足は、トマトの皮のような薄い皮膚で覆われていた。出血は一カ所ではなかった。

岳彦は繃帯を取り、出血のあとを消毒してから、新しい繃帯を巻いた。右足が終ると、彼は左足にかかった。かかとがなくて、指先を切り取った左足の方の出血は、のっぺらぼうになったかかとの部分に多かった。

足の処理が終ると、彼は血に染まった繃帯を洗った。手が切れるように水は冷たかった。血の跡を洗いおとすほど完全にはできなかった。彼は洗濯《せんたく》した繃帯をどこにかわかすかに迷った。彼は山を見てためいきをついた。自分自身がみじめに思われてならなかった。

繃帯を替えて帰って来た岳彦を見て、中島はなにも言わなかった。中島は、このごろになって、ようやく登山者が見えるようになったことや、危険な岩場へいきなり、取りつこうとする初心者があって困る、などと話していた。

「一ノ倉沢あたりで三人組に会ったでしょう。あの人たちもそろそろ帰ってくる時間ですね」

中島が言った。

岳彦は眼を上げた。あの不愉快な奴《やつ》にこの宿で又会うのかと思うと、そこにじっとしているのがいやになった。

「あのリーダーは？」

いやな奴だからその名が知りたかった。あの人ですかと言って中島はその男の名を言った。岳彦はその男の名を知っていた。

山岳雑誌でちょいちょい見掛ける名前だった。岳彦は彼の書いたものを既に読んでいた。登攀《とうはん》技術についてはかなりくわしいし、随筆を読むと山歴は相当のもののように思われた。

岳彦は山岳雑誌に名が出るような人は無条件で尊敬していた。偉い人だと思っていた。その期待がものの見事に眼の前でくつがえされた感じだった。彼等が帰って来ても口をききたくはなかった。そんな足になってまで山に来ないでもいいではないか、という暴言に対して、なんと、言い返してやるべきかを考えていた。その答えはまだしてなかった。言葉でしなければならないということもなかった。彼が帰って来るのを待って答えをたたきつけることもなかった。いそぐことはないのだ。それは岳彦自身の中で、納得《なっとく》がゆく回答がでればいいことなのだ。外で人の声がした。岳彦はいまここで、彼と顔を合わせたくなかった。岳彦は家へ上ると、中島に言われた一番奥の部屋へゆっくりと歩いていった。

谷川岳から東京へ帰った岳彦は、その翌朝から本格的な歩行訓練をはじめた。眼覚まし時計を五時にかけて置いて、起きるとすぐ登山靴を履いて、坂道を、少年のころ通学した小学校の校庭へおりて行き、そこから諏訪《すわ》神社まで繰り返し往復した。七時になると人の眼がうるさくなるから歩くのを止めて家へ帰って、繃帯を取りかえて学校へ行った。

夜は懐中電灯を持って、八時から十時まで同じところを歩いた。夜は人の眼がないから落ちついて歩くことができた。出血が続いたが、彼はそれをつづけた。軍医上りの小林医師がいくら出血してもかまわぬから歩けといった言葉を信じていた。普通の足ではなかった。彼の体重を支えて、歩行するにはあまりに矮小《わいしょう》な足に、一日四時間の責苦を負わせるのは酷であった。岳彦は泥《どろ》のように眠った。

重労働のために彼の学業の方は当然おろそかになった。岳彦は自分の能力に自信があった。小学校でも中学校でも餓鬼大将であると同時に優等生であった彼は、高等学校においても少し勉強すれば優秀な成績を取れる自信があった。いま足を悪くした彼が、最少必要程度に歩くことに満足して、若い力を勉学に向けたならば、おそらく高等学校ではトップの成績になり、一流大学に進学することは分っていた。事実、そうなるだろうと思っていた友人も多かったが、岳彦は学業より、足の鍛練に全精力をかけた。それが正しいと信じたからであった。人間であるがためには、人間らしい行動ができなければならなかった。人並に歩くことができるだけでなく、人並に登山できないで、一個の人間だといえるか。彼は自らの身体を不具者として扱いたくなかった。他人に同情的な眼で見て貰《もら》いたくなかった。あの人は足が悪いからとハンディキャップをつけられるくらいなら死んだ方がましだった。いまは人並になれることが彼の最大な目的であった。勉強なんか何時《いつ》でもできるが、彼の足を足として使いこなすようにするには現在を置いてはないのである。

岳彦は文字どおり血にまみれた。

夏期休暇がやって来た。岳彦はそれまでに足についてかなりの自信を持つようになっていた。

「山へ行きたい」

と岳彦は父の前ではっきり言った。五月の連休に谷川岳へ行くときには、おずおずと言ったが、今度は、堂々と言った。朝晩の岳彦の猛烈な鍛練ぶりを知っている親たちが、それに反対する理由を持ち合せないということを頭に入れていた。

「どこへ行くのだ」

「白馬岳へ行って来ます」

玄蔵は黙っていた。困ったなという顔であった。五月からいままでの岳彦の苦労を見ていて、だめだとは言えなかった。

「誰と行くのだ」

「一人で行きます」

岳彦ははっきり言った。いかに努力しても彼の歩行速度は人並ではなかった。パーティーを組んで行けば、それだけ他人に迷惑を掛けることになった。

この夏ごろから登山人口は急増した。食糧状態が安定したからであった。

岳彦は大きなルックザックを背負ってゆっくり歩いた。二股《ふたまた》——猿倉《さるくら》——白馬尻《はくばじり》——大雪渓《だいせっけい》——お花畑——村営小屋——白馬山荘と歩いた。ゆっくり歩けば、足が悪いことに気づかれなくてすんだ。追い抜いて行く人は、岳彦が疲労困憊《こんぱい》のあまりにゆっくり歩いているのだと思っているようであった。

「しっかりしろ、元気を出せ、もうすぐ頂上だぞ」

などと声をかけて行く人があった。岳彦が追い抜く相手はなく、例外なく追い抜かれた。女の子たちに追い抜かれるのが、少なからず岳彦の自尊心を傷つけた。だがしようがなかった。いくらもがいても急いで歩くことはできなかった。そのかわり岳彦は休まずに歩いた。二股を朝の五時に出て頂上についたのは午後の四時であった。十一時間の苦闘の末に勝ち得たものは貴重だった。

彼は頂上の方向指示盤と並んで立って四方に眼をやった。雲海の上に山々の頂が島のように浮いていた。久しい間海底に沈んでいた自分が、いま海上に姿を現わし光を仰いだような気持だった。

頂上に立った喜びと共に、足を使い過ぎたことの心配が頭をもち上げていた。それまでの経験によると二時間歩くと出血した。ところが今日は朝から十時間以上も歩きつづけていた。靴の中は血で溢《あふ》れていることは分っていたが、途中で、繃帯を巻きかえることはできなかった。人に見られるのはいやだったし、彼の血で雪をけがすのも我慢ならなかった。

頂上から白馬山荘までは五分ぐらいでおりられるところだったが、彼は二十分かかっておりた。ガレ場を下山することのむずかしさを痛感した。

彼は山荘には入らず、山荘の裏へ廻った。人が来ないようなところを探して、そこで足の手当をした。繃帯を巻き取って、丸めてしぼると血が音を立てて、したたり落ちて、岩の間にしみこんで行った。彼はその音をむなしい気持で聞いた。これほどまでして、なぜ山へ登らねばならないのだろうかと考えたが、すぐ彼は、その感傷的な気持をはねとばして、まず彼の両足によくやったと讃《ほ》めてやるべきだと考えた。この足でよくまあおれを白馬山頂まで運んで来てくれたものだ、お手柄《てがら》だよ、と言ってやりたかった。彼は消毒して、薬を塗り、ガーゼを当て、乾いた繃帯でぐるぐる巻きにしてやったその足に、その日のすばらしい夕暮れを見せてやりたかった。

日は雲海の上に輝いていた。

彼は靴から解放してやった足を真直ぐ延ばした。せいせいとした気持だった。

「竹井さんじゃあねえか、どうしたえ？」

と訊《き》かれて、そっちを見ると、白馬尻小屋の主人の丸山五郎右衛門が眼を丸くして岳彦と彼の足を見較《みくら》べていた。

岳彦は一昨年来たときに白馬尻小屋に泊った。

岳彦は語らねばならなかった。それは一番いやなことだったが、見られた以上黙っているわけにはいかなかった。

「一昨年《おととし》の冬、八ヶ岳で遭難して足を失《な》くしてしまった」

岳彦はひとこと言った。茅野《ちの》の病院で手術したの、その後どうしたのこうしたのという必要はなかった。

「失くしたのか、ほうけえ（そうかねの意）……」

丸山五郎右衛門は大きく一つうなずくと、

「それにしても、てえへん（たいへん）だっつら」

と言った。

岳彦は、その丸山五郎右衛門の顔を見ていると、同情されると腹が立って来るいつもの彼とは違った気持になって来て、

「追い越されるのが癪《しゃく》でした……」

と明るい顔で答えることができた。

「そうだろうね、しかし、よく来たものだ」

丸山はそこで言葉を切って岳彦の血だらけになっている両手に眼をやった。彼は、それじゃあいけねえと言うと、いそいでそこを去って、水にひたした手拭《てぬぐい》を持って来て岳彦に渡した。彼はそれで、手を拭いた。

「おれは、これから山をくだるから、帰りにはきっと寄っておくれ」

丸山はそう言って、雲海の下へおりて行った。

岳彦はそっと小屋に入って、そっと飯を食べた。繃帯の上に靴下を二枚穿《は》くと、どうやら人の眼をごまかせた。それでも、彼の歩き方に気付いて眼をそこに持っていけば、どうにも言い逃れのできない足であった。彼は足の上にルックザックを置いて膝《ひざ》を抱いて居眠《いねむ》りを始めた。その夜、彼は血の中で溺《おぼ》れているような苦しい夢を見つづけていた。

山荘に一泊した翌日は、きのうよりはるかに苦しい山旅が彼を待っていた。下山であった。

彼はピッケルをこのときほど便利だと思ったことはなかった。彼はバランスの崩れようとするのを、ピッケルで調整を取りながら、ゆっくりおりて行った。

小雪渓に出たとき、彼はグリセードを試みるべきかどうかに迷った。その足ではとても無理のように思われたが、やってみたかった。

彼はピッケルを右小脇にかまえ、腰をおろした。ちゃんと滑れた。いささかも足のことは心配する必要はなかった。むしろ、足が完全であったころのように、へんにひっかかったり、滑ったりせず、安定した気持で滑れるのが不思議でならなかった。あっという間に小雪渓は終った。この間に彼は、幾人かの下山者を追い抜いた。グリセードを失敗して転倒した男の傍《そば》をすうっと滑りおりるときの気持はなんともいえなかった。

なぜグリセードがこんなにうまく行くか、彼は大雪渓を滑りおりたころになってやっとその理屈を解明した。足を二本の棒としたらどうだ。二本の棒にピッケルを合わせて三本の棒で体重を支えて滑りおりたと考えたらどうであろうか。グリセードの上手下手は滑ることより、いかにブレーキをかけるかにあった。コンスタントにブレーキが掛けられる人は上手であり、不連続なブレーキをすれば転倒するのである。三本の棒によるブレーキは安定でかつ完全であった。

岳彦の顔に久しぶりの笑顔が浮んだ。

白馬尻小屋の丸山五郎右衛門は意外にはやくおりて来た岳彦を小屋に迎え入れて、茶を出した。

「東京へ帰るのかね」

丸山が言った。

「上高地へ行きたい」

岳彦は率直な気持を言った。白馬岳に登ったらそのまま真直ぐ東京へ帰るつもりだったが、白馬岳登頂に成功すると上高地へ入ってみたくなった。上高地へ入ってから先のことはまだ考えてなかった。

「家へそう言って来たのけえ」

岳彦は首を振った。もし上高地へ行くなら家へ葉書を出さねばならないと思った。彼は頭の中で旅費を計算した。帰りの汽車賃と弁当代しかなかった。上高地へ寄ることはできなかった。その気持が顔に出た。

「どうしても上高地へ行きたいのか」

丸山が訊いた。

「行きたいが行けない」

「これか？」

丸山は彼の脇に置いてあった米の入った袋を持ち上げて言った。岳彦の眼が輝いた。三升五合か四升はあるなと思った。あれだけあれば一週間は大丈夫だ。岳彦の米の量を計るような眼《まな》ざしを丸山が受け止めて言った。

「持ってけよ」

「だめだお金がない」

「いいから持ってけよ」

「ぼくにくれるのですか」

「そうじゃねえ、貸してやるのだ。そのうち高い利子をつけて返して貰《もら》うから持って行きな」

丸山は、米の袋の口をきゅっとしめ直すと岳彦の前に投げ出した。そしてすぐ彼は奥へ行って、缶詰《かんづめ》の空かんに味噌《みそ》をいっぱいつめて持って来た。

「おれは、おめえ様みてえにほんとうに山が好きな人は見たことがねえ。山だっておめえ様を見捨てるようなことはねえずらよ」

丸山は岳彦を送り出しながら言った。気をつけろとか、足のことを考えろなどとは言わなかった。米をくれるにしても、くれると言わずに貸してやるというあたりの丸山五郎右衛門の配慮が岳彦の心を痛く打った。

岳彦は松本で葉書を自宅あて出した。そこで彼は、もう一度金の勘定をした。上高地までのバス賃が出そうもなかった。帰りはバスに乗ることにして岳彦は、島々から徳本峠《とくごう》を歩いて越えて、徳沢へ出ようと思った。普通の人の足なら、九時間ほどの行程だったが、彼はここを二日間で歩く予定を立てた。

「米と味噌はあるぞ」

岳彦は空に向って叫んだ。生涯《しょうがい》のうちで、この時ほど嬉しかったことはなかった。

岳彦は島々で電車をおりて、ゆっくり歩き出した。足には、更に自信がついていた。島々から徳本峠にかかる前の小川のほとりで彼は、血によごれた繃帯の洗濯をした。ルックザックの上に、木の枝をさして、それにまだ血の色がついている繃帯を巻きつけ、末端をだらりとたらした。

どんな格好をしても、誰も笑うものはなかった。その道を歩いている人はなかった。人が歩いていないのに、道がちゃんとしているのは、やはり昔からの山道だけあるなと感心した。天気はよかった。

その日彼は岩魚止《いわなどめ》で野宿することにした。

野宿といっても、ポンチョをかぶってごろりと寝るだけのことであった。下着は夏シャツだけ、そのほかにウィンドヤッケが一枚あった。毛糸類は持っていなかった。岳彦等が八ヶ岳で遭難したのは寒さのためであった。防寒具が不充分であったことも、敗北の主因であった。岳彦は山の寒気のおそろしさは痛いほど知っていた。知っていながら彼は防寒具をわざと持って来なかった。

彼は自分の体力の限界を知っていた。夏山なら、いかなる事態が起きようが、それだけで大丈夫だという自信があった。

「食べるものさえあれば、こわいものはない」

彼は、夕食用の山菜を探した。彼は山菜のことにそれほどくわしくはなかった。彼の最大の知識はフキが食べられるということであった。フキはいくらでもあった。コッヘルでフキの味噌汁を作ろうとした。燃料は枯木である。鉈《なた》はよく切れた。火はよく燃えた。飯は飯盒《はんごう》で炊《た》いた。

少々苦味が強すぎたが、フキの匂《にお》いがぷんぷんする味噌汁と、白い飯は彼にとって豪華すぎるほどの夕食だった。

その夜は風がなかった。夜おそく、けものとも鳥とも分らぬ鳴き声が聞えた。

12

竹井岳彦は、翌朝徳本峠を越えた。そこから明神までの下りはつらかった。徳沢園に着いたのは夜の十時だった。飯を炊いて食べ終ったのは十一時を過ぎていた。徳本峠ではほとんど人には会わなかったが、徳沢園には客もいたし、三張りばかりの天幕が見えた。その時間に起きている者はいなかった。彼は星空の下で、血によごれた繃《ほう》帯《たい》を洗った。徳本峠を越えられたのがうれしかった。白馬岳登山に比較すると、はるかに遠い距離であった。歩けるという自信を確定的なものにした。

翌日彼は、徳沢園から大滝山へ登る計画を立てた。彼は身軽になって徳沢園を出た。日帰りで行って来るつもりだったが、途中で野宿した。テントがないから、着のみ着のままで寝た。ひどく寒かった。朝炊いて来た飯盒の飯に味噌をつけて食べた。それが彼の昼食と夕食であった。翌朝は飯を食べずに歩いた。徳沢園に着いたのは夜であった。

三日目の朝、洗濯《せんたく》した繃帯を日当りのよさそうなところに、かわかそうとしていると、徳沢園の主人の上条がそばにやって来て、なにか言いたそうな顔で岳彦のするのを見ていたが、やがて思い切ったように言った。

「ひどい怪我《けが》のようだな、薬は持っているかね」

「怪我っていうほどのものではないんです。たいしたことじゃあないんです」

「でも薬を——」

「薬は持っています」

そうかねと上条は言って腕を組んだ。くわしい事情を訊きたそうな顔だったが、そのまま旅館の方へ帰って行った。

岳彦は自分の足のことを言うのは嫌《いや》だった。言えば、場合によっては見せねばならないことになる。あの八ヶ岳の遭難のことをふたたび口にするのはごめんだ。

岳彦は丸山がくれた米と味噌をもう一度確かめてみた。節約すればあと二日間は山にいることができると計算した。穂高岳に登りたいという気持が、そのころになって、彼の心の中で燃え始めていた。彼は荷物をまとめると、涸沢《からさわ》を眼指《めざ》して出発した。一日かかれば涸沢まで行けるだろう。そしてその次の日はまたこの荷物を背負って山を降りなければならない。分り切ったことだけれど、彼はそうした。他人にすすめられたわけでもなし、自分自身の責任でやるのだから、気軽だった。腹いっぱい食べられないのと、夜、寒いことがつらいと言えばつらかったが、八ヶ岳のことを思えば比較にはならなかった。

このころから竹井岳彦は、つらいことの基準に八ヶ岳における最悪のときのことを意識的に持ち出すようになっていた。そうすれば、たいがいのことは我慢できた。我慢するための方便ではなく、死線を越えて来た者としての当然な義務のように考えていた。河本峯吉の死は、岳彦からまだ完全に離れてはいなかった。山にいるかぎりは、一人でいるかぎりは、どこかに河本峯吉がいた。河本が死んで自分が生きているという、考えれば考えるほど、おかしな結果についても、彼は考えつづけていた。この夏山で体験する寒さや、疲労や、飢えは、死んだ河本峯吉のことを思えば贅沢《ぜいたく》だと考えることもあった。

涸沢に着いた岳彦は、すぐこの場に長居《ながい》することはできないと思った。水場はあるが、繃帯を洗うような場所はなかった。やってできないことはなかったが、そんなことをすれば他《ほか》の登山者に嫌《きら》われることは分り切っていた。

涸沢には、徳沢園よりもはるかに多くのテントが張ってあった。ここまで来ている人たちは、やはりほんとうの登山を眼指している人たちであった。眼つきも身のこなし方も違っていた。

涸沢に着いた翌朝は晴れていた。岳彦は涸沢から見えるかぎりの山々に眼をやっていた。此処《ここ》がほんとうの山だなと思った。どっちを見ても山らしい山ばかりだった。

岳彦は一時間あまりは山を見て過した。そして帰る支度を始めた。

「昨夕《ゆうべ》来たというのに、もう帰るのか、連れは来ないのかね」

隣のテントキーパーの男が言った。

「一人なんです。もう三日、四日はいたいんですが、食糧がないんです」

「ぼくらのパーティーは明日帰るから、きみの一日や二日分の米なら置いて行ってやろう」

男はこともなげに言った。

「食糧はいいとして、きみ、足を引きずっているじゃあないか、捻挫《ねんざ》だったら、山をよしてはやいところ帰って手当した方がいいんだがな」

男は岳彦の足を見て言った。

「捻挫じゃあないんです。足なんです。足そのものが無いんです」

「足が無い？」

ああ、やはり言わねばならないのだなと岳彦は思った。彼は米をくれるという。その好意にそむくわけにはいかなかった。岳彦は八ヶ岳の遭難以来のことをいちいち説明するのが面倒だったので、岩の上に腰をおろして、黙って靴《くつ》を脱いだ。血に染まった繃帯に包まれた足が出た。

「足ではないでしょう。これは、二本の脚《あし》ですよ」

男は真青な顔をしてそれを見ていた。ひとことも口をきかなかった。

「八ヶ岳で凍傷にやられたんです。だが山はあきらめずにこうしてやって来たのです」

岳彦は靴を履いた。薬がきき過ぎたと思った。

「これからどうするつもりなんだ」

男は岳彦の足が完全に靴の中にかくれてから言った。

「もし、あなた方のパーティーの食糧の残りがいただければ、北穂、奥穂、前穂に登って帰ろうと思っています」

「米は三升ぐらいは残るだろう。調味料や野菜もいくらか残る筈《はず》だ。それをきみに進呈しよう」

男は無造作に言った。

「そうですか、そうと決ったら、ぼくはこれから北穂高岳へ登ります。今日中にはとても帰れないから、これであなたとお別れになるわけですね、食糧はすみませんが、涸沢小屋にあずけて置いていただけませんか」

男は承知した。

岳彦は残った米をサブザックに入れて背負って、すぐ北穂高岳へ向った。北穂高の頂上に小屋が建てられつつあった。材料を運搬する道がはっきりしていた。ボッカの姿も見えた。山には人が少なく、静かであった。

岳彦は北穂沢へ向って足を踏み入れた。一昨年の夏、来たときに、歩いた道だった。そのときは南稜《なんりょう》を通って北穂高岳へ登った。

池の平のテント場を出たとき岳彦は、今度も、南稜の一般ルートを登ろうと思っていたが、北穂沢の雪渓《せっけい》を登り出してすぐ、ゴルジュを上に見ると、急に気が変った。彼は南稜ボッカ道から右にそれて、岩石の累積するガレ場へ踏みこんだ。東稜の岩場を登攀《とうはん》しようと決心したのである。

なぜ岩場に向ったのか、自分自身でもよく分らなかったが、南稜ボッカ道から東稜に道を変えたときに彼の登山家としての運命は決っていた。

ゴルジュの上に出ると、池の平のテント場がよく見えた。岳彦は、テント場の傍で手を振っている、米をくれると約束した男に、手を振って答えた。山岳会の名とあの男の名を訊いて置けばよかったと思った。

そこから見た前穂高岳北尾根の眺《なが》めはすばらしかった。前穂から一峰二峰三峰と八峰まで自然に高度を下げてゆく、なだらかな起伏が、実際は、かなりむずかしい岩場だということを岳彦は聞いていた。が、今はその岩場の難易よりも、朝日の中に輝くその尾根とその尾根の鞍部《あんぶ》から涸沢に向って走る雪渓の白さと、ずっと高いところの紺色の空を見ながら、このような山の美しさが、おれを山へ引き寄せようとするのだろうかと思いながら眺めていた。東稜の稜線に出たら槍《やり》ヶ岳《たけ》が見えた。全く期待していないことだった。そこまで来れば見えるのは当然だが、そんなに突然ひょいっと前に現われるとは思っていなかった。

（おい、どうだい、やって来たな）

と槍ヶ岳に話し掛けられたような気持だった。それからは岩ばっかりだった。穂高岳特有な岩石で稜線はおおいつくされていた。方形に割れた岩石が積み重なっていた。浮き石も多かった。岳彦は一歩一歩を確かめるようにして、稜線を登って行った。瘠《や》せ尾根に出て、またガレ場を通り、そして前にはだかる岩峰を見たとき岳彦は、その岩峰を彼の足で越えられるかどうかを考えた。岩の上に踏み跡がついていた。人はさっぱり来ていないようでも、かなりの人が通っているのだ。踏み跡は白かった。岩峰を捲《ま》いていく踏み跡と、真直ぐ登っていく踏み跡と二つに分れていた。

岳彦は岩峰への直登路を選んだ。

その彼の足で登れるかどうかという疑念は、その岩峰に両手を掛けた瞬間に解決したも同然だった。岩を登るのは足で登るのではない。足よりも手、手というよりも、岩にかけた指の力が、彼の体重を支え、彼を岩壁の上部にひきずり上げてゆくのだということが、二、三メートルの岩壁をよじ登る間に彼に分った。足が完全だったころはそうは思っていなかった。岩壁登攀も足でやるのだと思いこんでいたのが、いまになってみると、それは足が完全な人の一種の自己欺瞞《ぎまん》のようなもので、ほんとうは、足よりも手の方が、岩壁登攀には大事だということが、岳彦には分るような気がした。両手が岩に掛りさえすれば、足を使わなくても腕力だけで彼の身体《からだ》を引きずり上げることもできるのだ。両足は滑り止めとして、岩の出っ張りに掛けて置けばよいのだ。そう考えると、面白《おもしろ》いように手が伸びていった。だが、手掛り足掛りがどこにでも容易に得られるようなその小岩峰にも頂上近くに一カ所だけいやなところがあった。なんとなく岩の面がつるっとしていて手掛りがなかった。それまでのように岩を握るのではなく、掌《てのひら》をべったりと岩面に吸いつけるようにして、その摩擦力によって、自分の身体をずり上げようとしたけれど、両足を宙ぶらりんにして、その動作をつづけることはできないから、必然的に両方の靴は岩の出っ張りを探して、そこに靴の先端を引っかけるのだが、足指を含めて、足の先が無い彼の足には、岩の出っ張りに靴が掛ったという自覚が、どうしても得られないのである。なにか空を踏んでいるようであった。眼で見て、大丈夫だ大丈夫だと、確かめても、その足に体重を掛けると、たわいもなく足を滑らせてしまうことがある。

(こんなところが登れないのか)

岳彦は、岩を見た。やはり手だけで登ろうとしても登れないのだ。彼はいよいよ役に立たない自分の足を眺めた。腑甲斐《ふがい》ない足めと怒鳴ってやりたい気持だった。

岳彦はザイルを出した。もしもの場合のために、自己確保した。手を伸ばせるだけ伸ばしたところにハーケンを打って、カラビナを掛けてザイルを通した。そうして置いて、彼は足にしっかりしろと号令を掛けた。

同じことを繰り返したが、やはり足に力が入らなかった。靴の先が岩に掛っているかどうかの応《こた》えが無いのである。応えが無いから、その足に重みを掛けることができなかった。

岩壁登攀は、手だけでいいと断定した自分の軽率を岳彦は笑った。岩壁登攀は三点確保の原理を守らないかぎり不可能なのだ。

両手、両足の四点のうち、三点を固定して置いて、順次一点を移動して行くという、もっとも合理的な登攀技術以外の技術はあり得ないのだ。四点のうち二点の足が使えないということは、登攀はできないことなのだ。

岳彦は茅野《ちの》の病院で切断された足先を見て卒倒した。それはひからびた木乃伊《みいら》のような足先だった。あの足先でも、無いよりはましだったかも知れない。

岳彦は悲しみをこめて、靴で岩を蹴《け》った。足先は無いのだから、なんの応えも無いが、足の両脇にその応えはあった。足先は死んだが、足の両脇は生きているのである。

岳彦は足の両脇に神経を集中して、靴先が岩に掛ったかどうかを知らせるために、何度か岩を蹴った。そうしていると、僅《わず》かながら、靴の先のことが足の両脇に感じ取られるような気がした。だがそれは確実な反応ではなく、依然として、その足に重みを掛けるには不安だった。おっかなびっくりの足だから、踏みはずすことがあった。そしてとうとう彼は、もう少しで、その小岩峰を乗り越えようというところで滑落した。片手を伸ばそうとしていたとき、身体がぐらついて足を滑らせたのであった。気を失うほど強く胸をしめつけられた。怪我は無かった。汗をびっしょり掻《か》いていた。あきらめて、降りようかと思った。降りて、捲き道を歩けば、北穂高岳の頂上へ行くのはむずかしいことではなかった。

岳彦は空を見た。夏の空にしては珍しく澄んでいた。秋の空のようだなと思った。風で汗がかわくころになると、彼の気持は落ちついて来た。

彼は岩に向って眼を据《す》えていた。こんなけちな岩を乗り越えられない自分の腑甲斐なさが情けなかった。確かに、彼の足は人並ではなかった。その人並でない足を意識し過ぎるからではないだろうか。劣等意識が滑落させたのではないだろうか。落ちはしないかという不安が、自分を突きとばしたのではないだろうか。誰《だれ》でもない自分自身が、この岩壁に敗退しようとしているのではなかろうか。

「畜生め」

彼は岩に向って言った。彼をはばもうとする岩が憎らしかった。風化の極に達した灰色の岩石に勝つためには、どうしてもその岩を乗り越えねばならなかった。

「おれはやるぞ、おれは逃げないぞ」

岳彦は岩に向って宣言した。

岳彦はザイルをほどいた。

滑落したら死ぬかも知れない。死なないまでも怪我をして、そこに幾日も這《は》いずり廻っていて、結局は死ぬことになるのかもしれない。それでもいいから、おれは岩と闘わねばならないと思った。負けないつもりだった。負ければ死ぬ。死なないためには勝たねばならぬ。

彼は岩に挑《いど》んだ。足がきかなくてもきかせるのだ。まず、右の靴の爪先《つまさき》を、岩の出っ張りに掛けた。左手が伸びて岩角を摑《つか》み、右手が伸びて岩の出っ張りを押えた。左足が岩から離れ、岩角に掛った。

「突撃っ！」

と岳彦はそのとき岩に向って叫んだ。なぜそんな言葉が出たのか自分でも意外だった。突撃、突撃と叫びながら、彼は岩をよじ登って行った。頭上で、河本峯吉が突撃、突撃と叫んでいるような気持だった。河本峯吉と馬場武男とが、谷中の墓場で決闘をしたとき、河本がナイフを振りかざして突撃と叫んでとびこんで行ったことがあった。岳彦の頭にはその情況を思い出すほどの余裕はなかった。突撃を口にしていると奇妙な勇気とリズム感が彼を岩に駆《か》り立てた。怖いということは彼の頭から消えていた。滑落も考えなかった。ただ闘いだけが頭の中に残った。突撃という掛け声は、片手、片足を動かすたびに彼の唇《くちびる》から出た。その言葉が出ると、不思議に、手も足も決った。靴の先に応えは無くても、靴の中の足の両脇《りょうわき》には突撃命令は伝達された。

おれはいま戦争をしているのだと岳彦は思った。かぎり無き突撃によって、この岩峰を征服するのだと思った。

岳彦はその岩峰の頂に立った。頂に立ったことさえ夢のようだった。やり遂げたという満足感よりも、自分に勝った喜びの方が嬉《うれ》しかった。その小岩峰には名が無かった。北穂高岳東稜にある一つの岩峰というだけのことであった。岩登りの初心者のコースであったが、とにかく、岩壁には間違いなかった。

岳彦は岩峰の上に腰をおろした。ほっとした気持だった。今度こそほんとうに山に復帰がかなった。歩くだけではない、岩にも登れるのだ。そう思ったとき彼は、右足の先に妙な倦怠《けんたい》感を覚えた。右足の先三分の一は切り取って無いのだ。それなのに、指先に、その指先があったころ、一休みしたときにふと感ずるあの倦怠感が走ったのだ。つづいて、左足の先にも同じような、だるさが——靴を脱いでもんでやりたいようなあのだるい感じがしたのであった。

(岳彦君、いまに失われた足は戻《もど》って来るぞ。寒い日に無い筈《はず》の指先が冷たいと感じたり、突然、無い筈の足の爪先が痒《かゆ》くなったりするようになる。そうなったときが、君の足がほんとうに甦《よみがえ》ったときだ。足を甦らせるのは君自身の心構え一つだ。どうしても、無い足が欲しいと思うようになったときそうなるのだ。それは奇蹟《きせき》ではない。明らかに生理学的な現象だ)

彼を歩けるようにしてくれた、軍医上りの小林医師の言ったことが思い出された。

(おれは凍傷にかかった兵隊の足を二百人ほどは切断したが、そのうち半分は、二年ほどたつと、足指の先の痒みをうったえた。そういうときはどうするか。やはり、掻くのだ。もと足指があったあたりを、靴の上から掻いてやれば、痒みは無くなる)

岳彦はおそるおそる靴の上から、靴の爪先をおさえた。倦怠感は去った。

「おれの足が甦ったぞ」

岳彦は、その喜びを力いっぱいの声で叫びつづけた。それまで敵だった岩が、にこやかな表情になって、彼の叫ぶのを聞いているような気がした。

その夜は工事中の北穂小屋の片隅《かたすみ》に寝かせて貰《もら》って、翌日下山した。

隣のテントにいた男が、三升の米をくれるというから、岳彦は持っていた全部の米を北穂小屋で炊《た》いて貰った。その残りが、飯盒《はんごう》の中に三分の一ほど残っていた。帰途、涸沢小屋に寄ったが、米は預けてはなかった。三升の米を置いて帰るなどと調子のいいことを言われて、本気になっていた自分が哀れになった。

岳彦は、上高地までのいやな下り道をのそのそと歩き出した。歩き方は相変らず、遅かったが、いままでのような悲愴《ひそう》感は湧《わ》いて来なかった。少々歩くのが遅いだけのことで、山に関するかぎり、他の人と差がないことが立証されたからであった。そして、なによりも、岳彦の気持を明るくさせたのは、彼の足が甦ったことであった。

他人に説明しても分らないことだ。説明するには、この足で実際の岩壁を登ってやるのだ。

「たとえば、この傲慢《ごうまん》な面をしている屏風岩《びょうぶいわ》だって、そのうち、この足で登ってやるぞ」

岳彦は横尾本谷の丸木橋を渡って、屏風岩と正対したときにそうつぶやいた。

岳彦は徳沢園で夜を迎えた。食べる物はなかった。明日は上高地まで歩いてそこからバスで松本に出る。東京に着くのは夜遅い。丸々一日は絶食しなければならないことになるだろうが、それもいたし方ないことだと思った。

岳彦は繃帯《ほうたい》を交換しようかと思ったが、涸沢でも北穂高岳の頂上でも、そのままにしていたので、繃帯は血でかたまってしまって容易に取ることはできなかった。それを取るには足をそのまま水の中に入れるしかなかった。岳彦は血でかちかちになった彼の足を見ながら、或《ある》いは繃帯を替えないで放って置いたからかえって出血が少なかったのではないかと考えた。しかし、そのままではあまりにも不潔で我慢ならなかった。

彼は懐中電灯をたよりに川まで降りて行って、冷たい水の中に両足をつけた。繃帯を替えて、洗濯《せんたく》した繃帯を持ってテント場に帰ると、徳沢園の主人の上条が立っていた。

「どうしても思い出せなかったが、あなたは一昨年の夏ここでキャンプしていた高校生の一人だったでしょう」

「そうです、ここにテントを張って、三日ほどいました」

それで分ったと上条は言って、腕組みをすると、じろりと岳彦の足を見た。

上条は、ものを考えたり、話の糸口を探したり、宿泊賃を値切ろうとする客に応対する前には必ず腕を組む癖があった。上条ばかりではなく、この辺の者はそういうふうな格好をすることによって、自分自身に一種の権威を持たせようとした。

「あなたは一昨年の冬、八ヶ岳で遭難した高校生と違いますかね」

上条はとうとう言った。それまでには、一服吸うほどの時間があった。

「そうです。その高校生です」

「そうかね――」

上条はまた岳彦の足の方に眼を向けたが、足のことも、遭難のことも訊《き》かないで、

「よっぽど山が好きだちゅうことかな」

と言った。

翌朝、徳沢園を出て上高地へ向って歩いていると、あとから、岳彦ぐらいの年輩の男が追いついて来た。

「あなたは八ヶ岳で遭難して両方の足の先を切断した人ですってね」

と言った。岳彦はへんな顔をした。あなたと言われるほど、年上でもないし、いきなり、そんなふうに話し掛けられても不愉快であった。

「誰に訊いたんだ」

「徳沢園のおやじさんに訊きました」

「あの人が？」

よけいなことを言ってくれたものだと思った。山小屋では、とかくこういうことが

話題になり勝ちなことを知っている岳彦も、自分自身が表面に出されるのはいやだった。

「ぼくは辰村昭平《たつむらしょうへい》と言います」

辰村昭平はそう言うと、岳彦の前に掌《てのひら》をさし出して、辰という字を書いた。相手が名乗ったのだから岳彦も名乗らざるを得なくなった。辰村は山岳会の名前を言ったが、あまり聞いたことのない山岳会だった。

辰村昭平は、ほとんどしゃべりつづけていた。話し好きな男だった。岳彦が聞いていようがいまいが、一方的にしゃべっていた。かなり、あちこちの山を歩いているようであった。家は東京だった。

「すると東京まで一緒というわけか」

と訊くと辰村は、いや茅野《ちの》で下車して、八ヶ岳へ行くから、一昨年の冬どこのあたりで、遭難したのか話してくれというのである。

「話す身になって見ろ、遭難話なんて、古傷を自らの手で、えぐるようにいやなものなんだ」

辰村昭平はそういうものかねという顔でいた。別に彼自身の言ったことに責任は感じていないようだった。

「しかし、あなたは偉いですね、足指を切り落してしまってもまだ山へ登る」

「足指だけではない。足指を含めて足の三分の一は無いのだ」

岳彦は辰村のことばを訂正してから、物ごとにさっぱりこだわらない辰村昭平という男を改めて見直した。山へ来た坊ちゃんという顔だった。

「ぼくはね、九月になったらまた来ようと思っています」

「だって学校があるだろう」

「いいんです。学校なんかどうだって、ぼくは学校より山の方が好きなんです」

同じような奴《やつ》もいるものだなと岳彦は思った。二人は上高地まで一緒に歩いた。足の遅い岳彦とつき合ったのだから、そのままバスで松本まで下るのかと思っていたら、ぼくは湯に入ってさっぱりして帰りますからと、あっさり岳彦と別れて河童《かっぱ》橋を対岸に渡って行った。

岳彦は松本に出て東京へ着くまで、水以外はなにも口にしなかった。家に着いたときには、物を言うのもいやなほど疲れていた。だが彼を迎えた母の菊子に、

「お母さん、ぼくの足は甦ったよ」

と報告するだけの元気はあった。それをどういう意味に取ってよいのか迷っている菊子に、岳彦は、腹が、腹がへって死にそうだとかぼそい声で言った。

第二章　山に賭《か》けた青春

1

学校が始まった。一週間目は退屈だった。二週間目になると実力テストのスケジュールが発表された。竹井岳彦《たけひこ》は凍傷を負ったがために一年遅れの高校三年生であった。高校三年生の二学期となると、生徒たちの眼《め》は、大学の受験準備のためにいっせいに輝き出した。実力テストは、何回も繰り返され、その成績順位によって進学すべき大学がおおよそきまる。

岳彦の通学している高等学校だけではなく、どこの高等学校でも、だいたい同じようなことをしていた。

食糧状況がようやく安定しかけるとともに、ミリタリズムの反動として教育の自由化が叫ばれ、新しい大学、高等学校は雲の如《ごと》く出現した。長い間、学閥に押えられ大学コンプレックスにかかっていた親たちが、わが子の能力如何《いかん》にかかわらず、高等学校、大学へその子をおしこみ、自分が果せなかった夢を実現させようとした。生存競争に勝つためには、有名大学に入ることである。有名大学へ入りさえすれば、それでもうその人の将来は約束されたようなものであると考える親たちの、誤謬《ごびゅう》は、むしろ戦前より激しかった。親たちの気持は子供に影響して、テスト上手な子が学校ではばをきかせた。教育ママの出現とテストっ子の氾濫《はんらん》であった。

岳彦の通学している高等学校もまた、その年あたりから試験準備校としての性格をはっきりさせた。生徒の部活動はごく表面的なもので、誰《だれ》が見ても、予備校的な性格を示していた。父兄はそれをまた望んでいたのである。

二週間目の終りに実力テストがあり、三週間目の半ばに成績が発表された。廊下に点数順に名前が発表された。岳彦は、丁度半ばあたりにいた。勉強を全然しないで、それだけの成績を取れるのだから、本気でやればトップに立てるだろうと友人や先生が彼に言った。だが、岳彦は、白い眼で、その成績表を眺《なが》めていた。

「おれが、もし、小学生か中学生だったら、今みんなの見ている前で、この成績表は破いて捨てるだろう」

岳彦はそういうと、肩をいからして、その前を去った。僅《わず》かながら足を引きずる癖があったが、もう誰に会っても、岳彦が、足のない足を持っている人だとは見えないほどになっていた。

岳彦は、その日、家へ帰ると、自分の部屋へ引っこんで、山行の準備を始めた。

母の菊子が、それに気がついて、

「学校が始まったばかりだというのに、まさか山でもないでしょうね」

と言った。

「山へ行こうと思っているんだよお母さん、ぼくは学校がいやになった」

岳彦は、臆《おく》することなく言った。菊子はそのひとことで、あとが言えなくなった。岳彦が、足のことで、また恥ずかしい目に会ったに違いないと思った。育ち盛りの高校生に混って、人並に体操もできないし、駈《か》けっこもできない。いつも、遠くから級友たちの走り廻《まわ》るのを見ていることがつらくて、学校がいやだというのに違いないと思った。或いは、一年、学校を遅れたということが、岳彦の気持をいじけさせたのかもしれない。

菊子は黙っていた。うっかりしたことを言って息子の気持をそれ以上傷つけてはならないと思った。

菊子は夫の玄蔵が役所から帰るのを待ち受けてこのことを告げた。

「岳彦、なぜ学校がいやになったのだ」

玄蔵は真正面から岳彦に訊《き》いた。菊子のように岳彦の気持の奥まで考えてやろうとはしなかった。岳彦は、心にわだかまりを持つような男ではなく、思っていることは、はっきり言える男だと玄蔵は信じていた。

「受験、受験と眼の色を変えている学校がいやなんです。だからと言ってぼくは大学を否定しているのではありません。大学へ行って勉強することはいいことだと思います。だが、それだけじゃあないですか。ぼくは大学へ行っていた兄さんたちを見ていてそう思うんです。大学へ行かなくても、大学で勉強するぐらいのことは自分でできると思うんです。それよりもぼくは、大学へ行っても決して教えては貰《もら》えないような生きた勉強をしたいと思うんです」

「高等学校を卒業したらすぐ実社会へ出て働きながら、人生を学ぼうっていうのだな」

「そこが、違うんです。ぼくは山へ入ろうと思うんです。徹底的に山をやって、山の中で自分を発見しようと思うんです」

「お前の言っていることはおれには分らない」

玄蔵は気むずかしい顔をした。

「ぼくにもよく分りませんが、方向だけは正しいと思うんです。ぼくは一度は山で死んだ人間です。生きているのは儲《もう》けもののようなものです。儲けついでに、ぼくを殺そうとしながら、ついに殺さずに生かしてくれた山そのものがなんであるか見てやりたいんです」

「学業をさぼっても山へ行くというのか」

「行きたいんです、お父さん、どうしても山へ行きたいんです。秋の澄んだ山の空気を吸いながら、岩壁登攀《とうはん》をやりたいんです。やれるだけやったら、ぼくは、なんらかの発見をするでしょう。大学へ進むか、高等学校だけでやめて実社会へ行くか、そういうぼくの進路は、山がきめてくれると思うんです」

岳彦は、山へやって下さい、と玄蔵の前で繰りかえして言った。

「ぼくが、足を切り取られたとき、誰が、今のぼくを想像できたでしょうか。おそらく一生、松葉杖《まつばづえ》にすがって生きる人間だと思ったでしょう。そのぼくが立派にこうして歩けるのは山があったからなんです。おそらく、今後のぼくがどうして生きて行ったらいいかの、キャスチングボートを握るものは、山ではないでしょうか」

玄蔵は岳彦のいうことの中に、幾つかの真実を認めると、

「どこの山へ出掛けたいのだ」

と、目的地を訊いた。そこまで立ち入って訊いたことは、もう岳彦のいうことを半ば承知したようなものだった。

「穂高岳です。穂高周辺の岩壁を登りたいんです」

岳彦は、彼の足が、岩壁では奇蹟《きせき》のような働きをすることを父に話した。もともと山が好きだった玄蔵は、いつの間にか岳彦のペースに引き摺《ず》りこまれて行った。

「あなたという人は」

菊子は玄蔵に言った。岳彦が山へ行くことを認めてしまった玄蔵の弱腰をなじるような眼をした。が、菊子も、なにかしら岳彦の熱心さに動かされていた。岳彦が、学校をいやになった原因が彼女が想像していたことと甚《はなは》だしく違っていたのが、かえってうれしかった。

「そう長いこと行っているつもりはないでしょうね」

菊子が言った。

その翌日、岳彦は一人で松本行きの列車に乗った。学校をすっぽかして、山へ出かけて来たことが、いささかも気にならなかった。ほんとうに学校なぞどうでもよかった。父の前ではいろいろともっともらしい理屈をこねたが、なぜそのような気持になったか、ほんとうの気持は自分でも分らなかった。

九月半ばを過ぎた上高地には人はまばらだった。大きなルックザックを背負って、徳沢園まで来て、宿の前の泉で咽喉《のど》をうるおしていると、宿の硝子戸《ガラス》を乱暴に開けてとび出して来た男がいた。

「竹井さんじゃあないか、やっぱり来たね」

辰村昭平は大きな声で笑った。

「君も学校をさぼったのか」

「そうだ、おふくろと姉さんたちが泣いて怒っていた」

辰村は、岳彦にこれからどうするのだと訊いた。

「今夜は、この辺で寝て、明日は涸沢《からさわ》、明後日は北尾根をやるつもりだ」

「それはいい、まるで相談してやって来たようなものじゃあないか、おれは宿へ泊るのをやめて、きみと一緒にテントで寝ることにする」

「ちょっと待て、おれはきみと一緒に北尾根をやるなんてまだひとことも言ってはいないんだぜ」

岳彦は、この前来たときに一度会っただけで、まったく得体の知れないその男の顔を睨《にら》みつけていた。

翌朝二人はルックザックを担いで涸沢へ向った。辰村昭平はよくしゃべる男だった。聞きもしないのに、彼の家のことを話した。辰村昭平は、姉が三人いた。一番上の姉は嫁に行っているから家には二人の姉がいた。辰村昭平の父は会社の社長である。母は昭平を盲愛した。男の子が一人だから、なにかにつけて家中の者に注目された。昭平が風邪《かぜ》でも引けば家中割れるような騒ぎをした。彼は、徹底した過保護の中で成長していった。家の中では、なんでもできた。たとえ姉たちの持ち物でも彼が欲しいと言えば彼のものになった。無理が通った。わがまま放題なことをしても、誰も文句を言わなかった。

彼は、このごろになって、その抵抗のなさすぎる家に対して疑問を抱くようになった。してはいけませんということがやってみたくなった。彼が山へ惹《ひ》かれるようになったのはこういう状態のときであった。

山へ行くことは家中が反対した。危険だから止めてくれと言った。母も姉も口をそろえて彼を引き止めた。山へ行くことが死につながるように思いこんでいるようであった。山が危険なものではないと説明しても、母や姉は承知しなかった。彼の山行がハイキング程度のものであっても、山だと言えば、そこになにかしらの危険が潜伏しているように母や姉は思うのである。母と姉たち二人で、彼を説得できないとなると、嫁に行った姉を呼んだ。その姉は子供が三人あった。どっしり体格が大きくどこかに貫禄《かんろく》があった。彼はこの一番上の姉にはなんとなく頭が上らなかった。ずっと以前からそうであった。その姉は、彼を応接間におしこむと、二時間でも三時間でも黙って坐《すわ》っていた。一言も言わなかった。この無言の説教と姉の体力に彼は圧倒された。だが、彼は、その姉の前では、山へは行かないと言って置きながら、次の日曜にはまた山へでかけようとした。直ぐ上の姉が、彼の山道具をかくした。その日は友人たちと丹沢の沢歩きをやろうと約束していた。彼の登山靴《とざんぐつ》とルックザックがなかった。彼は、いつも学校へ履いて行く靴ででかけた。沢登りをやるのだから、山麓《さんろく》で草鞋《わらじ》を買って履いた。ルックザックのかわりに途中でナップザックを買って、パンを入れて持って行った。ところがこの日は、ついていなかった。水棚沢《みずだなさわ》の下から三つ目の堰堤《えんてい》を越えたところの小さな滝を登っている途中、足を滑らせて、二、三メートル落ちて捻挫《ねんざ》した。この怪我《けが》は辰村家に大きな衝撃を与えた。それまで、昭平の山行に対して、どちらかというと傍観的立場にいた父の昭吉が、

「山へ行く者の登山靴をかくすなんていうことは、常識では考えられないほど悪辣《あくらつ》なやり方だ。捻挫で済んだからいいものの、もし昭平が死んだらどうするつもりだ」

と登山靴をかくした娘を叱《しか》った。この事があってから、昭平の山行に対して家族た

ちは以前ほどうるさくはなくなった。だが彼の山行を認めたのではなく、山へ行くというと、危険だからとか、あなたはこの家の跡継ぎだからとかいって止めた。涙で彼を繋《つな》ぎとめようとした。

辰村昭平を山に走らせた原因のすべてが、過保護に対する反発かというとそうではなかった。眼の前に迫った大学受験に狂奔する友人たちの態度も気に食わなかった。それまで、彼と共に山へ行っていた友人たちが、高校三年生になると、ほとんど山にそっぽを向いたのが、彼には気に入らなかった。昭平は勉強がそれほど好きではなかった。進学をそれほど重大に考えてはいなかった。彼の父が経営している会社の後継者になるために、大学を出なければならないとは考えてもいなかった。高校時代にはしたいことをしていたかった。

「考え方は少々違うけれど、大学受験のための高校に愛想《あいそ》をつかしたところはおれとそっくりじゃあないか」

岳彦は、辰村昭平の話を聞き終って言った。

涸沢には、三張りばかりのテントしか見えなかった。混雑していた夏の名残りの塵《ごみ》屑《くず》が、堆《うずたか》く積み上げられていた。

「その足で登れるのか」

翌朝、七時に涸沢を出発して、前穂高岳北尾根の五、六のコルに向うときに岳彦の足を見ながら辰村昭平が言った。

「なにも、きみにつれて行ってくれとたのんだ覚えはないんだぜ」

岳彦は、八月に北穂高岳東稜《とうりょう》をやったとき、あるていどの自信を持っていた。北尾根は初めてではあったが、本で読んだり、人に訊いたりしたところによると、登って登れないところではなかった。

「いいさ、おれだって、急ぐことなんかなにひとつないんだ。こうして山に居《い》さえしたら御機嫌《ごきげん》なんだ」

辰村昭平はザイルを肩から背に斜めにかけて先に立った。五、六のコルの雪渓《せっけい》はまだ残っていた。雪渓に一歩足を踏みこむとひやっとする、山に来たという感激が岳彦を衝《つ》く。山に来たのではなく、山に帰ったという自覚の方が強かった。

足の出血はずっと少なくなっていた。この年の夏の経験で、あまり、きりきりと繃《ほう》帯《たい》を巻きつけるよりも、綿の靴下を穿《は》いて、その上から繃帯をした方が出血が少ないことが分ったから、このごろはずっとそうしていた。結果はよかった。繃帯をするより、靴下を繃帯の分だけ重ねて穿いてもよかった。足の傷は完全に癒《なお》ったのだと岳彦は思った。

彼の歩き方は平地においてはいかにも遅く見えたが、その歩行速度で、山の傾斜面を登っていったとしたら、驚異的な速度ということになる。岳彦は、いまそれをやろうとしていた。足のない足の岳彦が、いつの間にか先に立ち、足のある辰村昭平が遅れた。

「リーダーをきめて置こうじゃあないか」

と辰村昭平が言った。

「別にその必要はないと思うが、どうしてもというならおれがリーダーをやる」

岳彦が言った。

「君がリーダーをやるんだって」

できるのかという顔の辰村昭平に、

「だいたい、山歴から言って君なんか問題ではない」

岳彦が言った。山歴などという言葉は一度だって言ったためしはなかったが、なにかのはずみのように、ふとそれが口に出てしまったのは、もともと売り言葉に買い言葉といったようなもので、そう深い根があるものではない。岳彦は、辰村昭平という、まことに摑《つか》みどころのないこの男が未《いま》だに信用できなかった。

岳彦は河本峯吉のことを思い出した。岳彦がもし、ほんとうの河本峯吉を知っていたならば、あのような結果にはならないで済んだに違いない。ああなったのは、河本の顔や、体力や言葉使いや、癖をよく知っていたけれど、河本の心を知らなかったからだ。性格の分らない人間と行動を共にすることは危険であった。

岳彦は先に立って、雪渓を登って行った。辰村昭平が、君にはリーダーを任せられないというならば、一人で北尾根をやろうと思った。

「負けたよ、きみの心臓の強いのには負けた。リーダーはきみだよ竹井君」

辰村昭平が言った。

「そうときまったら、べちゃべちゃしゃべるな」

岳彦はぴしゃりと一言いった。五、六のコルに出て五峰を見上げると、狭い稜線の両側は這松《はいまつ》に覆われていた。かなり急な登りであるが手に負えないような岩場はなかった。岳彦は、彼の歩調をいささかも落そうとはしなかった。五峰の頂上に立って奥穂高から、涸沢岳、北穂高岳と眼を移しながら、山こそ、自分の棲家《すみか》だと思った。如何《い》なる仕事であろうが、年を通じて山の中におられる仕事があれば、そこで一生暮してもいいと思った。

五峰から、四、五のコルまでの下りは、嫌《いや》な下りだった。岳彦はそのとき、山には上りだけがあって、下りがなければいいのにと思った。彼の足には、下りはほんとうに苦手であった。

四峰は五峰に比較すると、殺風景な岩峰だった。植物が少ないからであった。穂高連峰特有な岩石の積み重なりでできた山だった。地球の骨が、風にうそぶいているところだった。だが、人が通った、白い踏み跡は稜線に沿って続いていて、いざ登り出すと、岳彦にはたいして危険には思われなかった。四峰の頂上近くになると、岩峰が屹立《きつりつ》しているので、踏み跡をたどって右に捲《ま》いて頂上に出た。巨石が累積していた。

四峰の下りは辰村昭平が先行した。三、四のコルで二人は時計を見た。十時半であった。

「驚いたぜ、その足でよく岩場がね……」

辰村昭平が言った。

「ちょっとことわって置くけれど、今後、おれの足のことを言ったら、ぶんなぐるぞ」

岳彦は言った。辰村昭平は、なぜ岳彦が急に怒ったのか解《げ》せないという顔で岳彦の顔を見ていたが、すぐ岳彦の顔から視線を離して、岳彦が見上げている三峰へやった。三峰には植物らしいものはなに一つとして見えなかった。荒々しい岩相をした稜線に、幾つかの縦の割れ目が見えた。それが三峰のチムニーであろうと岳彦は思った。

「ザイルを組むかね」

辰村昭平が言った。

「ザイルを組まないと心配か」

岳彦に反問されると辰村昭平はむっとしたような顔で言った。

「おれは、きみのことを思って言っているのだ」

「おれのことならほって置いてくれ。だいたい、ザイルを組むか組まないかなどということはリーダーがきめることだ」

岳彦は、それまでの辰村昭平の登攀《とうはん》ぶりを見てまず、この程度の岩壁ならザイルを組む必要はないと見た。組む必要があるとすれば、辰村昭平が言ったように岳彦のためのものであった。だが岳彦はザイルを組むことを拒否した。登山家がザイルを組むのは相互にその必要性を認めた場合のことであると考えたかった。辰村昭平とザイルを組んで、そのザイルに引張り上げられるようなことになったならば、岩を登った、ということにはならない。なんのこれぐらいの岩——岳彦は岩を睨《にら》んだ。北穂東稜で、岩に自分を賭《か》けたときのあの悲愴《ひそう》な気持は今はなかった。やれるという自信が岳彦の心の中に基礎をかためていた。

岳彦は岩に取りついた。岩のことしか考えなかった。踏み跡、手懸りの跡を追って、リッジを登っていけば三峰に達することは間違いなかった。時折、霧が去来することを除けば絶好な天気であった。

岳彦は足下に又白池を見た。まさか又白池がそこから見えるとは思っていなかった。徳沢園で、あの辺に又白池があると聞いてはいたが、その池の冷たい表情を、絶壁の下に見るとは想像もしていなかった。彼はしばらくそこに停止していたが、また登りだした。手も足もよくきいた。甦《よみがえ》った足はよく動いてくれた。あるかなしかのような岩のでっぱりに靴の先を掛けると、ない筈《はず》の五本の指にちゃんと応《こた》えがあった。怖いものはなにもなかった。チムニーに掛ったときも、その煙突状の縦の割れ目はチムニーというにしては貧弱だなと思うほどの心の余裕が出ていた。前穂高岳頂上までの岩壁は、すべて乾いて手に冷たかった。もろ岩や浮き石がしばしば彼をひやっとさせたが、危険感や困難だと思うようなところはなかった。

岳彦と辰村昭平は午後一時に前穂高岳の頂上に立った。又白側から吹き上げて来る風の中で、遅い昼食を摂《と》った。辰村昭平は、それまでのようにしゃべったり、話しかけたりしなかった。疲れていたこともあったが、それ以上に辰村昭平はある種の感動の渦《うず》の捕虜《とりこ》になっていた。

辰村昭平は、昨夜彼のテントの中で、岳彦の足を見た。岳彦が、辰村昭平に背を向けて足の始末をしているとき、辰村昭平は、その凍傷の痕《あと》を見せてくれと言って、わざわざ見たのである。彼は顔色を変え、しばらくは言葉を失った。

今朝出発するとき、辰村が、岳彦の足のことを心配したのも昨夜のことがあったからである。その岳彦が立派すぎるほど立派に北尾根をやったのである。足が完全である辰村昭平が追いつくのが困難なほどの速さであった。

辰村昭平は畏敬《いけい》の眼《め》で岳彦を改めて見返し、そしてこういう友人を山で拾ったことを、はなはだ名誉なことのように思った。

「この次はどこをやるつもりだね」

辰村昭平はおそるおそる訊《き》いた。

「滝谷だ」

「滝谷？」

辰村は眼を見張った。だが岳彦は平然とした顔で、

「滝谷だけではない、そのうち屏風岩《びょうぶいわ》をやるつもりだ」

岳彦の眼には執念の炎が燃えているように見えた。

「とても、ついては行けそうもないな」

「そうだろう、きみはお姉さんたちとトランプでもやっているのがいい、山なんか止

めろ」

「だが、従《つ》いて行くと言ったらどうするつもりだ。おれとザイルを組むか」

「組むだろうね、きみだって、まんざらのヘボではない」

岳彦と辰村昭平は声を上げて笑った。九月の空は青というよりも紺青、むしろ、黒といったほうがよさそうなほど、澄みきっていた。

2

ルックザックはそれまで彼が経験したことがないほど重かった。本が重いものだということは知っていたが、これほど重いものだとは思わなかった。

竹井岳彦は、落葉のうずたかく堆積《たいせき》している道でしばしば立ち止って、ボッカの人たちがやるように、杖《つえ》をルックザックの支えにして休んでみたが、完全な休みは得られなかった。彼は、ルックザックを背負ったままで路傍《ろぼう》にひっくり返った。すっかり葉を落した梢《こずえ》の間から青空が見えた。上高地から徳沢園までの道は、夏ならば人通りの絶え間がなかったが、冬を眼の前に迎えた今は人の影は全くなかった。

岳彦は青空の中に引き入れられるような気持でいた。一人で晩秋の山歩きに出かけて来たような気持がした。これから徳沢園へ行って、小屋番として来春まで暮すという目的は忘れていた。

しばらく休んで歩き出すと、落葉を踏む足音が山に反響して、誰《だれ》かうしろから跟《つ》けて来るように思われた。ときどき止ってうしろを振り返ったが誰もいなかった。

道が針葉樹林に入ると、急に暗くなり、霜溶けの滑る道になっていた。岳彦には急ぐ旅ではなかった。日が暮れるまでに徳沢園に着けばいいのであるが、やはり目的地には早く着きたかった。徳沢園には人もいるし、暖かい火もある。まだ寒いという季節ではなかったが風が冷たかった。

徳沢園には五人の男が残っていた。

「やっぱり来てくれたかね」

と徳沢園の旅館の主人の上条が言った。九月の末にやって来て岳彦が冬期小屋の留守番をさせてくれと言ったとき、上条はすぐには返事をしなかった。まさか本気でやるつもりはないと思っていた。その岳彦が東京へ帰ってからも何度か手紙を上条に出した。上条は、岳彦が本気で留守番をするつもりでいることを知った。

徳沢園には、それまで冬期間留守番の老人を置いていたが、その老人が留守番をするにしては年齢を取り過ぎたから、誰かかわりの人を探していたところであった。上条がやっぱり来てくれたかねと言ったのは、来ると言っていても、いざというときになって、岳彦が、なにか口実を求めて辞退するのではないかと思っていたからであった。厳寒中の、一人ぼっちの小屋番は、よほど精神的にも肉体的にもしっかりしていないとできることではなかった。

五人の男たちは、たいへん忙しそうだった。岳彦は荷物を置いて、すぐ手伝おうと言った。

「なあに、おめえさまにできるような仕事ではねえだで、ゆっくらしていておくれ」

旅館の人たちは山の中へ入って、藪《やぶ》を切り払っていた。樹林の中の下草やバラやつるなどを鎌《かま》で刈《か》り取って集めて来ると、火を盛んにしてその上にどんどんくべた。燃えたバラの上に、バラがほうりこまれた。やがてその燠《おき》（赤くおこった炭火のこと）が岳彦の背の高さほどになると水をかけ、くすぶっているものを取り除いた。燠にかけた水が水蒸気になって立ち昇っていた。徳沢園の人たちは、そうして炭を作っていたのである。

「バラズミ（ボヤズミ）をこれだけこさえておいても、春先になると、たいていたりなくなる」

旅館の人が言った。バラズミは小さな炭だった。その手の平に乗せるとさらさらとこぼれ落ちるような小さな炭を炬燵《こたつ》に入れて使うのだと説明されても、経験のない岳彦にはなんのことだかよく分らなかった。

夜までの間に五つのバラズミの山ができた。すっかり火は消えていた。そのバラズミは日に乾かした上で、叺《かます》に入れて物置に運びこまれるのである。

翌日は朝早くから薪割《まき》りが始まった。適当な長さに切って乾かしてある薪が運ばれて来て、日当りのいいところで、男たちの手によって割られていった。

岳彦も薪割りの斧《おの》を持ってみたが、彼等《かれら》がやるように上手にはいかなかった。

「木の節を狙《ねら》って、打ちおろさねえと駄目《だめ》だ」

と教えられたが、斧の方が節からはずれた。

「そんなことじゃあ、一束割るのに一日はかかるずら」

男たちに笑われて岳彦は薪割りを止めた。彼は、割った薪を軒下《のきした》に積み上げる仕事を手伝った。

冬中の燃料が用意されると、彼等は、いよいよ旅館の戸締りにかかった。各部屋の雨戸は閉じられ、隙間《すきま》には板が当てられた。布団《ふとん》は筵《むしろ》に包まれて梁《はり》の上に上げられた。畳は全部上げられて、一カ所に集めて、筵がかけられた。

岳彦にはなぜこのようなことをするのか、よく分らなかった。家の隙間という隙間から粉雪が吹きこんで来て、家の中が雪だらけになるからだと想像はしてみても、現実、その雪に逢《あ》ってみないと、どの程度のものか見当がつかなかった。

「今夜から炬燵を掛けて寝てみろや」

上条に言われて、岳彦は、生れて初めてバラズミの炬燵を入れて、それに足を突っこんで寝てみた。ぽかぽかと一晩中暖かかった。朝になるまでに、十能《じゅうのう》に山盛り三杯のバラズミは灰になっていた。この調子だと、春まではあのバラズミもすっかり使い果してしまうことになるのだと岳彦は思った。

「火だけは気をつけておくれよ、もし雪の中で火事になったら、どうしようもねえからね」

上条は岳彦に何度となく言った。

冬がまえは終った。

岳彦が番人として寝ることになっている炬燵と炉と、そこだけに敷いてある畳敷きの居室以外は、もう何年も人が住んだことのない家のように、がらんどうになっていた。

米と味噌《みそ》と漬《つ》け物の樽《たる》と、副食物の入った幾つかの箱が、部屋の隅《すみ》に置かれた。

「じゃあ、ご苦労さまだが、おねげえ申します」

上条はいつになく丁寧に岳彦に向って頭を下げた。他《ほか》の男たちも、口々に岳彦に別れを告げた。

「ねずみに引かれねえようにな」

「雪女郎が出て来るで、気をつけろよ」

「こうなったら、東京へ帰りてえなんて言って、ねえたって（泣いたって）だめだぞやい」

などと冗談を言う者もいた。

岳彦は彼等を送って白沢の出合まで行った。岳彦が徳沢園へ帰り着いたころから天気が悪くなった。白いものがちらちらし始めた。

「初雪だぞ、初雪だぞ」

岳彦は白い空を見上げて叫んでいた。

夕刻になると、本降りになった。風も出た。雪は見る見るうちに降り積っていった。空にたまっていた雪の層が一度に大地に落ちて来たような速さで、雪はあらゆるものを白一色に変えようとしていた。

雪が本格的に降り出すと、岳彦はあわてた。しなければならないことがいっぱいあるような気がした。雪に閉じこめられる前にして置かねばならないことが、まだ幾つか残っているような気がしたが、さて、それがなんであったかは見当がつかなかった。

岳彦は、前の川の水を汲《く》んだ。バケツに二杯ほど汲んで置けば、雪が降り積っても大丈夫だろうと思った。一つ仕事をするとほっとした。つぎに彼は薪を土間に運びこんだ。バラズミも一俵運び入れた。

暗い夜が来た。夜になっても雪は止まなかった。

ランプに火をともして彼は炬燵に入った。もうなにもすることはないと思った。

犬が悲しい声で鳴いた。主人たちのあとを追おうとして鳴きに鳴いていたジョンは、岳彦が上条たちを送って帰って来たときには、里へ帰ることはもうあきらめて、岳彦と共にこの小屋で越冬する覚悟ができたかのように岳彦に向って尾を振っていた。岳彦はそのときジョンの縄《なわ》を解いてやろうかと思ったほどだったが、三日ばかりは繫《つな》いで置かないと、あとを追って山を降りるというのでそのままにして置いたのである。

ジョンのもの悲しい鳴き声を聞いて岳彦は、いよいよ一人ぼっちになったと思った。

夕食どきになったけれど食欲は出なかった。食べる気にはなれなかった。岳彦はジョンの食器に、昼食の食べ残しを入れてやった。ジョンも食べようとはしなかった。

朝起きると雪は膝《ひざ》のあたりまで積っていた。雪は止んでいたが雪雲が頭上を覆《おお》っていた。ときどき思い出したように雪が降った。

いよいよ冬に入ったのだと思った。こういう日が春まで続くのだと思うとやり切れない気持であった。昼は雪の中を歩き、夜はランプの下で日記をつけ、詩を創《つく》り、読書をするという生活を考えて、小屋番を志願して来た岳彦も、一晩、小屋番をするともう嫌《いや》になった。彼をそんな気持にさせるのはジョンのせいでもあった。ジョンは二時間か三時間置きに遠吠《とおぼ》えした。下界を恋い慕う遠吠えだった。縄を解いてやろうかと思ったが、一人ぼっちになる淋《さび》しさを思うとそれもできなかった。

雪は降ったり止んだりした。一週間経《た》つと、もう簡単に出ては歩けない深さになっていた。ジョンは遠吠えを止めた。縄を解いてやると、ジョンは外へ出て、雪の中を兎《うさぎ》の足跡をしばらく追い歩いてから、雪にまみれて帰って来た。ジョンは、かなりひどい吹雪の日でも外へ出たがった。帰って来ると尾で戸を叩《たた》いた。ジョンのノックだった。

十二月の半ばを過ぎると、前の川は雪に埋没されてしまった。降っては凍り、凍った上にまた降り積るということを繰り返しているうちに、川は完全に雪原の下に消えた。水は雪を溶かして使わねばならなかった。だが岳彦一人だからそれほど多くの水を必要とはしなかった。

飯は一週間分一度に炊《た》いて置いた。食事のときにはかちかちに凍った飯を鍋《なべ》に入れて味噌の雑炊にして食べた。来る日も来る日も同じものばかり食べていた。

小屋番の生活に馴《な》れて来ると、彼はしきりに外へ出歩くようになった。梓川《あずさがわ》は流れの一部を残してほとんど凍っていた。雪の河原に立って、前穂高岳を見上げていると、そのあまりにも高くて白い山全体が、一度にどっと落ちて来るように思われた。

彼は本来朝寝坊だからモルゲンロートの美しさに接する機会はあまりなかったが、落日に彩《いろど》られた山稜《さんりょう》は、いままで彼が見たなにものよりも美しかった。その燃えるような赤い色が山々の頂を飾って、数分とたたない間に日は落ちた。

ものすごい寒さであった。

炉で薪を燃やしても、身体《からだ》は暖まらなかった。背中から、寒気が遠慮なく攻めよせて来た。寒いときには炬燵にバラズミを充分入れて、それに足を入れて、布団をかぶって寝るしかなかった。吹雪の日はそうして過した。昼と夜とが区別しがたいときがあった。だが吹雪が止んで、きらきら朝日が輝く朝が来ると、どんなに寒くとも、外へ出た。じっとしてはおられなかった。

岳彦はスキーを履いて、誰も歩いていない雪の中を歩き廻《まわ》った。ジョンは、しばらくは岳彦のシュプールのあとを従《つ》いて来たが、彼の歩き方がもどかしいのか、先に立って、降ったばかりの深雪の中を泳ぐように先行した。

雪の表面が固まって、スキーよりわかんの方がよくなると、彼は囲炉裏端《いろりばた》で作った自製のわかんをつけて外へ出た。そう遠くまでは行けなかったが、歩けば気が晴れた。歩いて来ると飯がうまかった。

夜の長いのには困った。ラジオも新聞もない山の夜は、ランプを頼りに本を読むしか仕方がなかった。

彼は、ありとあらゆる本を持ちこんで来ていた。文学書から山の本、経済学の本、語学の本、辞書もあった。それらの本の選定は父の玄蔵がしてくれた。

「どうしても学校を止めて山の小屋番をするというのか」

父の玄蔵は、小屋番をやると言って聞かない岳彦に言った。

「学校は止めるのではない、休学するのです」

岳彦がそう説明しても玄蔵には理解できないらしかった。

「一冬山の中で考えたら、また学校へ行く気になるかもしれません」

岳彦はつけ加えた。

「一体なにを考えるというのだ。考えることがあれば、山小屋の中でなくても、二階のお前の部屋で考えればいいのではないか」

「ぼくは、山の中の一軒屋にたった一人でいたいんです。理屈はないんです」

岳彦の決心は変らないと見た玄蔵は、黙って、岳彦のために一冬かかっても読み切れないほどの本を用意した。

母の菊子は、涙をたたえた眼で岳彦を見ていた。朝起きると母の眼が泣き腫《は》れていることがあった。菊子は、岳彦にしつっこくは言わなかったけれど、その母の涙の方が、父の怒鳴る声よりも岳彦にはつらく思われた。彼は何度かその母の前で小屋番は止めて学校へ行くと言おうかと思った。そんな気持になりかけたとき、岳彦の脳裏に浮ぶのは、あの八ヶ岳のきびしい寒さと冬景色であった。

岳彦の頭のどこかには八ヶ岳で逝《い》った河本峯吉がまだ歩き廻っていた。突然、河本が岳彦に声をかけて来ることもあった。

「おい竹井岳彦、山はどうしたのだ」

「山か、山はやっているさ」

河本峯吉が山はどうしたのかというのは、まさか河本の死を忘れたのではないだろうなという呼び掛けであった。河本峯吉の死そのものが山というかたちで岳彦の頭の中で甦《よみがえ》りつつあるということを岳彦はまだはっきりと認識してはいなかったが、少なくとも、一人で山小屋の番をしていれば、頭の中の河本峯吉と充分対話の時間もできるだろうと思っていた。

その河本峯吉も、岳彦が徳沢園の小屋番になってからは、ほとんど、彼の頭には浮び上っては来なかった。

十二月二十五日になって岳彦は久しぶりで人間を見た。ある大学山岳部の一行八人が来たのである。彼等は、二カ月近く風呂《ふろ》にも入らず、顔も洗わない岳彦の顔を見て、一瞬ぎょっとしたようであった。岳彦の方も、彼等大学生の青白い顔を見ていると、まるで別の国の人のように思えてならなかった。

彼等は大きな荷物を背負って来た。その中に、沢渡《さわんど》の茶屋気付で送られて来た岳彦あての何通かの手紙があった。岳彦は家族からの手紙をむさぼるように読んだ。まず手紙を読んでしまうまでは、なにもしなかった。彼等が包み紙として持って来た新聞も、岳彦にとって貴重なものであった。岳彦は、彼等にやたらに話しかけて、彼と社会の間の空白を取り戻《もど》そうとした。

大学山岳部は翌日は涸沢を眼指《めざ》して登って行った。十二月三十一日になって、五人の社会人パーティーがやって来た。

暮と正月を利用しての登山者たちの来訪で、しばらく賑《にぎ》やかだった徳沢も、五日を過ぎるとぴったりと人足が絶えた。小屋は以前どおりにひっそりとした。

大学山岳部のあとを従いて上高地へ降りて行ったジョンが帰って来ないのが、岳彦に少々気がかりだった。沢渡まで従いて行くこともあるまいと思った。もしそうだとしても、沢渡の茶店では、徳沢園の犬だと知っているから、食べ物を与えてくれるだろうと思っていた。二、三日したら帰ってくるだろうと思っていた。正月半ばになって、本格的な暴風雪がやって来た。嵐《あらし》は二日続いた。いまにも家全体が崩壊するのではないかと思われるほど家屋は揺れた。ほとんど眠れなかった。

翌日起きてみると、それまでの登山者たちの踏み跡はいっさい消えて、そこには、新しい雪の世界がひろがっていた。その夜はひどく静かであった。風はほとんどなかった。

戸を叩く音がした。人がノックする音ではなく、軽く、外から戸をこすりながら叩くような音であった。ジョンが戸を叩いているのだ。

「吹雪が止むのを待って帰って来たのだな、ジョン」

岳彦は、そう言いながら戸を開けてやったが、そこにはジョンはいなかった。そのようなことが二度ほど続くと、岳彦はジョンの身になにか起きたのではないかと思うようになった。

岳彦は、翌朝未明に、スキーを履いて上高地へ向った。上高地は無人であった。もしジョンがいるとすれば旅館の周辺だと思ってその付近をジョンの名を呼びながら探したが、どこからもジョンは出て来なかった。大学山岳部のあとを従いて徳沢園を出てから十日以上経っていた。その間、もしジョンが上高地にいたとしたら、ジョンはかなり危険な状態にあると見なければならなかった。ジョンが口にすべき食糧がないからであった。

岳彦は旅館の縁の下を懐中電灯を差しこんで照らしながら歩いた。

ジョンは西糸屋の縁の下で眠っていた。眠っているように見えたが死んでいた。いくら呼んでもジョンは起き上らなかった。

「ばかな奴だ、お前は」

岳彦はジョンに言ってやった。ジョンは賑やかなところにいることの好きな犬だった。主人たちを慕って幾日も遠吠えしていたジョンが、やっと岳彦との生活に馴《な》れたところへ、下界から人間がやって来ると、ジョンは、気でも違ったようにはしゃぎ廻った。無責任に可愛《かわい》がる大学山岳部の部員の誰彼となくなついた。一日中尾を振り続けていた。見違えるように動作が活発になって、小屋の周りを走り廻り、飯も、いつもの三倍は食べた。そのジョンは大学山岳部のあとを追って上高地まで来て、吹雪に閉じこめられたのだ。

「ばかな奴だ。なぜ沢渡まで従いて行かなかったのだ」

岳彦は、かちかちに凍っているジョンの死体を縁の下から引き摺《ず》り出して言った。おそらくジョンは大学山岳部のあとを追ってかなり下まで行ったに違いない。或《あ》るいは沢渡まで行って、学生たちがバスに乗るのを見送ったのかもしれない。学生たちを見送ってからジョンは、徳沢園に帰らねばならないことに気がついたのかもしれない。徳沢園に待っている岳彦のことを思い出したのだろう。そして遠い道を上高地まで引き返して来たところであの暴風雪に遭遇したのだ。そしてジョンは何度か雪の中を徳沢園へ帰ろうとしたが、それができず、とうとう西糸屋の縁の下で餓死したに違いない。そう考えるとジョンの死はあまりにも哀れであった。

それにしても恐ろしいのは上高地の寒気と吹雪であった。ジョンはもともと里犬であるから、山のことは知らなかった。人恋しさに夜鳴きしたジョンが、結局、その人間に見放されたように、誰もいないところで飢えと寒さで死なねばならなかったことを、岳彦は自分の身に引き替えて悲しんだ。

ジョンの死骸《しがい》は意外に重かった。徳沢園に来ると、そろそろ日が暮れかかっていた。雪が深いから、ジョンの墓をこしらえるのは春まで待たねばならなかった。岳彦はブナの木の下の雪の中にジョンを埋めた。

孤独な生活が続いた。正月以後はぴったりと人は来なくなった。来なければ来ないでよかった。彼は眼が覚めるようにすばらしい日になると、一人で雪の中を歩き廻った。梓川に出て、雪の中を横尾の小屋まで歩いて行ったり、奥又白谷を登れるところまで登ってみたりした。徳沢園から日帰りできる行動範囲を歩き廻った。危険なことはすべきではないと思っていた。小屋番という任務を引き受けた以上、春までちゃんと務め果《おお》せたと他人に言われるようにしたかった。

一月のうち三分の二は荒天であった。十日間も吹雪が続くこともあった。

三月になって彼は風邪《かぜ》を引いた。風邪薬を飲んでも熱は下らなかった。体温計で計ってみると三十九度八分あった。歩くとふらふらした。咳《せき》が出た。胸部が痛かった。肺炎になったのではないかと思った。

病気になっても、誰も看《み》てくれる者はいなかった。食事の世話どころか、今彼に取ってもっとも大事な火の番をしてくれる者もいなかった。

彼はふらふらする身体で立上って、十能でバラズミをすくって炬燵に入れた。炬燵の火を消したらたいへんだと思った。彼が病気に勝つかどうかは、暖かくして寝ている以外に道はなかった。

日記をつけたくとも日記をつける元気がなかった。彼は日記帳を開いたままにしていた。

「おれがかわって日記を書いてやろう」

と河本峯吉が言った。何時《いつ》来たのか河本峯吉は彼の枕元《まくらもと》に坐《すわ》っていた。そのそばに、ジョンがちょこんと坐っていた。淋しがりやのジョンは、時折炬燵の傍《そば》まで上って来て岳彦に叱《しか》られることがあった。そのジョンも河本峯吉も、この世にはいないはずだが、枕元に坐っていた。岳彦にはそれがへんには思われなかった。

河本峯吉は八ヶ岳へ登ったときと同じ服装をしていた。

「水さえ飲んでいたら、十日や二十日死ぬことはないさ」

河本峯吉は薬缶《やかん》を岳彦の頭のところへ持って来て置いた。水は冷たくてうまかった。

「外へ出して置くと凍るから、薬缶は、必ず炬燵の中へ入れて置かねばいけないぞ」

河本峯吉はそんなこまかいことまで注意してくれた。

河本峯吉とジョンが囲炉裏端に坐って火を焚《た》いていた。火はよく燃えた。かけてある薬缶から蒸気が吹き上げていた。

「熱いお茶が飲みたい」

と岳彦は河本峯吉に言ったが、返事がなかった。炉端が急に暗くなった。火も河本峯吉もジョンもいなかった。

胸をおさえつけていた圧迫感が去った。楽に呼吸ができた。思い切って吸いこむ空気に冷たさと味があった。

「いったい、おれは幾日寝ていたのだろう」

岳彦は起き上った。まだふらついていたが、病気が快方に向いていることだけははっきり分った。熱は三十七度台に下っていた。なにか食べたいと思った。

彼は囲炉裏端へ出て行って、かちかちに凍っている雑炊の鍋《なべ》の下に火をつけた。

枕元に日記帳が開いたままにしてあった。幾日寝たかはっきりした記憶がないから、三日間を空白にしてその次の日から日記を書き続けることにした。そう思いながら日記帳を取り上げて、その最後の日の日記を見て、岳彦は顔色を変えた。三月八日。晴。熱三十九度八分。胸部圧迫されて苦しい。食欲なし。咳多し。

その字は岳彦の字ではなかった。右肩の上った、やや乱暴に走るペンの跡は、間違いなく河本峯吉の筆跡であった。

「河本峯吉が看病に来てくれたのかもしれない」

あり得べくもないことを、あり得るように口にした岳彦は、とにかく、なにか食べて元気をつけねばならないと思った。

四月の終りになって、登山者がやって来た。その登山者に日を聞いて、岳彦の日記は一日違っていたことが分った。意識不明でいた三日間は実際は四日間であった。それにしても、その間、炬燵の火を消さないようにバラズミを無意識につぎたしていたのは、岳彦自身の中の河本峯吉だったのかも知れない。岳彦は、彼の中の河本峯吉が、岳彦を許していることをはっきり知った。

その日、竹井岳彦は割れた鏡の破片に向って、伸びほうだいに伸びた髪を切った。

3

岳彦は六月で満二十歳になったが、まだ高校三年生のままであった。学校へ行くと、今年三年生になったばかりの生徒たちが、冷たい眼《め》で彼を迎えた。彼等《かれら》は例外なく竹井岳彦がなぜ学校を二年も遅れているかをよく知っていた。山で遭難して足を手術して止むなく一年遅れたときには、彼等は岳彦を同情的な眼で迎えた。だが、今年は違っていた。学校より山が好きだから、学校を放棄して、半年間を山の中で一人で暮して来た彼に同情する者はなかった。彼等は煙《けむ》ったい顔で岳彦を見ていた。ああいうへんな男には近よらない方がいいぞと言ったような、明らかに岳彦の存在を喜ばない眼に会うと、岳彦は、折角通学しようと思っていた勇気がくじけそうだった。（なんで

え、小僧ども）

岳彦は二つ年下の同級生の冷たい眼に反発した。もともと彼は喧嘩《けんか》早かった。足さえなんでもなければ、こいつ等の誰《だれ》にだって負けはしないのにと睨《にら》みつけてやった。しかし、このたいして理由のない睨み合いは、数日中に解消した。級友が岳彦の存在に注意を払わなくなったからであった。岳彦は独《ひと》りになった。その方がよかった。同級生の中に山の好きな者が二、三人いて、岳彦に山のことを聞きに来ることがあった。そういうときは岳彦は得意になってしゃべったが、彼等は決して岳彦と山へ行こうとは言わなかった。

教師たちも彼に対してそっけない態度を示した。遅れている学業を取りかえすように指導しようとする教師は一人もいなかった。だいいち、教師たちは、岳彦と眼が合うことをさけていた。岳彦は異分子として見られている自分を知った。それは自分自身が悪いのだということを知っていた。こっちの勝手で学業が遅れたのだから、こっちの方でお願いしますと頼っていけばよいのだが、それが岳彦にはできなかった。小学生のときから先生にはあまり好かれなかった彼は、こういう立場にいると、いよいよ先生に敬遠されるようになった。

勉強はそれほどむずかしいとは思わなかった。やればできるし、本気になれば、クラスのトップにだってなれるのだという自信だけは相変らずあったが、勉強しようという気持にはなれなかった。

高校三年の学級は新学期から大学入試を迎えての予備校的雰囲気《ふんいき》にあふれていた。去年、その傾向に甘んずることができずに山へ逃げた岳彦は、全く去年と同じクラスの空気に接すると、そこにどうしても落ちついていられなくなった。

「学校だけがいまのお前には救いだ。一冬山の中の小屋で考えて見てそのことは充分分った筈《はず》だ」

竹井玄蔵は学校へ行くのがいやだと言い出した岳彦に言った。学校だけが救いだというのは、その足では激しい肉体労働を要求する仕事は無理だから、大学へ進学して、身体《からだ》を使わないですむような仕事を身につけるべきではないかと岳彦に教えてやっているつもりだった。

玄蔵の腹は岳彦には丸見えだった。岳彦は父に向ってはっきり言った。

「お父さんがぼくの身体のことを心配してくれていることは有難いが、ぼくの足はもうなんでもないんですよ。いくら歩いても、出血はしないし、痛むこともない。ただ、人より少しばかり歩く速度が遅いだけのことだ」

彼はそう言って自分の足を叩《たた》いた。岳彦が言っているように、去年の秋までは出血をつづけていた彼の足の出血は止った。一冬上高地の山小屋にひっそりと住んでいたことが、彼の足を完癒《かんゆ》させたものと思われた。

「それはいい、足が完全になったなら尚更《なおさら》、大学受験の準備を始めるべきだな」

「ぼくは大学へは行きません」

「高校で止めて働きに出るのか」

「それも分りません」

「おい岳彦……」

　玄蔵はあきれてものが言えないという顔を岳彦から妻の菊子に向けた。兄たちはみな独立して、家から出ていた。この家には玄蔵と菊子と岳彦と弟の六郎だけであった。六郎は高校一年になっていた。

「やはり、山へ行きたいのね」

　菊子が言った。

「そうです。ぼくは学校より山がいい、山にずっと行っていたいんです」

「いつまで山にいたら気が晴れるのかしら……」

　菊子は玄蔵よりももっと深く岳彦の心の中を見詰めていた。岳彦が山にあこがれているのは、山が好きだからではなく、岳彦の心の中には、八ヶ岳で死んだ友人の河本峯吉が、まだ何等かの形で生きているのに違いないと思っていた。河本が岳彦の心から完全に消えるまでは、岳彦は山へ行きたいというのだろうと思っていた。菊子は、岳彦が河本峯吉の名を夢の中で呼ぶのを聞いていた。半年ぶりで、上高地から帰って来たその夜も岳彦は河本峯吉の名を呼んだ。菊子はそのことは誰にも話さなかった。やがて、岳彦の中から、河本峯吉が居《い》なくなるまで黙っていてやろうと思った。

岳彦は、寝苦しい夜を過さねばならなかった。布団《ふとん》がやわらかだし暖かかった。犬の鳴き声が夜中どこかで聞えていた。自動車の音や、風の加減では国電の走る音が夜中に聞えた。静かな自然の中にいた夜とは比較にならなかった。

岳彦は、なにか大声を上げて眼を覚ますことがあった。誰かと激しい言い合いをしていたような気がした。夜中に眼を覚ますと、それから眠れなかった。彼は電灯をつけて本を読んだ。そんなとき、階下の部屋の障子の開く音がして、誰かが廊下に立って二階を窺《うかが》う気配を感ずることがあった。母だなと思った。ほんとうに岳彦のことを心配しているのは母であり、その母に心配かけている自分は悪い子だと思った。

「ねえ岳彦、いつまで山にいたら気が晴れるのかしら、もう一年、それとも二年。でも、弟の六郎より先に高等学校を卒業して貰《もら》わないと、お母さんが困るわ。親として見ると、弟の方が兄より先に高校を卒業するなんてことはとても我慢できないことですわ」

「おいおいばかを言うもんじゃあない。これ以上高校を遅れたらいったいどういうことになるのだ」

玄蔵は不機嫌《ふきげん》だった。菊子が、岳彦の高校卒業の限度を、弟の六郎に追い越されないようにという寛大な条件を出したことが気に入らなかった。

「お前はだいたい岳彦に甘すぎる。どうしても学校が厭《いや》で、山へ行くというならば、自分で山へ行く費用を勝手に稼《かせ》ぐのだな」

玄蔵はぷいと立上って自分の部屋へ入って行った。

自分で稼げと言われたとき、岳彦は八ヶ岳で遭難する前にアメリカ軍のモータープールでアルバイトをしていたときのことを思い出した。それは自動車を洗うかなりな重労働であった。いまそれをやれと言っても、ちょっと自信がなかった。父の前では足はなんでもないと言っても、やはり足のことが気になった。岳彦は翌朝学校へは行かずに、高校時代の同級生で彼にアルバイトの口を探してくれた馬場武男の家を訪ねた。昼過ぎまで待って、岳彦は大学生になっていた馬場に会った。

「アルバイトならいくらでもあるさ」

馬場は簡単に引き受けた。二、三日中には、必ずなにか探してやろうと言った。

「ところで、君は大学でなにを勉強しているのだ」

岳彦は馬場の部屋を見廻《みまわ》した。およそ大学生の勉強部屋らしくない風景だった。机の上に二、三冊本があったが、それは埃《ほこり》をかぶっていた。

「勉強なんかしていないさ」

「じゃあ、なにをやっているのだ」

「アルバイトの注文取りと麻雀《マージャン》だ」

馬場武男は昂然《こうぜん》と言い放った。

「そんなことをしていて、大学を卒業できるのか」

「みんな卒業して行くよ。おれもそれだけは不思議だと思っている」

岳彦は馬場の家を出てから、馬場のことをずっと考えつづけていた。大学へ行った馬場も決して幸福ではないなと思った。一生懸命勉強ができないような大学へ行ってなんになるのだ。そんなことなら、大学より山へ行っているほうがましだ。岩壁に向ったあの真剣な気持、身体中の神経が音を立てて鳴るほど張りつめたあの瞬間がなつかしいと思った。

二日置いて、馬場がアルバイトの仕事を持って来た。ある会社の労働組合のガリ版刷りの仕事だった。

「これなら坐《すわ》ってできる仕事だし、特に時間に拘束はない。電話があればでかけて行けばいい」

馬場は斡旋《あっせん》料として百円取って帰って行った。

その工場は大森にあった。周囲はほとんど焼けているのに、その工場だけ焼け残っているのは、岡と岡との谷間に入りこんだようなところにあったからであろう。一日中日が当らない陰鬱《いんうつ》な工場だった。労働組合の事務所は、三棟《むね》並んでいる工場のうち、一番北側の棟の二階の隅《すみ》にあった。

「ここの中の仕事は秘密を要することが多いから家へ持って帰っては困る。全部この部屋の中でやってくれ」

と言われて出されたのは、こまかい字がぎっしり書きこまれた原稿用紙だった。原紙ややすり板や鉄筆はそこにあるのを自由に扱って、今日中に三百枚刷ってくれというのが、岳彦に与えられた第一日目の仕事だった。

闘争だの戦いだの勝利だのという字がやたらに多かった。その原稿を読んでいくと辰村社長は目黒の豪華な邸宅に住み、という文句があった。岳彦は、そこに眼を止めた。去年、山で会った辰村昭平はたしか目黒に住んでいた。そして彼の話によると、辰村昭平の父は工場を経営していた筈であった。その夜、家に帰った岳彦は山日記に書きとめて置いた辰村昭平の住所と電話番号を懐中ノートに写し取った。折があったら尋ねてみようと思った。別に会わねばならないことはなかったが辰村昭平は、彼の足が甦《よみがえ》ったときのザイルのパートナーであり、忘れることのできない相手だった。

アルバイトはたいしてつらいことではなかった。時によると、夜遅くまでかかることがあっても、徹夜してやらねばならないほどのことはなかった。昼食時や退社時刻になると、どやどやと人が入って来て、そのせまい部屋の中でがなり立てるような大きな声で話をするのがうるさいだけで、他《ほか》の時間はしいんとしていた。

その部屋に電話があった。交換を通じて、どこへでも掛けられるようになっていた。この事務局の仕事をはじめてから、一週間目の午後、彼は思い切って、辰村昭平のところに電話を掛けた。辰村昭平はまだ学校から帰っていなかった。彼の姉が出て、こちらの居場所を訊《き》いた。辰村電子通信産業の労働組合の事務局から電話を掛けているのだと言うと、相手の声が突然こわばった。なぜそうなったか岳彦には分らなかった。

一時間もしたら、辰村昭平から電話がかかって来た。

「会いたかったぜ、よく帰って来たな。あんたはまだ徳沢にいるものだと思いこんでいたんだがね……しかし驚いたぜ、どうしてうちの会社の労働組合事務局なんかにいるんだい」

「アルバイトだよ」

「アルバイト？　なんだつまらない」

辰村昭平の笑う声が聞えた。その声を聞いていると岳彦は、顔が赤くなるほど腹が立った。彼は電話を一方的に切った。すぐまた電話が掛って来た。

「なぜ電話を切ったんだ」

辰村昭平が言った。

「きさまが笑ったからさ、アルバイトがなぜおかしいのだ」

「すまなかった。あやまる。帰りにおれの家へ来てくれないか、山の話でもしよう、山の写真もあるぞ」

「行くかどうか分らない」

岳彦は電話を切った。行くつもりはなかった。その日は夜十時ごろまで仕事があった。

その翌日の昼時間に、岳彦はその会社の労働組合の幹部数名の訊問《じんもん》を受けた。

「君は社長のところへ電話を掛けたそうだね」

とっさに岳彦は交換手がこのことを労働組合の幹部に告げたのだなと思った。

「社長ではない、社長の一人息子の辰村昭平のところへだ」

「社長の息子と君とはどういう関係なんですか」

「山友達だ」

「どこの山で知り合ったのです」

「そんなことをいちいち答える必要はないだろう、なぜそんなことを訊くんです」

「君は社長のスパイではないかと思ってね」

「なんだと」

岳彦は拳骨《げんこつ》を握りしめて立上った。これでアルバイトの口は失ったと思った。

岳彦はその日の帰途、辰村昭平の家を訪ねた。

「アルバイトの口を馘《くび》になったのか」

辰村昭平は笑い出しそうな顔をしたがいそいでそれをおしこらえて、

「なぜアルバイトしなければならないのだ」

と真面目《まじめ》な顔で訊いた。

「山へ行きたいからさ」

岳彦は、山へ行きたいならアルバイトをして稼いだ金で行けと父に言われたことを話した。

「それで学校は」

「ずっとさぼったままさ、おれは学校なんかなんの興味もないのだ」

「偉いんだな君は、ほんとに偉いぜ君は……おれは前から君が偉いと思ってはいたが、こんなに偉いとは思っていなかった」

辰村昭平はひどく感心していたが、突然、

「おれだってやるぞう」

とびっくりするほど大きな声を出した。昭平の姉が入って来た。

「なによ、大きな声なんか出してびっくりするじゃあないの」

と、昭平をたしなめた。

「二番目の姉さんで敏子《としこ》っていうんだ。うるさいんだよ。さっさとお嫁に行ってしまえばいいのに」

昭平は岳彦に向って奇妙な紹介の仕方をした。岳彦はただちょっと首を下げただけだった。姉も妹もいない男ばかりの兄弟の中に育った岳彦は若い女性がそばにいることだけでも気になった。落ちつけなかった。敏子になにか訊かれると、狼狽《ろうばい》したような答え方をした。

「竹井君は八ヶ岳で遭難して、両足を切り落したんだ。だが、その足のない足で、岩壁を猿《さる》のように登るのだぜ」

昭平は敏子に説明した。

「まさか」

敏子は岳彦の足へ眼をやった。岳彦はちゃんとスリッパを履いていたし、何枚も靴《くつ》下《した》を重ねて穿《は》いているから、ちょっと見ただけでは、足の先がどうなっているかは分らなかった。

「見せてやれよ」

と昭平が言った。岳彦は黙っていた。見せたら嫌《いや》な顔をされることは分り切っていた。いままでの誰でもそうだった。怖いもの見たさに見せろ見せろと言って、見せれば顔色を変えた。その後できわめて不機嫌《ふきげん》な顔をされることも分っていた。

「昭平さんはなぜそんなことを言うの」

敏子は昭平に訊いた。

「彼の足を姉さんが見たら、山というものを、もう少し理解してくれるかと思ったからさ」

「それはあなただけに通る勝手な理屈よ」

敏子はそう言って、岳彦と向いあった。敏子は白のワンピースを着ていた。髪が肩のあたりでカールしていた。昭平によく似てどちらかといえば丸顔だったが、色が抜けるように白かった。やや潤んだ、よく光る黒眼勝ちの眼で岳彦を見ていた。

「竹井さん、あなたも、うちの弟を山へ誘惑しようとする一人なんですか」

岳彦は意外な言葉を意外な人から聞いた。すぐ怒る気持にもなれず、そうかと言って、まともにそれを否定するのもばかばかしかった。

「なにを姉さんは言うのだ。竹井さんは、山で会って岩壁登攀《とうはん》を一緒にやったことがあるという関係だ。竹井さんがぼくを誘ったことなんかない。そのときだって、ぼくの方から誘ったのだ」

「でも昭平さんの山の友達でしょう。それなら、私たちに取っては、決して歓迎すべき人ではないですわ」

「別に歓迎して下さいと頼んだことなんかないぜ。とにかく、ここにいることはよくないことらしい、帰るよ」

岳彦は立上った。止めに掛った昭平をふり切って玄関へ出ると、上り框《かまち》に腰をおろした。足が悪いから靴べらを使って、中腰で靴を履くような器用なことはできなかった。靴下の皺《しわ》を丁寧に延ばして履かないと、あとでひどい目に会うことがあった。靴を履くときに靴下を一枚一枚改めるのは彼の習慣になっていた。

「すみませんでしたわ、ほんとうに失礼なこと言って……」

岳彦の背後で敏子の、いかにももっともらしい謝り声を聞いた。どこかで聞いた声だなと思った。そうだ、あの交換手の声だなと思った。岳彦が辰村昭平へ電話を掛けたことを、労働組合の幹部に告げ口をしたあの会社の交換手の声とよく似た声だ。そしてこの敏子は、いまこの家を去ろうとしている彼に、すみませんでしたわほんとうにと、心にもないことを言っているのだ。

(女ってなんていやらしいものだろう)

岳彦はそう思った。交換手の顔は知らないが、敏子は美人の中に入れてもいい顔立ちの女だ。その女が言った、裏腹の言葉に、岳彦は今度こそほんとうに腹を立てた。

岳彦は、靴を履かなかった。靴の上に足を投げ出したままでまず左足から一枚一枚靴下を脱いで行った。

左足は裸にされた。踵《かかと》のない、指が一本もついていない、のっぺらぼうの足が出た。そして彼は手早く、右足の靴下を脱いだ。二つの踵が前後についた、奇怪な足が靴の上に投げ出された。背後に人の声はなかった。息遣《いきづか》いも聞かれなかった。ざまを見ろという気持で岳彦は手早く靴下を穿き、靴を履いた。辰村昭平が追いかけて来たが、彼には相手になってやらなかった。すまない、すまないという昭平の声を聞きながら、小雨の中を駅へ向ってとぼとぼと歩き出した。

家へ帰ると雨は本降りになっていた。長兄の一郎がしばらくぶりで上京して来ていた。一郎は岳彦とは十以上も年齢が違っていた。

「今度甲府の支店長になって転任して来たから、山の行き帰りには寄れよ」

一郎は岳彦の顔を見るとそんなことを言った。岳彦が来るまでに、岳彦の山気狂いには困り果てていることを母から聞いたらしかった。おそらくもうしばらくして父が帰宅したらまた岳彦のことを一郎にいうだろうと思った。岳彦は、先に夕食を摂《と》って二階へ上ると、独りで雨の音を聞いていた。徳沢にも冷たい雨が降っているだろうと思った。

十時過ぎたころ、一郎が布団を担いで二階の岳彦の部屋へやって来て、

「今夜はお前のところに寝かして貰《もら》うぞ」

と言った。父母に頼まれたのだなと岳彦は思った。父母に頼まれて、一晩説教するつもりだろうと思った。

(説教するならするがいい、説教したところでおれと山を離すことはできないのだ)

岳彦は心の中でそう決心していた。だが布団に入った一郎は、お説教めいたことは一言もいわなかった。

「どうも戦争に行って来たことのない奴等《やつら》は口先ばかりでものを言って困る」

などと、彼の会社の若手の社員を批評しているうちに、急に静かになったかと思うと、鼾《いびき》が聞えた。

岳彦は当てが外れた思いがした。

翌朝、岳彦が眼を覚ます前に一郎は起きていた。

「まだ朝御飯には早いから諏訪《すわ》神社まで行って来よう」

一郎は岳彦を誘って外へ出た。諏訪神社の石段を登るとき、一郎はしばしば岳彦の足の動きに眼をやっていたが、足のことには一言も触れなかった。

「いつ来て見ても、此処《ここ》からの眺《なが》めはいいなあ。おれの子供のころは、ここから富士山も筑波山《つくばさん》も谷川岳もよく見えた」

一郎が言った。

「戦後もずっと見えていましたよ、ついこのごろですよ見えなくなったのは」

岳彦は、そのすばらしい景色を見たのは兄ばかりではないことをしきりに強調した。

「岳彦は山が好きそうだな」

一郎は岳彦の顔を見て不意に言った。

「学校よりも山の方が好きそうだな」

つづけて言った。

「そうです。ぼくはほんとうに山が好きなんです、山のことを考えていると勉強が手につかないんです。なにもかも山に較《くら》べるとばかばかしく見えて来るんです」

「山が天皇陛下に見えるってわけか」

「え?」

「いや、つい数年前までは、天皇陛下のためならばと、進んで死んで行った若者がいた。その考えがいいの悪いのということではなくして、今の若者は、自分の生命を賭《か》けてもいいと思うほどの偉大なものが見つからないで困っている。お前は好きな山なら死んでもいいと思っているのか」

「思っていますとも一郎兄さん、ぼくは一度は山で死にかけた男だ。山に殺されようとしたそのぼくが、その山を憎もうとはせず好きになってしまったんです」

「いいじゃあないか、生半可な生き方をするよりも、なんでもいい、徹底的に青春を傾けることのできるものがあればそれでいいのだ」

一郎はそう言って、岳彦の肩を叩《たた》くと、

「ところで山へ行くには金が要るだろう。お父さんのところもたいへんなようだから、今度山へ行くときには甲府に途中下車して行くのだな」

そして一郎は、内ポケットから財布《さいふ》を出すと、二、三枚の紙幣を出して、二つに折って岳彦に渡した。

「だが、山へ行くのは梅雨が上ってからがいいな。どうせいま行っても山には登れないし、だいいち危険だ、いまのうちにせっせと勉強して置くことだね。たとえ、山の方で生きて行くにしてもだ、高校ぐらい卒業して置かないと他人にばかにされるぞ」

岳彦は兄の言葉を押し戴《いただ》くような気持で聞いていた。

「岳彦にはよく話してやったよ」

朝食の折、一郎は父や母に言った。

「なかなか分るような岳彦ではなかったろう」

玄蔵が言ったが、一郎はかぶりを振って、

「いやいやどうして岳彦は、しごくもの分りのいい子ですよ。ただねお父さん、岳彦とよく話して見ると、岳彦の気持もぼくに分るような気がするのです。あまり、がみがみ言わずに、長い眼で見てやることですね」

一郎はかえって玄蔵の方を説得した。

梅雨の後期に入っていた。雨は音を立てて庭の土を打っていた。

4

昭和二十六年七月一日ケイト台風が南九州を襲って、宮崎、鹿児島両県に大被害を与えた。同じ日の新聞記事に、朝鮮戦争は、双方が休戦交渉に応ずる旨《むね》を明らかにして、事実上戦闘停止状態に入ったことが報じられていた。

岳彦《たけひこ》は、その新聞のことが学校に行ってもずっと頭の中にあった。台風と朝鮮戦争とはなんの関係もないことだが、彼の頭の中で、この二つはなんとかして結びつけられようとしていた。

「うちのおやじ、機嫌《きげん》が悪いんだ」

「なぜ」

「朝鮮戦争が終りそうだ。それが商売に響くのさ」

級友が話しているのがふと岳彦の耳に入った。戦後の日本が急激に復興したのは、朝鮮戦争のおかげだということをちょいちょい耳にしたことはあったが、直接その影響を耳にしたのはこのときが初めてだった。嫌《いや》な気がした。級友が言っている、うちのおやじのように日本人の大部分が隣の国で、なるべく長く戦争が続くことを望んでいるとしたら末恐ろしいことだと思った。

「だから、おやじに金をくれと言いにくいのだ」

「そのうち、またはじまるさ、朝鮮で戦争が終ったからといって、アジアから戦争がなくなったというわけではない」

「そうだな」

その、ふらちなことを話している級友は、それ以上、その問題には触れなかった。

（あいつらだって、あのどろどろした戦争のことを知っている筈《はず》だ。田舎へ追いやられて飢えた腹をかかえていた疎開《そかい》児童のころのつらさをよもや忘れてはいないだろう）

授業が始まってからも岳彦はそのことを考えていた。二つも年齢が違うと、こうも考えが違うものかと思った。

岳彦は妙に腹が立った。終戦の年の五月の大空襲のあと、死体収容の作業を手伝ったことが思い出された。あのときおれは中学二年だったが、こいつ等《ら》は小学生で田舎へ疎開していたから戦争を見ていないのだ。だから、こいつ等はと、岳彦は二つ年下の同級生たちの一人一人が、戦争を知らない青臭い奴《やつ》に思えてならなかった。そういう奴等と机を並べて勉強するのも、たまらなく嫌だった。

（まあいいさ、暑中休暇になればおれは山に入る、この面白《おもしろ》くない奴等の顔を見ないでもすむ）

岳彦は教室の中では全く孤独な存在を続けていた。

夏休みが来ると、すぐ彼は大きなルックザックを担《かつ》いで家を出た。途中甲府の兄のところへ寄った。

「山はいい、一夏山で身体《からだ》を鍛えて来るがいい。だが九月になって新学期が始まったら、家へ帰って勉強しろ、とにかく高校だけは卒業しないと話にならないからな。高校出てからも、山に行きたいというなら、その費用は全部おれが出してやろう。だが、今年の冬も学校を休んで小屋番をするなどと言ったらおれはお前を見てやるわけにはいかない」

兄の一郎は、一夏山で暮せるだけの金を出してくれた。嫂《あによめ》は、岳彦のために下着やセーターなどの用意までしてくれた。子供のない兄夫婦が岳彦に示す好意はたいへん有難かったが、岳彦にはそういうふうないたわり方をされるのがいままでになく異常なことに思われた。もしかすると、兄夫婦と母とが裏で手を結んでいるのかもしれない。そんな気がした。どっちにしろ、家人が、なんとかして岳彦が高校を卒業することを望んでいることだけは確かだった。

「金が足りなくなったら言ってよこせ」

兄の家を出るとき一郎は岳彦にそう言った。

「だが、九月には家へ帰って学校には出るのだぞ、それだけは約束してくれるな。ほんとうは、おれは学校なんかどうでもいいと思っているが、他人《ひと》はそうは思わない。たとえば将来お前が結婚するようなときには、その履歴がものをいうのだ」

岳彦は黙って頷《うなず》いていた。

彼の足は自然に上高地に向った。そこは彼に取って第二の故郷でもあった。上高地に入ると、知合いの顔が出て来る。徳沢園で越冬したということで、彼の顔は上高地の旅館業者の間に知れ渡っていたし、上高地から穂高方面に入る登山家たちの一部も知っていた。厳寒の上高地で孤独に耐えながら一冬完全に越冬することは勇気と忍耐の要ることだった。誰にでもできるというものではなかった。それをやった岳彦の名が出るのは当然であった。

岳彦は、登山の基地涸沢《からさわ》に入って行った。去年の夏よりも、テントの数が増えていた。ここで彼は辰村昭平に会った。彼は十数人のパーティーと一緒に来ていた。彼等は三つのテントに分宿していた。

辰村昭平は岳彦を見ると、身体中に喜びの気持を浮き上らせながら近寄って来て、

「きっと、やって来ると思っていたよ」

そう言って、岳彦の手を取ると、彼等のテントのところへつれて行って山岳会長に紹介した。

「榛《はしばみ》山岳会長の飯富《おぶ》さんです」

飯富巌《いわお》は、その名のとおり、がっちりした体格の男だった。飯富はにこりともせず、岳彦と握手した。岳彦は榛山岳会の会員たちにつぎつぎと紹介された。

岳彦のことは既に話してあるらしく、彼等は興味深そうな眼《め》で岳彦を見ていた。

「榛山岳会に入らないか、いい人たちばかりだ。会長の飯富さんは岩壁登攀《とうはん》にかけては一流だ」

辰村昭平は岳彦を誘った。その辰村昭平もこの夏、この山岳会に入会したばかりだった。

「入ってもいいが、なにかうるさい会の規則があれば嫌だな」

「そんなものはないさ。会費を払って、例会に出て、あとは適当に山行について行けばいい。社会人山岳会だから、しごきなんていうものはない」

岳彦は、八ヶ岳で遭難事件を起したとき、所属していた山岳会とは遭難以来疎遠になり、今はほとんど交渉がなかった。どこか適当な山岳会があれば入ってもいいなと思っていたところだった。

岳彦がどうしようかと考えていると、辰村昭平は、さっさと会長のところへ行って、竹井岳彦が入会したいと言っていると話した。飯富巌は大きな声でひとこと、「本気か?」と怒鳴った。

それが岳彦の耳に入った。なにかばかにされているような気がした。辰村昭平が岳彦を飯富に紹介したとき、飯富は岳彦の顔から靴《くつ》の方へ視線を落した。そのときの飯富の眼付と今の言葉を思い合せると、足が完全でもないのに、本気で山をやる気かと言われたような気がした。

「本気ですとも、本気じゃあいけないんですか」

岳彦は、飯富に突っかかるように言った。

「なんだと」

飯富はテントから、スリッパを突っかけてぬっと外へ出て来た。まだ日没には間があったが、テントの入口では夕食の支度にかかっていた。携帯用石油コンロの上にかけた鍋《なべ》の中でなにかが煮えていた。

飯富はテントの外に立っている岳彦の前に腕を組んでしばらく突立っていたが、

「その足じゃあ重い荷物を背負って人並に歩くことはできないだろう」

「そのかわり、岩には人並以上に登れますよ」

岳彦は負けずに言った。

「ふん、岩は手と足で登るものだ。口で登るものではない」

飯富は組んでいた腕をほどくと腰の手拭《てぬぐい》を抜いて、顔のあたりに集まって来るブヨを追い払いながら、

「飯はまだだろう。一緒に食ったらどうだ」

と言った。

その夜、岳彦は榛山岳会のテントで寝た。隣の辰村昭平が遅くまで話しかけて来たが、岳彦はいい加減に答えていた。

翌日は雨であった。激しい吹き降りで、岩登りがやれる状態ではなかった。

飯富巌はテントの中でザイルの結び方の練習をやった。登山合宿に参加した半数は知っていたが、あとの半数は完全には知っていなかった。

岳彦はこのテントの中で、初めてザイルの正規の結び方を覚えた。それまで自己流の結び方をしていたのが、如何《いか》に危険であるかを知らされた。狭いテントの中でザイルがあっちに延びたり、こっちに延びたりした。ザイルの端がテントに触れるとそこから雨が漏れた。テントの中は、ルックザックと人間でいっぱいで、動き廻《まわ》ることは

できなかった。立つことはできないから、膝《ひざ》を折って坐《すわ》って、ザイルのつけ方の練習をした。

翌朝は霧だった。

飯富巌は、四班を編成して、それぞれ、分に応じた岩場へ向って出発した。岳彦と辰村昭平は飯富巌と山田四郎太に前後を守られながら、前穂高岳北尾根へ向った。その尾根は既に岳彦と辰村昭平がパーティーを組んで登ったことがある尾根だった。飯富はそれを知っていて、わざわざそこを選んだのである。

飯富巌も、山田四郎太もあまり、口をきかなかったが、二人とも鋭い眼で、岳彦と辰村昭平の登攀ぶりを眺《なが》めていた。四人が前穂高の頂上に立ったのは、午後の一時だった。それまで飯富も山田もついにひとことも言わなかった。

「教えることはなにもない、あとはただ経験するだけだ」

飯富巌は岳彦に言った。辰村昭平には、

「動く前には充分に考えろ、三つも四つも先の手懸り、足懸りを考えてから動かねばならない。君の動き方は少々荒っぽいぞ」

そして、山田四郎太になにか言うことはないかと言った。山田四郎太は首を横に振った。

榛山岳会の合宿は一週間であったが、この間に岳彦は、生れて初めて滝谷へ入った。鳥も止らぬ、といわれたほどのこの黒い絶壁は上から見ても、下から見ても殺風景であった。植物はほとんどなかった。風化と崩壊の限りを尽した広い面積におよぶ、山の墓場は人間が立ち入るところではなさそうだった。或《あ》る距離をへだてて、その滝谷を眺めたら、豪壮とか絶美とかいう言葉が生れるかもしれないが、その滝谷の一部に足を掛けて見たときは死という言葉から連想される、暗いものしか思い浮べることはできなかった。

岳彦は、その暗いものに——決して美しくない、死の影だけが、いたるところに見えかくれしているような岩壁に向いあうと胸が鳴った。登ってみたいと思った。彼だけではなく、この滝谷の岩壁に集まって来る登攀家たちは多かれ少なかれ、その偉大なる暗さに魅了されているのではなかろうかと思った。だが、この滝谷の暗さも、日が西に廻って行って、岩全体が太陽の光を受けて輝き出すと、岩襞《いわひだ》のところどころに生えている草や、岩壁の上を悠々《ゆうゆう》と飛翔《ひしょう》するタカやすいすいと飛び交うイワツバメの姿などが見えて来て、滝谷は死から生に急に表情を変えたように見えて来るのである。

岳彦と辰村昭平は、飯富巌等とザイルを組んで、滝谷第二尾根を登った。ザイル、ハーケン、カラビナ、登山用アブミなどを使用した本格的な岩壁登攀をしたのはこの時が初めてであった。

飯富巌の一行が帰ると、同じ榛山岳会の第二次合宿のパーティー十五名がやって来た。岳彦と辰村昭平は居《い》残った。

この夏は竹井岳彦にとって、岩壁登攀がいかなるものかを発見した年であった。榛山岳会が引き揚げてからも岳彦は涸沢に止《とど》まった。ツェルトザックを張って一人で寝起きしていた。よほど嵐《あらし》にでもならない限り小屋に逃げこむようなことはしなかった。

岳彦が、涸沢小屋でアルバイトをしている伯爵《はくしゃく》や元帥《げんすい》や熊襲《くまそ》と知り合ったのは八月の半ばごろであった。それはすべて渾名《あだな》であったが、誰《だれ》も本名を言わないからその渾名で通っていた。彼等はこの小屋に夏になるとアルバイトにやって来ていた。この小屋が閉鎖されると、スキー場のアルバイトをしていた。仕事の折を見て山を歩いた。客のためにガイドもやった。求められるとザイルを組んだ。彼等はひっくるめて涸沢貴族と呼ばれていた。

岳彦は伯爵とザイルを組んで、ドーム中央稜《ちゅうおうりょう》を登った。

岳彦は一夏穂高の岩場で過して、八月の末には家へ帰って学校が始まると登校した。甲府の兄には葉書を出した。

秋になると、土曜、日曜を利用して、丹沢の沢登りをやった。辰村昭平と同行する場合が多かった。徳沢園の冬期小屋番の誘いがあったが辞退した。兄一郎の言に従って、とにかく高等学校だけは卒業しようと思ったのである。

九月八日にサンフランシスコで講和会議が開かれ、日本代表は講和条約並びに日米安全保障条約に調印した。日本はこの日を境として、大きく揺れ動くに違いないと岳彦は思った。高等学校だけは終らせて置いたほうがいいと思った。自分自身の一時代に区切りをつけたいと思った。彼は勉強する気になった。

二十七年三月、岳彦は高等学校を卒業した。めったに涙を見せたことのない母がうれし涙を見せた。やがてその涙は、高校は卒業したが大学へ進学する意志もなし、就職しようとする気もない彼の将来への心配の涙に変った。

「高校は大学の予備校のようなものだ。折角高校を卒業したのだから、どこかの大学を受験してみろ」

父が言った。とにかく高校を卒業しろ、そうしたら、あとはお前の自由に任せるというふうなことを言っていた両親が、ひとたび高校を卒業すると、こんどは大学へ進学しろというのは意外だった。

「とにかく、お前はいろいろと条件が悪いからな」

父の玄蔵は昂奮《こうふん》して来ると、きっとそれを言った。足が人並ではないから、それを学歴で埋めろという父の単純な考え方は変っていなかった。両親にそんなことを言われるとき、岳彦はあらためて山のことを考えた。

去年の夏、涸沢で知り合った、伯爵や元帥や熊襲のことを思い出していた。あのような生き方もあるのだ。岳彦はいざとなったら涸沢に入って、涸沢貴族の仲間入りをしようと考えていた。彼等が、自分になんという渾名をつけるかが楽しみであった。滝谷の岩場のことが思い出されて来る。滝谷の岩壁にハーケンを打つその音が、笠ヶ岳《かさ》《たけ》に当って反響して来そうにも思われるような静かな日のことが思い出される。

「どうしたのだ。お前のことを言っているのだよ。いったいお前は将来、どうして生きていくつもりだ」

玄蔵が岳彦に訊《き》いた。

「生きて行く?」

「そうだ、自分一人だけでも生きて行くことはつらいものだ」

「おれには山がある」

「ばかめ、それは遊びの山だ、生きる山ではない」

「おれは山で立派に生きて見せる」

岳彦はそう言い切った。父母にではなく自分自身に宣言したつもりだった。父母が考えているように人並に生きないでもいいと思った。自分一人だけでいいから山と共に一生を過したいと思った。

五月一日、岳彦は山道具を買いに神田の運動具店に来ていて、皇居前広場で、独立後初のメーデーに参加したデモ隊と警官隊との大乱闘があったことを知った。頭に負傷した学生が駿河台《するがだい》の坂を登って行くのを見た。彼のワイシャツに血がにじんでいた。

岳彦は、その夜事件の詳細をニュースで聞き、翌朝新聞で読んだ。

「山に行きたい」

新聞を置いて彼はひとりごとを言った。社会に背を向けるつもりではなかったが、彼には、メーデー乱闘事件の主役になった学生たちの気持が理解できなかった。

彼はルックザックを背負って甲府の兄の家へ行った。兄の一郎にはなんでも言えた。

「おれは今の世の中が気に入らないのかもしれない。きっとおれは終戦の日から頭の中のねじが狂ったに違いない」

「山に入っていれば静かな気持で生きられるというなら山へ行くがいいさ」

兄の一郎は旅費を出してくれた。

この日を振り出しに岳彦はまた山に入っていった。五月は残雪が多く、山はまだ眠っていたが、彼は一人で、上高地から涸沢へ入って行った。五月の連休の客のために、涸沢小屋は開いていた。そこに伯爵も元帥も熊襲もいた。彼等は岳彦の来るのを待っていたような顔で迎えてくれた。小屋の主人も喜んで彼を迎えた。

この日から竹井岳彦は涸沢貴族の仲間入りをした。

伯爵は戦争中に母を失《な》くしていた。彼は大学に籍を置いたまま、もう三年続けて山に来ていた。元帥は今度の戦争で両親兄弟を失って、二年前まで親戚《しんせき》の家にいたのである。熊襲は彼の生い立ちを語らなかった。強《し》いて訊こうとすると怒った。三人が三人とも、何等かの形で戦争の被害者であった。傷ついた戦後派だった。

岳彦は自分をふりかえって見た。涸沢貴族たちに比較すると、岳彦は恵まれ過ぎていた。岳彦は母と兄から、小遣銭《こづかい》を貰っているから、涸沢貴族たちのようにせっせとアルバイトをする必要はなかった。忙しい時にだけ手伝って、あとは好きなときに岩登りをしていればよかった。

岳彦は愛用のツェルトザックと、米軍放出の寝袋を持って、好きなところで寝た。他《ほか》の人たちと同じように歩けないから、彼は、疲れたらどこでも寝るようにしていた。暴風雨にでもならないかぎり、ツェルトザックとシュラーフザックがあれば、危険なことはなかった。

涸沢というところは、穂高連峰の登山の基地であった。全国からこの岩壁をめがけて若者たちが集まっていた。だいたい、岩壁登攀を狙《ねら》う者はテント生活をしていた。小屋へ泊る人は、どちらかというと登山愛好家たちであった。クライマーとの間には画然とした差違があった。

穂高岳を訪れるクライマーにも、いろいろの種族がある。戦前派に属するクライマーたちは、涸沢貴族を無視していた。彼等はなにかしらのエリート意識と、戦前の山への郷愁を断ち切れないでいるようであった。

大学山岳部は、大学山岳部だけで、一つの社会を形成しようとしていた。戦前の大学山岳部の行き方をそっくり真似《まね》て、しごきこそ最良の鍛練と思っている大学山岳部もあったし、それを軽蔑《けいべつ》して、新しい大学山岳部を作ろうとしているところもあった。

戦後の山岳部のもっとも著しい特徴は社会派山岳部の台頭であった。社会派山岳部の中には岩壁登攀を狙っている山岳部が幾つかあった。しっかりしたリーダーのもとに統一ある行動をとっていた。

これらのすべての山岳部とは別に、ただ山好きな人たちが集まって作った群小山岳会が無数にあった。できては消え、消えてはまたできる泡沫《ほうまつ》的山岳会もあった。山岳会には入らず全く一匹狼《いっぴきおおかみ》的に山を登って楽しんでいる若干の者もいた。涸沢貴族にある程度の好意を示し、共にザイルを組もうとするのは、この一匹狼的登山家たちであった。ちゃんとした山岳会に入会していても、気持が一匹狼的な登山家は、涸沢に来ると真先に涸沢貴族を訪れた。

竹井岳彦は涸沢の基地へ集まって来る、それらの一匹狼的クライマーと次々と知りあった。社会人山岳部や、大学山岳部とも知合いになった。

岳彦は別に人嫌《ひとぎら》いをしなかった。誰とも気安く話をした。分らないことがあれば教えて貰ったし、危険だと思えば注意してやった。

「おい、さかんに顔を売っているじゃあないか」

と岳彦に言う者もあったが、岳彦は別に気にはしなかった。

この夏も辰村昭平は涸沢へやって来た。榛山岳会のメンバーも来た。辰村昭平は大学一年生になっていた。

岳彦は辰村昭平と何度かザイルを組んだ。他の誰よりも気心が知れているからやり易かった。

岳彦は五月に東京を出たまま、十月まで涸沢で過した。そして、紅葉、黄葉に染まる山を降りると、途中徳沢園へ寄って、

「今年の冬は、小屋番をやりましょう」

と徳沢園の主人の上条に言った。

「やってくれるかね、ありがてえことだ」

上条は岳彦に心から礼を言った。小屋番がいないと、冬期登山者に、小屋が荒されるし、もっと怖《おそ》ろしいことは火の後始末だった。火事にでもなればたいへんなことだった。

岳彦は東京に二週間ばかりいて、冬支度をすると、また山にでかけた。途中甲府で下車して、兄のところに二晩ほど厄介《やっかい》になった。

「じゃあ、来年の春また会いましょう」

岳彦は兄夫婦に別れを告げて、上高地に入り、徳沢園に入った。

越冬はこれで二度目だから、この前のようになにからなにまでめずらしくはなかったが、すべての準備が終って、雪の道を小屋の人たちが去ってしまったあとは淋《さび》しかった。これで、また半年間、社会と隔絶した生活をするのだと思うと、自分で求めて来たのにもかかわらず、なにか後ろ髪を引かれるものがないではなかった。

数日は、初雪が降ったばかりの近くの山を歩き廻った。小屋に来て一週間目に大雪があった。もう動きが取れなくなった。

岳彦は外へ出るのをあきらめて、本を読むことにした。本は全部ひとまとめにしてシートに包んで持って来ていた。それを開くと、一番上に兄の手紙があった。

「大学受験用の参考書を入れて置いた。一生懸命やれば、来年の春までにはなんとかなるだろうから、やってみてくれ」

そういう意味のことが書いてあった。岳彦が東京から持って来た小説や詩や、山の本などが参考書にすりかえられていた。岳彦は兄の一郎のやり方をひどく憎んだ。その参考書を火にくべようかと思ったが、本がその参考書以外にないとなると、つい、それを手にして読まねばならなかった。

やってみようという気になった。あの辰村昭平が大学生なんだから、おれだって少し勉強すれば大学ぐらい入れるだろうと思った。大学に入っても、おそらく卒業はむずかしいだろう。岳彦は伯爵の顔を思い浮べながら受験参考書の頁《ページ》を繰った。

5

昭和二十八年二月の初めごろ、榛《はしばみ》山岳会長の飯富《おぶ》巌と辰村昭平が深雪をおかして徳沢園へやって来た。

「よく来たなあ」

岳彦は辰村昭平の手を握った。久しぶりで見る人の顔だから懐かしくてたまらなかった。岳彦は一方的に話しかけた。新聞も読めないし、ラジオも聞けない生活だから、その後の世の中の移り変りが知りたかった。二人の山行予定も訊《き》きたかった。同行するつもりだった。辰村昭平は、アイゼンハウアーがアメリカ大統領になったことを告げ、飯富巌は一月の末に早大山岳隊がアコンカグア峰の登頂に成功したことを告げた。二人はほかにはたいしたことはないと言ったきり黙ってしまった。

「それで、今度の山行予定は」

と岳彦が訊くと、飯富巌は改まった調子で言った。

「きみを迎えに来たのだ」

「おれを、なんのために迎えに？」

「大学の入学試験を受けさせるためさ、きみの兄さんに頼まれたのだ」

岳彦の兄の一郎は榛山岳会の飯富巌に会って、岳彦を東京へ連れ戻《もど》して来ることを頼んだ。飯富巌は一郎の弟思いの情にほだされてその役を引き受けたのである。辰村昭平は、飯富からその話を聞いて同行を申し出た。

「どうしてもいやだと言ったらどうしますか」

岳彦は炉の火を見詰めながら言った。

「どうしてもいやならしかたがないさ。おれたちはきみを説得しに来たのではない、誘いに来ただけだからな」

飯富巌は、しつっこくすすめるようなことはしなかった。岳彦が、なぜ兄の一郎は、それほどまでして、おれを大学へ入れさせたいのだろうかと訊くと、

「その足では、いくら山に生きると言っても無理だと思っているからさ」

「会長はどう思います」

「おれもそう思うな、その足で山に生きようということは、翼のない鳥が空を飛ぼうとするのと同じだ。空を飛ぼうとする格好ができても、本当に空は飛べないのだ」

飯富巌ははっきり言った。

岳彦は、毛糸の靴下《くつした》に包まれた、足でない足に眼《め》を落した。他の人ならともかく、ベテランの飯富巌にそう宣言されると悲しかった。

「大学に入っても山には行けるよ、大学に入ったほうがむしろ山に行きやすくなる」

辰村昭平が言った。

翌朝、薄暗いうちに飯富巌は起き上って炉で薪《まき》を焚《た》いた。

「おそろしく寒いんだなここは」

飯富は起きて来た岳彦に言った。そして、

「帰るなら、なるべく早くここを立ったほうがいい」

彼は外を見ながら言った。岳彦は一晩考えたが、まだ決心はついていなかった。その岳彦をそのままにして、飯富は持って来た餅《もち》を炉の熾《おき》で焼いた。辰村昭平が起きて、飯盒《はんごう》に味噌汁《みそしる》を作った。飯富は焼けた餅を三等分してそれぞれに渡すと、辰村が飯盒の蓋に盛ってくれた味噌汁を飲みながら、餅を食べた。

「さて出発だ。辰村君用意はいいか」

飯富がそう言ったとき、岳彦は、

「ちょっと待って下さい。おれも一緒に行く」

と言った。大学入試のために下山するのではなく、一人だけそこに残されることに耐えられない気持になっていたのである。そうなった理由が自分でもよく分らなかった。やはり、大学に進学したいという気持がいくらかあったのかもしれない。

岳彦が小屋を出るときまると急に忙しくなった。火の始末を完全にして、戸締りをして外に出たときはすっかり明るくなっていた。

「上条さんにはちゃんと話してある」

歩き出してから飯富が言った。

岳彦は松本の理髪店で調髪して、列車に乗った。小屋番を途中で止めて東京へ帰るのだ、という敗北感が岳彦につきまとった。東京に帰ってみると、岳彦の大学受験のスケジュールがちゃんとできていた。彼は三つの大学を受験することになっていた。

東京に帰ってからの岳彦は兄の一郎に言われるままに受験した。父にはあれほど反発していたのに、兄の一郎の言うことをあっさり聞いてしまったのは、兄にうまいことだまされているような気がしないでもなかった。

受験結果はあまりかんばしくはなかった。が、一つぐらいは合格しそうな気がした。試験が終ると岳彦は、また近くの山へ出かけて行った。

「おい岳彦、合格したぞ」

丹沢から帰って来た岳彦に、父の玄蔵が、めったに見せない笑顔を見せた。

「いよいよお前も大学生だね」

母が言った。

(大学生になった。だがおれは山は止めないぞ)

岳彦は心の中でそう言っていた。

大学生活は、岳彦に取って耐えがたいほど味気ないものであった。広い講堂にぎっしりつめこまれた学生はマイクロフォンに向ってしゃべる教授の講義を聞きながら、ノートを取った。むなしく壁に反響して来る、歪《ゆが》んだ教授の声を聞いていると、止めてくれと怒鳴りたくなるような衝動を感じた。岳彦一人ではなかった。教える者と教えられる者との間に血液の通わない講義にあきたらない学生は、やがて授業をさぼるようになった。大学の近くの雀荘《ジャンそう》は朝から夜まで学生で賑《にぎ》わっていた。大学に籍だけ置いて、アルバイトに専念する学生も多かった。

暑中休暇になると直ぐ、岳彦は大きなルックザックを担《かつ》いで家を出た。甲府の兄のところに寄ったとき岳彦は、

「兄さんの顔を立てるために大学を受験したが、大学なんて、全く意味がないところですよ」

このとき岳彦は大学を捨てていた。二度と行くまいと思っていた。

この夏も涸沢には、伯爵《はくしゃく》も元帥《げんすい》も熊襲《くまそ》もいた。おくれて辰村昭平がやって来た。この年は一人ではなく、二人の姉をつれて来た。

「どうしても一緒に行くと言って聞かないから、連れて来てやったのさ」

辰村昭平は姉たちをみんなに紹介した。岳彦は上の方の姉の敏子とは既に顔見知りであった。いつか辰村家を訪問したときに受けた不愉快な思い出が、敏子の顔を見ていると出て来そうだった。下の姉の美子《よしこ》にはそのとき初めて会った。美子は、明朗な笑顔の多い女だった。

岳彦は辰村姉妹にはなるべく顔を合わせないようにしていた。辰村昭平を山へ誘い

出している元凶《げんきょう》だと思われたくはなかった。

岳彦は、七月の半ば過ぎには、徳沢園におりてここで手伝いをしていた。

登山者は毎年、急激に増加していた。特に女性登山者の増加は異常だった。徳沢園の前のキャンプ場にはたくさんのテントが張ってあった。

七月の末になって、辰村昭平が姉を連れて徳沢園にやって来た。

「きっと、ここにいるだろうと思っていたが、黙って山を降りるなんてけしからんぞ」

辰村昭平は岳彦をなじって、

「実は君と一緒に前穂高岳北尾根第四峰正面壁をやりたいんだ」

「なに四峰正面だって？」

それはすばらしい岩壁だった。クライマーたちのあこがれの岩壁だった。若い血を吸った岩壁でもあった。岳彦はいつか誰《だれ》かと——適当な相手がなければ単独でやろうとまで思っていた岩壁だった。

「明日の朝、ここを出て、又白池で一泊、明後日はゆっくり四峰正面岩壁を登って、その夜は四峰頂上でビバークしよう。夜の八時にあそこで花火を上げるのだ、面白《おもしろ》い趣向だろう」

ああ——岳彦は声を呑《の》んだ。

スイスの建国祭の日（八月一日）の夜には、山の町、山の村ではいっせいに花火を打ち上げるということを聞いていた。花火は、山麓《さんろく》のホテルからも、山小屋からも、氷河からも、岩壁の岩棚《テラス》からも打ち上げられるということをなにかで読んだことがあった。辰村昭平はその真似《まね》ごとをしようというのであろうか。

「どうだい、いい考えだろう」

と辰村昭平は得意そうに言った。

「そうだ。いい考えだが……」

岳彦は、辰村昭平の姉たちの方を見た。彼女等《ら》は売場で絵葉書を買っていた。

「姉さんたちは、この宿の二階で、おれたちの打ち上げる花火を見ているというわけさ。つまり、姉さんたちに花火を見せてやるために四峰正面に登るのだ。これで姉さんたちは、すっかりわが党になるのだ。山岳愛好家という存在になるのだ。彼女たちを味方につければ、もう平気だ」

辰村昭平は、なあ愉快ではないかと言った。岳彦は、なんとなく気がすすまなかった。今日にかぎってなぜそんな気になったのか自分でもよく分らなかった。誰か適当な者が、例《たと》えば伯爵か元帥か熊襲がいたら、この役をおしつけてやりたかった。

「おいどうした、いやなのかおれとザイルを組むのが」

辰村昭平は岳彦の眼を真直ぐ見て言った。岳彦は承知せざるを得なかった。

「やるさ、四峰正面なら文句はない」

岳彦は四峰の方を見た。そこからは木の蔭《かげ》で見えなかった。

翌朝、大きなルックザックを背負った二人は、徳沢園から梓川《あずさがわ》の河原におりた。奥又白出合に立って前穂高連峰のたたずまいにしばらく眼をやってから、又白本谷へ入って行った。雨が降れば大河となるこの谷も、連日の好天で乾き切っていた。白い石の河原をたどって行って、傾斜が急になったところから、道を左に取って、松高ルンゼに出る。ルンゼの石畳状のところから石ころ道をいい加減登ってから、草藪《くさやぶ》を右の尾根に出て中畠新道を登った。単調な森の中の登り道であった。幾組かのパーティーが入ったらしく道はよく踏みつけられていた。眺望《ちょうぼう》が開けて草原地帯に出たところで、左側の奥又尾根へトラバースすると、すぐ先に緑の湖が見えた。又白池であった。

二人はそこで第一夜を迎えた。湖畔に咲くコバイケイソウの白い花の群れと、ダケカンバの一叢《ひとむら》との対照が美しかった。

二人は首が痛くなるほど、前穂高岳北尾根の岩峰群を眺《なが》めてから、方向を変えた。

八ヶ岳と南アルプスが雲の上に頂を見せていた。

「明日も天気がよさそうだな」

辰村昭平が言った。

翌朝二人は軽装で、又白池を出発した。近くのテントからもザイルを持ったパーティーが二組現われた。彼等は手を挙げて朝の挨拶《あいさつ》をした。

岳彦にはなんとなく物憂《ものう》い朝だった。山に来るといつもはればれとした気分になるのだが、その朝にかぎって頭が重かった。昨夜眠れなかったせいかもしれないと思った。岳彦にとってはそういうことは珍しいことだった。山に来るとめったに夢など見ないのに、昨夜はほとんど連続して夢を見つづけていた。が、歩き出すとすぐ、その物憂さは消えた。本谷から、C沢の雪渓《せっけい》に入ってからはいつもの調子に戻っていた。

前穂高岳北尾根第四峰又白側正面岩壁明大ルートというひどく長ったらしい呼名を頭に浮べながら、岳彦は取付き点を探した。草付きのリンネ状の急斜面が二人の前に姿を現わした。踏み跡から見て、そこがどうやら取付き点のように思われた。日が高く上っていた。朝日を受けた明るい岩だった。初めトップは辰村昭平がやり、途中で岳彦に交替することになっていた。遠くから見ると植物なぞ生えていそうもないのに、けっこう岩蔭やくぼみに背丈の短い草が生えていた。時にはびっくりするほど美しい花が咲いていた。

「浮き石が多いなあ」

上から辰村昭平の声が聞えた。そしてしばらくすると、彼の足元から人の頭ほどの石が岳彦のすぐそばをころげ落ちて行った。

草付きの岩場から錯綜《さくそう》した岩場に取り付いてからの二人は、ほとんど時間の経過を気にしていなかった。二人は登ることだけしか考えていなかった。辰村の登攀《とうはん》速度は快調だった。辰村がハーケンを岩に打ちこむ余韻を岳彦は蟬《せみ》の声を聞くような気持で聞いていた。ザイルにつながれた二人は、くっついたり離れたりしながら、段々と高度を上げて行った。太陽が天頂に近づいたころ、二人は前進をオーバーハング状の岩に遮《さえぎ》られた。予期したことであった。

二人はちょっとしたテラスに並んで坐《すわ》って昼食を摂《と》った。パンにバターとジャムを挟《はさ》んだものであった。食事を終ったころから雲が出て来た。紺碧《こんぺき》の空は雲に覆《おお》われた。

「雷雨が来るかもしれないぞ」

岳彦は辰村昭平に言った。雷雨が来るまでに、このもっとも困難な岩場を乗り越えてしまいたいという気持も岳彦の顔に動いていた。そこを越せば、すぐ頂上だった。

「おれがトップをやる」

岳彦はザイルのトップに立った。彼はもう誰にも負けないクライマーとしての自信があった。足のない足に履いた靴はちゃんと岩の角を踏んで、少しもまごつかなかった。足をカバーするために、彼の両腕の力は、他のクライマーには見られないような働きを示していた。彼の指が二本かかる岩角があれば、その二本の指に、全身の重量を懸けて、彼はずるずると岩壁をよじ登って行った。

「岩場に来ればこっちのものだ」

岳彦は、いつもそう思っていた。取付き点までのアプローチは、人並にはやれないけれど、岩にかかったら人並以上のことをやって見せる自信があった。縦走路を歩いているときは、たえず不安感がつきまとっていたが、岩壁に取り付いている限りは安心していた。そこが彼の本舞台だという意識があった。

岳彦がトップに立って、ようやく、むずかしい凹部を乗り越えたとき、二人は雷鳴を聞いた。

生暖かい風が顔を撫《な》でて通って行った。猛烈な雷雨がやって来た。岩壁上では、逃げかくれる場所がないから二人は、小さな岩棚《いわだな》に腰をかけ、岩壁に何本となくハーケンを打って、ザイルで身体《からだ》を固定した。嵐《あらし》にたたかれようがどうしようが、岩壁からは滑り落ちないようにしたのである。

大粒の雨が二人を打ち、そして豪雨が彼等を洗った。雨具をつけてはいたが、それだけでさけられるような雨ではなかった。雨よりも、眼の前に見る放電の閃光《せんこう》と雷鳴は彼等の肝《きも》を冷やした。

雷雨は三時間あまりで終り、そのあとしょぼしょぼと降っていた雨も一時間ほどで止んで、雲が切れ、青空が出たが、そのころはもう夕刻になっていた。

二人はその窮屈な岩棚で、夕食を摂った。八時まではまだ時間があるので、岳彦は岩棚の上でひと眠りした。身体がどちらかに傾くと、ザイルに引張られて眼を覚ました。

「おい八時五分前だ」

辰村昭平に揺り起されて眼を覚ますと、ずっと下の方に灯が見えた。徳沢園の灯だなと思った。

「姉さんたちは、徳沢園の二階で見ているのだ。まさか、おれたちが、こんなざまをしているとは知らないだろう」

こんなざまというのは濡《ぬ》れていることを言っているつもりのようであった。

辰村昭平が用意して来た花火は、打上げ花火が多かった。岳彦が花火の筒を持って、辰村昭平がそれに火をつけると、花火はすいすいと星空に上った。

「見えるかな」

と岳彦が言った。なにしろ、かなりの距離があるから、よほど注意していないと見落してしまうだろうと思った。

打上げ花火の他に線香花火もあった。辰村昭平は、一番最後に、線香花火を一束にして火をつけようと言った。そうすればきっと見えるだろうと言った。二人は線香花火を束にして、それを紐《ひも》で結んで吊《つ》り下げて一度に火をつけた。線香花火は、意外なほど華やかな光を発して、間もなく終った。岩壁は再び暗黒となった。

「姉さんたちに見えただろうか」

「見えたさ、きっと見えたに違いない」

岳彦は徳沢園の二階にいる辰村昭平の姉たちの顔を思い出しながら言った。

岩壁の夜は冷たかった。二人は、うつらうつらとしながら夜を明かした。

翌朝は霧が深かった。日が上ると共に消える霧ではなく、なにか執拗《しつよう》にまとわりついて離れようとしない霧であった。天気が変るのかもしれないと岳彦は思った。それにしても、いますぐ嵐になるとは思われなかった。

二人は朝食のパンを食べた。携行の食糧はそれだけだった。水筒の水も、底の方に少々しかなかった。

「あと一時間かな」

と岳彦が言った。頂上まで一時間あればよいだろうと言ったのだ。実際は三十分ぐらいで行けるだろうと思っていた。

「頂上まで一時間か」

辰村昭平はその一時間をひどく大儀そうに言ったので、岳彦が身体の調子でも悪いかと訊《き》くと、いや、ただ眠いだけだと答えた。その朝、辰村昭平はずっと不機嫌《ふきげん》だった。いつもなら冗談を言ったり、歌を歌ったりする彼が、その朝は黙っていた。岩壁上のビバークで眠れなかったことと、明け方の寒さで弱ったのである。

「なに、頂上はすぐそこだ、ちょっと頑張《がんば》れば三、四十分で登れるさ」

岳彦は辰村昭平を激励した。

「そうだな、ここから懸垂下降したら、四峰正面を征服したことにはならないからな」

辰村昭平は妙なことを言った。どうやら辰村は懸垂下降を考えていたらしかった。なぜそんなつもりになったのか、岳彦には分らなかった。

岳彦がザイルのトップに立った。二カ所ほどいやなところがあったが、そこを抜けると傾斜のゆるい、岩がごろごろした斜面に出た。風が霧を吹き飛ばすと四峰の頂上が見えた。

四峰の頂上に立ったときも、辰村昭平はたいして感動を表わさなかった。彼は憂鬱《ゆううつ》そうな顔でなにか考えていた。岳彦が話しかけても答えようとしなかった。風はかなり強かった。吹きつけて来る霧に打たれっぱなしでいることはつらかった。

「さあ降りようじゃあないか。五、六のコルからグリセードでおりたら昼ごろまでには又白池に着くだろう」

岳彦が言った。

「五、六のコルだって、つまらない、おれはここから懸垂下降でおりる。登って来たルートを引き返すのさ、そうすれば、四峰正面を完全に往復したことになる。すばらしい記録じゃあないか」

岳彦には、そんなことが少しもすばらしいことには思えなかったが、辰村昭平が、懸垂下降を主張して、なんとしても、思い止まろうとしないから結局は承知せざるを得なくなった。

岳彦は念のために捨て縄《なわ》を調べた。三メートルあった。一度に五十センチずつ使ったとしても六回懸垂下降はできる。危険な場所を通過することはできる。

一回目の懸垂下降から辰村昭平はよく動いた。懸垂下降の主導権は辰村昭平にあるように、彼は自分でハーケンを打ちこみ、それに捨て縄を掛けた。辰村昭平が先におりて、下でザイルを引張って見て、捨て縄との引っかかりがないのを見て、岳彦がおりた。

二回目の懸垂下降のためのハーケンが辰村昭平の手で打ちこまれて、それに捨て縄がかけられたとき、岳彦が、

「今度はおれが先に降りよう」

と言った。懸垂下降は、ザイルのトップのように労力が要ることではなかったが、やはり、先に降りる方が、それだけ危険度は大きかった。岳彦は好意的に言ったのだが、辰村昭平は岳彦の顔をちょっと見て、

「どっちが先だって同じことだ」

と言った。そして辰村は赤いザイルにすがって懸垂下降を始めたのである。

辰村昭平の靴が岩壁を二度ほど蹴《け》ったと思ったとき、岳彦は奇妙な音を足下に聞いた。岩が裂ける音のようにも、岩と岩が揺れ合って、きしむ音のようにも聞えた。それほど大きな音ではなかった。瞬間に発してすぐ消えた音だった。

岳彦はその音がなんの音だか分らなかった。首を延ばして、その音のしたあたりを見ようとしたとき、彼は、岩から飛び出したハーケンを見たのである。

岩がハーケンを吐き出したような、はじき出したような感じだった。ハーケンに結んである捨て縄とそれにかけてある赤いザイルが空間にはね上った。ザイルを握ったまま、岩壁を落ちていく辰村の姿が見えた。辰村の身体が岩壁の出っぱりに当ってはね上った。赤いザイルを持ったまま空間を飛翔《ひしょう》しているように見えた。辰村昭平の身体はすぐ見えなくなった。

岳彦はそこになにが起きたか、しばらくは分らなかった。彼は呆然《ぼうぜん》と辰村昭平が落ちて行った方向を見ていた。まぼろしでも見た気持だった。だが、岳彦は、ハーケンの抜け落ちた岩壁の隙間《すきま》に眼をやったとき、はっきりと事件を認識した。まだ彼の耳に、辰村昭平の打ちこむハーケンの歌声が残っていた。そのハーケンを打ちこんだ岩の隙間に、指先ほどの石の欠け落ちた切断面が白く光っていた。ハーケンを打ちこんだ岩の隙間の石が欠け落ちたがためにハーケンが抜けたのだ。

岳彦の身体の慄《ふる》えは止らなかった。そのまま岩から身体が離れてしまいそうだった。（辰村昭平はC沢へ転落したのだ。彼はきっと生きている、死ぬことはない）

岳彦は、頭の中で、それを繰り返していた。気持はずっと落ちついて来た。辰村昭平を助けに行かねばならないのだと、自分に言い聞かせているうちに、ようやく身体の慄えは止んだ。霧は晴れかかっていた。

岳彦は、ザイルなしで、その岩壁を下降して行った。そこを下降するよりも、四峰まで登って、四、五のコルから降りたほうが安全だったが、そうは考えず、岳彦はひたすら、友人の落ちて行ったあとを追って行った。

生きていてくれ、生きていてくれ、それだけのことを念仏のように繰り返していた。時間の経過は感じなかった。危険感すら彼の頭から去っていたようであった。

岳彦はC沢の雪渓の上に横たわっている辰村昭平の姿に向って声をかけた。動かなかった。人ではなく物体に思われたが、物体でない証拠には、辰村昭平はザイルを握りしめていた。赤いザイルが、彼にまつわるように雪渓を彩《いろど》っていた。霧が晴れると、太陽が刺すような光を雪渓にそそいだ。

辰村昭平は微動だにしなかった。

6

岳彦は今日も炉の前に坐《すわ》っていた。

炉で燃える榾《ほた》の火を見つめながら雪の音を聞いていると、気が滅入《めい》って来る。なにもかも、生きていることさえも物憂《ものう》くなり、降りつもる雪の重さで、家がおしつぶされて、あっけない生涯《しょうがい》を終えてもいいというような気にもなる。

彼が住んでいる徳沢園の番小屋は冬期登山者のために前年の夏建てられたものだけれども、この雪では誰《だれ》もやって来ない。もし、雪の重さで番小屋がおしつぶされたとしたら、この炉はどうなるだろう。炉の火が消えずにいたら火事になる。その火は雪を溶かしてなお炎を上げるだろうか。

番小屋がつぶれて、その下で火事が起きて、樹林の中の白い雪の中に、醜い焼け跡をさらけ出している光景を思い浮べ、そのどこかに自分自身の遺体を置き、やがてまた雪が降り、焼け跡を白一色に覆《おお》いかくして春になる。

岳彦がそういうことを想像するには、それだけの理由があった。小屋は雪の重みで、一うめき続けていた。その音が、岳彦の連想を呼び起させるのである。その連想も、一時間、二時間と続くとばかばかしくなって、彼は、本を取り上げて読もうとするけれど榾の燃える明るさだけでは、充分でないし、まだまだランプをつけるにははやすぎる時間だから、本を投げ出して、身支度をととのえた。雪おろしをするつもりだった。

ところが外へ出ようとすると、その戸が開かない。雪の重さで、家全体がおしつけられたのである。

岳彦は別に驚いた顔を見せなかった。彼は開かない戸を無理に開けようとはせず、戸の下に張りつけてある四角の板のネジをドライバーではずした。そこに、大きな犬が出入りできるほどの穴が開いた。彼はそこから外に出た。

外は眼《め》もくらむような明るさだった。雪が降っているのにもかかわらず、じっとしてはいられないほどの明るさだった。彼は続け様に、幾つかくしゃみをした。

あらかじめ屋根に掛けわたしてある、梯子《はしご》の雪を払いおとして、雪かきを持って屋根に登ってからは、ただせっせと雪おろしを続けた。冬期小屋は狭いようでも屋根に登って見ると意外に広い。その屋根の雪をおろして、出入り口の雪を取りかたづけるのに半日はかかる。どうやら雪の始末がついたところで小屋に入って、食事の用意をすると、もう夕方である。食事の用意といっても、鍋《なべ》の中に凍っている雑炊を炉にかけるだけであった。彼は明けても暮れても、それを食べていた。

岳彦は日記をつける。一行のときもあるし、数行のときもある。詩らしいものや絵らしいものを書きつけるときもある。ただ思ったことをそのまま書けば気がすむのである。

炉の熾《おき》を炬燵《こたつ》の中に移し入れ、その跡には、たっぷりと灰をかきよせて、いよいよ、炬燵に入って寝る段になったとき、岳彦は今夜こそぐっすり眠れるようにと、祈る気になった。

夏のあの事件以来、睡眠不足はずっと続いていた。辰村昭平の死は、まったく思いがけないような状態で起きたことだが、それを、説明しても、辰村昭平の家族たちには分って貰《もら》えなかった。ことに辰村昭平の姉たちは、岳彦に向って、弟を殺したのはあなたです、とはっきり言った。

〈殺した？〉

岳彦はそういう女たちの顔を見ているうちに、耐えがたい悲しみと怒りに襲われて来て、

〈そうです、私が殺したのです〉

そう言ってしまうのであった。

辰村昭平の家族たちは、岳彦を告訴すると息まいた。多くの新聞記者などに、辰村昭平の父ははっきりそのことを言明した。これもまた岳彦にとってショッキングなできごとだった。彼は黙っているよりしようがなかった。じっと我慢していると、辰村昭平の家族の怒りが分るような気がした。一人息子を山で死なせた親にとっては、悲しみの持って行きどころがないのである。それをどこかに、誰かにぶっつけたいのだ。

〈あなたがパートナーを山で殺したのは、これで二度目ですね〉

新聞記者が岳彦に言った。その言葉も、岳彦の胸を衝《つ》いた。そういわれても、その

とおりだから、黙っているよりしようがなかった。辰村昭平の父親は周囲の人や弁護士に慰撫《いぶ》されて、結局岳彦を告訴することは取り止めた。

辰村昭平の遭難事件が新聞に載って以来、岳彦は人に会うのが嫌《いや》になった。遭難のことを訊《き》かれるのもつらかった。彼は十一月に入ると、すぐ徳沢園にやって来て、小屋番を引き受けた。此処《ここ》しか自分が行くところがないような気がした。

徳沢園は辰村昭平が墜落死した、前穂高岳北尾根の第四峰に近かった。天気がいい日は第四峰を望むことができた。岳彦は、辰村昭平の墓守のつもりでその小屋にいた。

此処に来たら、不眠症のほうもいくらかよくなるだろうと思った。だが、不眠症に関するかぎり徳沢園に来ても、少しもよくはならなかった。一人になったことが、かえっていけなかったのだ。思い出すまいとしても、ハーケンが抜けて、ザイルを持ったまま落ちていった辰村昭平のことが眼の前に浮んで来るのである。ハーケンをよく確かめてから下降をするように、あのとき、ひとこと辰村に声を掛けてやればよかったのだ。懸垂下降に入る前には、必ず、そのザイルにぶらさがって、そのハーケンが自分の体重を支えることができるかどうかを確かめねばならなかった。辰村昭平はそのことを知っていたが、そのとき、充分に試してはみなかったのだ。たったひとこと、岳彦が注意してやれば、辰村昭平は死なずにすんだかもしれない。岳彦はそれがくやしくてならなかった。

眠れないことはつらいことだった。一晩中眠らずに朝を迎えることがあった。

「今夜は眠れるぞ、雪おろしでいい加減疲れたからな」

岳彦は自分に言った。確かに彼は相当疲労していた。彼は炬燵に入るとすぐ眼をつぶった。雪はまだ降っていた。家がみしみし鳴った。部屋の隅《すみ》で、物音がする。ネズミがなにかをかじっている音だなと思った。今夜は疲れたから眠れるぞと、自己暗示をかけたせいか、岳彦はその夜は眠れた。少なくとも戸を叩《たた》く音を聞くまで彼はぐっすり眠っていた。

「おおい、開けてくれ」

戸を叩く音とともに辰村昭平の声を聞いた岳彦は、飛び起きて、頭のそばに置いてある懐中電灯を持って戸口に走った。

(辰村がやって来たのだ)

岳彦は戸を開けた。外は吹雪になっていた。誰もいなかった。彼はそこにしばらく立っていた。ひどく寒かった。夢を見たのだと思いこもうとしても、辰村昭平が彼を呼んだ声ははっきりと耳の底に残っていた。

岳彦は、はじめて、この小屋で越冬した冬の夜、夢の中に河本峯吉の声を聞いて飛び起きたことを思い出した。

岳彦は、もし辰村昭平の霊魂がその吹雪の中にいるならば小屋の中に入れと言ってやりたかった。戸を閉めて中に入ると、榾を炉にくべた。どうせ眠れそうもないから、朝まで起きているつもりだった。

吹雪は朝になって止んだ。岳彦は雪の中を歩き廻《まわ》った。

梓川まで水汲《く》みに行って来るのに一時間もかかるほどの大雪だった。だが、その雪も、二、三日経つうちに表面がしまって来て、わかんが使えるようになるとかなり遠くまで出かけることができた。

その日岳彦はいつものように、バケツを携《さ》げて梓川へ水を汲みに行った。徳沢園の前の川は雪の下にかくれてしまったから梓川まで水汲みに行かねばならなかった。その梓川も一面に結氷しているから、一カ所だけ、ツルハシで穴を開けてそこから水を汲んだ。バケツを携げて歩いていると、下の方に人声を聞いた。二人の猟師がそれぞれ犬をつれて近づいて来るのが見えた。その夜二人は徳沢園の番小屋に泊った。猟師たちはカモシカの密猟に来たのである。岳彦にとっては下界から来た人間はすべてお客様だった。二匹の猟犬にしても、しばらく犬を見ない岳彦にとってはいいお客様だった。岳彦は鍋の底に残っている、雑炊の残りを犬に与えようとした。

「めしをやるのはやめておくれ、勘がにぶるでな」

猟師が言った。猟師は持って来たカモシカの肉の乾したものを犬に与えた。カモシカを獲《と》りに来たときはいつもこうするのだと猟師が説明した。

猟師たちはカモシカの密猟に来たのに、そのことをはばかるような暗さはなかった。彼等《かれら》は、それまでの猟の話を面白《おもしろ》おかしく、岳彦に話した。

「ツノ（カモシカ）を獲るのも、今度あたりが最後になるずらよ」

年取った方の猟師がしみじみと言った。やはり彼等も、密猟が非合法的なことであることを知っていた。カモシカを獲ってはならないことになっているのだから、獲ったカモシカの皮が売れないのは必然であった。それなのになぜ、この大雪の中をこの山の中まで危険をおかして来るのだろうか、岳彦は、その点に疑問を持った。

「カモシカの密猟なんて割に合わない仕事じゃあないですか。ほかにもっといい仕事がいくらでもあるのに」

岳彦が言うと、

「損得じゃあねえ、好きでやる仕事さこれは。おめえ様だって、山に登ってなんの得があった……得どころか、両足を失《な》くしてしまったんじゃあねえか。それにこの小屋番だって、ここに住んでいるというだけで儲《もう》けにはならねえじゃねえかね。それこそ好きでやる仕事ちゅうもんずらよ」

岳彦はかえす言葉がなかった。

「おれたちゃあ、先祖代々カモシカを獲って来た。そのカモシカ獲りもいよいよできねえとなると、むしょうに淋《さび》しくなってな……だからおれも、これが最後のつもりで出かけて来たのさ」

若い方の猟師が言った。若いといっても、四十は幾つか越していた。

「ぼくをつれて行ってくれませんか」

岳彦はなんのためらいもなく、それが口に出た。彼等がどのようにしてカモシカを獲るか見たかった。これが最後だと彼等がいうのを聞くと、どうしてもついて行きたかった。

「その足じゃあ無理ずらよ」

若い方の猟師が言った。

「無理だな、一緒について歩くのは無理だが、一晩ぐれえ山で泊ってみるのも、いい経験になるら」

年取った猟師が言った。岳彦の足ではカモシカを追い廻すことはできないから、遠く彼等の動きを望見しながら、ついて来てはどうかと言った。岳彦はそれを承知した。

岳彦は夜のうちに飯を炊《た》いて、握り飯を作った。猟師たちと同行できることがうれしくてしようがなかった。

翌朝、三人は未明に徳沢園を出発した。その朝、犬たちは、カモシカの乾し肉だけを与えられた。クマもアカも、いよいよ彼等の出番が近づいたことを直感したようだった。岳彦がクマとアカの頭を撫《な》でてやったが、尾を振らなかった。頭を低くしてまだ暗い森の中を窺《うかが》うようにしているクマとアカの眼は野性にかえった犬のように鋭かった。

身がひきしまるような寒さであった。三人はわかんを履いて、梓川沿いの道を登って行った。誰も口をきかなかった。クマもアカも声を上げなかった。兎《うさぎ》の足跡があちこちにあったが、クマもアカも、それを無視した。犬たちは、さかんに雪の中を走り廻っていた。雪の吹きだまりに落ちこんで、姿が見えなくなることもあった。

クマが妙な動作を始めたのは、長塀沢《ちょうへいさわ》のあたりであった。クマは沢の上部に向って、両足を揃《そろ》えると、低い声で唸《うな》った。クマのその動作はすぐアカの注意を牽《ひ》いた。アカはクマの傍《そば》に来て、その辺を嗅《か》ぎまわり、そして、クマがやったと同じように、沢の上部に向って、唸り声を上げた。低い自信に満ちた唸り声であった。クマとアカがカモシカの存在を探知したことはたしかであった。が猟師は犬に行けとは言わなかった。

二人は、彼等の犬に、

「待て、動くじゃねえぞ」

と、人に言うように低い声で命令してから、その長塀沢へ入るかどうかを相談した。

長塀沢の奥は、断崖《だんがい》になっていた。その断崖の下に上手にカモシカを追い込むことができたらいいが、そっちに行かずに逃げられたら、どうしようもない。雪が深いから、断崖の下まで行きつくには、半日以上は要する。二人はしばらく話し合っていたが、

「犬に頼るしかしようがねえな」

二人は低い声で言った。それが結論であった。二人は互いに眼と眼を見合せていたが、どちらともなく、

「やるか」

と言った。そのとき岳彦は猟師たちの顔が急にこわばったのを見た。怖い顔だなと思った。戦争に行ったことのない岳彦だったが、おそらく突撃を命令されたときの兵士はこんな顔をするだろうと思った。

猟師たちは、それぞれの犬のそばに行って、犬の首をかき抱くようにしながら、左右に別れて行った。犬を沢の左右に分けて、両側から、カモシカを沢の奥へ奥へと追

いつめて行く作戦だなと岳彦は思った。昨夜猟師たちに聞いたとおりのことが眼の前でなされようとするのを見て岳彦は昂奮《こうふん》した。

岳彦はただついて行けばいいのだが、それが彼に取っては容易なことではなかった。岳彦は一人にされた。いよいよカモシカ狩りが始まると、猟師たちはそれに夢中になって、岳彦の存在なんか忘れたようであった。

岳彦は長塀沢を登って行った。その沢が断崖で行きどまりになっていることを彼は知っていたが、実際そこを登ったことはなかった。それも夏ならばとにかく冬登ることなど考えたことはなかった。こんなケチな沢に眼をつけた者はかつてなかったし、今後もないだろうと思った。

岳彦は雪の中を歩きながら考えた。こんなケチな沢と頭からばかにしてかかっても、意外に手ごわい断崖が待っているかもしれないと思った。一応、用心のために、七つ道具を持って来てよかったと思った。それは彼のルックザックの中にあった。そのほかに寝具や食糧など入っているから、かなりの重量があった。

「とにかく、彼等はこの沢の奥に、カモシカを追い込むのだから、おれはこの沢をつめていけばいいのだ」

岳彦はひとりごとを言ってはっとなった。声を出すなと猟師に言われたことを思い出した。その猟師たちの犬の姿は針葉樹林の中にかくれて見えなかった。足跡もなかった。どうせ彼等は左右にわかれて、カモシカを挟撃《きょうげき》しようというのだから、沢の中央を登るはずはないと思った。

岳彦は、いつかカモシカ狩りのことは忘れて、いま自分は長塀沢の冬期単独初登攀《とうはん》を眼ざしているのだと考えるようになっていた。足のことは忘れていた。岩に向うと、不思議に足のことを忘れるように、いま彼は初登攀という目的がはっきりすると、夏以来、長いこと、奥の方に潜んでいた闘志が湧《わ》いた。

カモシカ猟などどうでもいいと思った。岳彦はペースを崩さないように登っていった。彼のそのペースで行けば、十二時ごろには、長塀沢の終点の断崖につくだろうと思った。そこで食事をして、一気に断崖を登って、蝶《ちょう》ヶ岳に登る。そこでビバークをすればよい。

しばらくぶりで雪洞《せつどう》を掘るのも楽しいことだと思った。背中の荷が重いし、足も結構重い。時折、雪の吹きだまりに入りこんで、眼を白黒させたが、そこを出ると、二度とばかな真似《まね》をしないように、よく見当をつけて、雪面がしっかりしたところを選んで登って行った。

歩いているときは無心のようでいて、岳彦は常に頭の中でなにかを考えていた。おそらく眠っている間も、これと同じように彼の頭の中をいろいろな妄想《もうそう》が走り通って行くだろう、なにが頭に浮んで来ても、それには懸《かか》り合わないで、ただ歩くことだけに――単調な動作を繰り返すことに気持の焦点を合わせていると眠くなる。針葉樹林の中に、時折さしこんでいる日の光に顔を照らされてはっとすることがある。そんなとき、岳彦の頭の中に、辰村昭平がいることもあったが、岳彦は別に辰村から逃げようとはしなかった。

ずっと上の方で犬の吠《ほ》える声がした。クマかアカかどっちかがカモシカに挑《いど》みかかる声だろうと思った。犬の声は一度だけだった。期待していたように、鉄砲の音はついに聞くことはできなかった。

岳彦はまた歩き出した。カモシカが獲れようが、おれには関係のないことだと思った。岳彦は、ペースを崩さずに登って行った。

上の方で音がした。なにかが動く。ああ、クマかアカだなと思った。そう思って立ち止ると、動くものも立ち止った。カモシカだった。岳彦は、それまでにも、時折はカモシカを遠望したことはあったが、そんなに近くで見たことはなかった。カモシカはシラビソの木の下に立って、岳彦のほうをじっと見ていた。カモシカの眼がはっきり見えた。行手をふさがれて困っている顔だった。そこをどいてくれないかと哀願している顔だった。

岳彦も当惑した。彼はそのカモシカにいささかたりとも害意を持ってはいなかった。猟師に有利になるようにしてやろうとも思っていなかった。ただ彼は、そこにいるカモシカが、彼と同じように孤独な動物だと思った。この寒い山を彷徨《ほうこう》しているカモシカに声を掛けてやりたいような気持になった。

「おいどうした」

岳彦はとうとう声を出した。カモシカは反転して、降りて来た方向に逃げ上って行った。犬の声を聞いたのはそれから五分も経《た》たないうちだった。二頭の犬が吠える声だった。声の様子で、二頭の犬がカモシカに飛びついているようにも思われた。

銃声がした。一発、続いて一発。山は静かになった。

あのカモシカは死んだのだと岳彦は思った。もし、こんなところに自分がいなかったならば、カモシカはこの沢を降りて安全地帯へ逃避したものを、もし、あのとき声を掛けなかったならば、彼がそこにいてもカモシカは通り抜けて行ったかもしれなかった。おいどうしたと声を掛けたとき、あのカモシカの運命は決ったのだ。岳彦はそう思った。

カモシカは、岳彦が思ったとおりに、長塀沢の断崖の下に追いつめられて撃ち取られていた。猟師たちはカモシカのそばで弁当を食べていた。クマとアカは獲物《えもの》のまわりを、のどをぜいぜいいわせながら廻り続けていた。

「おめえさまが下から追い立ててくれたので、一度は逃げたこのツノがまた登って来てくれた」

猟師が言った。岳彦はそれにどう答えていいのかわからなかった。岳彦は、眼を開けたまま死んでいるカモシカの顔をまともに見ることができなかった。

「さて、昼食をしたら、この岩を登って、蝶ヶ岳のあたりで寝る支度をしなけりゃあ、ならねえら」

猟師が言った。ここまで来たら、下るより登って稜線《りょうせん》のどこかでビバークした方が、明日の行動には便利であった。

岳彦はあまり多くは食べられなかった。彼は、食事が終ると、アイゼンをつけ、ザイルを出してその断崖を登る用意をした。猟師たちは、カモシカを、大きなシラビソの根本の雪の下に埋めるとクマとアカをそれぞれの背負袋の中に入れて背負って、氷と雪に覆《おお》われた断崖を登り始めた。彼等はピッケルのかわりに持って来た鳶口《とびぐち》をたくみに使ったし、危険なところに来ると、麻縄《あさなわ》を出して、互いに助け合いながら登って行った。だが、彼等よりも、その岩壁では岳彦の方が速かった。岳彦が岩壁を登りつめ、シラビソの森林を通り抜けて這松《はいまつ》地帯の雪原に出たころ、猟師たちは犬を連れて追いついた。

「やはり、岩登りの道具にはかなわねえな」

猟師は、岳彦の登山技術を讃《ほ》めずに、岳彦の岩登りの道具を讃めた。道具を使ったといっても、八本爪のアイゼンを履いたことと、二カ所ばかりハーケンを打って、自己確保しただけのことだった。

「さて、そこらへんを掘るか」

猟師が言った。彼は鳶口で雪原の上に丸を書いた。雪は鳶口とピッケルでブロックに切り取って、外にほうり出されて行った。そのあたりは風当りが強いので、雪はよくしまっていた。竪穴《たてあな》は雪の層を掘り抜いて、這松地帯に達した。彼等はそこで一息入れた。陽《ひ》は既に稜線の向うにかくれようとしていた。雪原を吹きわたる風が冷たかった。

這松の上の雪をていねいに取り除いたあたりに、猟師は背負袋から取り出したダケカンバの皮をひとつかみ置いて、それに火をつけた。ダケカンバが這松に燃えつきやすいように、猟師はたえず手を動かしていた。ダケカンバの皮は黄色い炎を上げて燃え、その炎が這松に燃え移って、黒い煙と赤い炎を上げるようになると、あとは自然の勢いに従うように、火は這松を焼きながら沈下して行った。

岳彦は手品でも見るような眼で、猟師たちの手元を見詰めていた。自分に、ひとかかえのダケカンバの皮を与えられたところで、ああも上手に火をおこすことはできないだろうと思った。

火が燃え出すと、犬はこわがって雪の上に逃げた。炎の背丈が延びるに従って火の床はどんどん降下して行った。そのあたりの這松は枝と枝をからませ合って一メートルほどの厚さになっていた。火床はその底に達したところで、止った。燃え下ってゆくにつれて、できた熾《おき》が、火床に堆《うずたか》く積った。猟師たちは、その熾を火床の中央に掻《か》き集めると、その周囲に、這松の枝を折り敷いた寝床を作った。

食事が終ったころは、頭上に星が輝いていた。犬はその夜はほとんど食べなかった。昂奮したことと、過度の疲労のために食欲が出ないのだと猟師は岳彦に説明した。

すっかり暗くなると、猟師は火の遠くに坐《すわ》っている犬を抱きよせて、背を、熾の方に向けてごろりと横になった。彼等は着のみ、着のままであった。なにひとつ、着ようとしなかった。それで一夜をあかすことは、とてもできそうには思えなかった。

岳彦はシュラーフの中に入って寝た。空にすき間がないほど星が輝いていた。こんなに星がたくさんあったのかと岳彦は、あらためて空に眼をやっていた。その星空は静かに動いていた。地球が動く以上星座が動くように見えるのは当り前であったのに、岳彦には、なにか神秘を見つめたような気がした。

　燠の方に向いている寝袋が焼けるように熱いから、いくらか燠から遠ざかった。夜になっても風は吹いていた。その風がそれほど感じられないのは、その穴が深いからだった。雪洞を掘って、尚《なお》、それから下の這松地帯まで落ちこんだところに彼等はいるのだから、穴の上を吹く寒風には、おかされないで済むのだと思った。竪穴が意外に暖かいことだけではなく、猟師たちのその服装だって、それほど厚着とは思われないし、彼等は雨具も持っていなかった。もし吹雪にでもなったら、彼等はどうするのであろうか。分らないことが多かった。

　その夜、岳彦はよく眠れた。執拗につきまとって離れなかった不眠は、その夜に限って、彼から去っていた。人の声で眼を覚ますと、既に明るくなっていた。猟師たちは、天気が変るから今日中に山をおりようと話していた。

「天気が変るんですって」

　岳彦は、シュラーフザックから顔を出して言った。雲ひとつないいい天気だった。それなのに猟師は天気が変るというのである。

　岳彦は、まだまだ彼には分らない山の秘密がそこら中にかくされているような気がした。

その朝、猟師たちは犬に向って、あのカモシカを担《かつ》いで里におりるぞと言っていた。クマもアカも人の言葉が分るかのように、じっと聞き耳を立てていた。

7

槍ヶ岳まで行って来ます。私が留守中に、この冬期小屋を利用される方は、火の始末を特に厳重にお願いいたします。

昭和二十九年二月十八日

竹井岳彦

岳彦は徳沢園を夜半に出た。

スキーを履いて梓川《あずさがわ》に出ると、氷の上に積った雪の上を上流に向ってゆっくり歩き出した。紐《ひも》で首にぶらさげた懐中電灯が雪面を照らしていた。空は薄曇りだから、懐中電灯を消して見ると、空からの僅《わず》かばかりの明るさで、川筋がうすぼんやりと見えて来る。どうやら灯《あか》りがなくとも歩くことができそうだから、岳彦は、思い切って懐中電灯の灯を消した。

川の上は平盤だった。木もないし、石もないし、でこぼこもなかった。風の吹き廻《まわ》しで、雪の堆積《たいせき》状況は多少違っていたが、足元に特に気をつける必要はなかった。ときどき懐中電灯をつけて道筋を確かめるだけで、あとはただ歩けばよかった。ここしばらく雪が降っていなかったから、雪はよくしまっていた。スキーが雪に呑《の》みこまれて動きが取れなくなるようなことはなかった。

彼は今、自分の力を試そうとしていた。一人でいることには馴《な》れた。いかに淋《さび》しくても、孤独に耐え得られるという自信はついていた。だが、自分の力が、どれだけあるかを評価したことはなかった。自分の人並でない足に対して、自分では気づかないうちに卑屈感を抱くようになっていたのではなかろうか。彼は人に負けまい、負けまいとすることが、結局は劣等感のなすわざであることに思い至ると、自分自身があさましくなった。なにも劣等意識を持つことはない。やれるだけのことはやればいいだけのことだ。彼は人並でない足を以《もっ》て、人並以上な働きをするにはどうしたらいいかを考えていた。それには、まず自分の力の限界を知ることだった。可能性を試すことだった。厳冬期の槍《やり》を眼ざしたのはこのためであった。

梓川から出て、森の中の道に入ると懐中電灯をつけねば歩けなかった。足跡のない雪の道を、急がず、休まずにゆっくりゆっくり登って行く彼は、ときどきなぜこんなに、山が静かなのだろうと考える。彼が徳沢園で越冬するようになって、何年かになるが、一日としてこんな静かなときはなかった。冬になると、山は一日中わめき声を上げていた。それは怒号にも、叱声《しっせい》にも、ときによるとすり泣きにも聞えることがあったが、この夜のように、死んだような静かな山に行き逢《あ》ったことは、一度だってなかった。

「夜だからだよ……夜だから静かなのだ」

岳彦はそう言ってみて、そうだ、それにちがいないと相槌《あいづち》を打った。昼は起きていて夜は寝ている。特に、夜半から明け方にかけての今時分起きていたためしはなかった。だから、今ごろこんな時間があったことを知らなかったのだ。それに気がつくと、彼は、

（昼よりも夜のほうが一般的に静かである）

という、ごく当り前の自然の摂理を忘れかけていた自分がおかしくなった。彼は声を上げて笑った。

槍沢で夜が明けた。

空は薄曇りのままだった。彼はスキーの使えるところまで使って、いよいよ、アイ

ゼンでなければならないところに来て、アイゼンに履き替えた。スキーは雪の中に立てて置いた。

明るくなると共に風が出た。槍ヶ岳の肩を越えて吹きおろして来る風だった。地吹雪が幕を張った。その幕に朝日が当って揺れた。岳彦は日を背にして登った。自分の影を追うようにして登っているときは、一人ではないような気がした。眠くてしようがなかったが、眠れるような場所はなかった。

岳彦は十時に肩の小屋に着いた。冬期小屋の戸が十センチほど開いていた。そこに手をかけて引張ると、直《す》ぐ開いたが、その隙間《すきま》から雪が吹きこんでいて、二坪あまりの小屋の中には雪が堆く積っていた。岳彦はそこにルックザックをおろして、食事の支度をした。

彼は固形燃料の缶《かん》のふたをあけて、火をつけ、それにコッヘルを置いた。コッヘルに雪を入れるとすぐ水になり、やがて湯になるのを待って、その中に餅《もち》の粉を入れてかきまぜた。どろどろした糊《のり》のようなものができた。彼はそれに、砂糖をふりかけて、スプーンで口に運んだ。うまかった。身体《からだ》の芯《しん》から暖まった感じだった。

彼は、その餅の粉をカモシカの密猟に来た猟師に貰《もら》った。

〈これさえ持っていりゃあ、まず、飢えて死ぬちゅうことはねえら、軽いし、腹にこ

たえるでな、このまま食ってもいいし、湯で練って食ってもいい〉

猟師たちは、熱湯でその粉を練って、蕎麦掻《そばが》きのようにして食べたが、岳彦はそれをスープにした。その方が彼の口に合った。

食事が終ると、彼はルックザックを小屋に置いて、槍の穂に向った。

槍ヶ岳は青空に白い穂先を突き出していた。全体的には白いが、こまかく見ると槍の穂は黒と白のまだら模様であった。雪が付着しても、風がはらい落してしまうのだ。だが、ひとたび岩面の凹部や、隙間に、入りこんでしまった雪は動かないし、岩の蔭《かげ》に張った氷は春が来るまで、その形を変えようとはしなかった。だから槍の穂は、よく光るまだら模様の衣裳《いしょう》を着せかけたようにも見えるけれど、日の当るところと蔭では、また違って見えた。彼は、ふと、鉛色に輝く、光と影との境界のあたりに眼《め》を止めた。それは静かな落ちついた色に見えた。槍の穂が一日のうちで、いつかは、その鉛色に覆《おお》われるときがあるであろうと思った。いや、雲と天気と風と、太陽の具合によっては、一日中、あのような色で輝いていることもあるだろう。白く輝く槍の穂よりも、鉛色に輝く槍の穂のほうがずっと美しいだろうと想像する岳彦の心の中は、どこかに青年らしくない曇りがあった。岳彦はそのことに気がついてはいなかったが、彼の中には八ヶ岳で失った河本峯吉や前穂高岳で失った辰村昭平のことがあった。その悲しみと悔恨は、折があると岳彦を鉛色の気持にさせた。そして彼は、その鉛色の景観を自分にぴったりしたものとして受け取っていたのである。

彼の眼の前の槍の穂はまぶしく輝いていた。全体的には光に溢《あふ》れた白い岩峰であった。彼はそのきらきら光る岩峰の上に、強風が創《つく》り出すところの飛雪を、あたかも、槍の穂の岩峰上に、地球物理学的異変でも起きたがごとき気持で眺《なが》めていた。それは白い炎とも噴煙とも見えた。

岳彦は岩峰に取り付いた。彼のロッククライミングの技術を以てすれば、いくら、槍の穂に堅氷が張りめぐらされていたとしても、たいして気にすることはないように思われた。ただ彼は風をおそれた。岩登りの技術ではなく、風との戦いだと思った。

彼は槍の穂の根っ子に取り付いた。そこから見ると、夏山の登山ルートがだいたい読めた。

(厳冬期の槍をやってみたいな)

と辰村がいったことが、ふと思い出された。岳彦は、岩にかけた手を引っこめて、手袋をしっかりはめ直してから、登攀《とうはん》を始めた。それからはもうなにも考えなかった。登ることだけで精いっぱいで、余分なことを考える余裕はなかった。

頂上には這《は》ったまま登った。とても風が強くて立ってはおられなかった。だが彼は、彼としては、重要なひとつの記録となるべき、その登頂を意義あるものにしたかった。折角登頂したのだから、周囲を見たかった。夏はこの頂上に何度か登ったが、厳冬期は初めてだから、どのように変っているかを見たかった。岳彦が心酔している登山家の加藤文太郎が、降りて行って、終《つい》に帰らなかった北鎌《きたかま》尾根への下降点も見てみたかった。

岳彦は強風に逆らいながら、北鎌尾根の下降点のほうへ近づいて行った。風は西風だった。吹きつけて来る粉雪が、岳彦の登攀者用雪眼鏡《クライマーゴーグル》の中に入った。少量だったが気になったから、岳彦は腹這《はらば》いになったままで、ゴーグルをはずして、中に入っている雪を払い落そうとした。手袋をはめてはいたが彼の手はかじかんでいた。ゴーグルを誤って取り落した。風がそれを攫《さら》って逃げた。彼は光の中にしばらくは戸惑っていたが、雪眼鏡の予備は持っていないから、そのままで氷壁を下った。あまりにもまぶしいがために、足下がかえって危うく思えてならなかった。

肩の小屋に着いた岳彦は疲労を感じた。昨夜寝ていないのだから当然のことであった。彼は、ビニールのシートを雪の上に敷いて、毛布を二枚重ねて作った寝袋に入った。その寝袋は母がこしらえてくれたものだった。普段は使わずに、山に出かけるときだけ使うようにしていた。毛布の寝袋に入ると不思議に気が落ちついた。彼は母のやさしさの中に包まれるような気持で眠った。

彼が眼を覚ましたときはもう夜になっていた。彼は起き上って、湯を沸《わ》かして餅の粉のスープを飲んだ。雪はそのころから降り出した。風の方向も変ったようであった。

「雪が降ったとなると、すぐは降りられないな」

彼は外に出て、雪の降り方がかなりはげしいのを見て取ってそう言った。

新雪が降れば、当然新雪なだれを警戒しなければならなかった。新雪なだれの心配がなくなるまで、この小屋に止まらねばならないとなると、そのつもりで食糧を節約しなければならないと思った。

彼は待つことには馴れていた。孤独も怖くなかった。暗いのにもなれていた。おそれるものがあるとすれば食糧が尽きることだった。彼は毛布の寝袋に入って、外を吹く風の音を聞いていた。食事は餅の粉のスープを一日二度食べたが、その量はずっと少なくなっていた。吹雪が止んで二日経《た》つと、どうやら雪も安定したようだった。岳彦はアイゼンをつけて、早朝、肩の小屋の冬期小屋を出発した。きゅっきゅっと鳴る、アイゼンの話し掛けに応《こた》えながら、彼は槍沢を降りて行った。

スキーは新雪の中から頭を出していた。彼はスキーを履いて帰途についた。

徳沢園の冬期小屋は彼が出て行ったときと同じであった。炉の傍《そば》に薪《まき》を文鎮がわりにして置いた置き手紙もそのままだった。彼はその紙をつけ木がわりにして火を焚《た》いた。赤い火が燃え上ると、自分の家に帰ったという安心感とともに、疲労が襲って来た。彼は鍋《なべ》の底に凍ったままになっている雑炊を暖めて食べて寝た。

彼はその夜から眼の激痛に苦しんだ。雪眼鏡を掛けずに歩いて来たがために雪眼になったのだ。彼は、雪を手拭《てぬぐい》に包んで眼を冷やした。風邪《かぜ》薬や疵薬《きずぐすり》や腹痛の薬などは置いてあったが、眼薬はなかった。雪眼は、茶殻《ちゃがら》で冷やせばよいということを聞いていたが、小屋には茶は置いてなかった。

彼は眼をおさえてころげまわった。両眼が失明するかと思うほど痛かった。失明したら今度こそ山とは縁を切らねばならない。そう思うと、痛みとは別な悲しみが走った。

眼の痛みは時間の経過とともに薄らいで行った。どうやら視力になんのさしさわりもなかったことを確かめたのは数日後であった。

雪眼がいかにおそろしいものであるかを知った彼は、ゴーグルを持たないで外を歩くことをしばらく遠慮した。だが、それもほんのしばらくの間で、三月に入って雪の表面が溶けて、夜の寒さで凍ってしまりがよくなると、また一人で山へ出掛けて行った。

彼は涸沢を眼ざして、夜になってから徳沢園を出た。雪眼にやられることをおそれて、彼は、夜歩いて、昼寝るという、変則的な山行を計画したのである。よく地形を知っておれば、そういうことは可能であるはずだと思った。

夜半に徳沢園を出た彼は、十時前には涸沢に着いて、そこで雪洞を掘った。竪穴《たてあな》のほうが掘りよかった。雪洞ができると穴の上をツェルトザックで覆い、穴の中でルックザックに腰かけて眠り、夜になってから徳沢園に帰った。

この体験は彼に取って無駄《むだ》なものではなかった。彼はこの夜行動物的な往復山行を数回やった。そして彼は、夜の奥穂高岳に登頂しようという、とんでもない計画を立てたのである。それには懐中電灯だけではだめで、月の光が必要に思われた。月の条件さえよければ、夜中の登攀も不可能ではないと考えられた。彼は月齢を数えながら、その準備をしていた。涸沢で月の上るのを待っていて月とともに奥穂高岳に登ろうと思った。彼はその思いつきをたいへん、ロマンチックなものだと思っていた。

だが、月は彼の思いどおりにはならなかった。そのころになって天気が悪くなった。三月にしては珍しい大雪が降った。彼が掘った竪穴さえもなだれの危険にさらされそうになった。

彼は状況に応じて竪穴の位置を変えながらチャンスを待った。新雪なだれは部分的に起っていた。とても登れるような状態ではなかったから、彼は昼の間は竪穴にこもって熊のように眠っていた。

　大雪が降ってから四日ほど経った夜、彼はもうだいぶ欠けて来た月とともに穂高岳を眼ざして登った。彼は月が創《つく》り出す光と影とともにゆっくり歩いた。その夜は風がなかった。山々がほんとうの休息に入ったかのように静かであった。穂高小屋まではどうにか登ったが、そこから奥穂高岳眼ざして登ることは、無理であることを知った。考えていたことと現実との差は大きかった。夏と冬との相違ということよりも、登攀のような技術的な問題になると、豊富な明るさが必要だということを知らされた。彼は奥穂高岳へ夜登ることはあきらめた。

　彼は小屋番であった。徳沢小屋の番人をするという約束で、食糧を支給されて小屋に止まっているのである。その番人が、小屋を離れて歩いているということは、契約違反であった。そんなことは誰《だれ》も知らないことだが、岳彦の良心が許さなかった。

　だから彼の夜行動物的登山も、そう長いことできるものではなかった。彼は、奥穂高岳登攀をあきらめると、夜道をかけて徳沢園に帰った。

　徳沢園の冬期小屋の屋根から紫色の煙が昇っていた。誰か登山者が来ているなと思った。

戸を開けて中に入ると、知らない男が炉の端に坐《すわ》って火を焚いていた。

「竹井君じゃあないか、しばらくだったな、おれだよ、君の親友の津沼春雄だよ」

春雄だと聞いたとき、岳彦の顔には一瞬懐かしさが湧《わ》いたがすぐそれは困惑の色に変った。小学生のときずっと一緒だったし、戦争の終りごろから、戦後しばらく津沼一家は岳彦の家に同居していた。彼等《かれら》の商売は闇屋《やみや》であった。二階に頑張《がんば》っていて、どうしても出て行かなかったばかりでなく、母がもっとも大切にしていた帯まで、詐《さ》取《しゅ》するようなあくどいやり方で売り払ったことがあった。二階から竹井家の物置に移って間もなく、津沼一家は物置の中のものをいっさいがっさい車に積んで行方《ゆくえ》をくらましたのである。それ以来、津沼一家がどこへ行ったか、春雄がなにをしているか噂《うわさ》に聞いたこともないし、考えたこともなかった。その春雄が来たのである。しかも、向うから親友だと声を掛けながら、この山の中へやって来たのである。

岳彦はなんのために春雄が来たのか、それが知りたかった。

「どうしたんだ、何年かぶりで会ったというのに、おい竹井君」

春雄はべったりとポマードを塗りつけた頭をしていた。着ているジャンパーもズボンも、いたるところで見掛けるものであった。一見店員風、あんちゃん風と言ったところであった。

「その服装で、よくここまで来られたものだな」

岳彦が口を開いた。

「えらい目に会ったさ、途中まで来たら雪は深いし、寒いし、歩けたって、歩けるわけがねえ」

春雄は入口に投げ出してある雪靴《ゆきぐつ》を指して、

「あれを借りて、やっとここまで来たんだぜ」

と言った。雪靴は雪にまみれていた。

「途中、どこに泊った？」

「どこに泊ったかって？　家に泊るしかしようがねえじゃあないか、人がいようがいまいが、そこに家さえありゃあ、なんとかもぐりこめるものよ」

春雄はにやにやしていた。おそらく途中、空家に泊って来たのであろう。それにしても、雪の中を此処《ここ》まで来ることはたいへんだし、あるていど土地勘がないと、来ることはできない。

「初めてではないのか」

「ああ、明神池までは去年の夏来たことがあるんだ」

春雄は立上ると、米袋を重そうに携《さ》げて来て、岳彦の前に、お土産だよと言って置いた。中を見ると米ではなく缶詰が入っていた。それも、果物《くだもの》の缶詰ばかりである。缶に鉋屑《かんなくず》がついているところを見ると、いま箱を開けて取り出したばかりのようであった。

ルックザックはどこに置いたかと思って見廻《みまわ》したが、それらしきものはない。すると、春雄は缶詰の入った袋を担いで登って来たことになる。

岳彦は、そこに普通でないものを見たような気がした。春雄を疑うわけではないが、もしかすると、その缶詰類は春雄が上高地の旅館にでも入って、かっぱらって来たものではないかと思ったのである。上高地の旅館や土産物屋では、残った缶詰を、厳重に荷造りしてしまって置くことがあった。それを眼当てに、春先になると旅館荒しがやって来ることもあった。

「いったいなにしに来たのだ」

岳彦は春雄に訊《き》いた。正体がつかめるまでは気を許せないと思った。

「なにしに来たとは、御挨拶《ごあいさつ》じゃないか。おれは君の同級生だぜ、二人が、どんな道を歩いたところで、同級生は同級生だからな、もっと同級生らしい口をきいたらどうだ」

「いきなり、この雪の中の一軒屋に来たのだから、なにしに来たのかと、訊くのは当り前じゃあないか。この小屋に来るものは、登山者か、密猟の猟師ぐらいのものだ。君のように、下界の姿でやって来る者はいない」

「その登山者だよ。つまり登山家になりたくて、おれは東京からわざわざやって来たのだ」

春雄はおかしなことを言った。

「おれはなあ、竹井、きさまがこの小屋の留守番を一人でやっているということを雑誌で読んで知ったのさ。そうしたら、急に君に会いたくなってな。だが、いろいろ仕事もあって、すぐというわけにはいかずに、今日になったのさ」

雑誌に彼のことが載ったということには、心当りがあった。暮から正月にかけてやって来る登山者の一人が、たくさん写真を撮って帰った。おそらくその男が、なにかの雑誌に投稿したのだろう。

「登山家になると言ったって、その格好じゃあ、どうにもならない。だいたい靴だってないじゃあないか」

「そうだ。まず、そういうところから、君に教えて貰《もら》おうと思ってな」

「いつ来たのだ、この小屋へ」

「三日前の昼ごろかな」

岳彦は、囲炉裏《いろり》の傍に置いてある、鍋《なべ》の蓋《ふた》を取って見た。牛肉の缶詰を開けて炊きこんだ、飯が半分ほど残っていた。その牛缶と、福神漬《ふくじんづけ》は、正月に来た登山者が岳彦のために置いて行ったもので、岳彦に取って貴重なものであった。食欲がなくなったとか、病気でもしたあとの栄養にと思って大事に取って置いたものだった。春雄に食べられたのはそれだけではなく、取って置きの飴玉《あめだま》の缶が空になっていた。

「飴玉をどうしたのだ」

と訊くと、

「この小屋はしけているじゃあないか、砂糖も置いてない。飴玉を溶かして砂糖がわりにして餅を食べたのさ」

彼が持って来た餅はまだ三切れほど残っていた。岳彦の持ち物には、なにからなにまで手をつけた形跡があった。三日間、留守をした間に、冬期小屋は、すっかり荒されてしまったという感じであった。

「あれから、今までなにをしていたのだ」

岳彦は、炉端に、春雄と向い合って坐ると、話を彼と別れた時点に持って行った。なんのために来たのか、話を聞くには時間が必要だと思った。話を聞いた上で上手に追い返そうと思っていた。

「いろいろやったぞ、あれからな」

「君のおやじさんはどうした。そして、あの小母さんは」

小母さんと言ったとき岳彦は、春雄の母の闇屋のまつのことを思い出した。考えただけで、肌が粟立《あわだ》ちするような、いやな女だった。

「おふくろは死んだよ去年。おやじはたぶん生きているだろう」

「たぶん？」

「家を出てしまったからわからないんだ。おい竹井、てめえ警察みたいに、どうした、なにしたとつべこべ訊くなよな。誰だって話したくないことはあるものさ」

春雄は、別れて以来のことを断片的にしか話さなかった。その話というのは闇をして儲《もう》けた話ばかりだった。米軍の兵隊が持ち出したアメリカタバコを多量に扱って儲けた話だとか、北海道へ行って、小豆《あずき》を買いしめて大儲けしたというようなほとんど信用できない話ばっかりだった。戦後の混乱の中を泳ぎ廻りながら生きて来た一人であることには間違いがなかった。

「そんなに景気よくやっていた君が、なぜ山の中になんか逃げて来たのだ」

そう言うと、津沼は逃げて来たのではない、登山をしたいからやって来たのだと言い張るのである。

春雄はよく食べた。あきれるほど、食べて、腹減らしと称して、スキーを履いたり、アイゼンをつけたりして、付近を歩き廻っていた。その度に岳彦の靴を借りて行った。はじめのうちは、いちいち断わっていたが、だんだん図々《ずうずう》しくなって、靴を履いて出たまま、半日も帰らないことがあった。

小屋に置いてある食糧は一人分であった。それを春雄に入りこまれて、がつがつ食べられると、約束の日まで、小屋番を務めることができないことになる。

「おい、いい加減で帰ってくれよ。いくら同級生だって図々し過ぎるじゃあないか」

春雄と同居してから五日目に岳彦が言った。

「そうだな、そろそろ里が恋しくなったから山を降りることにするか」

とは言ったものの、いっこうに出て行く気配がなかった。春雄と同居してから七日目の未明、岳彦は隙間洩《も》る風の冷たさで眼を覚まして隣を見た。

ふとんをかぶって寝ているはずの春雄がいない。岳彦は悪い予感がした。枕元《まくらもと》の懐中電灯を探したが、それもない。手探りで、マッチを探して彼はまず、靴があるかないかを確かめた。岳彦の靴はなくなっていた。靴ばかりではなく、岳彦のジャンパーもないし、財布の中の金もすっかりやられていた。その中に、

「だまって借りて行くのは悪いが、同級生のよしみで許してくれ。そのうち、必ず返

しに来る」

と鉛筆の走り書きで書いた紙片が入れてあった。その紙片すら、岳彦の日記の一頁《ページ》を引き裂いたものであった。なくなったものは、靴とジャンパーと金だけではなかった。春雄はルックザックとスキーまで持って行ってしまったのである。

岳彦は、春雄が履いて来た、使いようもないほど痛んでしまった雪靴を見ながら、どうせこの雪靴も、ふもとの村のどこかでかっぱらって来たものだろうと思った。

8

四月の半ばに帰京した竹井岳彦は、半年間たまった新聞をまず読んだ。彼が不在中の新聞は、母が丁寧に畳んで積み重ねてあった。その新聞を一日、一日と追って読んで行くのは楽しいものであった。

昭和二十九年一月二日、皇居参拝におしよせた群衆の人波の圧力によって、二重橋上で、死者十六、重軽傷三十数人という惨事が起きたことも、このとき知ったし、三月一日、静岡県焼津《やいづ》市のマグロ漁船、第五福竜丸が、南方洋上で操業中、ビキニ環礁《かんしょう》で試されたアメリカの水爆の降灰をかぶって、その放射能のために全員二十三名が火傷《やけど》を負い、その一人は重傷という、ショッキングな事件には、なにか肌寒《はだざむ》いものを感じた。

「まだまだ戦争が続いているようで嫌《いや》ですねえ」

母の菊子は、岳彦が、その記事を熱心に読んでいるのを見て言った。岳彦はそれに大きく頷《うなず》いただけで、その先を読んでいた。読み終って、母の方を見ると、母はもうそこにはいなかったが、母の言った戦争はまだ終っていないという言葉が、この事件の結論のように思われてならなかった。彼は終戦の年の東京大空襲の翌日、死体運びをしたときのことを思い出していた。焼け爛《ただ》れて、ただ人間の焼死体であるということしか分らないものを針金で縛って、焼土の上をずるずる曳《ひ》いて行ったことを思い出していた。その死体が、なにかのはずみで、声を立てた。摩擦音がそのように聞えたのであった。岳彦は、新聞をめくった。そうだ、あの死体運びをやったとき、中学生の自分の心の襞《ひだ》に、戦争の悲惨さと、むなしさが、刻みこまれたのだ。戦後の混乱の中に、山というものを発見して、その中へ駈《か》けこんで行ったのも、あの焼け野原の焼死体から、どこか静かな、戦争のないところへ逃げて行きたいと思っていたことを、実現に移したということだったかもしれない。

彼は五月二十六日の新聞を開いた。スカンジナビア航空のヴァイキング号が、史上最初の北極飛行に成功、オスロー、東京間を三十時間で飛んだと書いてあった。

夢のような話であった。ヨーロッパと日本が三十時間で接続され、定期便が飛ぶようになるなどということは、思いもよらぬことであった。そして、そのような急激な変化がなされつつあるにもかかわらず、自分一人だけが、社会とは隔絶した山の中に取り残されていることを思うと、いままで考えたことのない、一種の焦燥《あせり》のようなものさえ感ずるのである。

（こんなことをしていてはいけない）

ふとそう思うけれど、だからと言って、大学に行く気にもなれないのである。拡声器で教授の講義を聞かねばならないような大学へは行きたいとは思わなかった。そんな大学を出たからと言って、社会が、大学出として迎えてくれるとは思われなかった。

岳彦は東京にしばらく居《い》ると、また山へ出かける用意を始めた。先立つものは金であったが、それを母にせびることは気がひけたし、アルバイトをする気もなかった。アルバイトが嫌だというのではなく、彼は、アルバイトで時間を空費するのが惜《お》しかったのである。

彼の体内には、クライマーとしての自意識が高まりつつあった。岩壁に挑戦している限りにおいては、彼の足が人並以上に働くことの実証を得ている彼にとっては、これからは、実績を挙げることによって、クライマーとしての権威を持ちたかった。顕示するための権威ではなかった。自分自身を納得させるための権威であった。

岳彦は甲府の兄を訪ねて、このことを話した。兄ならきっと分ってくれるだろうと思った。

「山に生きるしか道がないとすれば、お前の言うように、実績を残すことだろうし、権威を持つことだろう。だがいったい、その実績とか権威とかいうものは、具体的に言うとどんなものだね」

兄の一郎が訊《き》いた。

「誰も登ったことのない岩壁に挑《いど》んで、初登攀《はっとうはん》に成功し、その記録を発表することが、もっとも手っ取りばやいことです。困難な岩壁を次から次と征服して行くのも、やはりクライマーとしての実績を残していくことになります」

「それで?」

「それだけです」

「いくらお前がそうすることによって、権威づけられたとしても、それが飯の種になるということはないのだね」

「はい」

「それでもやりたいのか」

「やりたいんです。とことんまでやってみたいんです。とにかく、いまぼくが一生懸命になれるものと言ったら岩壁しかないんです。岩壁を見ていると、じいんと胸が熱くなって来るんです」

「岳彦さんは岩壁に恋をしているのね」

嫂《あによめ》が言った。

「そうだ恋だ。いつかは冷めるときもあるだろう」

兄はそれ以上なにも言わずに、黙って金を出してくれた。

岳彦は真直《まっす》ぐに穂高岳連峰の涸沢に向った。夏の最盛期を迎えるしばらく前は、山は静かだった。山小屋に荷物を運ぶボッカの中に、伯爵《はくしゃく》や元帥《げんすい》や熊襲《くまそ》がいた。

「おい、竹井君、ボッカという語源を知っているか。ボッカと言うのは歩く荷と書くのだ。昔、飛騨《ひだ》と松本とを往復する商人たちはものすごく大きな荷を背負って歩いた。遠くから見ると荷が歩いているように見えたからボッカという名が生れたのだそうだ」

岳彦の姿を見かけると、伯爵は、まずそんなことを言った。

伯爵や、元帥や、熊襲は、残雪を踏みながら、ボッカを続けていた。山小屋の手伝いをしながら一夏を山で過す彼等《かれら》と、岳彦とは、少しばかり違っていた。岳彦は足が悪いからボッカはできなかった。小屋の手伝いはできたが、彼等のように小器用に立ち廻《まわ》ることはできなかった。だから岳彦は、伯爵や元帥や熊襲のように、山で稼《かせ》いで、山で暮すという生き方はできなかった。だが、岳彦が涸沢へやって来ると、伯爵や元帥や熊襲は、岳彦を彼等の仲間として迎え入れてくれた。食事も寝るところも一緒だった。彼等にしてみると、居候《いそうろう》を一人かかえこんだようなものだけれど、別に嫌がるふうもなかった。

岳彦は涸沢小屋を基地として、穂高連峰の岩壁に挑んで行った。涸沢小屋から、北穂小屋へもぐりこんで、ここから滝谷登攀に幾日かを費やした。

北穂小屋においても、彼は涸沢貴族の一人として迎えられた。小屋に迷惑を掛けることはなかった。登山客で混み合うときは、軒下でツェルトザックをかぶって眠ることもあった。

滝谷の岩壁は一人で出かけることもあったし、誰かとザイルを組むこともあった。伯爵や元帥や、熊襲たちのように気心の知れている者とザイルを組むのは楽しかった。

八月に入ってすぐ、二人連れの若いパーティーが北穂小屋に泊りこんで滝谷登攀を始めた。松田浩一と船山三郎の二人は、岳彦がいままで見たどのパーティーよりも、身軽であり、軽快であり、そして行動は慎重だった。岳彦は、それまで多くのクライマーを見ていたが、松田と船山のパーティーほど、岩壁登攀にたくみな組を見たことはなかった。

「どこで練習したんです」

と聞くと、三ツ峠とか、つづら岩とか、東京近辺の岩壁登攀の練習場を口に出した。岳彦が彼等の技術を賞讃《しょうさん》しても、彼等は恥ずかしそうな顔をするだけだった。

二人は謙虚であった。二人は東京の会社員で一週間の休暇を取って来たのである。

岳彦が、その二人とパーティーを組んでクラック尾根を登ることができたのは、伯爵の口添えがあったからである。二人は、誰でも、最初は警戒するように、岳彦の足が普通でないから、パーティーを組むことを躊躇《ちゅうちょ》していたようだったが、一度ザイルを組んで岩壁に取り付くと、人並以上の実力を発揮する岳彦の登攀技術にひどく感心したようであった。

三人はクラック尾根を登り切って、次々と北穂高岳の頂に立った。

「竹井さん、あなたと、記録的登攀をやってみたいものですね」

松田浩一は岳彦と握手して言った。

「記録的登攀というと」

「前穂高岳北尾根第四峰の又白側正面壁の冬期登攀です」

船山三郎が言った。

夕陽《ゆうひ》が錫杖《しゃくじょう》ヶ岳《だけ》の向うに落ちようとしていた。錫杖ヶ岳の黒い影が真正面に押し寄せて来たようであった。岳彦は、大きな感謝をこめて彼等の誘いを受諾していた。滝谷から吹き上げて来る風が冷たかった。その風に乗って鷹《たか》が一羽、悠々《ゆうゆう》と円を描いていた。鷹の羽根が夕陽を受けると、刃物からの反射光のような鋭い光を発した。

何日かぶりで涸沢小屋に降りてみると、そこに津沼春雄がいた。まさかと思った男がいたので、岳彦は、しばらく言葉が出なかった。

「やあ竹井君、いつぞやは悪かったな、かんべんしてくれよ。別に悪気があってやったことではないんだ」

春雄は岳彦の前で頭をペコペコ下げた。山で靴《くつ》を奪うなどということは命を奪うことにも通ずるほど重大なことなのだ。靴だけではない、ルックザックから、財布の中の有金いっさいを奪った大泥棒《おおどろぼう》のくせに、悪気があってやったのではないと、しゃあしゃあ言う、春雄の図々しさに、岳彦はあきれた。

「きさま……」

だが、岳彦はそんなことで誤魔化《ごまか》されはしないぞと、春雄を睨《にら》みつけた。この泥棒野郎めと叫ぼうとしたとき、春雄は岳彦の前に立ちふさがるようにして言った。

「借りたものは返す。返そうと思って、君のあとを追ってここまで来たのだ。なあ、竹井君、怒ることはあるまい。君とおれとは同級生じゃあないか。たとえ、二人がどのような道を歩こうが、同級生は同級生だからな」

同じようなことを、春雄は徳沢園でも言ったのだ。

「なあ、竹井君、君がここで怒鳴れば、君が、おれのことをドロボウと呼べば、君はドロボウの友人だということになるのだぞ、竹井君。まあそんなへんな顔をするな。君から借りたものは、ちゃんと新品が買えるだけの金で返済するから文句はないだろう」

そして、春雄は、内ぶところに手をやって財布でも出しそうな格好をしたが、そこに丁度現われた熊襲を見ると、

「おい竹井、ザックをおろせよ。なにもそんなところで突立っていることもあるまい。みんなが待っているぜ」

岳彦は怒るべき機会を失った。怒りの爆弾の導火線に、春雄は見事に水を掛けたのである。

涸沢小屋に入って見て分ったことだが、春雄は、竹井岳彦の小学校以来の親友で、

岳彦に、山のことを教えたのは、もともと、春雄であると言ったふうに吹きこんでいた。気のいい涸沢貴族たちは、春雄の言うことをそっくり信じこんでいるようであった。春雄は、そのとき既に貴族になりすましていた。

涸沢小屋は登山客でごった返していた。人手はいくらあっても足りない夏山の最盛期だから、春雄が働いてくれれば、小屋に取って、こんな有難いことはなかった。岳彦が春雄について、なにも言わない限り、彼は疑われる心配はなかった。岳彦は、この小屋に来るといつもそうであるように台所の方へ廻った。立ったまま仕事ができるから、このほうが彼には向いていた。皿洗《さらあら》いのような仕事が多かった。

「どうも、このごろ、続けて盗難事件が出て困るな」

「山の客種も落ちたものだ。いままでは、めったにないことだったが……」

そういう会話を耳にした岳彦は、はっとした。山小屋で盗難事件はときどき起きた。カメラが失《な》くなったということが、年に二、三度はあった。が、このごろ、続けてという会話に岳彦は気になることがあった。春雄の存在だった。

山小屋は夜の九時ごろには消灯してしまうのだが、懐中電灯をたよりに、夜の十一時、十二時ごろにやって来る客もあるし、朝の三時、四時という時刻に出発する客もある。小屋の人たちの睡眠時間はほとんどない。

岳彦は、星の下へ春雄を引張り出した。

「金を返せって言うのか」

春雄はいやに横柄《おうへい》な口をきいた。

「それもある。が、ほかに言いたいことがあるのだ。きさまも、気がついていると思うが、ここに集まって来る人間はいい人間ばかりだ。伯爵にしろ、元帥にしろ、熊襲にしろ、みんな純粋な奴《やっ》ばかりなんだ。ただ山の中に居《い》るというだけで生き甲斐《がい》を感じている男たちばかりなんだ」

「それがどうした」

「きさまとは違った種類の人間が住んでいるところだと言いたいのだ」

「出て行けと言うのか」

「ここにはここの空気がある。みんなと同じように綺麗《きれい》な空気を吸って生きて行こうと言うならば、誰もきさまに出て行けとは言わない。だが、一人でも、きたない奴がいれば、はたが綺麗だから、すぐ目立つ。どんなに上手に立ち廻ったって、白いものの中にある黒いものはすぐ人の眼《め》につくものだ。おれはこれ以上のことは言わない、ようく考えてみて、もし、ここにずっと居たいなら、そのつもりにならないといけないんだ」

春雄はそれには応《こた》えなかった。頭を下げたままでじっと考えこんでいた。

「一度でも疑われるようなことをしたら、もう絶対この世界へは近づけないのだぞ」

岳彦は追い討ちをかけた。春雄はそれに対して続けて何度か相槌《あいづち》を打った。

「分った。おれも、このごろ、少しずつ、この世界のよさが分って来たところなんだ。だが、長い間おれは泥沼《どろぬま》の中を歩いていた。すぐ綺麗になれと言ったって、なれるものではない。しかし、君に迷惑だけは掛けたくない。これから注意しよう」

春雄は常になくしおらしいことを言った。

八月が終りに近づくと登山客の数は減少して来て、その時期を狙《ねら》って客種のいい登山客が現われる。

谷村弥市が、涸沢小屋を訪れたのは、その八月の末だった。谷村は既に六十歳を過ぎていた。山岳愛好家で、夏になると、やって来て、涸沢小屋を基地として、付近の山へ登っていた。伯爵か元帥か熊襲が随行することになっていたが、丁度三人は、滝谷に入っていたから、岳彦が谷村弥市を案内することになった。

夏の真盛りに大いに小屋のために働いた三人だから、八月の終りの比較的、暇の日を見て、岩壁遊びに出かけるのも無理からぬことであった。

谷村弥市は、前穂高岳北尾根を希望した。

「若いころ、何度か行ったところだからね」

谷村は北尾根に眼を止めて言った。六十歳を二つ三つ過ぎているにもかかわらず、つややかな皮膚の色をしていた。山は年齢よりも経験であった。年齢は取っても、若いころから山歩きに馴《な》れている人の足の運び方は確実だった。岳彦は、谷村弥市との同行に毛筋ほどの杞憂《きゆう》も抱かなかった。

「ぼくもお伴をしましょう」

いざ、涸沢小屋を出発しようというときになって、春雄が口を出した。

「お伴をするって、君……」

岳彦は眼で春雄をたしなめた。君は、まだ北尾根をやったことがない。だいたい、君みたような素人《しろうと》を北尾根へ連れて行くことはできない、そう言おうとしていると、

「いいじゃあないか、山はおおぜいで行ったほうが楽しい」

と谷村が言った。春雄は、そのひとことで、その日のガイドの一員として雇われた者のような身軽さで、さっさと谷村のルックザックを背負った。

五峰と六峰との鞍部《あんぶ》（五、六のコル）に一歩足を踏み入れたとき岳彦は、谷村がかなりの経験者であって、はたからとやかく言う必要はないと思った。呼吸に合わせての一歩一歩と、無意識に踏んでいるようで、ちゃんと安定したところに靴を置いてい

こうとする、細心な注意は、やがて岩場にかかると、さらに、彼の豊かな山の知識を裏書きするような動作となって現われた。谷村は、白く色が変った岩石の上の踏み跡を確実に踏んで行った。浮き石に乗ることもないし、ごとんごとんと大きな音を立てることもなかった。速度はゆっくりしているが確実に高度を稼《かせ》いで行った。

「ザイルを組みましょうか」

四峰の登りにかかったとき、岳彦は一応谷村に聞いた。必要はなかったが、ガイドとして儀礼的に聞いたのである。

「ぼくはいい、だが……」

谷村は春雄の方へ眼をやった。谷村は春雄が未経験者であることをちゃんと見抜いていた。危険なのは、谷村よりも春雄であった。

「二人でザイルを組みたまえ」

ためらっている岳彦に谷村は、ややきびしい眼で言った。岳彦は、谷村に対して、すまない気持でいっぱいだった。ガイドとして雇われて来て、ガイドされているような妙な気持だった。

谷村がトップに立ち、二番が春雄、ラストは岳彦の順序で、四峰へ登って行った。四峰の頂の巨岩の上に立った谷村は春雄に、

「どうだね、初めての感激は」

と訊《き》いた。春雄は、手拭《てぬぐい》で顔をふきながら、やたらに頭をぺこぺこ下げていた。四峰の頂で食事をして、三、四のコルに降りたところで、岳彦はもう一度谷村に、

「ザイルを組み直しましょうか」

と言った。三人がアンザイレンするのだから、組み直すという表現を使ったのである。

「そうして貰《もら》いましょうか」

谷村は三峰の基部から頂に眼を上げて行った。ルートを眼で確かめているようであった。

そこから見る三峰は、ほとんど垂直な岩峰に見えた。岩峰の途中に、大きなオーバーハングや、岩の裂け目が見えた。そういうところを登山路はよけながら、頂上まで続いていた。それは大きな岩峰だったが、遠くから眺《なが》めると、踏み跡の白さは、かえって歴然としていた。谷村の口もとから詠嘆に似た溜息《ためいき》が洩《も》れた。岳彦はその谷村の顔を見て、そこに一人の立派な登攀家《とうはんか》の姿を見たような気がした。それは、これぞと言う岩峰に登る前の構えのようにも見えたし、岩峰に掛けてやる思いやりある挨拶《あいさつ》にも見えた。とにかく谷村は、登る前のしばらくの間、岩峰と対話をしているようであ

った。

春雄が前に出たのはそのときだった。

いつの間にか彼はザイルをはずしていた。岳彦とのザイルのつながりをほどくと、春雄は、ちょこちょこと前に出て、岩峰に向って独走しようとした。なぜ、彼がそんな気持になったのか、岳彦にとっては理解できないことであった。春雄は、三峰の基部を、又白側に踏みこんで行った。見かけ上、そっちの方がよさそうに見えたからである。そして春雄はたちまち行きづまった。

「危ない――」

谷村が叫んだ。谷村は声で春雄を止めると、自ら三歩ほど又白側に廻りこんで、岩にへばりついたまま動けなくなった春雄に手をさし延ばそうとした。谷村の身体《からだ》がやや前傾し、それを直そうとしたとき、身体が大きく揺れた。そして次の瞬間、谷村の身体は岩を離れて空間を又白側へ落ちて行った。

岳彦は自分の身体が慄《ふる》えた。そのまま谷村のあとを追って又白側へ落ちて行くのではないかと思われた。頭に痛いほど血が上って行くのを感じた。谷村の身体は、途中何度かはね返って、C沢で止った。そのまま動かなかった。

岳彦は、どうしたらいいか分らなかった。案内して来た客を殺したという自責が、彼を狂わしいほど荒々しい気持にさせた。彼は下に向って呼んだ。呼んだところで、死んだ者が生き返るはずがなかった。C沢から眼を戻《もど》すと、岩にへばりついたまま真青になっている春雄が慄えていた。

(そうだ、こいつが谷村さんを殺したようなものだ)

岳彦は怒りの眼を春雄に向けた。春雄はものが言えなかった。眼で、岳彦に哀願していた。そこは、動けないほど、危険なところではなかった。なんでもないところだけれど、眼の前のアクシデントを見て、春雄は恐怖状態に陥《おちい》ったのだった。岳彦は、春雄の身体にザイルを結びつけてやった。

「ザイルをつけたぞ、もう心配はない」

岳彦がそう言うと、春雄は暗示にかかったように、岩壁から離れて、ちょこちょこと岳彦の傍に戻ると、岩の根っ子に坐《すわ》りこんで、荒い息をついた。

「えらいことになりましたね」

四峰から降りて来た登山者が岳彦に言った。

「見ていましたか」

「見ていましたよ、その人が……」

登山者は春雄を指さして言った。

「うちの若い者を走らせましょう。あなたは、その人をつれて降りなければならないでしょうからね」

登山者は、彼の二人のパートナーに、事故を涸沢小屋に告げるように言った。

岳彦は春雄を力いっぱいぶんなぐってやりたかった。蹴《け》とばしてやりたかった。だが、岳彦はそうすることができなかった。岳彦は春雄にしっかりしろとか、元気を出せとか言う言葉を掛けながら、もと来た道を引き返して行った。

偶然のように、事故を見ていた人があったから、谷村の死はどうして起きたか、正しく伝えられるだろうけれど、責任はやはり、自分が取らねばならないだろうと思った。春雄がいかなる行動をしようが、それをちゃんとカバーしてやるのがリーダーであり、案内者である岳彦の責任であった。

谷村の家族になんと言って謝罪したらいいのか、岳彦には分らなかった。

(なぜ、おれはこうも続けて悲劇を見なければならないのだろうか)

岳彦の足は重かった。

「おい、津沼、なんだって、あのとき、一人で先に出ようとしたのだ」

五、六のコルにかかったとき、岳彦は、初めて津沼春雄に聞いた。

「あの岩を、みんなと一緒に見ているうちに、ふらふらと足が前に出てしまったのだ。

なんだか、自分の身体ではない自分の身体が岩壁登攀を始めようとしたのだ。怖いとも、おそろしいとも思わなかった。なにかこう、妙に崇高なものにすがりついて行くような気持だった。危ない！　と谷村さんに声を掛けられたとき、おれは、はっとわれに返ったのだ。そして、急に怖くなって岩にかじりついてしまったのだ」

春雄の言うことは嘘《うそ》ではないようであった。

「おい竹井、すまなかった。おれの頭を思いきりぶんなぐってくれ、おれという人間は駄目《だめ》な人間なんだ。なにをしても、だめなんだ」

春雄は岳彦の足もとに坐りこんで泣き出した。

「泣いたって谷村さんは生き返りはしないのだ」

岳彦の方が泣きたい気持だった。

9

その年の正月には三組のパーティーが徳沢園の冬期小屋を訪れた。一組は槍ヶ岳、一組は北穂高岳を眼ざしていた。あとの一組は前穂高岳北尾根第四峰奥又白側正面岩壁新村北条ルートを狙《ねら》っていた。この息の切れるような長い呼名も、徳沢園に真冬にやってくるような登山者の間では、四峰正面岩壁で通っていた。この岩壁は夏期においても、かなりのベテランでなければ挑戦《ちょうせん》しなかった。ましてや、冬期にこの岩壁を登った者はいなかった。

四峰正面岩壁を狙って来た者は紫雲山岳会の三名だった。二月を期しての攻撃のための偵察《ていさつ》と荷上げであった。その紫雲山岳会の三人は、沢渡《さわんど》の茶店気付で送られて来た岳彦あての手紙の束を持っていた。その中に嶺風《れいふう》山岳会の松田浩一と船山三郎の手紙が入っていた。

「二月の下旬か三月早々に四峰正面新村北条ルートをやるつもりです。あなたとの約束もあるので一応お知らせする」

という意味のことが書いてあった。

二人は去年の夏、滝谷のクラック尾根を岳彦とザイルを組んで登った折、冬期四峰正面初登攀《はつとうはん》を一緒にやろうと約束したことを実行しようというのであった。岳彦はその手紙を何度か読み返した。松田と船山が岳彦の足が不自由であるという、ハンディキャップを無視して、記録的登攀のパーティーに加えようという好意に泣けた。去年の夏、谷村弥市が第四峰から墜落死した後、岳彦の責任を追及する文章が山岳雑誌に載ったときも、松田と船山は岳彦のために弁護の文章を書いた。二人が、四峰正面攻撃隊に、岳彦を加えようというのは、かねての約束もあったが、岳彦の痛める心をなぐさめるためであることは明らかであった。

（すまない、ほんとうにすまない）

岳彦は心の中で言った。そしてすぐ岳彦はその四峰正面岩壁が、紫雲山岳会に狙われていることに気がつくと、少々あわてた。三月に松田と船山が来たときに、既に冬期初登攀の栄誉は、紫雲山岳会に奪われているかもしれない。岳彦は松田と船山に一カ月予定を繰り上げてやって来ないかと手紙を書いて、槍ヶ岳登山を終って帰るパーティーに、依託した。

紫雲山岳会の三人は、去年の秋徳沢園が店を閉めるころ、荷物を運び上げて冬期小屋の物置に入れて置いた。第四峰正面攻撃の予定はそのとき既に立てられていたのであった。岳彦は紫雲山岳会の荷物があることは知っていたが、冬山縦走のために持ちこんだものだと勝手に考えていたのである。紫雲山岳会は社会人山岳会としてかなり名が知られていた。正月には三人が来たが、その人たちが帰ると新しい三人がやって来た。吉村、篠原《しのはら》、肥後《ひご》の三名は、徳沢園についた翌日の夜から行動を開始した。前の三人が松高ルンゼ出合まで担《かつ》ぎ上げてデポしておいた荷物を、又白池まで深雪の中を担ぎ上げるのが彼等《かれら》の任務であった。

三人は充分な用意をして、午後十時に徳沢園を出発した。雪崩《なだれ》をさけるために深夜に行動することにしたのである。

だが、三人が徳沢園を出てから間もなく吹雪になった。ひとたび降り出すと三、四日は降りつづけるのが、このころの気象の特徴であった。

岳彦は、彼等三人が引き返して来るものと思っていた。だが三人はその翌朝になっても帰らなかった。雪が降り出して二日目の昼過ぎ、岳彦は遠雷のような音を聞いた。奥又白谷で表層雪崩が起ったのだなと思った。音は山々に反響して聞えて来るから、奥又白谷で起ったと断定はできなかったが、その可能性は充分あった。彼は三人のことを思った。もしかしたら今の雪崩にやられたかもしれないと思うと、出て行くのを引き止めなかった自分の責任のように気がとがめた。

雪は更に降りつづいていた。雪が降り出して三日目の夜になって、吉村が一人で這《は》いこむようにして帰って来た。

吉村は口がきけなかった。手も足もひどい凍傷を受けていた。岳彦は吉村にまず砂糖湯を飲ませてやった。血の気を失った顔に表情が浮んだ。

「雪崩にやられた」

それが吉村の最初の言葉だった。

三人は松高ルンゼ出合にデポして置いた荷物を掘り出して、又白池を眼ざしたが、吹雪にさまたげられて動きが取れなくなった。彼等はそこであきらめて引き返せばよかったのだが、そこに雪洞《せつどう》を掘って雪が止むのを待ったのだ。雪崩にやられたのは、岳彦がきのうの昼ごろ大きな雪崩の音を聞いたときらしかった。吉村一人はようやく雪の中から這い出したが、あとの二人の姿は見えなかった。吉村は友人二人の姿を求めて、その危険な場所に更に一日近くいたのである。雪崩はつぎつぎと起って、その厚さを増した。

「あのすごい吹雪の中を登るなんてもともと無理なことだったのです」

吉村は消え入りそうな声で述懐した。

「とにかく、天気が恢復《かいふく》したらその場へ行ってみよう」

岳彦はその用意をした。二人が生きていることを期待するのはむずかしいように思われた。吹雪は四日降りつづいて止んだ。岳彦は吉村をつれて松高ルンゼ近くまで行ったが、日が高くなると雪崩の危険があるから、それ以上は近づけなかった。そこは以前とすっかり変っていた。紫雲山岳会の篠原と肥後は数メートルの深さのデブリの下に眠っていると見るより仕方がなかった。手の出しようがなかった。近づきようもなかった。しかし、それを放って置くわけにはいかなかった。吉村は雪の中に倒れこんでおいおいと泣いた。その吉村の手と足の凍傷はかなりひどいものであった。至急医者の手当を受けないと、岳彦と同じように、足を切らねばならないような事態になるおそれがあった。

岳彦は吉村を伴って下山することに決めた。一人で帰れとは言えない状態であった。岳彦は、小屋の中に置き手紙をして、徳沢園を後にした。

松本で紫雲山岳会と連絡を取って、吉村を入院させてから、岳彦は東京行きの列車に乗った。この冬の大雪の降る前に、岳彦は、下又白谷出合の岩壁で登攀練習をした。氷壁においていかに上手にアイゼンを使うかという研究を一人でやっていたのである。岳彦のアイゼンはかなり磨耗《まもう》していた。新しいアイゼンを買うか、そのアイゼンの爪《つめ》を砥《と》ぎ上げるかどっちかであった。アイゼンだけではなく、第四峰正面岩壁をやるとすれば、今までの彼の装具では不充分であった。彼は松田や船山に装備が悪いがために迷惑を掛けたくはなかった。岳彦の上京は装具を整備することが目的だった。

この年東京では流行性感冒が猖獗《しょうけつ》をきわめていた。岳彦の家では、父も母もこの悪性の風邪にやられて寝ていた。弟の六郎が看病に当っていた。

「いいところに来てくれたね、兄さん」

六郎は看病を岳彦に譲ると大学へ出かけて行った。大学へ行くのは口実で、六郎は看病に飽きていたのである。

岳彦は、枕《まくら》を並べて寝ている両親の看病をした。高熱がつづいていた。氷枕の取り替えやら、病人のための食事など、やる仕事はいくらでもあった。

岳彦は三日間両親の看病に当った。夜は部屋の隅《すみ》にあぐらを搔《か》いて、ときどき仮眠を取るだけだった。そんなことをしていると風邪を引くから、ちゃんと布団《ふとん》に入って寝ろと、両親の方が心配した。

「上高地の寒さにくらべたら、東京はまるで夏のようなものですよ」

岳彦は笑っていた。

「でも、三日も眠らずにいたら疲れるでしょう」

母が言った。

「山ではねお母さん、二晩や三晩寝ないで、吹雪と戦うのはそう珍しいことではないんです。山にいると、そういうことには馴《な》れっこになるものです」

岳彦は疲れを見せないし、看病に飽きた顔もしなかった。四日目に父の玄蔵が起きた。五日目に母の菊子がようやく床を離れた。

「今度は随分お前に厄介《やっかい》になったな」

玄蔵は岳彦に礼を言ってから、

「急に東京に帰って来たのは、山の道具でも買うためだろう」

と言った。岳彦が嶺風山岳会の松田浩一と電話で話しているのを聞いたもののようであった。

「六郎とお前と比較すると、お前の看病ぶりには誠意が感じられる。大学で教えられることと、山という自然に教えられることと、どちらが人間を形成する上に価値あるものか、おれは寝ながら考えていた。お前は大学を嫌《きら》って大学へ行かないが、それでもいいような気がして来た。岳彦、おれはお前を大学へ出すつもりで、六郎にかけてやっているのと同じだけの学資をお前にやろう。その学資で山という大学を立派に卒業するがいい。だが大学には年限があるように、山という大学にも一応四年という年限を置こう。その期間が過ぎたら、お前は山を卒業して、自分で生きて行く道を考えるがいい」

玄蔵は、今までになくきびしい眼で言った。岳彦は涙が出そうになるのを一生懸命にこらえた。父が山を認めてくれたことが嬉《うれ》しかった。おそらく甲府にいる兄一郎の口添えもあっただろうが、岳彦の山に対するひたむきな傾倒が単なる好きとか趣味とかいうものでないことがほのかに分ってくれたのだと思った。

玄蔵は岳彦に冬山装備に必要なだけの金を学資としてくれた。岳彦は笑いたいような泣きたいような複雑な気持でそれを受け取った。

「よかったね岳彦」

父が役所へ出勤したあとで母の菊子が言った。母の眼に涙があった。父を説得したのはこの母なのだ。ほんとうに自分の気持を理解してくれているのはこの母なのだと岳彦は思った。母を悲しませるようなことをしてはならないと思った。

岳彦は久しぶりで東京の町に出た。御茶ノ水で国電を降りて、駿河台下《するがだいした》へ向って歩きながら、東京というところはなんだってこんなに人が多いのだろうかと思った。その日の夕刻、岳彦は嶺風山岳会の松田と船山に会った。岳彦は紫雲山岳会の遭難事件を二人に告げた。

「表層雪崩か……」

松田は腕を組んで暗い顔をした。

「無理をし過ぎたのではないかな」

船山は静かに言った。無理をし過ぎたという一言のなかに、遭難が起った原因のすべてを包含していた。紫雲山岳会の本部が、三人にどのような指令を与えたか、三人がその指令をどのように受け取ったか、そして天候判断は……船山は岳彦の顔を見た。

岳彦は上高地の主《ぬし》である。岳彦はこの事件についてどのように考えているか、その意見を聞きたいようであった。

「無理と言えば無理でしょうね、冬期第四峰正面岩壁をアタックするということ自体が無理なことだと思います。今ごろの季節に、吹雪のない日を求めることは困難だし、奥又白谷はどっちみち雪崩の巣です。その雪崩の巣を突破しないと女王蜂《じょおうばち》には近づけないんです」

岳彦は唸《うな》るように言った。日に焼けた赭黒《あかぐろ》い岳彦の顔がいくらか俯《うつむ》き加減になっていた。

「しかも、その女王蜂は毒のある針を持っていて、岩壁に取り付こうとする若者を刺し殺すというのだろう」

松田は笑いながら補足した。

「それでなにかうまい手は……」

船山は身体を乗り出して岳彦の顔を見詰めた。

「うまい手はありません。一にも二にも三にもチャンスですよ。吹雪が三、四日つづいたあと、二、三日天気がつづくことがあります。その間に一気にラッシュするより仕方がないでしょう。もっと具体的に言うと、天気になった夜、雪のしまるのを待って、荷物を背負って、雪崩の巣を踏み越えて、又白池まで荷上げをするのです。荷上げは二日と見なければならないでしょうな。此処《ここ》にベースキャンプを張って、一気に四峰正面岩壁を狙《ねら》うということになるでしょうな。成功の可否は、又白池まで予定通りに荷物が上げられるかどうか、ベースキャンプに着いてからも、尚《なお》天気が持続するかどうかという点にあります」

そうだろうな、と松田と船山は同時に言った。二人は岳彦が言ったようなことを大体考えていたのである。念を押したような結果になった。

「ベースキャンプで吹雪《ふぶ》かれたらどうする」

船山は悪い条件を持ち出した。

「晴れるまでに食糧が尽きたら敗退ということでしょうね。敗退と言っても、うっかり吹雪の中を引き返すと、紫雲山岳会と同じような目に会うかもしれません」

三人はそれで黙った。秋の間に、又白池まで荷物を持ち上げてデポして置けばよかったなどと考えたところで、どうにもならないことであった。

「支援隊を多くして、徳沢園から又白池までの荷上げをスムーズにやることだな」

松田は頭の中で支援隊のメンバーを考えているようであった。

岳彦は大きな荷物を背負って上高地に帰った。第四峰正面岩壁アタック用の、彼自身の食糧と装具であった。彼は岩壁には自信があったが、ボッカには向かないと言うよりも、ボッカはできないと言ったほうが正しかった。

一般の成年男子ならば、十文半ないし十一文ぐらいの靴《くつ》を履く。もし彼の凍傷で切り取られた足を収容する靴を文数で言ったならば、せいぜい六文ぐらいであろう。しかし彼は、そんな小さな靴を履いてはいなかった。婦人用登山靴程度の靴を履いて山を歩いていた。靴の底が、彼の足の裏としての役目をして、彼の体重を支えていたのである。だが二十キロ、三十キロと重い荷物を背負うと、完全な足でない足はその荷重に悲鳴を上げた。重さのために、足の骨はくだけそうに痛かった。山においては、荷物を背負うこと以外のことなら、彼は誰《だれ》にも負けなかった。その彼が三十キロの荷物を背負って上高地に向った。それは彼自身のアタック用食糧であり、装具であったからである。

徳沢園に着くと、紫雲山岳会の置き手紙があった。遺体の収容に来たが深雪で発見できなかった。春を待ってまた来ると書いてあった。冬期小屋には雪が吹きこみ、小屋全体が凍ったように寒かった。

岳彦は第四峰正面岩壁登攀《とうはん》を成功させるために考え得るあらゆる準備をしなければ

ならないと思った。それは、彼の義務のように思われた。上高地に着いてしばらくは天気が落ちつかなかったが、吹雪が止んで、日が出ると、彼はいよいよ彼の計画の実行にかかった。彼は三十キロの荷物を担《かつ》いで又白池のベースキャンプまで登ろうと考えたのである。何時《いつ》でも出発できるような支度をして、彼は眠った。頭が冴《さ》えて眠れなかった。彼は起き上って置き手紙を書いた。

「松高ルンゼを又白池ベースキャンプに向って登る。二月二十三日夜半」

二十三日夜半になるまでには、まだ数時間あった。もし行動中にアクシデントがあっても、この置き手紙によって、彼のことは分るだろうと思った。小屋番をしている間、どこかに出て行くときは、万が一のために、岳彦は必ずこのようにしていたのである。

その夜遅くなって、みしみしと雪のしまる音がした。岳彦は起き上ると、すぐ炉に火を焚《た》きつけて、餅《もち》を焼いて油紙に包んで腹巻に入れた。別に二つの焼いた餅の間に、ヘッドランプの乾電池を挟《はさ》んで、下着の毛糸のシャツに縫いつけたポケットの中に入れて、そこから取り出した電線をヘッドランプにつないだ。乾電池はきびしい寒さに会うと、その能力を失うから、そのような方法を考えたのである。経験が生んだ乾電池の保温法であった。すべての用意ができてから、彼は炉の火に水をかけて消した。

（再び此処に戻《もど》って来られるだろうか）

彼はふとそんなことを考えた。

三十キロの背中の荷物は、彼が梓川の氷上の雪の中に一歩踏みこんだときから彼を苦しめた。奥又白谷に入ると想像以上に雪が深かった。身一つでも、動きの取れないような深雪であった。雪はスキーごと彼を呑《の》みこもうとした。その雪を踏みしめながらの一寸きざみの前進に、彼は疲れ切った。ヘッドランプが頼りであった。方向が間違っていないことははっきりしていたが、どうにもならないもどかしさに彼はしばしば腹を立てて、スキーのストックで雪面を叩《たた》いた。スキーがもぐるのは雪がしまっていないことと、荷が重いためだった。雪がしまっていないことは、日が出ると雪崩が起る危険性を示唆《しさ》していた。彼は、どこからどこまでが危険地帯であるかよく知っていた。なにがなんでも松高ルンゼに入りこみ、日が出るまでに奥又尾根に逃げこまないと危険であった。スキーの裏が団子《だんご》になった。雪にしめり気があるのだ。それもまた危険信号であった。

吐く息が目出し帽に着いて、氷の皮膜を作った。ごわごわした感じだった。山はつぶやきつづけていた。時折、びしっと鞭《むち》をふるような音がした。雪が凍っているのだ。夜明けの寒さの中を彼は奥又尾根を眼《め》ざしていた。やがて起るだろう、雪崩を回避するためと、寝場所を探すためであった。

彼は大きなダケカンバの下に雪洞《せつどう》を掘ってその中に荷物を入れ、その上に腰をかけて、ツェルトザックをかぶった。そして腹巻の中に入れて来た餅に砂糖をつけて食べた。餅はやや固くなってはいたが、温か味を持っていた。食べて直《す》ぐ彼は眠った。日が出たことも風が吹いていることも夢の中であった。彼は夢の中で、ボッカの苦しみにあえいでいた。時間の経過を彼はうすうすと知っていた。日が高く上って、雪の表面を暖め、そこに風がいたずらをしかけていることも夢の中でぼんやりと眺《なが》めていた。大地が揺れた。轟音《ごうおん》が彼の目を覚ました。ツェルトザックをはねのけて見ると、彼がビバークしていた二十メートルほど下部に表層雪崩が起っていた。

彼は起き上って、その場所が安全かどうかを確かめてから、念のために、彼の身体をザイルで、ダケカンバの古木に縛りつけてから、今度こそ安心して眠りこけた。

その夜遅くなってから彼は再び行動を起した。そこからはスキーよりもわかんのほうが歩きよかった。彼は一歩一歩を確実に移動していった。夜が明けてから彼は又白池の、通称宝の木と言われている地点に着いて、宝の木の下に穴を掘って荷物をデポしてから、きのうと同じように、眠りに入った。午後になって風が出た。飛雪が視界を閉ざした。

夜になって吹雪になった。岳彦は降って来る雪華を手に受けとめて眺めた。大きな雪華が、かたまり合っていた。こういう雪が降り出すと二、三日は止まなくなる。

「帰るなら今だ」

夜になったばかりで、まだ雪はしまってはいないし吹雪である。雪崩の危険は皆無ではなかった。だが彼は吹雪の中を下山して行った。降る雪との競争であった。一定量の新雪が旧雪の上に積り、そこにショックを与えれば表層雪崩が起るのはごく当然なことである。ショックとは彼が雪面を踏み、雪と雪との粒子のつながりを切断することであった。

岳彦は吹雪の中を猫のように降りて行った。身軽だった。邪魔なものは肩に担《かつ》いだスキーだけであった。夜だからスキーを使うことは危険だった。

徳沢園の戸を開けるとき彼は、

「ただいま」

と大きな声で呼んだ。人がいてもいなくともそうするのが彼の習慣だった。囲炉裏《いろり》のあたりから物置の方へなにかが走った。ネズミである。靴を脱いで囲炉裏端に坐ると、置き手紙をつけ木がわりにして火を焚《た》きつけた。間もなく、炎が彼の顔を赤く輝かせた。

嶺風山岳会の五名のメンバーは、それから三日目に吹雪をおかしてやって来た。五人とも大きな荷物を背負っていた。

「雪の中のボッカはつらいね」

松田は汗を拭きながら岳彦に言った。それが挨拶《あいさつ》がわりだった。

徳沢園の冬期小屋は五人の男たちを迎えて、にわかに活気を呈した。

「いったいこの吹雪は何時《いつ》止むだろうか」

上高地のことは岳彦がすべて熟知でもしているかのような訊《き》き方をされると、岳彦は、毛布の中に包んで置いてある携帯用ラジオにスイッチを入れて天気予報を聞かねばならなかった。そのラジオは兄の一郎が岳彦の冬の無聊《ぶりょう》をなぐさめるために買ってくれたものであった。岳彦は乾電池を節約するためにニュースだけ聞くことにしていた。

岳彦は久しぶりで漁業気象放送を聞き、天気図を引いた。西高東低の冬型の天気であった。太平洋側は晴れていて、日本海側は雪だった。

「どうかね、明日は晴れるかね」

晴れると言って貰《もら》いたかった。天気図を引いたところで、晴れるか晴れないかは分らなかった。此処《ここ》は中部山岳地帯である。日本海上の水蒸気を土産にして日本の脊梁《せきりょう》山脈に吹きつける西風は、そこで土産の水蒸気を雪に変えて落して、身軽な、乾いた空っ風となって嬶天下《かかあでんか》の関東平野を吹き通って行くのである。

上高地をこの冬の気象現象の中に、どう位置づけるかは、そのときによって違った。あるときは、立山《たてやま》連峰的な性格を現わして連日、雪を降らせることもあるが、突如として、太平洋側らしい顔になり、立山連峰では吹雪いているのに、この地では晴れていることもあった。一般的には、西風の矢面に立たされて豪雪の場となる立山連峰の降雪のおこぼれが、穂高連峰を曇らせると考えられているが、実際には、冬期の西風に対して、ここら一帯は全体的に、雪を支える山であって、立山連峰的気候、後《うしろ》立山的気候と強《し》いて区分するのに困難な場合が多いのである。

「どうしたんです、竹井さん。まだ降りつづくのですか。もう止むのですか」

何度も同じことを訊かれたので、岳彦は止むなく答えた。

「明日はからりと晴れますよ」

でたらめだった。気象台だって、この地の雪の予想はできないのに、おれができるはずがないじゃあないか、そう思いながら言ったのである。ところが岳彦のその予報が当った。翌日はからりと晴れた。

「ようし今夜から荷上げだ」

松田が言った。

その日の午後、まばゆいばかりの雪の中を、岳彦の案内で外へ出た。梓川に出て、そこから双眼鏡でルートを確かめるためだった。

雪崩が白い滝となって落ちた。白い噴煙が立ち昇って、ゆっくり消えた。轟音が乾いた空気を震わせた。岳彦は戦争中の爆撃の音をふと思い出した。防空壕《ぼうくうごう》にひそんで聞いた、遠くの何処《どこ》かが爆撃されているその音によく似ていた。あの音は、やがてこっちにやって来る——そう思いながら慄《ふる》えていた子供のときのことが、なぜ、雪崩の中に思い浮んだのだろうか。表層雪崩は更につづいた。

男たちはなにも言わずに、その恐るべき自然現象を見詰めていた。

10

六人はかまぼこ型のテントの中で眠りこけていた。又白池の雪の上に設営されたそのテントには燦々《さんさん》と日が降りそそいでいた。風もなく、三月の上旬としては比較的暖かい日であった。

六人は徳沢園から凍結した梓川《あずさがわ》の上を渡って、中又白出合、松高ルンゼを通って、又白池まで二日間に渡って荷物を担《かつ》ぎ上げた。この作業は雪崩《なだれ》を警戒してすべて夜半過ぎから明け方までに行われた。そして二日目の午前九時にすべての荷揚げは終ったのである。

六人が眼を覚ましたときはすでに日はかげっていた。

「おい、みんな起きろ、出発だ」

嶺風《れいふう》山岳会の松田浩一はシュラーフザックのチャックを開けて、起き上ると、かまぼこテントがびりびり震えるような大声を上げた。なに出発だ、どうしたんだ、雪崩か、などと口々に言いながら寝ぼけまなこで起き出た隊員に松田浩一は言った。

「明日の朝、未明に出発する。その準備を今のうちにして置こう」

と今度は静かな声で言った。

松田、船山、大杉、そして岳彦の四人が四峰正面岩壁新村北条ルートを眼ざしてアタックすることになっていた。二日間に渡ってボッカに協力した中村と石原は、会社の勤務の都合でその夜のうちに下山しなければならなかった。徳沢園での天気待ち三日が彼等《かれら》に下山を余儀なくさせたのである。

六人はいっせいにテントを飛び出した。日はかげっていたがまだ外は明るかった。彼等は山々に向って深呼吸をしてから、足もとの雪を踏み固めて、テントの外でやった方が仕事がはやく片づくと思われるものから先に片づけて行った。ザイルに雪をつけるなよという声が互いにかわされた。どうせいつかは雪がつき、凍り、棒のようになるのだが、準備の段階ではそうなってはならないのだということを各人がよく了解していた。

「アタック用の携行食と非常食は各人が責任を持つことにしよう」

松田浩一がテントの中で怒鳴る声がした。餅《もち》、ビスケット、サラミソーセージ、チーズ、乾葡萄《ほしぶどう》、飴玉《あめだま》、そしてこのころそろそろ市場に出始めていたインスタントラーメンなどが彼等の携行食糧であった。それらのうち、乾葡萄、飴玉、ビスケット、チーズなどはできるだけ身につけて置いていつでも食べられるようにして置けと、サブリーダーの船山三郎が指示した。

岳彦は言われるままにしておればよかった。彼は嶺風山岳会員ではなく、フリーな立場で客員としてこのパーティーの一員となったのだから、特に責任ある仕事を分担させられることはなかった。彼の責任といえば、徳沢園からここまで一行を案内して来たことであった。雪崩を避けるために、夜を選んだのも、岳彦の強い主張が通ったのである。とにかく、雪崩の巣を通ってここまで荷物を揚げてしまったことはまずまず、一行に取って、幸先よいことだと思わねばならなかった。

アタック隊の用意が終ったのは暗くなってからだった。彼等はそれから夜の食事を始めた。

「今夜は中村君と石原君の送別会だよ」

と大杉が言うと、

「いや、そうではないですよ。あなた方四人の送別会ですよ。ぼくらはこのまま里へ帰るけれど、あなた方はザイルにつながれたまま天国へ行ってしまうかもしれませんからね」

中村はそんな憎まれ口をきいたが誰《だれ》も怒る者はなかった。

「恋人にでも書き残すことがあったら、いまのうちに書いて置いた方がいいですよ」

石原が大きな手を出して言った。

「恋人なんて気の利《き》いた者を持ってる奴《やつ》は冬山の、しかも岩登りになんか出て来るものか」

大杉は笑って答えた。そうだな、岳彦は自分のことのように大きくうなずいた。青春を山に傾け出してから幾年になるだろうか、その間たった一人の女性も岳彦の前に現われないのは不思議であった。夏になると、男性と女性との登山客はほぼ同数ぐらいやって来る。涸沢《からさわ》小屋にいる涸沢貴族の伯爵《はくしゃく》も元帥《げんすい》も熊襲《くまそ》もけっこう山のガールフレンドを持っているのに、自分のところへは誰も来ないのは、やはりこの足のせいだろうか。岳彦は、ラジウスの青い炎を見詰めながらふと考えるのである。（だが、こんどこそ、この両足に働いて貰わねばならない。冬期四峰正面岩壁初登攀《はっとうはん》という新記録が、ここにいる岳友たちと共に成し遂げられたならば、この足が人並以上の足だったことを証明されたことになる）

岳彦はそう考えていた。

食事が終った六人は、明早朝の出発のために眠りについた。

午前三時、彼等は起き上って、餅を焼き、魔法瓶《テルモス》に入れて置いた紅茶を飲んだ。外は吹雪の様相を帯びていた。それほど激しい吹き降りではなかったが、雪が降り出したことは間違いなかった。帰路を急ぐ、中村と石原は、急いで下山しなければならなかった。

彼等は、やあ、やあの簡単な挨拶で別れた。

午前四時、四人のパーティーはテントを後にした。だが、そのころから吹雪は非常に激しいものになった。とても岩壁に登れるような状態ではなかった。

松田浩一はテントに帰ることを決意した。たった三十分ほどの行動だったが、又白池の宝の木の隣のテントを探し出すのに骨が折れるほどだった。

停滞はその日から始まった。四人はなにもすることがなく、テントの中で、吹雪の音を聞いていた。各自が勝手なことをしゃべり、しゃべり疲れるとシュラーフザックに入って眠った。時折、交替で、テントを埋めようとする雪を排除する以外に仕事はなかった。寝てばかりいるのに意外に食欲は旺盛《おうせい》だった。四人とも二十代の青年だった。共通の話題としては中村と石原が無事に徳沢園に着いたかどうかということであった。

「ほんとうに吹雪になったのは彼等がここを出てから一時間後でしょう。それに雪は降り出したばかりだから、雪崩の心配はない」

岳彦は断言した。

みんなが若いから、こういう場合はセックスの話題が多くなる。そういう話になると、岳彦は黙って聞いているよりしようがなかった。

吹雪は三日目の夕刻ごろから衰えを見せ始めた。岳彦は携帯ラジオで一日一回天気図を引いていた。西高東低の冬型の天気がつづいた。天気図を引いてみたところで明日の天気がよくなるかどうかは分らなかったが、そうしていると、なんとなく気がまぎれた。岳彦は天気図を引き終ると必ず、

「明日は晴れるぞ」

と言った。どうせなら希望の持てるような発言をしたほうがよかった。

「ほんとうかな」

誰も岳彦の天気予報は信じていなかったが、一応翌朝はすぐ出発できる用意をして寝た。関東地方は連日晴れており、日本海方面は雪が降っていた。そのようなきまりきった日本の冬の気候とは全くかけはなれたところに、中部山岳の気象は動いていた。

「おい晴れたぞ」

雪が止んだことを真先に発見したのは、船山だった。午前四時であった。風は相変らず強く、雪を吹きとばしていたが、星が輝いていた。

四人は出発の準備にかかった。彼等には設定したとおりの荷物の振り分けがなされて、テントを出たのは五時過ぎであった。

岳彦は彼自身の持ち物とアタック用食糧の入っているサブザックを背負っていた。四人のパーティーの共有物であるザイルやハーケンやカラビナや、予備の共通食糧や燃料や、ツェルトザックなどは、すべて嶺風山岳会員が背負ってくれた。なにか持とうと岳彦が言っても、松田は首を横に振った。岳彦は客分として扱われ、いたわられているのだと思うと、無理にでも持ちたかった。客扱いされたくなかった。

「竹井君、君はラストをやってくれ。君の仕事は、岩壁に取り付くまでの道案内と雪崩の見張りだ」

「それなら、トップをやりましょう」

「いいんだラッセルは俺《おれ》たちがやる」

俺たちと松田に言われたとき、岳彦は、俺は嶺風会員以外の人なのだなと、はっきり知らされたような気がした。

「そうですか、それならそうします」

岳彦は彼に与えられた任務を忠実に守ろうとした。俺は上高地の主《ぬし》なのだ。この辺の雪のことや地理に、俺ほどくわしい者はいないのだ。

「おおい、もう少し左だ。あの雪をかぶったブッシュの左を大きく捲《ま》くのだ」

岳彦は怒鳴った。

奥又尾根から本谷に向って踏みこむところに一カ所胸までつかるほどの深さの雪の吹き溜《だま》りがあったが、総じて腰ほどの積雪を松田、船山、大杉、岳彦の順序で歩いていた。松田、船山、大杉の三人はラッセルを交替したが、松田は岳彦を常に最後尾に置くようにした。

大滝山の稜線《りょうせん》に太陽が出ると、前穂高岳連峰はいっせいに輝き出した。その朝のバラ色の山の輝きは岳彦には珍しいものではなく、天気さえよければ毎朝見られるものであったが、吹雪に三日も閉じこめられて、いざ四峰正面岩壁に向うのだ、ときめたこのときに見たモルゲンロートは、かつて彼が見たどのモルゲンロートよりも美しく見えた。彼はその輝きの中に成功を期待していた。

ここは何度か通ったところだった。辰村昭平と四峰正面岩壁明大ルートをやったときも、偵察《ていさつ》と、攻撃とそしてC沢に墜死した彼の遺体を収容するためにここを踏んだ。そして去年の夏、谷村弥市がC沢に落ちて死んだときも、ここを通ったのだ。岳彦は谷村弥市が死んだあとに、ある登山家が山岳雑誌に岳彦のことを書いた一文をいまでも覚えている。

（私は竹井岳彦をよく知っている。彼は人間的に愛すべき男であり、登山の経験も豊富である。徳沢小屋の冬期小屋番をしながら、その辺を歩き廻《まわ》って、小才の利いた文章を山岳雑誌などに投稿しているから彼の名は、山仲間にはかなり知られている。しかし彼の名が知られたほんとうの理由は、彼が既に三度遭難を起して、その度ごとに一人ずつ相手を死なせたことである。第一回目は八ヶ岳で河本峯吉を失い、第二回目は前穂正面岩壁で辰村昭平を不帰の客とし、第三回目は前穂第三峰基部で、谷村弥市を墜死にいたらしめたのである。三回共に不可抗力的な事故であり、彼の責任ではないかもしれないが、私は彼とはいかなることがあろうともザイルは組まないつもりで

ある。私は死にたくないというよりも殺されたくないからである)

岳彦はこの針を含んだ文章を投げつけられたとき、敢《あ》えて抗弁しようとはしなかった。そのとおりだったからである。この記事があったせいか、その後彼とザイルを組もうと言ってくれた者はなかった。しかし松田と船山は、岳彦を弁護してくれたばかりではなく、彼と約束した四峰正面岩壁登攀に彼を誘ってくれたのである。

岳彦は先行する三人がラッセルした雪の中を歩くのだから比較的に楽だったが、それでも、深雪の急勾配《きゅうこうばい》を歩くのは容易なことではなかった。

岳彦はときどき方向を指示した。C沢に入ってからは、どこをどう歩いても同じようなものであった。左手上部に白いインゼルが見えた。インゼルとは島ということだった。白い島が本谷をC沢とB沢に分けているのだ。

日が昇った。日が昇ると間もなく雪崩の時間になるのである。それまでに正面岩壁の取付き点まで到着したかった。岳彦の気持は先行する三人に通じているらしく、ほとんど休むことなくラッセルをつづけていた。先頭は頻繁《ひんぱん》に交替した。

四峰正面岩壁が眼の前にせまり、全体的には、白い岩壁のところどころに、黒い模様が点在していた。風によって岩の稜角が露出した部分もあるし、オーバーハングの陰の部分が黒い口を開けているところもあった。

彼等はついに大岩壁の取付き点に達した。四人は雪の中に立ったまま餅を食べた。肌《はだ》に抱いていたからまだ温かであった。水筒の水は凍ってはいなかった。

そこで四人はそれぞれの装具を点検した。松田、船山、大杉、竹井岳彦の順位がきめられた。松田が短い言葉を吐くだけで、他《ほか》の三人は黙っていた。

松田が動き出した。第一ピッチは雪の中の格闘であった。第二ピッチから松田は氷のついた岩に取り付いた。

トップの松田は雪と氷のガリーを乗り越すのに苦労していた。進路を遮《さえぎ》る雪のブロックを落し、氷壁に足場をきざみながら、カンテに出たところでハーケンを打った。ハーケンの歌声はひどく冷たかった。松田の登って来いという合図があるまでのしばらくの間を、三人は耳を澄ませて風の音を聞いた。午後になって風は落ちた。岳彦はその風の落ちたのが不安だった。三日も吹雪《ふぶ》いたあとは、しばらくは北西の強風が吹くのが当り前だった。なぜ風が落ちたのだろうか。トップが交替した。船山は急斜面のガリーを直上した。このころから四人の登攀者の間に一つのリズムができつつあった。一歩一歩が生と死を分ける格闘だとは誰も考えてはいないようだったが、登攀の過程に立たされた者は、誰もが、自分自身の責任を痛いほど思いつめていた。自分の動きをじっと見詰めている他の三人の眼があるかぎり、滑ってはならないと思った。

大杉がトップに立ってからの、二十メートルの登攀は草付きの場を氷で固めた、叩《たた》けば金属性の音がするような壁だった。いつの間にか日がかげっていて、寒さが身にしみた。ハイマツテラスが彼等のその夜のビバーク地点だったが、垂直にも見えるような、雪と壁の上部にあるハイマツテラスははっきり見えず、そのすぐ上の大オーバーハングの黒い岩が見えた。岳彦は大オーバーハングだけがなぜ一片の雪もつけていないのだろうかと、いぶかしく思った。それはこの岩壁の奇蹟《きせき》のようなものだと心の中で言ってみたが、雪をつけていない岩はほかにもあるから、特に奇蹟だというほどのことはなく、むしろ、奇観と呼ぶべきだとも思った。大杉がそろそろトップを交替しなければならない時期に来ていた。

（ハイマツテラスまでの二十五メートルの最後のピッチはこの俺だ）

岳彦はそう思った。その日の登攀の最後を飾るにふさわしい岩壁だった。雪がつき過ぎているなと思った。その雪のブロックに、大きなショックを与えないようにして、邪魔なブロックだけ叩き落さなければ、ハイマツテラスまでは行けないのだと岳彦は、そのルートに横たわる困難を頭の中で計算していた。が、最後のピッチのトップは岳彦には与えられなかった。松田が、大杉と交替してトップに立ったとき岳彦は、やはり自分は客員としてしか見て貰《もら》えないのだと思った。ちょっと淋《さび》しい気持だったが、もともと嶺風山岳会がこの登攀の主体をなすものだから、嶺風山岳会員が、困難な仕事は自ら切り開いて行くべきだと考えると、なんとか我慢ができた。松田はピッケルを振るって雪のブロックと戦いながら、間もなく姿をかくした。松田のアイゼンの音や、ピッケルで氷をカットする音やハーケンを打つ音が聞えた。ときおり、ずっと上にいる彼の息遣《いきづか》いまで聞えることがあった。山は静かなのだ。岳彦は空を見上げた。一点の雲もなかった。空を見上げた眼を大滝山の稜線に向けると月が昇っていた。山々の姿はもう、さだかには見えなかった。彼等が登っている岩壁の白さも薄らいで、すべてが夜の鈍色《にびいろ》に変りつつあった。

岳彦が最後にハイマツテラスに這《は》い上ったときには既に暗くなっていた。そこは雪でおおわれていて、四人がツェルトザックを張ってまどろむのには、やや窮屈ではあったが、岩壁上のビバーク場所としてはむしろ恵まれ過ぎていた。

四人はそれぞれの身体《からだ》を岩壁にビレーした。寝ている間の事故を防ぐためだった。ザイルがうるさく彼等の身体を取り巻いたままの形で、四人は夕食を取った。固形燃料の缶《かん》のふたをあけて火をつけると、テントの中は急になごやかな気持になった。水筒の水は凍っていたが、そのまま火の上に置くと直ぐ溶《す》けた。夕食用に用意して来た餅を彼等は、身体のあっちこっちから探し出した。腹巻の中に入れて来た者もあったし、胸に抱いて来た者もいた。体温のために、まだいく分やわらかだった。彼等は餅を食べ、アタック用食糧として用意して来たチーズやサラミソーセージや乾葡萄をてんでに出して食べた。ローソクの火のまわりに四人の手が寄った。

「さあ、これから餅焼きだぞ」

松田が言った。用意されて来た餅焼き網が、火の上にかけられた。一度にそう多くは焼けなかった。餅が焼けると、それは今朝やったと同じように、ビニールに包んで、それぞれの懐中におさめられて行った。三個の固形燃料の缶に一度に火が燃えると、ツェルトザックの中は、暖かいなと口に出るほどになった。

餅を焼いて、身体に抱いて寝るのは、湯たんぽを抱いて寝るのと同じ原理であった。シュラーフザックを持たずにやって来た彼等が、この寒い岩場で寝るためには、こんな方法を取るより仕方がなかった。焼いた餅を身体に抱いて寝る方法を岳彦に教えたのは猟師であった。犬を連れているときは犬を抱いて寝れば凍えることはないが、犬のいないときは焼いた餅を抱いて寝るのがいいと教えられたのである。

そのテラスからは塩尻《しおじり》の灯《ひ》がよく見えた。塩尻の灯はほとんど瞬《まばた》いてはいないのに、星ははげしくまばたいていた。

「星が騒いでいるぞ」

岳彦はテントから出した顔を引っこめて言った。星が騒いでいるという表現が分らない他の三人は不思議な顔をしていたが、星が騒ぐというのは、星のまばたきが激しいことで、これは上空の風が強いことを意味するのであり、天気悪化の前兆だと説明すると彼等は納得《なっとく》した。

寝苦しい一夜であった。夜が明けないうちから天気は変り出していた。小雪がぱらつき、風が吹き出した。明るくならないと岩壁登攀はできないから、彼等は餅を焼き、湯を沸かして食事をした。抱いて寝た餅を食べて、新たに焼いた餅を身体につけた。

「念のため、二食分焼いて持っていけ」

松田は天気が変ったことに気がつくと、すぐその処置を取った。事実上そのときの二食分の餅が彼等の命を支えたようなものであった。

にごった血を流したような朝焼けを仰ぎながら、四人は行動を起した。四人とも、天気急変を覚悟していた。その日もまず松田がトップに立って、雪と氷と岩と戦いながら、小オーバーハングを乗り越えにかかったが、途中で船山が交替して二個のアブミを使って、小オーバーハングを乗り越えた。吊《つ》り上げに気合が入った。その上に小さなテラスがあり、そして頭上には大きくかぶさりかかっている大オーバーハングがあった。四峰正面新村北条ルートの冬期初登攀がなるかならないかは、実はこの大オーバーハングを越えることができるかどうかにかかっていた。このオーバーハングが、いままで多くの若人たちを撃退しつづけていたのであった。それはたやすく乗り越えられるところではなかった。一日かかるか二日かかるかその時間も予測できなかった。大オーバーハングは雪も氷もつけていなかった。大オーバーハングに取り付くためにまずその下部の雪を落すことから始まった。

大杉が挑戦者《ちょうせんしゃ》に選ばれた。彼は何本かのハーケンを打ち、カラビナを掛け、アブミを使い縦横にザイルを張りめぐらせて運命の庇《ひさし》に立ち向ったけれども、ついにその庇を乗り越えることはできなかった。アイゼンをつけた足で、がりっがりっと、岩壁を引掻《ひっか》いている彼の頭上に、上から、まるで雪崩のような雪の流れが降りそそいだ。乗り越えられるかどうかは、最後は彼の腕力にかかっていた。

大杉は、とうとう越えることができなかった。彼はテラスにおりて来ると、雪の上に坐《すわ》りこんでぜいぜいと激しい息をした。いつまでたっても呼吸は整わなかった。

船山は大オーバーハングに挑戦する前に、岩に対して宣戦布告でもするような顔で睨《にら》みつけてから敢然と打ちかかって行った。彼は、大杉が試みた場所よりやや右に寄ったところに活路を求めて行った。そこにも新しく何本かのハーケンが打たれ、カラビナや、アブミが使われたが、実質的には大杉が試みたと同じ結果に終った。

「赤を引け赤を、なにしてんだ」

彼は下にいる者に叫んだ。赤いザイルはその限度まで下にいる者によって引張られていた。吊り上げは不成功に終った。結局、彼がその庇を越えられるかどうかは、大杉の場合と同じように、彼の腕の力にかかっていた。船山は蒼白《そうはく》な顔をして、小テラスにおりた。なにも言わなかった。

三度目に松田が挑戦した。彼は大杉がやったと大体同じところを攻めたが、前の二人と同じ結果になった。

岳彦はいよいよ自分のところにその順番が廻って来たことを喜んだ。おそらく松田は岳彦にやれというに違いないと思った。しかし松田は岳彦のそれを要求する眼には答えず、大杉に再度の攻撃を命じた。

「松田さん、ぼくにやらしてくれませんか」

岳彦は我慢できないで言った。岳彦は腕力に自信があった。弱い足を補うために、彼は腕を使った。彼の腕の力には定評があった。二本の指が引っ懸りさえすれば自分の体をずるずると引き上げることができた。その大オーバーハングも、彼の腕力で乗り越えられる自信があった。

「いや、大杉がきっとやるさ。大杉がもう一度やって駄目《だめ》なら竹井君にやって貰おうか」

松田はその言葉を大杉に向って言った。大杉はその一瞬、憎悪に似た眼《まな》ざしで岳彦を見た。嶺風山岳会の名誉にかけてもやって見せるぞという気概が溢《あふ》れていた。

大杉の二度目の攻撃は死にもの狂いであった。全身がぶるぶる震えた。畜生め、畜生めという絶叫が連続した。それに呼応して、大杉頑張《がんば》れの声援がとんだ。突然大杉の姿が見えなくなった。大杉は大オーバーハングを越えたのであった。

そのころはもうかなり激しい吹雪になっていた。大オーバーハングが大杉によって道が開かれたからと言って、第二第三とその後を追う者が安易にそこを乗り越えることができるものではなかった。たとえ、トップの大杉の援助があったとしても、そこはきわめてむずかしいところであり時間を要するところだった。

岳彦が大オーバーハングを乗り越えたときは、吹雪とガスによって岩壁はおおいかくされていた。

11

ガスと雪と風は四人を氷の化石にしようとたくらんでいるようであった。氷の皮膜がばりばりと音を立て、彼等《かれら》の身体《からだ》に張りついていくようであった。彼等は天気の急変に驚いた。大オーバーハングを越えたからといって、すべてが終ったのではない。上には更に危険な場が待っていた。夏だと白く輝くスラブをトラバースしなければならなかった。夏の白い岩のスラブは、やはり白かったが、今は凍ったスラブであった。巨大な鏡を垂直に立てたような氷の絶壁を、なんの手懸《てがか》りもなしにトラバースすることは容易なことではなかった。

此処《ここ》でも岳彦はラストであった。岳彦はもうあきらめていた。彼は彼の順番が来るまで辛抱強く待っていた。トップの松田は、このスラブの横断には、体力よりも、神経を使ったようであった。氷壁にステップが刻まれ、アイスハーケンが横に並び、カラビナが懸けられ、ザイルが、氷の壁を見事に横断した。その困難なトラバースルートを渡り終った松田はひどく疲れたようであった。二番の船山に、ようし、来いと呼びかける声も、低かった。

四人がトラバースを終って、直登のコースにかかろうとしていたとき、ザイルがもつれた。もつれたというより、動かなかったというほうが正しい表現かもしれない。ザイルは霧と雪と風のためにがちがちに凍って、鉛管のようになっていた。自由自在に操作のできるザイルではなく、どうにもこうにも使いにくい鉛管に四人はつながれていた。鉛管と鉛管がからまると、もう決して離れようとはしなかった。そのままにして置いたら、一塊の氷になってしまいそうだった。互いに結び合っているザイルがどうからまっているのかも分らなくなった。霧氷は、なんにでもべたべたと付着した。ピッケルにも、ウィンドヤッケにも、顔にまで付着しようとした。睫《まつげ》も髯《ひげ》も真白だった。眼《め》だけがぎらぎら輝き、白い息があえいでいた。

霧氷に襲われたことは計算外であった。そしてこの霧氷がこれほど手ごわい敵だとは思わなかった。敵は手袋を氷で包みかくして、手袋の機能を麻痺《まひ》させようとしていた。手袋が凍り、指が凍傷すれば、それで終りであった。指が利《き》かない登攀《とうはん》はあり得なかった。船山がトップに立った。彼は自分の手を氷壁に叩《たた》きつけながら、凍傷から逃れようとしていた。ザイルが少しずつ延びて行った。各自が自分を守ることでせいいっぱいであった。こういうときに事故が起きたら大惨事になる要素を充分持っていた。彼等は朝食べただけだった。あとは、各自が自分のポケットに手を入れて、携行食糧を口にするくらいのものであった。食事をしている時間はなかったのである。

安全地帯になんとかして逃げこもうという気だけがあって時間の観念は薄れていた。あの大オーバーハングにどれだけの時間をかけたかも彼等ははっきり覚えていなかった。時計の時間では表現できない長い時間のようでもあり、夢のように過ぎ去った時間のようでもあった。

攀《よ》じ登る氷のカンテは随分長いものに感じた。三番の大杉が「ハイマツの小テラス」に着いて、岳彦を呼んだその声も凍っていた。岳彦にはなにを言われたのかよく聞き取れなかった。岳彦は、単独登攀をこころみているような気がしていた。ハイマツの小テラスは夏期登攀の折の登攀終了点であったが、冬期は決してそこが終了点ではなかった。ハイマツの小テラスという名称も冬期は妥当ではなかった。そこは氷雪の小テラスでしかなかった。岳彦は小テラスの氷雪を排除している三人のところに立った。薄暗くなった感じだった。誰《だれ》もなんとも言わないが、その場所が第二夜のビバーク地点であることには間違いなかった。

人が一カ所に寄ると、またザイルが固まり合い、からまり合った。白い鉛管はその太さを増していた。

夜が始まろうとしていたとき、彼等の共通用品の入れてあったサブザックがテラスを離れて岩壁の下に消えた。ザイルのからまり合いを整理しようとしていたときのできごとであった。そのサブザックの中には、ツェルトザックと、固形燃料と餅《もち》が入っていた。四人は呆然《ぼうぜん》として、その大事なものが消え去った谷底を見おろしていた。

苦難はその瞬間から始まった。ツェルトザックを失った彼等は、吹きさらしの氷壁で夜を迎えなければならなかった。それがあれば、中で固形燃料も使えるし、ローソクの灯でもけっこう寒さをしのげる。だが、今夜はそれができないのだ。

夜はたちまちやって来た。四人は固まり合って、昼食とも夕食ともつかない食事をした。肌《はだ》に抱いていた餅が彼等の夕食だった。岳彦のとなりに大杉がいた。彼は凍った手袋から、手を出すのに随分時間がかかったようであった。手が出ても、その手をウィンドヤッケの下に突っこんでビニールに包んだ餅を取り出すのに時間がかかった。指が凍えて自由にならなかった。大杉がなにか岳彦に言ったが言葉にはならなかった。歯ががつがつ鳴っていた。大杉がやっとのことで餅の包みを取り出した次の瞬間、餅は彼の手から離れて闇《やみ》の中に消えた。手が凍え切っていたのだ。大杉は、すべてをあきらめたように、凍った両手を胸の中に入れてかがみこんだ。

「大杉君、これ食べてくれ」

岳彦は、彼の腹に抱いていた餅の一つを大杉にやろうとした。大杉がなにか言ったかと思うと、いきなり岳彦の餅を持った指にがっぷり噛《か》みついた。

岳彦のヘッドランプが、氷に埋もれた大杉の顔を照らしていた。そのヘッドランプの光もそう長くは持ちそうもなかった。ヘッドランプの電池は、彼が胸に抱いた餅によって保温されていた。彼の身体が凍えたときにはランプは消え、そしてそのときが、彼もまたこの世におさらばを告げるときだと思った。とても、この霧氷と強風の中で一晩生き永らえることはできそうもなかった。

岳彦はこの夜が彼の人生の、ある意味での転換期に来ているのだとも思った。死が六分、もし生に転換できたとしたら、まず第一に声を大きくして言わねばならないことは、冬期登攀の意味であると岳彦は考えた。ただ冬期初登攀に成功したことでは登攀にはならなかった。ほんとうに成功したかどうかはその過程を吟味することによって明らかになるだろうと考えた。いま彼等は死の氷壁上で、如何《いか》に彼等が不備であったかを痛感していた。装具も行動も不備だらけであった。讃《ほ》められることはたった一つ、朝出発するとき、二食分の餅を焼いて肌に抱いていたことぐらいのものであった。ツェルトザックも二つは用意すべきだった。燃料も食糧も分担して持ち上げるべきだった。岩壁上で吹雪にやられることを予想して、もっと完全な装具をつけて来るべきであった。岳彦はつぎつぎと考えていた。吹雪が二日つづけば四人はこの岩壁上で凍ってしまうことは間違いなかった。

霧は夜半に消えて星が出た。風もいくらかおさまったようであった。彼等は死をまぬがれた。寒気のために、四人とも眠らずにいた。眠ったら死ぬぞと呼び合うようなことはせず、彼等は自分の身体は自分で守っていた。彼等はベテランだという自覚があった。不安も不満もひとことも彼等の口から発せられなかった。

夜が明けたとき四人は例外なくどこかに凍傷を負っていた。だが、きらきらと輝く氷壁を見ると、彼等は生き得た喜びに声を上げて叫びたくなるほどの感激に浸っていた。彼等は肌に抱いていた残りの餅を分け合って食べた。

四峰の稜線《りょうせん》に出るまでは、それから四ピッチあった。四人はそこで万歳を叫びたい気持であったが、それを言い出すものはなかった。彼等は帰路を急いだ。四、五のコルでザイルをほどいたとき彼等は初めて勝利感に浸った。船山と大杉は手にひどい凍傷を受けていて、ザイルをほどくことも手袋を取ることさえできなかった。

「徳沢にいそいで帰って手当しなけりゃあ大変なことになる」

岳彦は自分の責任のような気がした。四人は雪崩《なだれ》にあわないように注意深く歩いた。前夜の積雪はそれほど多くはなかったから、表層雪崩の心配は少なかった。

岳彦は徳沢園まで下ることを決意した。又白池のテントの中では凍傷の手当はできない、だいたい医薬品もなかった。彼等は午後二時に又白池に着くと、テントを撤収して下山にかかった。

ベースキャンプから見上げる四峰の白い砦《とりで》は、彼等が登る前と、いささかも変ってはいないはずだったが、どこかが変って見えた。怖《おそ》ろしいという感じもないし、見詰めていると、心の底から湧《わ》き上って来る、あのどうしても登りたいという、牽引力《けんいんりょく》も感じなかった。そうかと言って、彼等を苦しめた、もう二度と見たくもない非情な山にも見えなかった。征服感に酔った眼で見上げる山でもなかった。

白い輝きは依然として白い輝きであったし、白い輝きの中にかくされている黒い壁もそのままだったが、見上げていると覆《おお》いかぶさって来るようなあの威圧的高度感は以前ほどには感じられなかった。あの岩壁を登ったのだと、自分の胸に呼びかけると、白い輝きは、今までにないおだやかな表情に見えて来るのであった。新しい友人を得て、その友人と別れるときにふり返る気持で彼等は四峰に手を上げた。

徳沢園の冬期小屋には誰も来た形跡はなかった。岳彦はまず火を焚《た》き湯を沸かして、船山と大杉の凍傷を受けた手と足を暖めてやった。金盥《かなだらい》に湯を入れてそこに手足を入れると、湯はすぐに水になるから、熱い湯を入れてやらねばならなかった。船山と大杉は手足の指先に知覚が甦《よみがえ》って来ると、苦痛を顔に浮べた。声には出さなかった。

「もう大丈夫だよ」

岳彦は乾いた手拭《てぬぐい》でよく拭《ふ》いてやったあとに薬を塗って繃帯《ほうたい》した。

岳彦自身の両足もうずいたが、それは凍傷ではないと思っていた。

「凍傷になりたくても俺《おれ》の足には凍傷にかかる部分がないのだ」

岳彦はそんな冗談を言いながら、船山と大杉を看病してやった。岳彦は自分が凍傷を受けた経験があるので、この冬期小屋を訪れる山男たちが凍傷を負った場合はその治療を引き受けていた。

松田と船山と大杉は翌朝下山した。岳彦はその後かたづけをしていながら、両足に異常な痛みを感じた。熱が出て来たようだった。ズキン、ズキンと衝《つ》き上げて来る痛みだった。忘れようとしても忘れることのできない、あの八ヶ岳の遭難を思い出す痛みだった。痛みは夜半から激しくなった。足の裏から細い針金を突きこんで、それが大腿部《だいたいぶ》、腹、胸を貫き通って、頭をつっつくような痛みだった。

岳彦は無人小屋の床の上をころがり廻《まわ》った。両足のくるぶしから下が痛いところから考えると、今度こそ残った足のすべてが、凍傷でやられてしまうかもしれないと思った。だが彼はどうしようもなかった。歩くこともできないし、人に告げようにも、そこには誰もいなかった。そのままほって置けば、足は腐ってしまうかもしれない。壊疽《えそ》という病気になって下半身がやられてしまうかもしれない。彼は、このときほど無人小屋にいることを嘆いたことはなかった。おそらく四月までは誰も来ないだろう。誰かがこの小屋を訪れたときは自分は死体となっているかもしれない。その酸鼻な自分の姿を想像すると、彼はそこにじっとしてはいられなかった。頭が割れそうに痛んだ。

京都の北山大学の山岳部員がやって来たのはその日の午後であった。リーダーの山本は、岳彦の苦しむ姿を見て、すぐ部員の二人を上高地に走らせた。ちょうど、そのころ上高地の営林署の小屋にレインジャー（森林監視員）の中島和夫が来ていて、彼が医療器具や薬品を持っていることを知っていたからである。

中島和夫は冬期間の森林調査の目的で、一カ月間の予定で上高地に滞在していた。彼は岳彦が凍傷で苦しんでいると聞くと、迎えに行った二人の山岳部員と共にその夜のうちに徳沢園にかけつけた。中島和夫は医療の心得があった。彼は、岳彦の瘠《や》せた臀部《でんぶ》に、ペニシリンの注射を打った。

中島和夫が滞在中の二日間に岳彦の熱は下り、痛みは薄らいで行った。

「おれはついているぞ……」

岳彦はつぶやいた。北山大学の山岳部がそのころやって来たのも偶然だったし、中島和夫がいたのも偶然だった。偶然に救われたことをつきつめて考えるとまことにおそろしいことであった。

岳彦は春を待って東京へ帰った。山岳雑誌が送られて来ていた。前穂高岳北尾根第四峰正面岩壁冬期初登攀の記録が掲載されていた。筆者は嶺風山岳会の松田浩一だった。誇張のない淡々とした書き方だったが、その登攀がいかに困難なものであったかは充分に表現されていた。

竹井岳彦の名は、そのころ既に山の仲間ではかなり知られていた。彼が山の雑誌にちょいちょい寄稿することもあったし、彼の経験があまりにも山に密着し過ぎていることが、山仲間の関心を高めたのである。

昭和三十一年を迎えると山の世界はぐっと安定して来たようだった。終戦後の世相に飽き足らず山に逃避した多くの若者たちも、それぞれ身を固めて社会の一員となって行った。いわゆる山屋と称する熱狂的な登山家の姿は少なくなり、ちゃんとした職場を持っていて、余暇を利用して山をやろうとする登山家たちの数の方がずっと多くなった。入山人口は急激に増加して行った。登山人口が多くなると、山岳会も多くなった。三人寄れば山岳会という名のとおり、勝手気儘《きまま》な山岳会ができ、よい指導者がいるとたちまち、二十名三十名と会員が増えるが、二年と経《た》たないうちに、その山岳会は分裂してそこにまた新しい山岳会ができた。山へは二、三度しか行ったことがない男が会長になったり、冬山は見たこともないような男がリーダーになって冬山に行くようなことが珍しくなくなった。登山が一般化されればされるほどこの傾向は強くなって行くようであった。

竹井岳彦のところには何通かの手紙が来ていた。その中に、山岳会に入らないかという誘いの手紙があった。既にそれまでに岳彦は幾つかの山岳会に頭を突っこんでいた。別にむずかしい規定があるわけではないから、入れと勧誘されれば快く入った。だが、彼はむずかしい会則があって、自由を拘束されるようなところには入らなかった。だから、彼が所属する山岳会における彼の存在は、ただ名前を連ねていると言ったものが多かった。彼のほんとうの姿は一匹狼《おおかみ》であった。

岳彦は送られて来ている山岳雑誌をなんの気なしにぺらぺらとめくっていた。槇有《まきあり》恒《つね》氏等の第三次マナスル隊の出発の模様が書いてあった。今度こそは登頂に成功するだろう、そうして貰《もら》いたいものだ、竹井岳彦はそのような気持で一行の写真を眺《なが》めていた。その山岳雑誌の最後の頁《ページ》には毎月のことながら山岳会の会員募集の広告が出ていた。四、五十の山岳会が名を連ねていた。中にはかなり有名な山岳会もあるが、あまり名を聞かない山岳会もあった。その中に十九日山岳会というのがあった。十九日にねまちとふり仮名がふってあった。

「十九日《ねまち》山岳会、おかしな名前だな」

岳彦は、その会員募集要項を読んだ。

（十九日山岳会の十九日《ねまち》は月の出を寝て待つのねまち、即ち陰暦十九日の、寝待ちの宵《よい》、又は寝待ちの月から取ったものである。十九日の宵に発会したから十九日《ねまち》山岳会としゃれたのである。寝ながら月の出を待つつもりで、しんみりと山に親しもうという意も含めている。会員の資格、年齢、性別、経験いっさい不問、初心者歓迎、当会のリーダーは竹井岳彦氏他《ほか》有名山岳人数名……）

その後に会の住所があった。電話はない。

岳彦はびっくりした。十九日山岳会などという山岳会は聞いたことはない。リーダーを頼まれたこともなかった。電話を掛けて確かめてみたいけれどその電話もないのである。

「だいたい、十九日《ねまち》山岳会なんて、名前からしてふざけている」

岳彦は大きな声で怒鳴った。とっちめてやらねばならないと思った。

東京に帰ると岳彦は多忙だった。どうせすぐ山に入るのだからその準備があるし、東京へ帰ったら電話を掛けてよこせという山友だちに連絡しなければならなかった。電話を掛けるときっと誘い出された。山の話ばっかりだった。岳彦はひと月も東京には居《い》なかった。丹沢の沢登りから始まって、三ツ峠の岩登り、そして六月に入ると谷川の岩壁を眼ざして出掛けて行った。

岳彦はアルピニストという名前よりも、クライマーとしての名の方が高くなっていた。前穂高岳北尾根第四峰正面岩壁の冬期初登攀のメンバーの一人だったことが彼の名を不動なものにしたという見方もあったが、やはり、彼の終戦以来の山行経験そのものが彼の存在を意味付けたものであった。

その夏彼は榛《はしばみ》山岳会の会員たちと谷川岳一ノ倉の奥壁を登って以来、ほとんど、東京へ帰ることなしの山から山への巡礼がつづいた。岩壁から岩壁への巡礼といってもいいほどであった。七月中旬には剣岳のチンネに登り、その月の終りには北岳の胸壁《バットレス》を登った。八月には涸沢にやって来て、滝谷の岩壁に片っぱしから挑戦《ちょうせん》して行った。

岳彦はその夏、多くの登山家たちとザイルを組んだ。それぞれザイルさばきに特徴があり、登攀に上手下手があったが、岳彦の方で一緒に登攀することを求めて行って拒んだ人は一人もいなかった。

彼等《かれら》はすべて岳彦の山歴を知っていたのだが、岳彦のパートナーの不幸な死を岳彦の責任だと考えている者はなかったようだった。彼等は岳彦にひとことも、その過去のことを訊《き》こうとはしなかった。岳彦とザイルを組む男たちは底抜けに明るく、猥談《わいだん》が好きな癖に、女たちの前ではひどくお上品にかまえる連中ばかりだった。

十月のある日の土曜日に、彼は山友だちに頼まれて東京都内の人造岩場に岩壁登攀の初歩訓練の指導に行った。

　そのコンクリートで造られた高さ二十メートルほどの人造岩壁は戦争中、この場所が、戸山ヶ原練兵場であったころ、山岳兵を訓練するために作られたものであった。実際の岩壁に擬して作ってあり、岩の出っぱり、ハーケンを打つべき割れ目《リス》、オーバーハングまでできていた。戦後そこは、都営住宅地になっていたから、都営住宅の一《いっ》劃《かく》に突兀《とっこつ》とそびえたその異様なコンクリートの壁は、異彩を放つものであった。山男たちがこれに眼をつけて、土曜、日曜になると、順番を待たねば登れないほどの盛況を示していた。

　この人工岩場で岳彦は津沼春雄にぱったり会ったのである。

「やあ、竹井君、しばらくだったな」

春雄は岳彦に向って親しそうな口をきくと、その人工岩壁の下に集まっている十人ほどの男女に、

「おい、みんなよく聞け、わが十九日《ねまち》山岳会の技術顧問の竹井岳彦だ。竹井がどんな登り方をするかよく見るがいい」

と言った。十九日山岳会は春雄が主宰していたのだ。岳彦は開いた口がふさがらな

いとはこのことかと思った。山のことはほとんど知らない春雄がリーダーとなっている十九日山岳会がどんなものかおよそ分るし、なにも知らないで会員になっている若い人たちが気の毒だった。

春雄は一方的にしゃべった。去年、君とザイルを組んで登った前穂の四峰はどうのこうのとか、滝谷の岩壁がどうのこうのというのである。彼の山岳会員たちの手前、岳彦のような、そのころ既に名が通って来た登山家と交際があるところを見せびらかそうというつもりらしかった。岳彦とべらべらしゃべってから、彼は会員たちをそこに並ばせて、柔軟体操を始めた。

「ひどいじゃあないか、勝手に名前なんか使って」

岳彦は春雄に言った。

「かんべんしてくれよ、これより他に方法がなかったんだ。俺は今、山で食っているのだからな」

春雄は小声で言った。

「十九日山岳会はちゃんと軌道に乗っているんだ、会員も三十人になった。会費も順調に入る、リーダー級の実力を持っている者もちゃんといるんだ」

春雄が指さすほうを見ると、茶色のチョッキを着た男が、会員たちに、ザイルの結び方を教えていた。

「なかなか悪くない商売だぜ、寝て待っていると入会金がごそごそ入る。そのうち君にも顧問料を出すからな」

「商売だと? おい津沼、貴様……」

岳彦の声がつい大きくなると、春雄はするりと、岳彦のところから逃げて、彼の会員の中へ入って行った。

「竹井岳彦さんですね」

女の声でびっくりしてふりむくと登山服姿の女が立っていた。

「あとで、お話ししたいことがあるのですが、お電話してもよろしいでしょうか」

丸顔の小柄《こがら》な女だった。しきりに瞬《まばた》く癖があった。

「かまいませんが、……ぼくはほとんど家にいません、山にばっかりいますから」

「お宅はどちら」

「鶯谷《うぐいすだに》の諏訪《すわ》町です」

なにをしているのだと、津沼の怒鳴る声がしたので女は、ではまたあとでと言って彼等のグループの方へ行った。

その夜、岳彦は人工岩場で会った並尾みつの電話を受けた。

「よく電話番号が分りましたね」

「電話帳で調べました」

なるほどと岳彦は電話に向って頷《うなず》いた。

「いろいろと御相談したいことがあるのですが、会っていただけますか」

「あす一日は東京にいますけれど」

岳彦は、この冬は徳沢園の小屋番はやめて、剣岳のチンネ、北岳のバットレスの冬期登攀をやろうと思っていた。その前に偵察《ていさつ》を兼ねて、食糧と燃料を運び上げて置かねばならない。東京にゆっくりしてはおられないのだ。

「一時間ほどでいいのです」

並尾みつは細い声で言った。

「津沼春雄君のことなら、ここでも言えますよ、彼は小学校のとき同級だったという以外にぼくとは友人の関係もない人です。関係があるとすればあいつのために、ひどい迷惑を受けているということだけです。広告に出ていた十九日山岳会の技術顧問も、ぼくの承諾なしにあいつが勝手にやったことなんです」

「多分、そんなことだと思っています。私はあの山岳会は辞《や》めようと思っています。ほかにもいやなことがたくさんありますから。でも、私が竹井さんにお会いして聞きたいのは、津沼さんのことではないのです」

「では、なにを……」

「山です、山そのものについてお訊《き》きしたいのです」

並尾みつの声には力が感じられた。

12

竹井岳彦はただ黙って彼女の言うことを聞いていればよかった。その並尾みつという女が、なんのため、彼をここに呼び出したのか、なぜこんなに、ほとんど話の区切りなしに、しゃべりまくるのかわからなかった。彼女の話し方は富士山の下山道の砂《すな》走《ばし》りを下界に向って走り出したら、ころぶまで止ることができずに、走る下山者の表情にどこか似ていた。すべてが山の話だった。彼女の経験談もあるし、友人の話もあった。山の本も、つぎつぎと出て来て、なかには、岳彦の知らない本まであった。

（いったいこの並尾みつという女は、なんのために俺《おれ》をここに呼び出したのだろう）

岳彦はそのことをさっきから何回となく考えていたが分らなかった。津沼春雄がやっている十九日山岳会の会員であって、戸山ヶ原練兵場跡の人造岩場で一度会ったというだけで、岳彦は彼女のことはなにも知ってはいなかった。彼女の方からどうしても会って山の話を聞きたいからというのでここにやって来たのである。御茶ノ水駅前の穂高という喫茶店を指定したのも彼女であって、岳彦より二十分も前に来て待っていた。

彼女は山の話を聞きたいのではなく、岳彦に聞かせたいのである。なんのためにそんなことをしたいのか分らないが、彼女がきわめて短時間の間に彼女と山との関係のすべてを岳彦の前であらいざらい話そうとしていることだけははっきりしていた。

彼女は会社に勤めていた。休日を利用しての社会人登山家の一人にしては、そして、彼女の年齢にしては豊富過ぎるほどの山歴を持っていた。その山歴も、彼女が、はじめて登った山はどこで、その次はというふうに順序を追って話してくれればいいのだが、彼女は、そのような事実の経過にいっさいおかまいなしに、話をすすめるのだから、話が後になったり先になったりして聞きにくいし、岳彦にとって、まるっきり興味のない、ハイキングの話など長々とやられるのも迷惑千万であった。

「ほう、そうですか、ほう……」

しかし岳彦は、ときどき、相槌《あいづち》を打ちながらその蜿蜒《えんえん》とつづく話を聞いてやっていた。考えてみると、岳彦は職もないし、その日のうちに行かねばならないところもなかった。岩壁で一夜嵐《あらし》を過すことを思ったら、一時間や二時間の女のおしゃべりなんかなんでもなかった。

彼女のまとまりのない話を聞きながらときどき、喫茶店へやって来る人たちへ視線をとばしたりしていると、並尾みつは、すぐその彼に気がついて、彼女の方へ関心を戻《もど》すために、わざと大きな声で話のつづきをするのである。彼女は、自分自身をたいしたものだと思いこんでいるらしかった。女としてはたいしたものだから、男としてたいしたものである岳彦にその存在価値を認めさせたくて彼をそこに呼んだのであろうか。

「私が関係した山岳会は十九日山岳会が五つ目の山岳会、どれもこれもろくな山岳会ではなかったわ。十九日山岳会だって、そろそろよそうかと思っているところよ」

「そうだ、やめるんだな、あんな山岳会」

岳彦はなんの気なしに並尾みつの話に調子を合わせてしまった。

「そうしようと思っているのよ、ほんとはわたし、一人だけで山に行きたいのよ、ね、竹井さん、加藤文太郎の単独行をお読みになったでしょう。私も、ほんとうは単独行専門の登山家でありたいのだけれど、女であるということ自体に大きなハンディがあるでしょう。だから止むなく、つまらない山岳会であっても、護衛をつれて行くつもりで男たちと山へ行くのよ」

岳彦はあらためて彼女の顔を見返した。ごく平凡な、これといって特徴がないところに特徴があるような女だった。たいていの男なら、こんなことを言われたらこの女と山行を共にすることを嫌《いや》がるだろうと思った。

並尾みつは二時間しゃべりつづけた。さすがに彼女はいささか疲れたようであった。

「竹井さん、あなたとお話ししているとほんとうに楽しいわ」

並尾みつが言った。あなたとお話ししてと言っても、岳彦はほとんど口をきいてはいなかった。楽しいことなんか、どこを探してもなかった。しかし、わずらわしいところもなかった。この女の放談を聞き流していると、ばかばかしさを通りこして、やはり、なにかしらの暇つぶしにはなった。だいたい、吹雪に閉じこめられた山小屋の中などで、同じ人間と幾日も過す場合は、話すことがなくなってしまうのである。子供のときのことから、大人になるまでの自分自身の身辺、兄弟、親戚《しんせき》、友人、仲間と、とにかく知っている話のことごとくを話してしまっても、まだ時間を持て余すこともあるのだ。そういうときのことを思うと、並尾みつの話だってそう悪くはない。少なくとも男と違って、出て来る人物が女性が多いことは興味をそそることでもあった。

「女ってね、少し綺麗《きれい》だと、その女のまわりに男が集まるでしょう。うちの会でも私が山行に参加するというと、とたんに男の子が集まるわ、十九日山岳会なんてそんな山岳会よ、だめねえ」

と並尾みつはぬけぬけと言うのである。

「そして、あの会長の津沼春雄っていう人、たいへんなほらふきだし、山のことは意外に知らないし、だから私はあそこをやめて、竹井さんに適当な山岳会に推薦していただこうと思っているのよ。実は今日、そのためにここに来たのよ」

そして並尾みつは、

「私は本格的なロッククライミングをやりたいと思っているのよ。ただ、のそのそと山を歩くのなんかもう飽きてしまったわ」

「女性にロッククライミングはすすめられないね」

岳彦は言った。

「なぜ」

「なぜって、あまりにも過激過ぎるスポーツだよ。女性のスポーツだったら、なにか、こう華麗なスポーツ――体操だっていいし、バレーボールだっていい、がロッククライミングだけはいけない。ロッククライミングというスポーツは人間がサルの真似《まね》をするようなものだ。いやサルだってあんな馬鹿《ばか》げたことなんかするものか、ロッククライミングなんていうものは、この世から見放された馬鹿者共の遊びなんだ」

「いいじゃないの馬鹿者共の遊びで、私は、この前の休日にその馬鹿者の遊びをしに北岳のバットレスに行って来たのよ」

北岳の胸壁《バットレス》という言葉が、彼女の口から突然出て来たので、岳彦はびっくりした。

「津沼と行ったのか」

「はい、十九日山岳会のリーダークラスの人たちと第四尾根を登りました。アプローチがたいへんだったわ」

「それで」

「それで、私もいよいよ本格的ロッククライミングをやりたいという気持になったのよ、あの北岳のバットレスの中央稜《りょう》に女性としての第一歩を印してやりたいと思ったのよ。それはものすごい岩壁だったわ。でもね、あのバットレスの中央稜で、風のまにまに、ぶらぶら動いている、フィックスザイルを見ていると、あそこまで登れば、あそこから上は、私にだってなんとかできそうにも思えるのよ。ただし、相手次第ね。相手が信用置けるパートナーでないとだめね」

そして並尾みつは、それまで一度も見せたことのないような眼《め》で岳彦をじろじろと見るのである。詮索《せんさく》されているといった感じだった。

「私は津沼さんとはザイルは組みたくないのよ」

「そうだ、あいつとはあまり組まない方がいい」

「でも、あなたと組むのも、よした方がいいと津沼さんが言っていたわ。あなたは、今まで同じザイルに組んだ人を三人も殺したんですってね」

　こんなことを当人の前で、平気な顔でいとも簡単に言うこの女の神経を岳彦は疑った。ただの女ではない。男でも山屋と言われる男のなかにはへんなのがいる。伯爵《はくしゃく》にしろ、元帥《げんすい》にしろ、熊襲《くまそ》にしろ、みんな少しずつへんなのだ。この俺だってへんなのかもしれない。並尾みつがへんだって別に驚くことはない。

「でもね、私は竹井さんを信ずるわ。あなたなら安心してザイルが組めると思うの」

「こっちはごめんだね」

　岳彦はあっさりことわった。

「ロッククライミングってお遊びではないんだ。生きるか死ぬかの連続的な闘争なのだ」

「いいじゃあないそれで、私はあなたと二人で、あの北岳のバットレスの中央稜の冬期初登攀《とうはん》を試みたいわ。あのフィックスザイルまで行けば、あとはたいしたことはないと思うのよ」

並尾みつが冬期初登攀を口にし、フィックスザイルを再度口にしたとき、岳彦の眼がきらりと光った。

「北岳バットレスの中央稜にフィックスザイルが取り付けてあるというのはほんとうか」

岳彦は、いままでになく真剣な顔になると、懐中からノートを出して、それに、北岳バットレスの略図を書いて、並尾みつの前に出して、そのどの辺に、フィックスザイルがあったか書きこんでくれと言った。

並尾みつは迷わずその場所を示した。まさしく、それは北岳バットレス中央稜の最難関と言われているあたりであった。

（或《ある》いは誰《だれ》かが、北岳バットレス中央稜の冬期登攀をやろうとして、カンニング行為をやったのではなかろうか。その誰かというのは津沼ではなかろうか）

岳彦の頭の中に、ふとそんなことが浮んだ。あり得ないことだったが、考えられないことではなかった。

北岳は富士山に次ぐ本邦第二の山である。その東面に高位差六百メートルの一大胸壁《バットレス》があった。南アルプス随一の岩場として古くから知られていた。剣岳、穂高、谷川の岩壁と比較して遜色《そんしょく》のない偉容を備えていた。

北岳のバットレスの登攀は昭和の初期から多くの登攀家たちによって試みられ、夏期の登攀は昭和二十三年の夏ごろに、そのほとんどは完登され、引きつづいて冬期登攀も昭和三十九年までにはほとんど、完登されたが、中央稜のみが積雪期登攀不可能な岩壁として残されていた。

「そのフィックスザイルは津沼が掛けたのだろう。津沼は、そんなインチキまでやって、北岳バットレス中央稜冬期初登攀の名をせしめようとしているのだな。十九日山岳会の宣伝をしようとたくらんでいるのだ」

岳彦は並尾みつの眼を見詰めて言った。いままでの二時間の彼女の放談は、前置きであって、どうやら、彼女が岳彦をここに呼び出したのは、北岳バットレス中央稜に掛けられたフィックスザイルの情報を提供するためのようであった。

「そのフィックスザイルは誰が掛けたものか知りません。でも津沼さんが、そのことに全然関係がないとも言えないようだわね」

並尾みつは奥歯にものがはさまったような言い方をした。岳彦が、フィックスザイルのことに熱心になると、彼女は逆に冷静になって、岳彦の憤慨するのを、傍から眺《なが》めるような態度で見詰めていた。蜿蜒と二時間しゃべりまくった女とは別な女がそこにいた。

岳彦は自宅に帰ると、古嶺《これい》山岳会の奥田文雄にまずこのことを知らせた。奥田が、北岳バットレス中央稜の冬期登攀を狙《ねら》っていることを知っていたからである。

「まさか、そんなことは冗談だろう」

奥田は取り上げようとしなかった。しかし、岳彦がそのことをくわしく説明すると、奥田はかなり驚いたようであった。

一応調べてみようと言った。十一月に入ってすぐ、岳彦は新宿で、朝峰山岳会の雨宮次郎に会った。

「ことしは徳沢園の小屋番はやらないのですか」

と言われて、岳彦は、

「たまには東京で暮してみたいし、冬山もやりたいからな」

と言った。プラットフォームでの立話だったが、岳彦は雨宮次郎もまた、北岳のバットレスを狙っている一人であることを知っていたので、並尾みつからの情報を知らせてやった。

「なんだと、それはけしからん。ようし、すぐ誰かを偵察《ていさつ》に出してやろう」

雨宮次郎は、そのようなインチキ行為を、もしどこかの山岳会がやったとしたら、絶対に許すべきではないと怒った。

その雨宮次郎が北岳バットレスの中央稜にフィックスザイルがあることを確認して、岳彦のところへ電話を掛けて来たのは、十二月に入って直《す》ぐであった。たまたま、そのとき岳彦の家には、夕霧山岳会の吉田広と板橋秀一が遊びに来ていた。彼等はこのインチキ行為について声をふるわせて怒った。いかなる犠牲を払っても、そのインチキ登攀がなされる前に、北岳バットレス中央稜はわれわれの手で完登しなければならないと言った。

「ねえ、竹井さん、このことに関心を持っている人たちは、ほかにもいるでしょう」

「この話をしたのは、古嶺山岳会の奥田と朝峰山岳会の雨宮と、そして君たちだよ」

「じゃあ五人でやろうではありませんか。それぞれの山岳会の代表者によって編成されたパーティーによって、北岳バットレス冬期初登攀を成功させようではありませんか」

吉田広は額に汗を滲《にじ》ませながら力説した。岳彦は吉田と板橋の若さに押された形で、奥田文雄と雨宮次郎に電話を掛けた。

「やるなら、明日中にでも会って、計画を立てないと間に合わないぞ」

岳彦は電話を掛けている間に、いつか自分が昂奮《こうふん》しているのに気がついた。その自分を並尾みつの細い眼がどこかで見詰めているように思われてならなかった。

竹井岳彦、奥田文雄、雨宮次郎、吉田広、板橋秀一の五名が顔を揃《そろ》えたときが、事実上、北岳バットレス中央稜冬期初登攀の実行計画の第一歩と見るべきであった。五人はそれぞれ別な山岳会に所属していた。各自が、所属している山岳会にこの計画を告げて、その山岳会の名において決行するならば、費用、人員などの問題で、早急に決定することはむずかしかった。どの山岳会にしても、冬期未登攀岩壁登攀を狙うことは名誉なことであったが、その岩壁が、不可能と言われていただけに、やるとすれば山岳会を挙げてかからねばならないし、その費用の捻出《ねんしゅつ》、人員の選定も考えねばならなかった。非常の場合を予想しての準備もしなければならなかった。つまり山岳会としての組織でやるなら、ことがことだけに、問題が大きくなって、ついには動きが取れなくなるという弱味があった。

所属する山岳会には届出だけを出して、個人の資格で山行することは、それが、どんな危険なことであっても、所属山岳会には責任のないことであった。北岳バットレス中央稜の冬期初登攀という寄合い世帯はこのような山岳会の内情と、インチキ登攀計画に対する憤懣《ふんまん》のために比較的スムーズに結成をみたのであった。

中央稜にフィックスザイルを掛けた山岳会の名は、そのころになって略《ほぼ》、明らかになった。津沼がやっている十九日山岳会ではなかったが、この計画に津沼が一枚加わっていることは明らかであった。

五人の登山家たちは、お互いによく知り合っていたが、一緒にザイルを組んだことは一度もなかった。しかし、一度目的がはっきりすると、話はとんとん拍子に進んで行った。すべての費用は五人が等分して負担するという原則がきめられたときから五人の即席パーティーは熱を帯びて北岳へ向っていた。

彼等五人はしばしば会合して、北岳バットレス中央稜に懸け下げてあるフィックスザイルにはいっさい手を触れることなしに、冬期未登攀の岩壁を自分たちのものにしようという計画を進めた。

十二月二十八日に、吉田広と板橋秀一は大きなルックザックを背負って新宿を出発して甲府に向った。吉田広と板橋秀一が荒川小屋に入り、更に池山小屋に進み、ここから八本歯あたりまで荷上げを完了したのは十二月の三十一日であった。この日、北岳一帯は吹雪であった。

吉田、板橋等より一足おくれた、奥田、雨宮、竹井の三人は、甲府から芦安《あしやす》に入り、桃ノ木鉱泉に泊って、雪空を気にしながら正月を迎えた。一月二日、三人は小型トラックで夜叉神《やしゃじん》峠に向い、ここから鷲ノ巣山《わしのすやま》へ向う途中、森林開発事務所で、北岳バットレス中央稜を攻撃したパーティーが表層雪崩に襲われたという話を聞いた。三人が生還二人は絶望ということであった。功をあせり過ぎたのであった。新雪が岩壁に固着するのを待たずして取りかかったことが失敗の原因のように考えられた。競争者は一方的に敗れ去った。たとえ、彼等に卑劣な意図があったにしても、死者を出したことは悲しむべきことであった。

三人はその日の夕刻荒川小屋で、二人の遺体とそれらを取り囲んでいる敗者のパーティーと顔を合わせなければならなかった。敗退して行く者と、これから突進する者との擦れ違いは、まことに奇妙なものであった。二つのパーティーはほとんど口をきかなかった。奇妙なことといえば、岳彦が、この荒川小屋で並尾みつに会ったこともまた奇妙なことであった。

岳彦は津沼春雄を探したが、彼はそこにはいなかった。

「あなたも来ていたんですか」

岳彦は並尾みつに言った。

「テントキーパーとして参加したのですけれど」

並尾みつの声はさすがに遠慮がちであった。彼女は、いつか会ったときのように雄弁ではなく、ものを言わないかわりに、せわしく立ち働いていた。あのときの並尾みつとはまた別な女がそこにいるような気がした。並尾みつは、折を見て岳彦に近づいて来て言った。

「やっぱり出かけて来たのね」

そして、その細い瞼《まぶた》の奥で、機敏な、むしろずるがしこく動く眼が岳彦の顔を、くすぐるように見詰めていた。やっぱり、と言ったのは、岳彦が出て来ることを期していた言葉であった。

並尾みつは、すべてこうなることを見通した上でのことではないかと岳彦は思ったりした。

寒い小屋だった。シュラーフに入っても、すぐには眠れそうもなかった。それに岳彦にとって、夜叉神峠から荒川小屋までの雪の道は、たとえ雪がそれほど深くはなかったとしても、つらい道だった。とにかく彼にとっては歩くことは苦手なのだ。歩くというハンディキャップは彼にとって致命的でもあった。両足の骨が痛んだ。

「あの女を知っているのか」

やはり、眠れないでいるらしい、奥田文雄が、シュラーフザックを岳彦の方へ寄せて来て耳元で囁《ささや》いた。

「この前一度会っただけさ。フィックスザイルのことを知らせてくれたのがあの女だ」

「あの女を知っているかというのは、あの女その者を知っているかということだ」

「それは知らないさ、いったいあれは何者なのだ」

「おれだってよくは知らないが、とにかくあの女がしゃしゃり出ると、なにか事件が起るのだ。別にこれといって問題にするような女でもないが、あの女は、妙におろく臭い女だ」

おろくというのは、山で遭難した遺体のことを指す陰語であった。奥田文雄はそれだけしか言わなかった。冷たいものが岳彦の背筋を走った。おろく臭い女と津沼とが、でっち上げた芝居《しばい》の筋に踊らされている一人がこの自分かもしれない。

翌朝、荒川小屋で別れるとき、敗者の代表は、攻撃隊の代表の奥田文雄に言った。

「気をつけてやって下さいよ」

「ありがとう、あなた方も気をつけてね」

別に気をつけることはなかった。彼等は、遺体を乗せた柴橇《しばぞり》を牽《ひ》いて、里へおりることが残っているだけだが儀礼上そう言ったまでのことだった。

池山小屋までの登りは岳彦にとってたいへんつらいことであった。岳彦の足の悪いことを考慮して、荷物は少なくしてくれたけれど、歩くとなると、ひどく疲れるのだ。それに岳彦は昨夜夢ばかり見ていて眠れなかった。荒川小屋を出るときから雪がちらついていたが、日が出ると雪が止んで、そのかわり風が出た。飛雪が頬《ほお》を叩《たた》いた。冬にしては絶好の登山日和《とざんびより》であった。

池山小屋にいた吉田と板橋が途中まで迎えにおりて来た。五人は合流して、池山小屋に向った。岳彦の荷の大部分は吉田の背に移っていた。若い者にいたわられているということがたまらなく苦痛だった。岳彦は二十六歳という自分の年齢と吉田たちの二十歳の年齢に、これほどのへだたりを感じたことはなかった。吉田は疲れというものを知らないようであった。さっさと池山小屋に着くと、そこで荷物を再整理して、今日中に八本歯まで荷上げを終らせてしまいましょうというのであった。

五人は、池山小屋で小休止しただけで、再び雪の中の急斜面を八本歯のアタックキャンプまで前進した。天候が変らないうちにやるだけのことはやってしまおうという腹だった。

一行がアタックキャンプに到着したときには、もう夕闇《ゆうやみ》が訪れていた。そこにキャンプを設営する時間の余裕はなかった。一行は、荷物を置いて池山小屋へ引き返すことにした。

「おれは、ここでビバークするから」

岳彦はこともなげに言った。それは、彼の初めっからの予定だった。歩くことを思えば、寒くともビバークした方がましだった。雪中のビバークには馴《な》れていた。徳沢園にいて山歩きをしたときは、ところかまわずビバークしたものだった。

岳彦はツェルトザックを張ってビバークした。ツェルトザックを張って、その中に入れば、ローソク一本でも結構暖かいし、固形燃料の一缶《ひとかん》を暖房に当てるとほっとするほど暖かい。初めっからビバークするつもりだから、それだけの心がまえも準備してあった。彼は着られるものはすべて着てシュラーフザックの中にもぐりこんだ。寒さには馴れていたし、彼等がもっとも恐れている孤独にも馴れていた。

寝る前に、ふと、並尾みつという女の顔をもう一度思い出した。へんな女だった。あの女にけしかけられた結果がこうなったのかもしれないと思ったが、別に腹も立たなかった。天気がつづいていてくれさえしたらと祈りながら眠った。

一月四日はすばらしい晴天だった。池山小屋から残りの荷物を全部持ってやって来た男たちは、この地にアタックキャンプを設営するとともに、奥田と雨宮は、明日の攻撃をひかえて偵察を行なった。

一月五日も快晴だった。五人はアタックキャンプを朝早く出発して、第四尾根のトラバースバンドに補助ザイルを取り付けた。そこから北岳バットレス中央稜の取付き点までは深雪だった。中央稜はふんぞり返っているように見えた。どこをどう登ったらいのか、見当もつかないほど堅固な白い鎧《よろい》をつけていた。

四人は、その夜アタックキャンプまで引き返して寝ることになったが、岳彦は、中央稜の取付き点に雪洞《せつどう》を掘って一人で入った。歩くことが苦手であるというハンディキャップを彼はビバークすることによって取り返した。そうすれば誰《だれ》にも迷惑を懸けないばかりか、彼が、基点の番をしていることは、次の日の行動にたいへん便利でもあったのだ。その翌朝、小雪が降っていた。吹きおろしの風が冷たく、頬には感覚がなかった。

五人は揃《そろ》って、岩壁に眼を投げた。岩壁上を雪の炎が上下に移動していた。昭和三十一年一月六日の朝は明けて行った。

13

八本歯からCガリーまでは深雪との戦いであった。ほとんど腰まであるほどの新雪の中を五人のクライマーたちは吉田広、奥田文雄、雨宮次郎、竹井岳彦、板橋秀一の順序でトラバースして行った。トップの吉田広は深雪など全く意に介しないようであった。彼は着実な足取りで雪を踏みつけながら、前進して行った。途中で息をつくようなこともなかった。彼は、北岳バットレス中央稜《ちゅうおうりょう》冬期初登攀《はっとうはん》のために全身の血をたぎらせているようであった。

「吉田、そう張り切るな」

リーダーの奥田文雄が注意すると、吉田はちょっと足を止めて、にっと白い歯を出して見せただけで、少しも彼のペースを落そうとはしなかった。深雪のラッセルはつらかった。しかもそのトップである。こんな場合はトップは次々と交替してラッセルに当るのが普通なのに、吉田はいっこうに疲れた様子もなく除雪車のように驀進《ばくしん》して行った。奥田がトップを交替しようと言っても吉田はトップを譲ろうとはしなかった。疲れた様子は見せなかった。トップに立ってラッセルして行く吉田の労苦は大変なものだが、後につづく者が特に楽だということはなかった。新雪の急斜面だから、吉田のラッセルした踏み跡はすぐ埋まった。そしてまた彼等は、たえず落下する雪の流れになやまされていた。雪崩《なだれ》の起きる条件はすべて揃っていた。新雪表層雪崩が発生する可能性は充分あった。傾斜角度といい、新雪の深さといい、雪崩が起きてもいっこうおかしくはなかった。彼等は六時に出発していた。朝がはやいということだけが、唯一《ただひと》つ、雪崩に対する危険感をいくらかやわらげるものであった。彼等は急いでいた。日が出て、太陽が照りつけないうちに危険地帯を突破しなければならない、とそれぞれが思っていた。トップの吉田広がすさまじい勢いでラッセルして行くのも、この考えがあったからだ。

太陽は出なかった。雲が厚くて、おそらく太陽は姿を見せないだろうと思われたが、風はかなりあった。その風に刺戟《しげき》されて、ほとんど間断なく小規模な雪崩が起きていた。表層の雪が、雪面をさらさらと流れ落ちて来ると、それが、類を呼んで、どうかすると、ほんものの雪崩でも起ったかと思うような勢いで、かなりな量の雪が、彼等を襲うことがあった。五人が頭からその雪をかぶることもあったし、一人だけがかぶることもあった。彼等は全身雪だらけになった。

彼等は無言だった。その場所は死のトラバース地帯とでもいいたいような嫌《いや》な場所であった。

岳彦は、ほんとうに危険な状態になったら、一行を引き止めようと思っていた。彼は長年の経験で、雪崩に対する嗅覚《きゅうかく》が発達していた。他《ほか》の四人もそのことをよく知っていた。岳彦が黙っている間はまず大丈夫だろうと思っていた。

Cガリーまでの距離はたいしたことはないが、意外に時間がかかった。Cガリーに入って登りにかかると、雪の状態は更に不安定になったようであった。Cガリーに入って直《す》ぐ、一発喰《くら》った。

「こいつは安全なあわだぜ」

と奥田が言った。あわとは表層雪崩のことであった。だがそれも五人を埋没させるほどのものではなかった。Cガリーを登りつめたあたりで、もう一度、今度は量は少ないが加速度のついた雪崩に会った。

「これこそあわを喰ったということさ」

頭から雪をかぶった吉田が言った。吉田はそんな冗談を言うだけの余裕があった。

五人はそこで小休止した。もっとも危険なところは通り過ぎて、いよいよ、彼等の前には北岳バットレスの中央稜があった。

Cガリーの上部の第三尾根と中央稜との間に大きなチョックストンが見えていた。

岳彦は中央稜に眼《め》をやった。雪を握って投げれば、届きそうなところに大きなオーバーハングがあった。雪はついていなかった。面憎《つらにく》いほど黒々とした岩であった。その庇《ひさし》状岩壁の暗い陰に数本のつららが下っていた。つららの先が、五人のクライマーの頭にいまにも落ちて来そうだった。つららはその岩壁を守る白い剣にも、黒い巨大な口を開けて獲物《えもの》を待っている、岩壁という魔物の牙《きば》のようにも見えた。

五人がその岩壁の下まで来るとつららとその暗いオーバーハングの下部以外は見えなくなった。岩壁は彼等の上に垂直に聳立《しょうりつ》しているけれどその全貌《ぜんぼう》を見るわけにはいかなかった。

彼等は立ったままで、彼等のポケットにつめこんで来た乾葡萄《ほしぶどう》とパンとチーズを食べた。時間を稼《かせ》ぐために彼等は、攻撃中の食糧はすべてそのような簡単なものを取ることにしていた。魔法瓶《テルモス》が廻《まわ》された。彼等は一口ずつ熱いコーヒーを飲んだ。

吉田が、岩壁の前に立った。彼はバイルで岩についた氷を叩《たた》き落して、手懸りを探し出すと、お先にとも言わずに登攀を開始した。ルートは研究し尽されていた。吉田は迷うことなく、つららの下っているオーバーハングをさけて、氷壁に挑《いど》んで行った。正確にいうとそこは氷壁ではなかった。一面に氷が張りつめているリンネであった。凍った滝のようなものであったが、滝のように氷面がとび出てはいないで、岩溝《いわみぞ》状の垂直感と立体感を持った凹面状の氷壁だった。リンネはにぶい輝きを持っていた。吉田の姿は岩のかげにかくれ、彼が氷をカットする音とハーケンを打つ音だけが聞えた。氷のかけらが雨あられと落下する中で四人は待った。風が強くなり、彼等の足先、手先から熱を奪った。四人は手をもみ、靴《くつ》を踏み動かしながら順番を待っていた。

四番目の岳彦が登るときには、氷のリンネには立派なステップがつけられていた。よくまあこれだけ、けずり取ったなと思われるほど丁寧に足場の氷が切り取ってあった。岳彦は、そのときはもう、ずっと上で、第三ピッチの登攀に移っている吉田の若いエネルギーに感心していた。いったい、あの調子がどこまでつづくのだろうかと思った。

第二ピッチは、氷の岩壁上を水平にトラバースするきわめて神経を使う、横歩きであったが、第三ピッチはオーバーハングの乗り越えであった。吉田はそこにアブミを残して見事に乗り越えた。二番目の奥田、三番の雨宮も難なく越えたが、四番目の岳彦は、アブミを踏み切れずに何度か失敗した。背中の荷物が重く感じられた。岳彦だけが、重いサブザックを背負っているのではなかったが、彼にはそのサブザックが重かった。

岳彦は歯を食いしばって頑張《がんば》ったが、どうしてもアブミを踏み切ることができなかった。アブミに掛けた足がぶるぶる震えた。

「から身になって登ってください」

ラストの板橋秀一が言った。彼のサブザックを板橋が持ち上げてやろうというのだった。岳彦は、そのときほど力と年齢の差を感じたことはなかった。青春を山に浪費している間に彼は二十六歳になっていた。二十歳の吉田や板橋と比較すると六年の差があった。これは、若さの差であろうか、彼の頭にそのことがふと思い浮び、そして、すぐ彼は、はっきりした解答を自分自身で出すことができた。

(やはり、いざというときには身体の欠陥が表面に出るのだ)

足のない足で山に登るということ自体に無理があるのだ。彼の普通でない足で、人並の体重と荷物をささえることは無理である。それに、彼は、足の不自由さをカバーするために、基地に帰らず、雪中でビバークをしていた。寒さと睡眠不足で他《ほか》の人たちより身体《からだ》が疲労していた。そのためにアブミを踏み切ることができないのだ。

岳彦は、声を掛けてくれた板橋に眼で応《こた》えた。彼はから身になって、どうやらアブミを踏み切り、オーバーハングを乗り越えた。岳彦はひどく疲れていた。もうワンピッチ登る元気は出そうにもなかった。

最後のピッチは、吹きさらしの稜角《りょうかく》だった。飛雪や霧が交互に飛来した。岳彦は、前穂高岳北尾根第四峰正面岩壁をやったときのことを思い浮べた。あの第二夜のような悲劇的な夜にならなければよいがと思っていた。

五人が中央バンドに達したのと日が暮れるのとほとんど同時であった。

先に登って来た吉田等によって雪がけずり取られて夜の準備がなされつつあった。その狭いバンドにツェルトザックが張られ、その中に五人が入ったときはもう暗くなっていた。吉田はそこまで来ても、いささかも疲労した様子は見せなかった。ラストをやらされ、さんざん雪や氷のかけらをかぶり、その上、岳彦のサブザックまで持たされた板橋も、吉田と同じように元気であった。彼等は狭い場所でよく動き廻《まわ》った。ツェルトザックの中でローソクが燃え、固形燃料に火がつけられた。携帯用の石油バーナーは持って来なかった。食事が始まった。食糧が各自の手に渡った。いくらかでも水分を含んでいるものは凍っていた。凍らないにしても凍ったようにかちかちになっていた。それらのものは、固形燃料の火にあぶるとすぐやわらかになった。そうすればようやく咽喉《のど》に通った。

岳彦は過度の疲労のために食欲を失っていた。熱い味噌汁《みそしる》が一杯あればいいがと思ったが、それも無理な望みであった。こういうときは食欲がなくても、食べないといけないことを岳彦はよく知っていた。彼は強《し》いて食べた。彼のために、魔法瓶に残っていたコーヒーが提供された。五人が五人とも、その熱いコーヒーは飲みたいのだが、五人のうちで、もっとも疲労している岳彦にそれを飲ませようとする山男たちの友情が身にしみた。その日超人的な働きをした吉田はコーヒー気狂いと言われるほどコーヒーが好きだった。その吉田さえ、

「おれは山に来たときはコーヒーは飲まないことにしているのだ」

などと言って、権利を放棄した。

岳彦の胃に熱いコーヒーがしみた。その熱さが胸にしみて涙が出そうになった。い

たわられている自分が可哀相《かわいそう》でもあった。岳彦は、崩れそうになる気持をこらえながら、黙って、パンをかじり、チーズを食べた。熱いコーヒーは彼に活力を与えた。無駄話《むだばなし》はなかった。その場で彼等が話し合ったことは、ねぼけて岩壁から落ちないために、各自が岩にハーケンを打って自分自身を確保して置こうというくらいのものであった。

岳彦は靴を脱いで、尻《しり》の下に敷いた。バンドに着いたときに、乾いた手袋に取り替えたので、手先は暖かだったが、足先は冷たかった。両足ともに足の先はないのだが、足先の感覚はあった。こうして岩壁にビバークするときなど、特に、はっきりと足先にしびれるような痛さを感ずることがあった。彼は眼をつぶって寒さに耐えようとした。冬期初登攀を狙《ねら》っての攻撃であるから彼等は五人とも冬期にしては軽装備であった。前穂北尾根第四峰正面岩壁の冬期初登攀を狙ったときは遭難一歩手前だった。その原因は装備の貧弱さにあった。岳彦は、その経験を、他の四人に話した。四人は同感を示した。充分な装備――吹雪の岩壁に一週間ぐらいビバークできるような装備をして行きたいと誰《だれ》もが言った。そうするには、大がかりな登攀計画を立て、支援隊をくり出し、物量にものをいわせなければならなかった。しかし、新しい記録を狙う五人のよせ集めパーティーにそんなことができるはずがなかった。五人のパーティーが岳彦の意見を入れて準備したことといったら、手袋と靴下の予備を豊富に持参したことと、携行食糧に考慮を払ったことぐらいのものであった。

岳彦は彼の隣にいる吉田の軽い鼾《いびき》を聞いた。吉田はびっくりするほどよく食べた。少しぐらい凍っていてもばりばり食べた。そして、それらの食べ物は、もうすでに熱エネルギーに変換されたのか、岳彦にくっついている吉田の身体は温かであった。

岩壁の上で横にもなれず、シュラーフザックにも入らず、眠ることはなかなか容易なことではなかった。ビバーク魔とか、ビバーク男とか言われるほど、ビバークに馴《な》れている岳彦でさえも眠れないのに、吉田や板橋はいかにも気持よさそうに寝ているのである。

雲はそれほど厚くはなく、ときどき晴れるらしくツェルトザックの中にいても、なんとなく外が明るくなったように感ずることがあった。外を見たかったが、そうすることはできなかった。

岳彦は明け方近くになって、ごく短時間眠った。眠ったと思ったら、すぐ起された。快晴だった。

岳彦は雪眼鏡を通して見てもまぶしいほど光に溢《あふ》れているバンドに立上って、きのう一日間でやり遂げた高度差に驚異の眼を見張った。

朝食はきのうと同じであった。固形燃料に火をつけて湯を沸かして、魔法瓶に移された。

岳彦はその朝も食欲はなかった。疲労は身体の芯《しん》に重く残っていた。なにもかも、きらきらと輝くなかで、その日の登攀が開始された。その日も順番は前日のとおりであった。前日がうまく行ったから、当日もまたそのとおりにやったのであった。

吉田は一夜の休息ですっかり体力を取り戻《もど》したようであった。彼はその朝も眼まぐるしいほどの活躍を見せた。バイルをふるい、ピッケルをふるって雪や氷の粉をはねとばして登攀路をつけて行った。その彼を下から見上げると、ダイヤモンドの粉末にかこまれた英雄のように見えた。

天気がいいことと、既に危険な地点は通り過ぎたという安心感と、前日の疲労がそのころになって出て来たのか、トップの吉田を除いては、なにか物憂《ものう》げな動き方をしていた。だが、日が高く昇ると風が出、すぐ雲が出て来ると、きのうと同じような飛雪が岩根をこすって通るような寒い日になった。

五人はたがいに警告し合いながら頂上を眼ざして登って行った。頂上にあとワンピッチというところで、トップの吉田が奥田に先頭を譲った。奥田はその好意を受けるのに、しばらく躊躇《ちゅうちょ》していたようだったが、ようし、とひとこと言うと先頭に立った。そこらあたりからは雪が深くなった。奥田はピッケルで雪を掘って、手懸りを求めた。そこまで、ほとんど垂直に近い岩壁に思えていたのが、それがある角度をもって向う側に傾斜して行くようになったとき、彼等は頂上に近づいたことを知った。やがて、傾斜角度は歴然としてゆるやかになって来て、もはや注意して歩けばいいだけになった。五人は三一九二・四メートルの北岳の頂上を望見した。五人は一列になって、深雪の中をゆっくり登って行った。一時空を覆《おお》っていた雲が晴れて、冬の日射しとも思われぬような強い光が彼等に降りそそいだ。

五人はそれぞれの感激にひたっていた。予期したほどの困難なものはなかったと考える者もあれば、予期以上の手ごわい岩壁だったと思う者もいた。岳彦は、北岳バットレス中央稜の冬期登攀の困難性よりも、彼の眼の前で見せた吉田広の、とても人間業とは思えないほどの活躍ぶりに圧倒されていた。岳彦は多くの登攀家を知っていた。名の知れた登攀家もたいてい知っていたし、彼等の岩登りの技術も見ていた。それらのクライマーにはなんとなく、一つの技術の標準のようなものがあった。日本人の一流クライマーが岩壁上でどんなアクロバットができるかもほぼ見きわめているつもりだった。岳彦はそういう、技術の限界のようなものに挑戦《ちょうせん》して行く、若いクライマーたちを幾人か見ていた。限界を越えようとして越えられずに山から去っていく人間も多かった。

吉田広も技術の限界に迫って行こうとする一人には違いなかったが、岳彦が感心したのは、技術よりも吉田広が示した力だった。疲れを知らない、機械的人間のようなすさまじさに岳彦は驚いたのである。岩壁を登攀する目的のために設計されたロボット登攀機械のように、吉田は一度動き出したら止ることを知らなかった。岳彦はそのエネルギーの出どころが知りたかった。吉田広はよく食べた。ベースキャンプで、餅《もち》を焼いて食べた。一人が大体四つか五つだったが、彼は十二、三は平気で食べた。餅だけではなく、残ったものはたいてい彼の胃の中に処分された。たくましいほどの健《けん》啖《たん》ぶりであった。吉田はほんとうに健康なのだ。その健康な肉体を山へぶっつけるときにあれほどの馬力が出るのだ。

岳彦が吉田に注目したのは、彼のその馬力のほかに、吉田の人間性であった。北岳バットレス中央稜冬期初登攀の栄誉を奥田文雄に譲った謙虚さが印象的であった。冬期初登攀に成功した五人のパーティーのうち、最高の功労者は吉田であった。吉田がいなかったならばこの成功は得られなかったであろう。それほど彼の存在は大きかったが、彼は手柄顔《てがらがお》などしなかった。いつもにこにこしながら、山の先輩たちのために立ち働いていた。

（吉田のような男とパーティーを組みたい）

岳彦はそう思った。

岳彦のアルピニストとしての名が知られれば知られるほど、岳彦は自分自身の限界をはっきり認識するのである。限界以上の仕事をするには誰かとパーティーを組まねばならなかった。パートナーのお荷物にならない自信はあった。彼の豊富な山の経験と、吉田広のようながむしゃらな力とが合体した場合、大きな効果が期待できそうだった。岳彦は、吉田広と二人だけのザイルを組んでみたいと思った。

北岳バットレス中央稜冬期初登攀成功のニュースはしばらくの間岳人たちの噂話《うわさばなし》となった。一つの山岳会によって成し遂げられたのではなく、五人が五人とも所属を別にした山岳会の出身だということも話題の種をまいた。

（登山におけるパーティーというものは、単に身体と身体をザイルで結べばいいというこうことではない。パーティーとは心と心の結合でなければならない。充分に気心が分った者どうしでなければ同じザイルにつながる気持など起るはずがない。まして、五人が五人とも別々な山岳会員であり、今回初めてパーティーを組んだなどということは、聞いただけでも、大事故が予想されることである。成功したのは全くの偶然である。成功したからと言ってこういう形は不自然であり、好ましからざるパーティーの編成方法である）

五人の成功に対してはっきりと非難の言葉を投げつける者がいる一方では、（われわれは登山というものを、あまりにも形式的に考え過ぎてはいなかっただろうか。充分に相手を知っていないでザイルを組むのは危険だというのは一般論として正しいけれど、パーティーを組もうとする相手の山歴を調べ、この人ならと思うような相手なら、たとえ初めての人であってもザイルを組めないことはない。ここで問題なのは相手の実力をどうやって認定するかということである。この点、わが国ではいささか物足りないものがあるが、一流だと言われるような人はほぼ名前が知られているから、このような人たちでパーティーを組んだら意外な成果があがるのである。今回の北岳バットレス中央稜冬期初登攀の成功はこういう意味において、今後の登山のあり方を示すものである）

岳彦は、それらの批判を山岳雑誌や新聞で読んだ。くすぐったい気持だった。

自宅に帰った岳彦はけっこう多忙であった。原稿の注文があったし、ある出版社から、彼の山における自伝を書くようにすすめられた。登山人口が急激に膨張していて、山の本ならなんでもよく売れた。

彼は自宅にこもって、原稿を書いたり、あちこちの山岳会に講演をたのまれたり、東京近在の山へ、登攀術を教えに出掛けたりした。

「へんだなあ、お母さん、山のことをしていてけっこうお金が入る」

岳彦は、母に彼の気持を率直に語った。まがりなりにも収入があることが奇異に感じられた。

岳彦のところに並尾みつが訪ねて来たのは四月に入ってからだった。並尾みつには、人工岩場と喫茶店と荒川小屋で会ったことがある。並尾みつが口紅を濃く塗ると別人のように見えた。

「竹井さん、就職してみる気がないかしら」

並尾みつは彼に会うといきなり言った。

「就職?」

そんなことは全く予期していないことだったから岳彦は他人のことのように聞いていた。

「運動具店なんです。あなたは登山の専門家として店に坐《すわ》っておればいいのです。あなたがその店に勤めているというだけでお客は集まります」

それで人並の月給をくれるというならばたいへんありがたいことだ。岳彦は少々話がうま過ぎるとは思ったが、人を疑ったことのない彼のことだから、

「それなら、その店へ勤めてみようか」

と言ってしまった。

店は神田にあった。そう大きな店でもないし、有名な店でもなかった。運動具店だから登山用具だけを売っているのではなく、運動用具に関するものならなんでも売っていた。

並尾みつの話では登山の専門家として坐っておればいいということだったが、店へ行って見ると、彼の仕事というのは、登山用具の外交員みたいなもので、注文の量に見合った報酬を出すというのであった。固定給はまことにささやかなものであった。

運動具店の主人は竹井岳彦の山男としての顔を利用しようとしたのであった。

「注文取りに出て歩けっていうんですか」

岳彦は最初の日から、運動具店のおやじと対立した。話が違うじゃあないかとも言った。運動具店の主人は岳彦がいくら怒っても平気な顔をしていた。薄気味悪いほど、落着いた男だった。岳彦は、その男に負けて、山岳用品の注文取りを始めた。山で知り合った人たちの職場を訪問しての注文取りであった。馴《な》れない仕事だし、そういう

ことをしたことのない岳彦だから、支払いのことになると、さっぱり話がうまく行かなかった。

決った時間に出勤して決った時間に帰宅するというサラリーマンの生活ではなかった。時間には制限がなかった。

一カ月やった。かなりの注文が取れて、品物を渡したが、支払いの方は予定額の半分にも行かなかった。

「あなたと最初にお約束したように、もし支払わない人があれば、あなたの責任において立て替えていただきますから」

店の主人は念を押した。

勤め出して満二カ月経《た》った。品物だけ受け取って、居《い》どころが分らなくなった者が三名いた。合計で二万三千円岳彦が立て替えねばならなくなった。

彼の給料は棒引きになった。なんのために働いたのか分らなかった。

「ばかばかしい」

岳彦は店をやめると、ルックザックをかついで山へ出掛けて行った。山小屋へ行けば、なにか仕事があった。働いた給料が棒引きにされるようなことは、山では絶対にないことだった。

六月の山々は新緑に彩《いろど》られていた。彼は山道を一人で歩きながら、二カ月間の人生体験もけっして無駄《むだ》ではなかったと考えていた。

14

並尾みつはしきりに瞬《まばた》いた。そうするときは彼女が心の中にしまってある何かを言い出すときであり、ひとたび口を開いたら、とめどもなくしゃべりまくる彼女であることを知っている岳彦は、並尾みつの瞬きをかわして壁に眼《め》をやった。山の写真が雑然と貼りつけてあった。掲げてあるそれら写真の多くは、鴨居《かもい》に打ちこんだ釘《くぎ》に掛けっぱなしになっている彼の衣類でかくされていた。並尾みつは、岳彦の視線に従《つ》いて、壁の方へ眼をやり、そして、壁ばかりでなく、部屋中にほうり出されてある彼の山道具にあらためて眼を見張った。その雑然とした部屋とそのまん中に坐《すわ》っている竹井岳彦とは不思議に調和が取れた。もし彼が、きちんと整理され、掃除が行き届いた部屋に坐っていたら、おそらく並尾みつは吹き出したであろう。

「でも、いいお部屋だわ」

と並尾みつは言った。でもと言ったのは、この部屋の雑然さはいささか度を過ぎていはしないかという批判に対する反語であった。

「いい部屋だろう。たまにしか帰って来ないぼくのために、母は、この南向きの特等席を提供してくれているのだ。たまにしかいないから、一番いい部屋をやらないと可哀相《かわいそう》だと言ってね……」

岳彦は階下へ眼をやった。その母はお茶とお菓子を運んで来て降りて行ったばかりだった。

並尾みつは深く頷《うなず》いた。

「お母さんは、あなたがその足を悪くしていたころ、ずっとあなたの看病をなさったのでしょう。繃帯《ほうたい》を替えたり、薬をつけたり……」

並尾みつが当り前なことを言うので岳彦はちょっと返事に困った。なぜそんなことを訊《き》くのだろうか。

「ねえ竹井さん、あなたのその足、他人に見せたことある」

ああ、そうなのかと岳彦は思った。彼に近づいて来る者は、男でも女でも必ず一度は彼の足に興味を示すのだ。足でない足に山靴《やまぐつ》を履いて、山を歩き、岩壁に挑戦《ちょうせん》して行く彼の気概や執念よりも、彼等は、いったいその足でない足がどうなっているかを知りたいのである。その心を彼は下劣だと思った。他人の不幸を見て喜ぶ心理にも似ていて不愉快だった。だが、彼は、見せろと言われて一度も断わったことはなかった。その足でない足は、隠さねばならないものでもないし、人に見られて恥ずかしいものだとは思わなかった。その足は立派に戦って傷ついた足だった。登山家としてもむしろ誇るべき足だと思っているから見せろと言われれば見せたのだ。見せろと言って見た者の多くは、顔をそむけたり、顰蹙《ひんしゅく》したり、唾《つば》を飲みこんだり、蒼白《そうはく》になったりした。その反応があまりにも実感となって現われるのを見るのが岳彦にはつらくもあった。特に女の場合は、その度合が強かった。中には、そこに居《い》たたまれなくなって逃げ出す女もいた。一瞬顔をそむけるのはごく当り前のことだった。

「この足を見たいのですか、あなたも」

見たいなら見せてもいいが、けっして面白《おもしろ》いものではありませんよと、岳彦は眼で告げようとした。

「もし、さしつかえなかったら、見せていただきたいわ。竹井岳彦のすべてを知るにはまずその足を見せていただかねばいけないわ」

おおげさなと、岳彦は思った。岳彦の眼が、彼女の申し出をとがめるように一瞬光ったが、並尾みつはそれには気がつかないようだった。岳彦は、このような場合、いつでもそうであるが、よし、それなら見せてやるぞ、見せないで置くものか、しかし、見たあとまでは責任を持たないぞという気持をこめて、まず右足に重ねて穿《は》いている二枚の靴下を脱いだ。そこに二つの踵《かかと》の足が出た。凍傷のために、右足三分の一を切り取ってしまったから、ひょっと見ると二つの踵の足に見えた。前の方が、ややひらべったいところがあるだけで、二つの踵の足といってさしつかえがなかった。傷口はすっかり癒《い》えているけれど、そのかわり、手術後に徐々に肉が盛り上り、やがて固定した部分のつややかな輝きは、むしろ慄然《りつぜん》たるものがあった。

並尾みつは息を止めたような顔で、それを見ていた。顔をそむけることも、顔を覆《おお》いかくすことも、声を上げることもなかった。

岳彦は、その並尾みつを強情な女だと思った。普通の女ではないと思った。彼は黙って左足の靴下を脱いだ。

踵がなく、指のない足が出た。それは二つの踵の足よりも、さらに奇怪な感じを与えるものであった。

並尾みつが溜息《ためいき》のような深い呼吸をした。

「すみませんでした。無理なお願いをして」

並尾みつはそう言って顔を上げた。並尾みつの眼に何か光るものがあった。岳彦は、なぜ並尾みつが泪《なみだ》なんか浮べたのか分らなかった。いままで経験したことはなかった。

同情にしても、感傷にしてもそのような種類のものを見せつけられるのは御免だと思った。

岳彦は靴下を穿きながら、並尾みつがいままで彼の足でない足を見たことのある、どの女とも違った性格の女だと思った。並尾みつは急に無口になった。彼女が何か言おうとして言えないでいることは、彼女の眼を見ればはっきりした。感動したあと、しばらくの間、放心している風情《ふぜい》でもあった。

「やはり、おたずねしてよかったわ」

並尾みつは独り言のように言うと、来たときとは別人のような改まり方をして、

「一ノ倉の合宿に、どうしても参加していただきたいのです」

と言った。ひどく唐突《とうとつ》でおかしかった。

「実は津沼さんに頼まれて、それを言いに来たのですけれど……」

そんなことなら、来てすぐ言えばいいのに、なぜ帰りぎわまで黙っていたのか岳彦には分らなかった。

「津沼春雄個人？　それとも十九日《ねまち》山岳会として、ぼくに同行を求めるの？」

「十九日山岳会としてあなたを招待したいというのですわ。往復の旅費その他いっさいは山岳会の方で持ちますから、来ていただけないでしょうかしら」

頼み方が慇懃《いんぎん》であった。

「何人ぐらいその合宿に参加するのだ」

「六人用のテントを三張り持って行く予定です。来週の木曜日に発ちます」

「たいしたもんだな。しかし、来週はまずい。来週早々涸沢《からさわ》へ入る予定なんだ」

「予定であって、確定ではないでしょう。もしそうだったら、ぜひお願いしたいわ。会員はあなたが参加するものと思いこんでいますから」

また春雄が、例によっておれをだしに使ったのだなと岳彦は思った。春雄に利用されるのは嫌《いや》だった。

「お願いです。竹井さん、こんどは私がお願いします。私がいるかぎり、けっして御迷惑になるようなことはいたしません」

並尾みつは声を高くして言った。何か必死なものがあった。

「竹井さん、私は一度でいいから、あなたとザイルを組みたいのです。私は竹井岳彦という登山家のすべてを知りたいんです」

岳彦は並尾みつが、竹井岳彦のすべてを知りたいと言ったことばにこだわった。同じことを二度言われたからであった。この女はなぜこのように自分に興味を持つのだろうか。

「竹井さん、お願いします」

並尾みつは、坐り直して、畳の上に手をついた。

テントを三張り持って行くと言ったけれど、持って来たテントは二張りだったし、合宿に参加した会員も八名であった。

谷川岳の一ノ倉の出合には二十ほどのテントが張ってあった。赤、黄、緑さまざまな原色のテント群の一番はずれに彼等《かれら》はテントを張った。水の匂《にお》いがするところだった。

テントを設営した日は早く寝て、翌朝は六時に行動を開始した。テントキーパーとして残ろうという希望者はないし、まわりのテントにも、テントキーパーを置いているのは少ないので、テントはそのままにして、それぞれのパーティーを組んで出掛けて行った。

竹井岳彦は新しく十九日山岳会に入会した新人三人をつれて衝立前沢《ついたてまえざわ》に入り、略奪点の付近で登攀《とうはん》技術の初歩的練習を行い、津沼春雄は四人を引きつれて、隣のマチガ沢に入って行った。

岳彦は新人訓練などということはあまり好きではなかった。大体登山技術というものは、訓練という形で覚えこむものではなく、見よう見真似《みまね》で、いつしか上達して行くべきものだと考えていた。彼自身が、特別に訓練を受けたのでも講習会に出たのでもなかった。登山が好き、岩登りが好きだということがごく自然に登山技術の上達に結びついて行ったのである。

ザイルの結び方、ザイルを結び合ったパーティーの歩き方、ザイルの繰り出し方、確保の仕方、ハーケンの打ち方など、教えることはいくらでもあった。

並尾みつは、初歩的な登攀技術の心得があった。新人とはいえなかったが、強《し》いて、新人のグループに入ったのである。したがって、彼女はしばしば引張り出されて実技をやらされた。岩に登るときには、岩にぴったりと張りついてはいけない、岩を突き放すようにしなければならないというような理屈を岳彦が言うたびに、彼女は登山靴の爪先《つまさき》を岩角に掛けて、腕をぐんと張って見せた。彼女は、嬉々《きき》としてそれをやった。

時間が経過するに従って、三人の新人のうち、並尾みつは、岳彦の助手であり、他《ほか》の男二人が、訓練を必要とする、新人のように見えて来た。

彼等は岩にたわむれているかに見えた。彼等がやっている岩登りの真似ごとが、やがては大岩壁の登攀にも通ずることであるのだということを考えてはいないようだった。彼等にとっては遊びであり、遊びにしては上等過ぎるほど上等なつき添いの先生が来たものだと思っているようであった。

模範を示すために、並尾みつと、岳彦がザイルを組んで、ちょっとした岩場を登ったり、降りたりして見せた。そのようなときの、並尾みつの声はいままで聞いたこともないような張りをみせ、そして眼が輝いた。

一ノ倉沢は稜線《りょうせん》に日が落ちてからも、長い時間明るかった。彼等は夏の日を充分に楽しんでから帰路についた。夕食の支度はそれからだった。一時間ほど遅れて春雄たちの一行が帰って来た。マチガ沢から稜線に出て西黒尾根を通って来たので、彼等はかなり疲労しているようだった。春雄は、強気を張って、今度の新人は根性《こんじょう》がなくていけないなどと言っていた。

日中は静まり返っていた一ノ倉出合も、夕刻になると人が集まって来て騒々しくなった。テントの外で、大鍋《おおなべ》を焚火《たきび》に掛けて、そのまわりをぐるっとかこんで歌を歌っているパーティーがあるかと思うと、携帯用石油コンロを幾つか使って、手ぎわよく夕食の準備をすすめているパーティーもあった。

谷川岳が一日中霧が出ないで晴れていたことは、珍しいことであった。暗くなると共に、しっとりと霧が降りて来て、冷たさが肌《はだ》にしみた。テントに引き返して、セーターを引張り出して、はおる人たちが居た。

テント群の人たちはなかなかテントには入ろうとしなかった。よごれた都会の夜空と比較すると、ここは別天地であった。彼等は焚火のまわりに集まって、山の歌を歌い、やがて満天に星をいただくと、気でも狂ったように声を張り上げて歌を歌った。なかには涙ぐんでいる者さえいた。

星空の下のテントに一つずつ灯がともると、焚火が一つ二つと消えていって、人々がテントに入りこんでしまうと一ノ倉沢は急に風が落ちたように静かになった。あとは寝るだけであった。

「おれは向うのテントで寝るからな」

春雄は、彼のシュラーフザックをくるくると丸めながら言った。

第一夜は四人と五人に別れて寝たが、第二夜になると、一人が東京へ帰ったので、四人ずつに別れて寝ることができた。第一夜は、津沼春雄、竹井岳彦、並尾みつ等五人が一つのテントに入って寝た。第二夜は、津沼春雄が他のテントに移転することによって四人ずつに別れて寝ることができた。移転するのは津沼春雄でなくても誰《だれ》でもよいのだが、彼がそうすると言いだしたのだから誰も異議をとなえる者はなかった。

「おい、おみつ、今夜は気をつけろよ。竹井という奴《やつ》は、ねぼけて他人のシュラーフザックにもぐりこむ癖があるのだ。おみつのように米軍放出のシュラーフはもぐりこまれるのにもってこいだぞ」

春雄はテントを出るときにそんな冗談を言った。岳彦が、そのでたらめな放言をたしなめようと思ったときは、春雄はもうテントの外に出ていた。

並尾みつはテントの入口に寝て、その次に岳彦、そして、奥に二人の新人が寝ることになっていた。そのような配置にしたのは並尾みつであった。前夜は一番奥に、春雄が寝た。講師として招いた岳彦が入口近くに寝るのもちょっとおかしいことだが、そんなことをたいして気にしない岳彦は、言われるままに、そこに寝たのである。

並尾みつは、春雄の悪質な冗談を見送るように入口の方を見ていたが、春雄が隣のテントに行ってしまってから、岳彦に言った。

「ねぼけるの？　竹井さん」

「冗談じゃない」

「私だってねぼけることがあるわ。ねぼけたって別に恥ずかしいことではないわね」

並尾みつは岳彦に意味あり気な視線を投げた。ねばりついて離れないような視線であった。そして、並尾みつの眼は、今宵《こよい》にかぎってなぜあのように輝くのだろうと岳彦は思った。そして、彼は、何かちらっと危険なものを感じた。並尾みつの眼《まな》ざしが尋常でないことの意味が、もしかすると、彼に対する誘いであったとしたらどうしようかと考えた。彼は、ひどくあわてて、眼を伏せた。彼のシュラーフザックの縫目から羽毛がはみ出していた。

「枕元《まくらもと》に、懐中電灯を置いてから、ローソクの灯を消すのだ。明日は早いぞ」

岳彦はしゃべっている、奥の二人に言った。

テントの中央に針金が吊《つ》りさげられ、その先にローソクが一本燃えていた。一人が立上って灯を消した。各人が、自分の懐中電灯をためすかのようにチカチカさせて、身の周りのものに当てていたが、やがて、シュラーフザックのチャックを引きずり上げる音がするとテントの中は静かになった。隣のテントの灯もつづいて消えた。風の音も川の音も聞えなかった。薄気味の悪いほど静かだった。

岳彦が、一ノ倉の出合でキャンプしたのは今度が初めてではなかった。彼の記憶の中の一ノ倉はこんなに静かではなかった。風の音や、川の音がした。なぜ今宵はこんなに静かなのか、明日天候が変るのかもしれないと思いながら、彼はすぐ軽い鼾《いびき》を立て始めた。

並尾みつはしばらく眠れなかった。竹井岳彦とザイルを組んだ一日の思い出に浸っていると、さっき、春雄がいった冗談が思い出された。岳彦がそんなことをするはずはないけれども、もし彼がねぼけて、彼女のシュラーフザックに這《は》いこんできたとするならば、どういうことになるだろうかと考えていた。追い出すという回答はすぐには出なかった。米軍放出のシュラーフザックは、やや窮屈ながら二人を収容する体積があった。岳彦も彼女も小柄《こがら》な方だから、二人で入れないことはなかった。彼女は暗《くら》闇《やみ》の中で顔を赤くした。奥に寝ている新人二人が寝言を言った。

どのくらい寝たか彼女は覚えていなかった。彼女が異常を感じて眼をさましたときは、相手の身体の三分の一ほどが、彼女のシュラーフの中に入りこんでいた。小柄な男であった。そして入口の方からではなく、隣に寝ている岳彦の方から入りこんで来たのだから、相手が岳彦である公算が高かった。眼が覚めると彼女はすぐ春雄の冗談を思い出した。あれは冗談ではなくほんとうかもしれないと思った。或いは、春雄と岳彦とがあらかじめ、こうなることの下打合せをしたのかもしれないと思った。春雄の言ったことは、冗談ではなく、岳彦が行くから受け入れるかどうか考えて置けという意味かもしれない。もしそうだとすると——彼女はやや身を固くした。そう簡単に、男たちの悪だくみを成功させてたまるかというような気がした。しかし、まるで予定の行動のようにぐんぐん入って来る男を、彼女は邪険におしのけようとはしなかった。焼けつくような太陽の岩場で、岳彦とザイルを組んで燃えさかった彼女の火はまだそのまま燃えつづけていた。彼女に取って、岳彦は尊敬すべき男であり、山男の中の英雄であった。彼女は、あの足でない足に魅せられた。あの非情な足を見たときに、彼女の心は急速に岳彦に傾いていた。

男はぴったりと彼女に寄り添った。彼女は既に体験があった。だから、特に激しい恐怖のようなものはなかった。相手が岳彦ならば許してもいいと思う心が彼をそのままにして置いた。彼の手は性急に動いて、彼女のズボンを引きおろそうとした。彼女はわざと手伝わずにじっとしていた。彼は、いよいよ、のときになると、足も使った。足を使って彼女の下着を彼女の両足から抜き取った。足のない足が、意外なほど器用なのに彼女は驚いた。やはり男だと思った。男が男をむき出しにするときは、このような神通力を出すのだと思った。

彼女は眼をつぶった。真暗だから、眼をつぶらないでもいいのに、彼女は岳彦に顔を見られているようで恥ずかしかった。

彼女はこれでいいと思った。岳彦のすべてを知りたいと思ったことが、現実となって現われたと思った。彼女は覆いかぶさって来る彼を迎えた。

彼はそういうことに馴《な》れているようだったが、周囲をしきりに気にして、ひどく結末を急いでいるようだった。そしてその結末は短時間のうちについた。彼はすぐ彼女のスリーピングバッグから這い出した。引き止めたいと思う彼女の気持を無視してのその行為は、彼女からの逃亡に思えた。ひとこと、何か耳もとで囁《ささや》いてくれてもいいし、唇《くちびる》をそっと触れてくれるだけでもよかったが、彼はそれをしなかった。彼はまるで欲望だけを遂げて、さっさと逃げて行く雄犬のようであった。彼女は手を延ばして、彼の足をつかんだ。何らかの形で挨拶《あいさつ》の言葉を言わせたかった。彼はその手からも逃れようとした。靴下が彼女の手に残って、彼は去った。隣の寝袋へは行かず、テントの外へ出て行った。

並尾みつはそこで初めて、彼女を盗んだ相手が何者であるかに気がついた。春雄だなと思った。かねがね素行の悪い春雄の噂《うわさ》は聞いていたが、岳彦であるかのように見せかけて忍びこんで来た彼にまんまとだまされた自分がくやしかった。

岳彦はすぐ隣で軽い鼾を立てていたし、その隣の二人の新人も、よく寝入っていた。

翌朝は深い霧だった。天気はどうやら、まだつづきそうだった。この日は、岳彦が新人をつれてマチガ沢を登り、春雄は初心者組をつれて南稜テラスまで行くことになっていた。

並尾みつは、証拠のために奪った靴下を持って、大鍋の向う側に坐って、旨《うま》そうに煙草《たばこ》を吸っている春雄のところに行くと、黙って、彼の左足のズボンの裾《すそ》をまくった。

靴下は黒かった。すぐ右側のズボンの裾を引き上げると、彼女が手に持っている靴下と同じ、色のあせた緑色の靴下を穿いていた。彼は二枚穿いていた靴下のうち左足に穿いていた上の方の靴下を証拠として残して行ったのである。

並尾みつは、いきなり春雄の頰《ほお》に平手打ちをくわした。一度、二度、三度、春雄は防ごうとも逃げようともしなかった。パーティーの男たちは驚いてそこに集まったが、二人の間だけの何かの事情によるものと見て、仲裁に入るものはいなかった。並尾みつが焚火の中に投げこんだ靴下が焼けるにおいが鼻を衝《つ》いた。

並尾みつは黙って荷物をまとめて、黙ってテントを出て行った。激しい感情をおし殺しているようであった。

岳彦は、並尾みつが、春雄が穿いている靴下を改めたうえで、彼の頰を打ったところをよく見ていたが、それだけでは、なぜ並尾みつが怒って帰ったか分らなかった。

「いったいどうしたのだ」

岳彦は春雄に訊《き》いた。

「どうしたも、こうしたもないさ、彼女はときどき、あのようなヒステリーを起すのだ」

「昨夜何かあったな」

と岳彦は言った。悪質な春雄の冗談がふと浮び上ったが、そのことと、並尾みつの怒って帰ったことと、にわかに結びつかなかった。

「さあ、知らないね。何かあったとすればきさまが一番よく知っているはずだ。きさまは彼女の隣に寝ていたからな」

「おい、きさま、何かやったな」

岳彦は春雄をにらみつけた。しかし、春雄は知らぬふりをして立上って、新人たちに、さっさと出発の用意をしないかと怒鳴った。

岳彦は、並尾みつのあとを追って土合へ行こうかとも思った。いま行けば、九時の上りには間に合うはずだと思った。しかし、考えてみると、彼女のあとを追う理由は何もなかった。彼女が、なぜ怒って帰ったのか、その理由が分らないかぎり、同情のしようもないのである。

霧は時間の経過と共に晴れて行ったが、彼の心は少しも晴れては行かなかった。

15

竹井岳彦の岩壁への情熱は燃えつづけていた。誘われると、多くの場合、ことわるということを知らないほど、誰とでもザイルを組んだ。もっとも、そのころ彼は、一流のクライマーとして名を成していたから、ずぶの素人《しろうと》が、彼にザイルを組もうなどと言って来ることはなかった。しかし、ごく稀《まれ》には、岩壁に登った経験が全くないような男が、勇ましい計画を持ちこんで来ることがあったが、岩壁登攀《とうはん》は地道に経験を積み重ねて行かねばならないことを岳彦にさとされて、その場であきらめる者がいた。

岳彦にとって一番困ったのは、せいぜい一度か二度の岩登りの経験しかないのに、自分の実力を過信して背伸びしようという男たちであった。ほんの初歩的な岩登りしかできないのに、いきなり滝谷に入ろうなどというのが一番怖い相手であった。

彼は、そういう男とザイルを組んで、ひどい目にあったことがあった。岩壁の途中で恐怖心を起して、登ることも、降りることもできなくなった男を、なだめすかして、やっと危険な岩場を通り過ぎたことがあった。

山男は、善人ばかりで悪人はいないという伝説は、あくまでも伝説であって、山も下界も、そこに集まって来る者が人間であるならば、善玉も悪玉もいることは間違いなかった。山歴について嘘《うそ》をいうものがいた。どこどこの岩壁をやったというので、山のことを聞いてみると、かなりよく知っているから、ザイルを組んだら、てんで素人であったこともあった。その男は本を読んでいたのであって、実際に登った経験はなかった。

岳彦は、このようないろいろな性格の男とザイルを組んでいるうちに、岩壁登攀のテクニック以上に岩壁における人間を見る眼《め》が肥えて行った。彼はこれぞと思うような岩壁に挑戦《ちょうせん》するときには、これぞと思うような相手とザイルを組んだ。昭和三十一年の夏から昭和三十二年の冬までの間に、岳彦は、夕霧山岳会の吉田広と何回か岩壁に挑《いど》んだ。吉田広の実力は、北岳バットレス中央稜《りょう》の冬期初登攀の際、充分見せつけられていた。岳彦は吉田広こそ、当代一のクライマーだと思った。なによりも彼の若さがたのもしかった。

岳彦は三十二年の一月には吉田広と組んで屏風岩《びょうぶいわ》の中央カンテを登り、そして、年を越えた三十三年の二月には、剣岳三ノ窓チンネ正面岩壁を完登した。

昭和三十一年の春に槙有恒《まきありつね》を隊長とする、第三次マナスル隊が登頂に成功したのがきっかけになって、日本には本格的な登山ブームが起った。登山人口は急激に増加し、岩壁登攀を狙《ねら》う若者たちも急増した。これらの異常な登山ブームの中に、竹井岳彦の存在は、若人たちの注目を浴びた。岳彦の山のエッセイは山岳雑誌に載り、彼の登攀姿はしばしば、スポーツ紙を飾った。

「たいしたものだな君は。ちょっとばかり山をやっている者は、たいがい君の名を知っているぞ」

しばらくぶりで、東京へ帰った岳彦のところに津沼春雄から電話があった。春雄から電話があることは、いい知らせではなかった。春雄と一緒にいて、損をしなかったことは一度もなかった。

「おい、御茶ノ水の喫茶店穂高で会おう。とてもいい話があるのだ」

「いい話？」

「そうだ、いい話だ。うまく行くと君は、ヨーロッパアルプスに行けるかも知れないぞ」

「ヨーロッパアルプス？」

「アイガー、マッターホルン、グランドジョラス、モンブラン……ヨーロッパには君を待っている山がいくらでもあるだろう」

岳彦の頭に、絵や写真で見たマッターホルンの華麗な姿が浮び上った。

「じゃあ待っているぞ、午後二時に会おう」

電話が切れた。受話器の中を流れる電流の雑音が彼の耳膜をくすぐるように通り過ぎて行った。彼の頭の中のマッターホルンが消えて、鼻の上に横皺《よこじわ》を作って嗤《わら》う春雄の顔が浮び上った。その嗤いは、春雄がごくたまにしか見せない嗤いであり、何かよからぬたくらみが予想されるようなときに、見られるものであった。

岳彦は電話機の前を去った。自分の部屋に帰ると、春雄の嗤いは彼の顔から去って、ふたたび、マッターホルンの雄大な岩の塔が眼の前に浮んだ。彼の部屋の壁には、ところ狭しと山の絵や写真が飾られていた。日本の山もヒマラヤの山もあったが、さっき、春雄が口にした、ヨーロッパアルプスの代表的な山の写真はなかった。彼はそのことを登山家としての、大いなる過失のように考えた。

彼は、前穂北尾根第四峰正面岩壁、北岳バットレス中央稜、屛風岩中央カンテ、剣岳三ノ窓チンネ正面岩壁と、日本を代表する四つの岩壁の冬期登攀に成功していた。彼の独力ではなく、常に優秀なクライマーとパーティーを組んでの成功であった。もはや、日本には未登の岩壁は、夏、冬を通じてなくなっていた。彼が、ヨーロッパの岩壁の名前を聞いて、何か胸がわくわくするのを感じたのは当然であった。

(しかし、相手が春雄だ。話がうますぎた場合は気をつけねばならないぞ)

彼は自分自身に言い聞かせながら、御茶ノ水駅の階段を一歩一歩刻むように登って行った。

「やあ竹井さん」

吉田広がうしろから声を掛けて来た。吉田広も穂高で山の友人を待ち合せることになっていた。肩を並べて、駅の階段を登り切ったところで、岳彦が言った。

「津沼春雄を知っているだろう」

「ああ、あの評判の悪い男だろう」

吉田広は、いともすがすがしい顔で、評判の悪い男だと、一言のもと津沼春雄を評価した。全くその通りであった。春雄の評判の悪さは、このごろひどくなって、十《ね》九《ま》日《ち》山岳会も、ほとんど解散同様な状態にあるということを岳彦は耳にしていた。

「津沼と穂高で会うために来たのだ。何かいい話があるらしいから、そっちの話が済んだら、こっちへ来てくれないか」

「はい、承知しました」

吉田広は、大きな顔で返事をすると、ちょっと頭を下げた。岳彦は、きびきびした吉田広の態度に好感を持った。吉田広とザイルを組んでいて、不安なことは全然なかった。〝岩壁のラッセル車〟という渾名《あだな》のとおり、冬期岩壁にかけて、吉田広の右に出る者はいなかった。アイスバイルを風車のように振り廻《まわ》して、常にトップに立って、氷壁にステップを刻みながら前進する姿は、まさしく〝岩壁のラッセル車〟であった。〝岩壁の猛牛〟という渾名もあった。これは、夏期における彼の岩壁登攀ぶりを示す渾名であった。吉田広は、肥《ふと》ってはいなかったが、けっして瘠《や》せてはいなかった。彼の年代のクライマーたちと比較すると、どちらかというと肉付きのいい方であった。吉田広は、ちょっと背を丸める癖があった。背を丸めて、岩壁を攀《よ》じ登って行く格好が、どことなく牛に似ていた。〝岩壁の猛牛〟はここから出たのであった。〝岩壁のラッセル車〟であり、〝岩壁の猛牛〟である吉田広も、岩場から降りると、きわめて謙虚な男であった。特に、山の先輩に対する態度は、戦争中の、兵が将校に対するがごとく、慇懃《いんぎん》であった。このような男だから、彼は、多くの人たちから愛された。先輩にも可愛《かわい》がられるし、同輩にも信頼され、そして、このごろようやく芽を出して来た、女性クライマーにたいへん持てた。彼はなかなかの男前でもあった。

岳彦は、吉田広が二人連れの若い女の子の前に坐《すわ》ったのを横目で見ながら、奥へ行った。窓から下を通る国電がよく見える席に、春雄が岳彦を待っていた。

「まず、これを読んで見てくれ」

岳彦が坐ると、すぐ春雄はふところから一通の外国から来た角封筒を出して岳彦の前に置いた。美しい風景を描いた郵便切手が貼《は》ってあった。差出人と宛名《あてな》はすべてタイプライターで打ってあった。

差出人はS. TSUNUMAであった。

「パリにいる伯父さんだよ」

と春雄が言った。

岳彦は中の手紙を読んだ。

「なつかしい手紙を戴《いただ》いた。みなさま御元気のよし何よりです。こちらも一同元気でやっていますから御安心下さい。春雄君が、登山家だということを初めて知って驚きました。血は争えぬものだという印象を受けました。実は、私も山が好きで、暇さえあれば近くの山を歩いています。もう年だから高い山へは登れませんが、山の麓《ふもと》を歩いたり氷河の近くまで行って見るのが楽しみです。いま私たち一家は、夏の休暇を利用してスイスのグリンデルワルドに来ています。私たち家族がいるホテルの窓から、アイガーの岩壁がよく見えます。この岩壁はまだ日本人が登ったことはないが、そのうち誰《だれ》かが来て登るでしょう。春雄君がどうしても、ヨーロッパの山へ来たいというなら、そのような方法を考えましょう。何とかして、ヨーロッパまで来れば、あとはこちらでいっさいのお世話を致します。こちらに仕事はいくらでもありますから、二、三年滞在するつもりで来るのもいいでしょう。こちらへ来るには船の方が費用はかからないと思います。語学は、日本の高校程度（旧制中学程度）の英語の力があれば、日常生活に困ることはありません、ではまた」

手紙はそれで終っていた。

「船でヨーロッパまで行くとして、どのぐらいかかるのだ」

岳彦は、そう訊《き》いたときには、その手紙の内容にすっかり魅せられていた。

「大体、一人が二十万円もあればいいらしい。向うへ着いてしまえば、伯父さんがいっさい面倒を見てくれるというから、こんなうまい話はない」

春雄はそう言って嗤った。鼻の上に数条の横皺を作った、あの奇妙な嗤いであったが、岳彦はその嗤いを別にへんだとは感じなかった。チャンスだと思った。

日本人クライマーとして、ヨーロッパの岩壁に挑戦できるなどということは願ってもないことだった。胸が浮き浮きした。二十万円の当てがあったからである。彼は、それまで山岳雑誌や、新聞や、彼自身の日記帳などに書いた文章を集めて、『山の足音』という単行本を出すことになっていた。その初版の印税をそっくり当てれば、どうやら、そのくらいの額になりそうだった。

岳彦は、なんて自分は幸福者だろうと思った。こういう幸福を一人じめするのは、よくないような気がした。

「いよいよ、アイガーか」

彼はつぶやいた。アイガーのことをよくは知らなかったが、アイガーの北壁がすばらしく魅力的な岩壁であり、この壁を登った人は数えるほどしかいないことを知っていた。

（アイガーの岩壁を登るとすると……）

そこで岳彦はつまずいた。アイガーの北壁をやるにはパートナーが要る。春雄の実力を知っている岳彦には、それが問題だった。しっかりした相手がないとアイガーは無理だ。

「そうだ、吉田広がいる」

「ああ、いますよあそこに」

春雄は顎《あご》をしゃくった。吉田広は、何がおかしいのか、女の子を相手に笑っていた。吉田広が笑う顔は女性的というよりも、少年のような愛嬌《あいきょう》があった。

「吉田広を誘おうじゃあないか。あいつと三人でやれば、アイガーだって、マッターホルンだって、そうむずかしいことではない」

岳彦の胸の中には、ヨーロッパアルプス行きの火がちょろちょろと燃え始めていた。

「どうだい、あいつをつれて行ってもいいだろう」

「それはいいですが、一応伯父さんに相談しないとね」

春雄はちょっと困ったような顔をした。

吉田広が立上ってこっちへやって来て、岳彦に言った。

「あの子たちが竹井さんに紹介してくれと言ってます。こっちへつれて来ていいですか」

「いや、待て、ちょっとそこに坐れ、いい話があるのだ」

岳彦は、燃え出した火を消すことができなかった。このうまい話を、吉田広に聞かせて、何とか彼をこのうまい話の中に引き入れようとした。

坐れと言われたので、吉田広は一礼してそこに坐ると、テーブルの上に置いてある封書に眼をやった。

「ほほう、いい切手ですね」

吉田広はそう言って、身体《からだ》を乗り出して、その切手に見入っていた。

「手紙を見せてやってもいいだろう」

岳彦が春雄に言った。春雄は、やむを得ないという顔で顎を引いた。

封筒を手に取った吉田広は念入りに切手を眺《なが》めてから、中の手紙を一読すると、だまってもとどおりに収めて、すぐ席を立とうとした。

「君はアイガーに登りたくないのか」

「まだまだ、そのような、だいそれた希望を持つほどのクライマーにはなっていませんん」

吉田広はそう言って、女の子が待っている方へ去った。

「じゃあ、おれはこれで帰るが、君がおれと一緒に行くつもりなら、伯父さんにそのように手紙で知らせる」

「行くさ、行かないで置くものか。実は、おれは金が入る当てがあるのだ」

岳彦は『山の足音』を出版する計画を話した。

「そうか、それは都合がいいな。実はおれには既に当てがついているのだ。伯父さんが、最近パリから日本へ帰る知人に金のことを頼むことになっているのだ。つまりその知人には、二十万円に相当するフランを向うで渡して置いて、その人が日本に来たら、円で二十万円をおれに渡してくれるという約束ができているのだ」

春雄は胸を張って言った。

「では、伯父さんに君のことを手紙で知らせてやって、オーケーがでたら、すぐ渡航手続きを取ることにしよう」

春雄はそう言い置いて去った。そのあとに、吉田広が二人の女性をつれて来て岳彦に紹介した。岳彦は、彼女たちが差し出したノートにサインした。へんな気持だった。ちょっとうれしかった。女たちが先に帰ったので、吉田広と岳彦は、二杯目のコーヒーを注文した。

「さっきの手紙の封筒に貼《は》ってあった切手のことですが、切手はほんものですが消印は、すこうしへんですよ」

吉田広が言った。

「どのようにへんなのだ」

「郵便切手にはちゃんとGRINDELWALDという文字が見えていますが、封筒には み出している消印の半分がおかしいんです。今年のグリンデルワルドの消印の下半分には山の稜線《りょうせん》が象徴的に入っているのです。私は切手の蒐集《しゅうしゅう》をしていますから切手のことはわりにくわしいんです。グリンデルワルドの消印のある郵便切手は、見つかり次第買うことにしています」

「切手はほんもので、消印の下半分がおかしいというと……あの手紙は偽物《にせもの》だというのか。古切手を買って来て、それを偽手紙に貼りつけて消印の半分は作りものだというのか」

「断定はできませんが、そんな感じですね。ガリ版を使えば、消印を真似《まね》ることなんかわけないことですよ」

吉田広はこともなげに言った。

岳彦は吉田広と別れてからも、ずっと、渡航のことを考えつづけていた。あの手紙が偽物だとすれば、とんでもないことであるが、なぜ春雄が、そんな面倒な嘘《うそ》をつこうとするのであろうか。

十日経《た》った。

春雄から電話があった。

「伯父さんから手紙が来た。君のことを引き受けるとはっきり書いてある。お金の方は、伯父さんの友人が日本へ来るのが、しばらく延びたからもう少し後になるらしい」

春雄は、その伯父さんの手紙を見せるからどこかで会いたいと言った。

「それなら山友堂で会おうか。『山の足音』の見本刷ができたから見に行こうと思っている」

岳彦は答えた。答えてしまって、何かいけないことをしたように感じた。

山友堂書店で、店主を交えて、岳彦は春雄と会った。春雄は新しく来た、伯父の手紙を岳彦に見せた。竹井岳彦が春雄と共に来ることを歓迎する。二人の面倒はいっさい見ると書いてあった。休暇もなくなったから、そろそろグリンデルワルドを去ってパリに引き上げるつもりだと書いてあった。封筒は前と同じものだったが、切手は前と違っていた。そして問題の消印は、吉田広が言ったようにグリンデルワルドの地名の反対側に山の稜線が象徴的に印刷してあった。よく確かめたが、細工をほどこした様子は見えなかった。岳彦は安心した。前の切手に稜線が抜けていたのは、スタンプのインキが薄かったからだろうと思った。

春雄は、山友堂の主人の前で、近々岳彦と共にヨーロッパアルプスへ行くことを話した。

「戦前からヨーロッパにいる伯父との連絡が、去年になってやっと取れるようになりました。私の一家と伯父の一家を切り離したのは戦争のせいですよ。いろいろと父と伯父の間には事情がありましたが、亡《な》くなった父に対する肉親の愛惜みたようなものが、ぼくを向うに呼ぼうとしていることは確実です。その気持が露骨に出せないだけに、かえって伯父は苦しんでいるようです……」

春雄は下をむいた。ほろりとするものをおさえているようであった。岳彦は、そんな話は初めて聞くことだったが、いかにも真実性のありそうな話に思えた。山友堂の主人も、春雄の話をすっかり信用しているようだった。春雄はまた、

「伯父の友人が日本橋で旅行会社をやっているから、その会社に旅行手続きはいっさい頼むつもりだ」

などと言った。

数日後、春雄から電話があった。

「おい、竹井君、喜べ。おれたちはいよいよヨーロッパへ行けることになったぞ」

彼は浮き浮きした調子で言った。

「行けることは前から決っているじゃあないか」

「船だよ、旅行会社から電話があって船が取れたのだ。貨客船と言ってな、本来は貨物船だが、客も三十人ぐらい乗せることのできる船なんだ。アテネ丸という新造船なんだが、その船が、来月の十日に横浜を出発することになっている。ところで、竹井君よく聞いてくれよ。新造船だし、なにしろ、料金が安いので、申し込みを受けつけたら、その日のうちに満員になるのは確実なんだ。旅行会社のいうには、いまのうちに確保して置いた方がいいのではないかということだ。半金だけ収めれば、あとは旅行会社が立て替えて置いてくれるそうだ。伯父さんの友人がパリを発つのは、一週間後だ。それまで待っていたら、船室の予約はいっぱいになる。すまないが、君がその半金を出して置いてくれないか、あとの半金は勿論《もちろん》この次におれが払う。金額は、ちょっと待てよ、とにかく安いんだ。……一人分十八万三千円、半金ずつ二人分ということになるわけだ。君の本の出版は決ったのだから、山友堂から前金として貰《もら》ったらどうだろうか。とにかく、急な話だがこの話を逃《のが》すと、いつ船があるか分らない。船さえ決れば、外務省関係の手続きは簡単だ。おいどうする」

　春雄に、立て板に水としゃべりまくられると、岳彦は、そのアテネ丸という貨客船が眼《め》に見えるような気がして来るのである。

「おい、チャンスを捨てるのか竹井君」

　春雄はかさにかかったような催促の仕方をした。

「話は分った。問題は金だな」

「そうだ金だ、君が山友堂のおやじさんに事情を話して、金を支出して貰うように話してくれ。おれは、山友堂から君の代理人として金を受け取って、そのまま銀座の旅行会社へかけつける」

「銀座？」

　旅行会社は日本橋だと聞いていたから、岳彦は反射的にそう言ったのである。

「銀座ではない日本橋だ。いいかね、おれはこれからすぐ山友堂へ行くぞ、いいね竹井君、電話を掛けて置いてくれよ」

　電話は切れた。岳彦は、その瞬間、春雄が鼻の上に浮べるあの横皺を見たような気がした。相手が相手だ、もう少し慎重にしなければと思った。しかし、すぐ彼は、ヨーロッパへ行くという誘惑に負けた。彼は山友堂の主人に電話を掛けて事情を話して、

『山の足音』の印税を先払いしてくれるように依頼した。

「そういう事情なら止むを得ないでしょう。しかし……」

主人はちょっと語尾を濁らせた。何か言いたそうだった。ほんとうは、そのとき、どうも話が少々へんだと言えばよかったのだが、主人は個人の問題に立ち入ることを遠慮した。それでも山友堂の主人は、春雄が、店へやって来たこととその金を彼にほんとうに渡していいかどうかを電話で岳彦に確かめた。

「いいから渡してやって下さい」

岳彦は、そう言ったあとで、何か春雄にだまされているのではないかという気がした。

春雄の消息はその日に消えた。春雄のアパートへ行ってみると家賃を二カ月分もためて夜逃げ同然逃げたあとだということだった。彼が口にしていた旅行会社もなかった。アテネ丸という貨客船もなかった。すべてが仕組まれた芝居《しばい》であった。吉田広が切手を見てあやしいと睨《にら》んだときやめればよかったのだ。春雄は吉田広に見破られたと見て、今度は、切手の全面に印をおしてあるグリンデルワルドの消印のある切手を探し出したのである。消印のある切手は比較的安価に手に入れることができた。しかし、グリンデルワルドの消印のある切手を二枚も探し出した春雄の努力は敵ながらあっぱれであった。或《あ》いは、彼のことだから、山仲間から手に入れたか、ひょっとすると盗んだのかもしれなかった。岳彦は二つの角封筒を見せられたが、切手の料金まで確かめなかった。おそらく切手は、規定料金とは、かけ離れたものを使っていたであろう。

岳彦は彼の処女出版の印税のほとんどを失った。そして、彼に残されたものは、ヨーロッパアルプスへのあこがれだけだった。

（下巻につづく）

栄《えい》光《こう》の岩《がん》壁《ぺき》（上）

新潮文庫　に－2－9

昭和五十一年十月三十日発行
平成二十四年三月十日四十四刷改版
令和四年一月三十日四十八刷

著者　新《にっ》田《た》次《じ》郎《ろう》
発行者　佐藤隆信
発行所　株式会社新潮社

郵便番号　一六二－八七一一
東京都新宿区矢来町七一
電話　編集部(〇三)三二六六－五四四〇
読者係(〇三)三二六六－五一一一
http://www.shinchosha.co.jp

価格はカバーに表示してあります。

乱丁・落丁本は、ご面倒ですが小社読者係宛ご送付ください。送料小社負担にてお取替えいたします。

印刷・株式会社三秀舎　製本・加藤製本株式会社

ISBN978-4-10-112209-0 C0193